二見文庫

# カリブに浮かぶ愛

ヘザー・グレアム／山田香里＝訳

**Queen of Hearts**
**by**
**Heather Graham**

# カリブに浮かぶ愛

登　場　人　物　紹　介

| | |
|---|---|
| リアナン・コリンズ | ハートのクイーンと呼ばれる女 |
| キール・ウェレン | 下院議員 |
| ドナルド・フラハティ | 世界的大富豪 |
| ポール・コリンズ | リアナンの亡き夫 |
| エレン | キール・ウェレンの亡き婚約者 |
| グレン・トリヴィット | 〈シーファイヤー〉号の船医 |
| ジョーン・ケンドリック | 製紙業界王の娘 |
| メアリー・ケラー | 歌手 |
| ジェイソン | メアリーの兄でミュージシャン |
| ナトソン | 〈シーファイヤー〉号の船長 |
| ラウル・ピカード | フランス人科学者 |
| ピエール・ジャルディーノ | フランス人 |
| マイケル・トレントン | ウィルス専門の医者 |
| ジョウ・ルー | 中国政府の要人 |
| リー・ホーク | テロリスト集団“赤い鷹”のリダー |

# プロローグ

九月二十二日　午後七時
ワシントンDC

下院議員キール・ウェレンは、長い脚できびきびと、ホワイトハウスの大統領執務室に急いでいた。財務省検察局員が二人、同行している。執務室に入ると、デスクについた大統領のまわりに男が何人か集まっていた——内務長官、国務長官、下院議長、そして副大統領。大統領の顔には、年齢と職務の重圧からくるしわが、くっきりと刻まれていた。ウェレンが入ると立ち上がって握手の手を差し出し、ほかの男たちは無言でうなずいて出迎えた。

「かけてくれたまえ、ミスター・ウェレン」大統領が言った。

キールは重大な危機が持ち上がったことを察知しながら、大統領のデスク前にある椅子に腰を下ろした。一時間前に招集を受けたときからずっと、いやな胸騒ぎを覚えていた。しかしいま、国の重鎮たちが言葉もなく厳粛な面持ちで一堂に会している姿を見て、その胸騒ぎは腹の底を揺さぶられるような恐怖心に変わった。

大統領は単刀直入に切り出した。「議員、重大な危機が持ち上がった。きみは〝赤い鷹(レッド・ホーク)〟——〝解放赤軍〟の活動について知っているかね?」

キールは眉を寄せた。砂色の眉が、鋭いグレーの瞳の上でしわを刻む。「赤い鷹、ですか、大統領？　たしか彼らはテロリスト集団だったと思いますが。メンバーの多くが北アフリカで作戦遂行の訓練を受けているとか。メンバーの国籍は多岐にわたり、彼らの目標は——人民による国際政府の樹立——と主張しています」

「そのとおり」下院議長がキールのほうへ一歩踏み出し、大統領のデスクの端に腰かけてキールと向かい合った。「赤い鷹のリーダーは、リー・ホークという男だ。狂信者と言おうか異常者と言おうか、しかし不運なことに、かなり頭が切れる。暴力は暴力によってのみ抑止できるという信念の持ち主だ」議長はあきれたように頭を振った。「自分の戦術論は聖書によって承認され、実際にとる方策も神の理解が得られていると主張している。やつの最終目的は、核兵器と化学兵器の全面的な製造停止だ」

キールはひざの上で手を組み、無言で説明を聞いていた。赤い鷹が問題を起こしていると聞いても、べつだん、驚くことではなかった。彼らは有名な国際テロリスト集団だ。

キールはどんどん落ち着かなくなってきた。ずっと感じていた胸騒ぎが、混乱していく気分と相まって増幅されていく。ヴァージニア出身の、たいして力も持たない一介の下院議員にすぎない自分に、彼らは何を望んでいるのだろう？　これだけの重鎮が求めることだ、どんなことにせよ、重大な用件に違いない。

「そうですね」キールは抑えた声で言いながら議長に目をやり、さらに大統領に視線を移した。「リー・ホークのことなら、少し読んだことがあります。私も同意見です。頭のいい男だが、異常者スレスレだ。やつの掲げる目標は理想論であり、そのための手段は破滅を引き起こすものです」

大統領が立ち上がり、巨大な窓辺に立って、なだらかに広がる静謐な緑地を眺めた。そしてキールを振り返った。「最後に入った報告——わが国の諜報機関が入手できた最後の情報では——ホークとその配下のグループは、ヨーロッパの国々を密かに渡り歩いているということだった」大統領がひと呼吸おく。「だが、その情報は誤りだった。いや、ともかく悲惨なほど古いものだった。なぜなら、リー・ホーク配下の人間が二人、７４７便に乗っているからだ——チャールストン発ワシントンＤＣ行きの便に」

突然、キールはナイフで腹を刺されたような痛みに襲われた。エレンの乗った便だ。彼の婚約者が乗っていることを、大統領は知っているのか？　だから彼が招集されたのか？

いや、それはなさそうだ。ことはジャンボ機だ。二百から三百の乗客の命が危険にさらされているのだ。これだけの重鎮たちが、同情してキールの手を握るために呼び寄せたわけではないだろう。それまで経験したことのないような薄ら寒い恐怖にとらわれ、キールはふんばってこらえた。軍役に就いていたころに感じたような恐怖とは、まったく違う。もうあとがないというような、追いつめられた感覚。逃げる馬の手綱をつかもうとしているときに、自分の両手が縛られているのがわかったような感覚。

しかし、執務室にいる男たちを眺めるキールの表情に変わりはなかった。落ち着きを保ったまま、グレーの目を細めて尋ねた。「彼らの要求は？」

「無理難題だ」議長が困り果てたようにため息をついた。「ホークの部下が二名、ドイツで国防相暗殺を企てたときに、逮捕された。爆発によってドイツ市民十名を殺害した罪で投獄中だが、ドイツ政府は釈放を拒否している」

何百人という乗客の命はどうなるんだ？　キールは叫びたかったが、黙っていた。「ほかにはどんな要求を？」

「多額の現金と、乗っ取った航空機だ。北アフリカに逃げこんで、保護を受けるつもりらしい」

キールはつかのま逡巡し、親指を突き合わせてまわしながら、まつげを伏せて自分の手を見つめていた。爪を切らなきゃいけないな、とぼんやりと考えた。それから、まっすぐな視線を大統領に向けた。「どうして私を呼んだのですか？」

大統領は一瞬の間を置き、こう言った。「二名の部下とともに、ホーク自身が機に乗っている。無線で通信が取れているんだ。相手がきみでなければ、交渉はしないと言っている」

「私と？」キールは驚いて眉をつり上げた。

大統領が肩をすくめる。「彼は、きみの政策の多くに敬意を表している。ご指名なんだよ、ウェレン。きみと話ができないのなら、飛行機を爆破すると言っている」

怖れと責任の重さが、とつじょキールの上にのしかかってきて、息をするのも苦しくなった。エレンが乗っているという個人的な恐怖よりも、もっとひどいものだった。エレンなら乗っていないかもしれない。乗り遅れたということも……いや、そんなことはありえない。つらいことだが、その確信はあった。エレンは常に時間に正確なのだ。

キールは胸ポケットからタバコを一本取り、親指でフィルターをたたいた。ライターを探ったが、議長がすかさず、デスクの上にあったイニシャル入りのライターで火をつけた。

一服吸いこんだキールは、ふたたび大統領に目を戻した。「私はリー・ホークになんと言えばいいんですか？」

「現在、われわれは、ドイツ政府と連携をとっている。いまや国防相も航空管制局も巻きこんで。とにかく通信してくれ。そして頼むから、少しでもやつを引き留めてくれ。航空機は現在、リッチモンド上空を旋回している」

「いつ始めればいいんでしょう？」

「いますぐに」

大統領は、デスクパッドの脇に置いてある、縦五センチ横七センチほどのスピーカーのスイッチを入れた。キールは立ち上がり、自分の手が震えていることをぼんやりと意識しながらデスクに向かった。大統領に目を向けると、大統領がうなずいた。

「リー・ホーク？」キールは言った。「ホーク、聞こえるか？　こちらはキール・ウェレン議員だ。私と交渉したいそうだな。けっこうだ。話を聞こう」

九月二十二日　午後七時十五分
ヴァージニア州　リッチモンド

リアナン・コリンズは冷蔵庫をのぞいて顔を曇らせた。お隣りで開かれるポーカーパーティに持って行くディップが二番目の棚にあると思っていたのに、見当たらない。彼女はため息をついた。冷蔵庫のものを探そうとすると、いつも大探検の始まりみたいになる。とにかく小さすぎるのだ。育児用ミルクの缶、ライアンのお弁当用の箱入りプディング、食べかけのバナナ、飲みかけのサイダー、オレンジジュース、ノンシュガーのクール・エイド……。

「きゃあっ！」ウエストを突然つかまれ、ぎょっとして悲鳴を上げた。冷蔵庫の前から、ポールの腕のなかへと引き寄せられる。

「ホット・タイム！」ポールは陽気な大声で言い、抱いたリアナンを斜めに倒した。「子どもたちは二人とも寝てる！」腕をしっかり支え直して腕時計を見る。「ベビーシッターが来るまで、えーと、あと四分二十秒は二人きりだ！」

リアナンは声を上げて笑い、やれやれと頭を振って、夫の輝く茶色のまなざしを受け止めた。「ホット・タイムはあきらめて。四分もないわ。ジューンのところへ十五分前には料理を持って行ってなきゃならないのに。ところで、ホット・タイムで何をしようと思ったの？」

「なんだって？」ポールは怒ったように言った。「チーズディップをお向かいまで届けてあげようという、このすばらしくロマンチックな厚意を断わるって？」

リアナンはくすくす笑い、夫の焦げ茶色の髪を手で梳いた。「ごめんなさい、ハネムーンに行ったのはもう七年も前のことでしょう。床の上で背骨を折るのはいやだわ」

「意気地なし！」ポールはがっかりしたふりをして、うめいた。「まあ、いいや」顔をしかめてリアナンを引き寄せ、唇に軽くチュッとキスしてから離した。髪をかき上げ、悲しげに妻を見る。「髪はもっとやさしく扱ってくれないかな？　櫛でとかすたびにズルズル抜けるんだ」

リアナンはまた声を上げて笑い、ふたたび冷蔵庫に頭を突っこんだ。「抜けてなんかいないし、はげてきてもいないわよ。生え際に少し白いものがめだつようになってきただけじゃない」

「そうかな？」ポールは期待するように訊いた。

「そうですとも」そう答えたリアナンは、袋に入ったかじりかけのグラノーラ・バーの後ろにチーズディップを見つけて、ほっと息をついた。「あった！　早く行かなくちゃ。くたびれた主婦に手を貸してくれてありがとう、すてきなだんなさま！　あなたが子どもたちをお風呂に入れてくれてなかったら、とても間に合わなかったわ」

「風呂なんかどうってことないよ」ポールはセロリをつまみ、消えゆくディップを素早くつけた。「寝かしつけるのに白雪姫の絵本を読むのは二百二回目で、ちょっとしんどかったけど、風呂なんかお安い御用だ！　父親なら子どもを風呂に入れるのは当然さ」

リアナンは足を止め、荷物を抱えた手でカウンターからハンドバッグを取った。ポールを見やると、いとおしさがこみ上げた。たしかにときには喧嘩もするけれど、これ以上は望めないほどのすばらしい結婚生活が送れている。

私には何もかもがある！　郊外のすてきな一軒家、健康でかわいらしい二人の子ども、大きな人なつっこいドイツシェパード、丸々した雌のトラネコ、毎朝歌ってくれる二羽の黄色いカナリヤ。

でも何よりも、ポールがいてくれる。彼は毎朝、オーダーメイドのスーツをぱりっと着こなし、この世で最高に敏腕な市場アナリストを目指して仕事に向かう。でもいったん家に帰れば、ただのポールに戻って子どもたちと床を転げまわり、いやな顔一つせず台所のゴミを出し、文句一つ言わず紙皿に載った料理を食べ、リアナンにとって妻や母としての仕事が大変なときには直感で察知して、外食しようと言ってくれる。

リアナンは、ハンドバッグと生野菜の載った皿とスパイシーなチーズディップをカウンターに戻した。いたずらっぽく笑って、ポールに抱きつく。「ホット・タイムは、今夜たっぷり用意するって約束するわ！　それでどう？」

「いいね！」ポールは彼女のお尻を軽くたたいた。「マルガリータを二杯、用意しておくよ。それで準備万端だ」

「マルガリータがないと、私はホットになれないっていうの？」リアナンが怒ったように言った。

「三十を過ぎれば下り坂だ」ポールはまじめくさって冗談を言った。警告するように眉をぴくぴくさせる。それから、妻を抱きしめた。「なんてね。きみはいままでも、いままで会った誰よりホットで色っぽくてきれいだよ！」

リアナンは口元をほころばせ、夫の引き締まった腹をたたいた。「あなただって悪くないわよ、カサノヴァさん！　ただ、さっきのは少しばかりほめすぎじゃないかしら。本気で何かを狙ってるわね？」

「もちろん！」ポールは悲しげに答え、カウンターからセロリのスティックをもう一本くすねた。「ホット・タイムをね！」

「あなたったら、もう！」リアナンはため息をついて見せた。キッチンに掛かった大きな時計に目を留めて、うぅっと声を上げる。「もう七時半！　ジューンに殺されるわ。ビュッフェのテーブルセッティングを手伝うって約束してあったのに――」

「ああ、行ってくればいいさ！」ポールはぷりぷりして頭を振り、妻の用意したさまざまなタッパー容器が入りそうな大きなバッグに手を伸ばした。「これで持って行ったほうがずっと楽だぞ。さあ、行けよ。ぼくはシンディが来るのをここで待つから。子どもたちが起きたらどうすればいいか、いつものきみみたいにあれこれ指示を出そうかな。だって、きみは通りのずっと向こうに……」

「ずっと向こうって、たったの一〇〇メートルでしょ!」リアナンは笑いをこらえて夫に言った。でも夫の言うとおり。いつものベビーシッターが来ると、彼女はかならずあれやこれやとうるさく指示していた。でも、今夜はちょっとハーバート家に行くだけだ。

「さてと。子どもたちにキスだけして、もう出かけなきゃ!」

リアナンはふんわりとした黒髪を後ろに払い、二階への階段をパタパタと上がった。ジェニーがいるのは、右側の最初の部屋だ。リアナンは忍び足でベビーベッドに近づき、にっこり微笑んだ。生後六カ月のジェニーは、茶色の巻き毛がふさふさしている。ふっくらとした頬の横で小さなこぶしを握り、とてもかわいらしい。リアナンはベビーベッドの手すりの上からかがみこみ、桃のような娘の柔肌にキスをした。「おやすみなさい、大事な大事な赤ちゃん!」そっとつぶやく。

次に行くのは息子の部屋だ。五歳のライアンは、E.T.のぬいぐるみを抱きしめてぐっすり眠っている。シーツを蹴り脱いでいた。リアナンは笑みを浮かべてシーツを直してやり、息子の額にキスをした。「愛してるわ、スイートハート」そっと言う。

リアナンは廊下の照明を消し、ライアンが目を覚ましておしっこに行きたくなったときのために、バスルームの明かりをつけた。それから階段を駆け下りてキッチンに戻ると、ポールがまだセロリをかじっていた。「僕の仕事ぶりはどうだった？」ポールが目を輝かせていたずらっぽく訊く。

「完璧よ」リアナンは偉ぶって申し渡した。そして持ち寄りの品が入った袋とハンドバッグを夫から受け取った。「シンディがやってきたら、すぐに来てね。ジューンたら、すてきな隣人を上司に自慢したいんですって」

「こりゃ困ったな！」ポールは笑った。「めかしてこいって言われたのは、そのせいか！」

リアナンはしかめ面をして見せたあと、チュッとキスをして、キッチンから飛び出した。

気持ちのいい夏の夕べだった。道に沿ってなだらかにくねった芝生が美しい。通りの袋小路に見えるハーバート家の芝生も、同じようにすばらしい。

月明かりの下を歩いていると、飛行機のうなるような音が聞こえ、リアナンは空を見上げた。変ね。市街地からこんなに離れたところを低空飛行するなんて、いままでなかったのに。けれど彼女は肩をすくめ、音をやりすごした。

九月二十二日　午後七時二十八分
ワシントンDC

輝かしくライトアップされたホワイトハウスの静謐な芝生を、キールは見つめていた。四本目のタバコを口にしていたが、窓の前を落ち着きなく行き来している以外、彼の緊張は表に出ていなかった。

「きみのことは気に入っているんだ、ウェレン」リー・ホークの声がスピーカーから流れる。「きみの演説は何度も聴いたことがある。立派なものだった――政治家の言うことにしてはな。それにきみは、その信念のために尽力しているようだ。核廃棄物の浄化法案の可決に向けて、きみが闘っていたあの日、私も議事堂にいたんだよ」

キールの目が大統領に釘付けになる。安全対策はどうなっている？

そこへホークの忍び笑いが響いた。「そうとも、諸君、私はいたんだ。信じがたいことだろう？」

「ああ、信じがたいね」キールが答えた。タバコをもみ消し、こんな小さな箱を通してではなく、直接ホークに訴えかけることができたらと思う。「聞いてくれ、ホーク。細菌戦争や核に対するきみの姿勢は立派なものだと、僕も思っている。だが、三百人の人びとの命を奪うことで、何を成し遂げられるというんだ？」

「正確には、二百八十七人だ」ホークは落ち着き払った声で言った。「私も人を殺したくはないよ、議員先生。だがときには、ほかの人間が生きるために多少の犠牲が必要なこともある。しかし、きみが私の要望をかなえてくれたら、この機はすぐにもダレス国際空港に着陸できるんだよ。そしてドイツにいる私の仲間を解放し、私の要求する装備を整えてくれたら、この乗客たちも解放しよう。目的地に着いたら即刻、パイロットも引き返させようじゃないか」

「ドイツ政府とは、現在、交渉中だ」キールは重々しく答えた。

「ああ、ところで、きみのフィアンセだが、ここで元気にやっているよ、ウェレン。知りたいだろうと思ってね」

キールは歯ぎしりし、ごくりと唾を呑みこんだ。周囲の視線が集まるのを感じ、握りしめたこぶしを心してゆるめた。「教えてくれて感謝するよ、ホーク。ほかの乗客の様子はどうなんだ？」

「いまのところ元気だよ、議員先生。ただ、一つ問題が」

「何？　なんだ？」

「後ろのほうに、FBIが二人ほど乗っているようだ。きみたちのお仲間である立法家さんの護衛だろう。いや、法の番人と言うべきか。最高裁のベインズ判事だ」

ふたたび、キールの視線が大統領に飛んだ。怒りのこもった非難がましい視線。ゆっくりとうなずく大統領を相手に、キールはどうしようもない怒りがふくれあがるのを感じた。ヒヤヒヤもののギャンブルをさせているくせに、手持ちのカードをすべて明らかにしてくれていなかったのだ。

「それのどこが問題なんだ?」キールは抑えた声で訊いた。

「英雄気取りの人間がいないに越したことはないと思っただけだ」

「なるほど」キールは同席しているほかの男たちの顔を、一人一人眺めた。「いいか、ホーク、こちらの状況を話そう。きみの要求する武器も、ダレス空港には航空機とパイロットも同意した。だが、理解してもらわなければならない。きみの同志の身柄を預かっているのは、わが国の政府ではない。われわれには権限が――」

「ドイツ政府と交渉を続けてくれ。この機にも何人か乗っているぞ」

「交渉中だとも」

「それは信じるよ、先生。信じるとも。燃料切れにならないうちに、なんらかの回答が得られることを祈るんだな。ここにいる善良な乗客たちは、きみのおかげで長生きできるかもしれないんだ、先生。われわれは――くそ! くそお!」

「なんだ? なんなんだ? ホーク? ホーク!」キールはデスクに身を乗り出し、通信機に向かって怒鳴った。指が木に食いこむかというほどデスクを握りしめ、広い背中と肩の筋肉を不安と緊張でこわばらせて。

通信機から返ってきたのは、耳を覆うばかりの銃声——いや、爆音だった。

九月二十二日　午後七時三十分
ヴァージニア州リッチモンド

リアナンはハーバート家の玄関口で足を止め、なんだろうと振り返って空を見上げた。ブウーンという音が大きくなり、ふいにやんだ。かと思うと、耳をつんざくような甲高い音がして、銀色のミサイルが弧を描いて地面に向かうのが見えた。

恐怖と驚愕(きょうがく)に、リアナンは口をぱっくりと開けた。音はどんどん大きくなる。銀色の物体はぐんぐん地面に近づいてくる。そして彼女の目の前で大地は揺るぎ、爆発して真っ赤な炎の壁となった。

彼女の口から空高く立ちのぼった悲鳴が、渦を巻きあげて砕け散る破片の轟音(ごうおん)とぶつかり合う。まわりに物が飛んでくる。空気は溶鉱炉のように熱い。でもリアナンは何も感じなかった。道の向こう側は焼け焦げ、えぐれていた。彼女の家も——家の前の道も——もはや存在しない。そこは地獄絵図と化していた。

「いや！」リアナンはパニックを起こし、波のように押し寄せてくる煙にむせた。「いやあ！」

彼女は壊滅的な現場に駆け出したが、そのときにはハーバート家の人間も外に出てきていた。炎に飛びこもうとする彼女にビル・ハーバートが飛びつき、もろとも地面に倒れこんだ。「なかにいるのよ！」リアナンは叫んだ。「みんながなかに！　助けなきゃ。赤ちゃん、ライアン……ポール……」

リアナンはもがいた。ビル・ハーバートを引っ掻き、蹴りつける。彼女を押さえながら、ビルも泣いていた。もうだめだよと、彼女に告げようとはしなかった。ただ彼も涙を流し、リアナンに激情をぶつけられるがままになっていた。やがて闇のなかでサイレンがけたたましく鳴り響き、誰かがようやく彼女に長い注射針を刺して、忘却という安らぎをもたらした。

新聞でも雑誌でも、何週間ものあいだ事件は報道された。二百八十一名の乗客乗員とともに、地上にいた三十名の人びとが亡くなった。生存者はわずか六名。史上最悪の航空機事故となった。ボーイング747型機の機体は、墜落時に三つに分断された。残骸は徹底的に捜索されたが、皮肉にもリー・ホークの遺体は発見されなかった。墜落現場が郊外だったのは、不幸中の幸いだと考えられた。もし市街地だったら、死傷者の数はさらにふえていただろう。

残骸からは弾丸が見つかったが、損傷が激しすぎて、世界屈指の弾道学の専門家でも、誰が発射したものかは解明できなかった。上空で何が起こったのか、誰にもわからなかった。

機体に積まれていたブラックボックスに録音された最後の音声は、キール・ウェレンが耳にしたものと同じだった。

ウェレン議員は、事故の全責任を負った。長期休暇をとってワシントンを離れ、ブルーリッジ山脈の人里離れた山小屋にこもった。選挙活動に身を入れなくてだいじょうぶだろうかと支援者は思ったが、再選された。彼の支持者は、事故は彼のせいではないと思っているようだった。事実、彼の責任だと思っている人間は多くはなかった。

しかし、リアナンはそうではなかった。悲しみに耐えるためには、誰かを憎まずにはいられなかった。責める相手が必要だった。ウェレン議員のことはよく知らなかった。こざっぱりとしたオフィスに座って他人の生命を手駒にしている、遠い存在の一人にすぎなかった。だから彼女は、ウェレンに責任をかぶせた。無気力状態からなんとか抜け出したあとは、ウェレン議員を毛嫌いしているという自覚も持っていた。

新しい任期が始まってワシントンに戻ってきたキール・ウェレンは、取り憑かれたように責務にのめりこんだ。法案成立のために闘うことが、心の痛みを忘れる手段だった。彼は強い男だった。山のように動じない男だった。ブルーリッジ山脈の頂きや崖のように、たくましかった。やがて時の流れがゆっくりと、確実に、彼の傷を癒していった。

リアナン・コリンズの場合はそれほどうまくいかなかった。数週間はショック状態が続き、そのあと現実を受け入れてからは、泣くことしかできない絶望だけの日々が続いた。どうして自分もあのとき家にいて、自分の命と同じくらい大切な人たちと一緒に死ななかったんだろう。どうして自分だけを残し、子どもたちを、赤ちゃんを奪ったのですかと、神を呪った。

そしてようやく、もとと変わらないくらいに動けるようになると、友人たちの親切が耐えられなくなった。やさしい心遣いにどんなに感謝しようとしても、彼らはみんな、自分の喪ったものを思い出させてしまう。彼らの生活は続いていく。ビル・ハーバートはゴルフもできる。ポールはもう二度とクラブを握れないというのに。友人の子どもたちはスクールバスに乗り、母親はお弁当をつくり、赤ちゃんはベビーカーで騒いだり、のどを鳴らしたり、笑ったりする。でもリアナンには、そういうことはもう何も起こらない。もう二度と、赤ちゃんを抱くことはできない。

あの惨劇から半年後、リアナンの兄のティムが妹の心の状態を心配し、大学時代の友人に連絡を取った。その相手は、リアナンの心に重くのしかかっている環境から彼女を引き離すのにぴったりだった。

「ばかなこと言わないで、ティム」リアナンはうつろな声で笑い飛ばした。「ポ、ポールは……保険をたくさん遺してくれたわ。働かなくてもいいの。それに、私には何もできないし！　ずっと主婦だったんだもの！　家事と……育児くらいしか。ポーカーをやって、マルティーニをつくって、おいしいカナッペを出すくらいしかできないの！　ほかにはなんの資格もないし」

「リアナン！」ティムは笑おうとした。だが、嘆かわしいほどげっそりしたままの妹を前にすると、それはむずかしかった。「だからこそいいんだよ！　何かをして生きていかなきゃあ！　ドナルド・フラハティの話を引き受ければ問題ないんだ！　あいつは世界屈指の富豪だ。秘書も事務員も、有能な補佐もいらない！　あいつが必要としてるのは、聡明で魅力的な接待役(ホステス)なんだ。アナン、きっと何もかも忘れさせてくれるよ」ティムは身をかがめて妹の手を取った。「アナン、自分も死んだほうがよかったと思っているんだろう。ポールや子どもたちは、おまえの命だったものな。でも、僕だっておまえを愛してるんだよ、アナン。母さんや父さんも……だから僕たちのために、がんばって生きてくれ……」

　涙がリアナンの目からあふれた。孫を喪ったことが両親にとっても耐えがたかったのはわかっている。けれど、少なくとも娘は生き残った。最初はリアナンも、どうして夫や子どもたちと一緒に死ななかったんだろうと苦い思いを嚙みしめたが、自分が生き残ったことは両親や兄にとって、ただ一つの希望の光だということも知っていた。いま、いとしいティムが、妹の苦しみを思いやって目に涙をため、こちらを見つめている。

「わかったわ、ティム」かろうじてリアナンは言った。「そのお金持ちのお友だちが、マルティーニをつくってポーカーをやる人間を雇いたがっているのなら、お仕事を引き受けるわ」

一カ月後、リアナンは引き受けてよかったと思っていた。ドナルド・フラハティはすばらしい人物だった。誰にでもやさしく、知的で感受性の強い人。世界じゅうを飛行機やヨットでまわるのは楽しかった。心の痛みは消えてはいなかったが、共存するすべは身につけた。そして一年後、また笑みを浮かべることができるようになり、ときには声に出して笑うことさえできるようになった。彼女の仕事は、非の打ちどころのない接待役。そしてリアナンはそのとおりの人間だった。美しく、超然とし、どこか手の届かない、魅力あふれる女性。

ドナルド・フラハティや彼の仕事仲間、友人、従業員たちは、たちまちリアナンの虜(とりこ)になった。彼らはリアナンを、ハートのクイーンと呼んだ。

# 1

「帆を揚げた姿は見ものだ！　あれだ、あのトゲルンマスト。あそこの帆が風をはらめば、この船は飛ぶように進む。そのときは惚れ惚れするだろうなあ。世界の七つの海を探しても、こんなに美しい船はないよ、リアナン！」

リアナンは船医のグレン・トリヴィットを見て微笑んだ。この〈シーファイヤー〉号はドナルド・フラハティに買われて改装されたのち、初の航海に船出しようとしていた。その〈シーファイヤー〉号の姿に胸が躍るのはもちろんだが、子どものようにはしゃぐグレンの様子にも胸を熱くせずにはいられなかった。

年代物の大型帆船——しかも個人が所有する横帆艤装船は、もはや世界でも数えるほどしか残っていない。二人はその船の船首に立ち、マイアミ港のにぎわいを一時間ほども眺めていた。乗船する客を見ていたところでグレンが顔を輝かせて振り返り、威風堂々とした優美な船を、またもやほめちぎったのだった。

「たしかに美しい船ね、グレン」リアナンは、グレンの腕が伸びた先へ視線を移した。はるか遠く、空に挑むかのような船の帆の先へ。「帆を全部張ったら、さぞすばらしいでしょうね」

グレンがにやりとする。「この航海中、どれだけ観賞できるかわからないけどね。乗客名簿を見るかぎり、一日じゅうてんてこまいだろうな。船酔いで死にそうになった年配のご婦人方の相手で」

リアナンは声を上げて笑った。「出航前に酔い止めの薬をたっぷり飲ませておくことね。そうすれば問題なし。それに」いま一度、乗船用の渡し板に目をやり、きらりと目を輝かせて付け加える。「乗ってくるのは年配のご婦人ばかりじゃあないみたいよ！」

「えっ、ほんとに？」

グレンは片方の眉を上げて手すりをつかみ、乗りこんでくる客をもう一度よく見た。ハハッと笑い、小さく口笛を吹く。談笑しながら乗船中の若い女性が五人。最高にエレガントなカジュアルウェアをまとっている。超ミニ丈のスカート、つばの広い帽子、ニットのノースリーブ、パールのアクセサリー。そんな彼女たちの格好を、リアナンもとがめることはできなかった。自分の着ている白いスカートスーツが、自分でも少しつまらなく思えていたから。常識で考えれば、カリブ海のクルーズにはジーンズやショートパンツがぴったりだろう。ときには遊び感覚で、優雅なシルクをまとうのも、この美しい船にはしっくりくるかもしれない。けれどいまは、常識も遊び感覚も発揮するわけにいかなかった。〈シーファイヤー〉号の出航に向け、ドナルド・フラハティは船の乗務員にも自分の従業員にも、すべての人員に〝品格ある服装〟を心がけるよう申し渡していた。

「そうだな……あの一団に酔い止めを出すのはかまわないが」グレンは明るい口調で言った。

「ただ、みんな軽そうな女ばかりだ」金持ち娘から視線をさらに移して、こうつぶやく。

「こっちは、お偉いさんか」

リアナンが目を向けると、ひときわめだつ男の一団が渡し板に近づいていた。全員がビジネススーツにブリーフケースを提げている。

「下院議員？」彼女がグレンに訊ねる。

「上院議員と外交官もいる」グレンが答えた。

二人は無言でしばらく眺めていた。〈シーファイヤー〉号が民間の遊航船としてフラハティに買われたのはつい最近のことだが、二十年ぶりに乗客を乗せて航海に出るのは、きわめて特別な一大イベントだ。料金を取って貸し出している船室もあったが、ほとんどは招待客で占められていた。

ドナルド・フラハティは慈善団体や政治団体など、数多くの団体に籍を置いている。彼にとって最優先の関心事は、核兵器の廃絶だった。だから、新たに手に入れたおもちゃの処女航海には、船上で開催されるワールド・ウィズアウト・ニュークス（WWON）――核なき世界――会議のために、世界じゅうから多くの知人友人が招かれていた。つまり、控えめに言っても、乗客名簿は錚々たる顔ぶれだった。名のある人物が、イギリス、フランス、ドイツといった国だけでなく、中国やロシアからも足を運んでいる。そして少なくとも三人の米国上院議員と、半ダースほどの下院議員も。

「はあ……」グレンがため息をついた。「考えてもみろ！ あいつらは海でのんびり日光浴するっていうのに、僕たち二人は偉いさんたちの気まぐれに合わせて、従業人の尻を追い立ててるだけだとは」

またリアナンは笑った。グレン・トリヴィットはいつも笑わせてくれる。彼女は人に対して、礼儀正しさ以上の応対を心がけていたが、それでもときには近寄りがたく、距離を置いた雰囲気になることが多かった。わざとそうしているわけではない。ふたたび生きつづけていくすべを身につけたリアナンだが、ドナルドに心から親愛の情を寄せる以外、なにごとにもあまり深く感じることができなくなってしまったのだ。けれど、ひと月ほど前にドナルドに雇われたグレンに出会ってから、また自分が笑えるようになっていることに気づいた。リアナンはグレンが好きだった。彼はたぶん四十歳くらいで中肉中背、風貌もこれといった特徴はない。瞳の色は淡く、ほとんど色味のないブルーだが、人の内面を深く理解するようなまなざしをしていた。きっとリアナンの過去も知っているのだろう——誰もが知っている——が、彼女の過去についてグレンが口にしたことはなかった。その淡い瞳の奥には、深い知力——知性と判断力が隠されているような気がした。

「グレン」リアナンは、日射しであたたまった手すりを手のひらに感じながら言った。「それほど大変な仕事にはならないんじゃないかしら。病人が出ない可能性だってあるし。それに、カードを切ったりドリンクをこしらえたりするのも、ドナルドのためなら、つまらない仕事だとは言えないわ。彼には会計士が把握できないくらいのお金があるってことを知らなかったら、お給料をもらってるのが申しわけないくらいよ」

「おいおい、リアナン！」グレンが反論した。「きみはデッキに立ってくれているだけで、値千金なんだよ！」

「ありがとう、グレン」彼の瞳が輝いたのを見てリアナンはいたたまれず、ぼそぼそと答えた。彼が好意を寄せてくれているのは知っている。それが心苦しかった。彼に対して、自分も何かを感じられたらいいのに——触れられてどきりとしたり、声を聞いて胸がときめいたり。でも、ほのかな親しみ以外は、何も感じられない。それでも、細々とつながっているグレンの無償の友情を、失いたくはなかった。

「ほら！」グレンが彼女の思考をさえぎり、海岸を指さして笑った。彼女のいたたまれなさもかき消える。「あの背が低くてでっぷりした、鋼(はがね)色の髪が薄くなった男。誰か知ってるかい？」

リアナンは首を振った。「いいえ、誰なの？」

「あれれ、だめだなあ！　ドイツのヴィルヘルム・シュトルツだよ。ワシントンの大使館に詰めている外交官であり、有名な交渉人」

「すごい人なのね！」リアナンは笑った。

「それから、あれはフランスのピエール・ジャルディノー」

「あの背の高い人？」

「そう」

リアナンはお偉方である客の群れを見つめた。何年も公職に就いているアメリカの上院議員なら、何人もわかった。そのあと、長身で黒髪の男に視線が吸い寄せられた。最初に見たときは、ほかの議員より若く見えた。三十代半ばあたり。政治家というより運動選手のようだ。肩が広く、ウエストと腰は細く締まっている。優雅できびきびとした動きが、彼の全体的な雰囲気をつくりあげているようだ。

「グレン？」

「うん？」

「あの人は？　シークレットサービスかしら？」

グレンはリアナンの指さした先――船の前に飾りひもで仕切られた待機スペースに目を移した。グレンが首を横に振り、さらに向こうで半円形に集まっている三十人ほどのたくましい男の集団を指さす。「警護の人間はあそこだ。あの男は」――一瞬、口ごもり、声が低くなって声色も変わった――「キール・ウェレン議員だ」

突然、背筋にゾクリと寒いものが走ったような気がした。ウェレン。飛行機が墜落したとき、機内と連絡を取りあっていた男……。

照りつけるフロリダの太陽のもと、リアナンは震えはじめた。あの運命の航空機での最後の数分間を録音したテープを、彼女は聞いていた。何度も何度も。あの事故のあと、国じゅうのニュース番組がそのことばかり報道していた……リアナンは彼を責めた。責めずにはいられなかった。いま彼の姿を目にすると、それがすべてよみがえってきた。

どうしてドナルドは、〈シーファイヤー〉号にウェレンが乗ると教えてくれなかったのだろう？　どうして言ってくれなかったの？　二人が直接、顔を合わせることはないだろうから、問題はないと思ったの？

「リアナン？　だいじょうぶかい？」

リアナンはウェレン議員から視線を引きはがし、ふたたびグレンを見て、むりやり笑みをつくった。「ええ、グレン、あの……いえ、あのブロンドの美人は誰かしら？」

「ちょっと待って。ああ、ジョーン・ケンドリックだ。大富豪の娘だよ。父親が製紙業で財を築いてね。なかなか魅力的な女性だろう？　彼女はどうやら議員さんに目をつけてるみたいだな……」

たしかに、均整のとれたボディのブロンド美人は、ウェレン議員に興味があるようだった。だが、こちらを見上げて二人を見たようにも思えた。

リアナンはグレンを見たが、彼は客たちを眺めていた。あのブロンド美人は、グレンに挨拶するかのように微笑んだだろうか？ そして、グレンも笑みを返した？ ううん、まさか。グレンはジョーン・ケンドリックとは面識がないし、彼女のほうも、もうグレンを見てはいない。またウェレン議員に笑いかけながら、近づいておしゃべりしている。

なおもグレンはリアナンに著名人を教えつづけていたが、リアナンの目にはもう、有力政治家というよりは運動選手か身なりのいい用心棒にしか見えない、長身の男だけが映っていた。いまはただ、ここから逃げ出してどこかに隠れ、やすみたい。ドナルドから、カジノの個室でブラックジャックのテーブルを仕切ってほしいと頼まれていたが、船が出航するまで始める必要はなかった。

「ちょっとごめんなさい、グレン」リアナンはつぶやきながら、手すりを押しやった。「着替えに行ったほうがいいみたい。ほら、カジノでは黒い服を着なきゃいけないから」

「そうだね、僕も酔い止めの薬を準備しないと。またあとでね、リアナン」

リアナンが手すり越しに振り返ると、もう客が乗船を始めていた。ドナルドが船のクルー数名とともに、磨き上げられたデッキに足を踏み入れた客に挨拶をしている。

船首の部分は、プロムナードデッキよりも一階分ほど高くなっており、操舵室はリアナンの足元にあった。ぐずぐずしてしまったと思い、リアナンは唇を噛んだ。マホガニー材の階段を下りて、貨物室と同じ階にある乗務員と従業員用の船室に行くには、いま乗船中の客のあいだを通り抜けなくてはならない。

グレンはすでに〈シーファイヤー〉号の乗船客のあいだをすり抜け、新しく手すりの付けられた階段へと、丁重な物腰で進んでいた。

ふと、楽しげな客たちにもまれるのは気が進まなくなったリアナンは、人混みを避けるため左舷側にまわることにした。五十人近くのお偉方と、五十人ほどのシークレットサービスの人間。そしてさらに五十人ほどは、さきほどの製紙業界王の娘であるブロンド女性のように、お偉方に混じるくらいの裕福な人びとだ。

その興味深い顔ぶれは、ドナルドの計算にぴたりと合うものだった。ドナルドは権力や指導力を持った人間と、彼らを金銭的に支援できる人間を引き合わせ、国際政治に影響を及ぼすすべを心得ている。

そういった立派な客のリストに、リアナンは尻込みをしたときもあった。けれど、もともと殻に閉じこもって生きている彼女は、そうすることで守られてもいた。どんなことにもあまり心を乱されたり影響を受けたりはしないから、今回のドナルドの客にもスムーズに応対できるだろう。ただ一人——キール・ウェレン議員を除いては。彼のせいで、いまもこうして、慌ただしくデッキを走っている。

左舷側の階段にたどり着いて駆け下りたが、すでに乗船客がプロムナードデッキに出てぶらついていた。はしゃいできょろきょろしているのも無理はない。すっきりとした塗装の真新しさを感じさせるあまたのクルーザー船と違って、〈シーファイヤー〉号はまったくべつの雰囲気を漂わせていた。ロープ、索具、帆——船のあらゆる装備がむきだしだ。デッキには船員もいるし、下がってくださいと注意されることもある。〈シーファイヤー〉号は蒸気船が製造される以前の快速帆船だった。イギリスの紳士淑女をアメリカの領地へ運んだり、北の海へ捕鯨の冒険に向かう勇者たちを乗せた。しかし、やがて蒸気船の時代が到来した。優美な甲板、気高く広がる帆、古代ギリシャ様式の船首像を持つ美しき〈シーファイヤー〉号は、時代遅れになってしまった。船舶博物館に展示され、朽ちていくところだった。その船が、昔船長をしていた人物に買われた。彼には船を修復する費用までは出せなかったが、目の前で歴史的な美船が失われてゆくのが耐えられなかったのだ。

ドナルドが船を手に入れたのは、その船長の息子からだった。船長の息子は〈シーファイヤー〉号をもとの優美な姿に戻し、現役で航海する力を維持するため、東海岸を走らせていた。船長の船室とオーナーの船室は、百年前とほぼ同じ状態だった。長い髪をなびかせた麗しい船首像も、ニューイングランドの木彫り師によって大切に保管されていた。復元できるものはすべて復元した。だがドナルドは、新しいものを取り入れることも厭わなかった。事故を防ぐために安全用の手すりを設け、まばゆいばかりの新しいバスタブやラウンジやカジノも、最高にエレガントな趣味のものを設けた。

古いものと新しいものを見事に融合させたドナルドの手腕を、リアナンも誇りに思っていた。〈シーファイヤー〉号よりはるかに美しさの劣る船でさえ、カリブ海に浮かぶことは二度とない、この時代だ。

ポールがこの船に乗ったら喜んだでしょうね、とリアナンは悲しく考えた。涙がにじみ、必死のまばたきでこらえようとする。そういったことを考えるのは、もう長いこと避けてきたのに、いままた苦しい思いに押しつぶされそうになっている。

一瞬、世界が目の前でぐるぐるまわっているような感覚に襲われた。必死で階段の手すりをつかもうとしたが、つかめなかった。よろけて立ち直ったものの、そのはずみで誰かにぶつかってしまった。

「ごめんなさい」とつぶやき、反射的に体を起こす。相手はがっしりとした広い胸の持ち主だった。まごついて顔を上げたリアナンは、なぜかスモークグレーの瞳に釘付けになった。キール・ウェレン議員の瞳に。

もう一度小さな声で丁寧に謝り、そのままやりすごせばいいはずだった。けれどもリアナンはその場に凍りつき、まじまじとキールを見つめてしまった。若い。三十代だろう。しかしグレーの目は——大きくて少し左右に離れていて、長いまつげと濃い眉毛に縁取られた瞳は、年輪を経たわけでもないのに深みがあり、こちらがうろたえてしまうほどなんでも知っているように思えた。彼がリアナンを知っているはずはないのに、何かを知られているような……彼女の奥深くにあるものを。キールはにこりと笑った。角張った力強いあごに、感じのいい笑みが大きく広がる。いままでに感じたことのないような熱いものが、体のなかに沸き上がるのをリアナンは感じた。

「こちらこそ、申しわけなかったね」キールは小声で言い、リアナンのひじを力強く、けれどやさしく支えて、体勢を立て直させた。「このへんは混雑してるから」

「そ——そうね、混雑してますね」リアナンはとぎれとぎれにつぶやいた。「でも、すみませんでした……」早く彼から離れたい。彼女はまばたきし、引きこまれそうな瞳から逃れた。

キールに腕を放されると、リアナンは彼の胸を押しやって離れた。しかし彼の脇を抜けようとしたとき、白のスーツの裾が手すりの端のとがった部分に引っかかってしまった。リアナンは進もうとしたが、スカートに引き戻されて、ふたたびキールの腕のなかへ。

リアナンの顔がゆっくりと赤くなり、キールは愉快そうに笑って、引っかかった裾に手を伸ばした。そのとき彼の指が熱い吐息のように、彼女の脚にサッと軽く触れた。

わずかながらも残っていた威厳をかき集め、リアナンはあごを上げて、力強いグレーのまなざしともう一度、目を合わせた。

「ありがとう」と短く言って背を向け、今度はなんとかすんなり逃げることができた。

しかし船室に着くころには、自分自身に腹が立っていらだっていた。あの議員のことなんか嫌いなのに——それは今日、彼に会うずっと前から決まっていたこと——なのに、こんなふうに彼に心を乱されるなんて。

アメリカ国民は自分たちの寵児を赦したのかもしれないが、彼らの場合は、公職に就いた人間が責務を果たせなかったばかりに、自分の愛するものをすべて失ったわけじゃない。リアナンはため息をつき、狭いベッドにどさりと倒れこんだ。そして天井板をぼんやりと見つめた。心の片隅では、過去を封印できるようになった。ふつうに生活できるようになったし、人に愛想よく振る舞うことすらできる。どこへ向かうともなく、心地よくたゆたうように、生きながらえてきた。なのにあの議員が現われ、あの低く威厳のある声で話し、彼女に触れただけで、彼女の築き上げた立派な殻を溶かしてしまった。

だめよ。リアナンは立ち上がって服を脱ぎ、手早くシャワーを浴びるためにシャワー室に向かった。キールのせいで悲惨な過去を思い出したり、触れられて震えるなんて、絶対にだめ。

彼とは顔を合わせないようにしよう。二百人も乗船客がいるのだから、それほどむずかしいことではない。

熱いシャワーの下に入ると、リアナンは震えはじめた。

あの議員と少し会っただけでどうしてこんなふうになったのか、リアナンにはわかっていた。彼女がかぶった仮面をすべて剝ぎ取られ、肉体も魂も、そっくりむきだしにされたような気がしたからだ。

リアナンはタオルをぎゅっと体に押し当てて狭いシャワー室を出ると、乱暴に体を拭きながら自分に激しく悪態をついた。あの議員がリアナンの素性を知ることなどありえない。彼女もその目で見たように、魅力的な若い女性が〈シーファイヤー〉号には乗っているのだから。ことは単純だ。さっき決めたようにすればいい。彼には近づかないこと。そうすれば素性を知られることもない。

ふと気がつくとベッドのそばに突っ立って、きれいな水色のベッドカバーをぼんやりと見つめていた。タオルを落として慌てて服を身につけ、目にかかっていた髪を払ってシルバーの小さなクリップ二つで留める。そのとき船の小さな揺れに気がつき、眉をひそめてトラベル用のアラームクロックを見やった。

もうすぐ四時。出航していてもおかしくない。早くしないと、カジノの個室でブラックジャックのゲームを仕切るのに遅れてしまう。

階段を駆け下りるころには、キール・ウェレンのことはすっかり忘れていた。カジノはプロムナードデッキの真下のメインデッキにある。カジノに着いてからも少しは時間を置いて、冷静さを取り戻さなくてはならない。

ブラックジャックのディーラーになるのは好きだった。巧みにカードを切り、操っていると、何も考えなくてすむ。賭け金の動きは速いし、ゲームの動きはそれ以上だ。リアナンはブラックジャックが得意だった。名手だった。もちろん仕事だが、よく言われるではないか、仕事に打ちこむことで過去を忘れられると。

片腕の盗賊が背後で動き、カチンと音を鳴らし、ときには金切り声を出す。しかしカジノ奥の個室では、高額な賭け金が飛び交うブラックジャックに客が熱中していた。賭け金の金額が密やかにつぶやかれ、粛々と記録される。外界から隔離された小部屋は上品で、思わず声をひそめさせる。カーペットはふかふかと厚く、栗色で、壁はやわらかなベージュの紋織り。シャンデリアは繊細なつくりのブロンズ製だった。そして〈シーファイヤー〉号のためにカードを切る女もまた、部屋と同じく上品な身づくろいをしていた。黒のロングのイブニングドレスは、なめらかで艶(つや)があり、洗練されていた。

二人の男がドア口に立ち、部屋の様子を見ている。

「で、どう思う、議員先生?」ドナルド・フラハティが満面の笑みを浮かべ、自信たっぷりの声で旧友に尋ねた。

キールは鋭いチャコールグレーの瞳で、もう一度、部屋を眺めた。そのまなざしはホワイトハウスでも有名——つまり、悪名高い。ときに石から切り出されたかと思うような彼の風貌は——パーツの配置は見事なハンサムだが、厳しい表情に見えることが多く、いまも険しいままだ。しかし瞬く間に、その若い顔に大きな笑みが広がった。キールは友人に——フレデリックスバーグにいたころからの幼なじみに顔を向けた。

「美人だな」

ドナルドは眉をひそめた。「美人？」いったい誰の話かと、彼は部屋を見まわした。

「ああ」ドナルドは長いため息をついた。不吉な予感をたたえた顔をキールに向ける。〈シーファイヤー〉号の処女航海に向けて、さっきまで意気揚々と感激していた様子は消えた。波が彼の幸せをすっかり洗い流してしまったかのように。

「俺はカジノの出来はどうかと訊いたんだぞ」ドナルドは冗談に変えようとした。「なのに、おまえは俺のところで女を口説こうってのか」

「口説いてなんかいない」キールはどうしてドナルドがこんな反応をするんだろうと思いながら、軽く返した。「カジノはすばらしいよ。エレガントとはこのことだ。しかも、おまえが自費でこんな大旅行を提供してくれるんだから、納税者には至極ありがたいことだ」キールはドアのそばにあった革張りの椅子に軽くもたれ、ドナルドの顔を眺めた。そして自分が目を引かれた女性のほうに、首をかしげた。「あのディーラーに目を留めたからって、どうしてそう青くなる？」

ドナルドは神経質そうに襟の縁を指でなぞった。「ちょっと俺のスイートに戻ろう。そこで詳しく話す」

カジノを出て豪勢なスイートに向かうあいだ、二人は大勢の客から挨拶を受けた。キールはとくに愛想のいい政治家というわけではないが、その愛想のなさをライバルたちが欠点だと考えているわりには、厳めしい、非情と言ってもいいほどの顔つきは、投票でマイナスに働くことはあまりなかった。彼の支持者は、政府や政策に対する彼のまじめな取り組みに信頼を置いていた。彼の公約は公明正大で、後ろ暗いところがない。この案件のために闘うと宣言したら、どんな障害にも負けない。口先だけの約束をすることなどなかった。十年か十五年もしたら、キールはアメリカ合衆国大統領にもなるかもしれない、とドナルドは思っていた。しかも、この国が渇望するようなリーダー――分別がありながら、驚くほど豪胆でもあるリーダーに。たいていの人間とは違ったレベルでものを考えることのできるキール・ウェレンは、支持者の利益のためなら個人的な問題など二の次にすることができた。悲劇的な苦しみさえも……。

ドナルドですら、キールが何を考え、何を思っているのか、ほとんどわからなかった。ヴァージニア出身の若き議員は、全米の注目を浴びてはいるが、必要以上に自分をさらけ出すことはなかった。キールの心のなかにあるものは、キール本人にしかわからない。だからこそ、ドナルドはいま、これほど神経質になっているのだ。〝ハートのクイーン〟が〈シーファイヤー〉号に乗り合わせた奇妙な偶然を、彼がどう思うか。それでなくとも、ヴァージニア出身の議員が乗っている事実をリアナンが知ったら、どんな気持ちになるか。ドナルドはキールのことについて、彼女に話をしていなかった。できるだけ触れないほうが、つらい過去を掘り返すことも少ないだろうと思ったのだ。それに、リアナンが過去の話をしたことはない。どうか、キールの名前が彼女にとってはなんの意味もないものであってくれ。ドナルドは内心、ため息をついた。なんとばかげた望みだ。あの悲劇については、文字で書かれたものも音声で流されたことも、すべてリアナンは見聞きしているに違いない。

ドナルドは、豪華なスイートのドアを押し開けた。ベルベットのカーテンが、小窓に掛からぬようループで留め上げられている。「一杯飲むか、キール？」

キールは失礼にならないよう、片方の眉を少し上げた。「俺が飲みたくなるとでも思ってるようだな。さっきの女性に、いったいどんな秘密があると言うんだ？」

キールはさりげなく話したが、さきほどのブラックジャックのディーラーから受けた印象があまりに強烈で驚いていた。しかしそれは、たぶん彼女が美人だったからにすぎないのだろう。洗練されていて、優雅で、上品だった。黒い髪に、同じ黒の品のいいロングドレスを、すらりとした伸びやかな肢体にまとっていた。袖は長く、手首に向かって細くなるようなしゃれたデザインだ。チャイナ服のようなスタンドカラーのスリット部分からは、透けるような白いのど元の肌や、形のきれいな鎖骨が見えるか見えないかだった。

いや、違う、彼女の着ているもののせいじゃない。キールの心はざわついた。さっきデッキでぶつかったときから、彼女には心を奪われていた。あのとき彼女は、カジュアルなスーツ姿だった。

あのときキールの心をとらえたのは、彼女の目だった。緑の瞳。単純な緑じゃない。輝く緑。わずかに青みがかったエメラルド色……。カットを施されたダイヤモンドのように、あらゆる面が光りを放ち、そのまわりには、ボリュームたっぷりの長く真っ黒なまつげ。つややかな美しい髪と同じ黒。

ふいにキールは微笑んだ。黒のロングドレスをまとった彼女はエレガントだったが、その前の白いスカートスーツでもそれは変わらなかった。

しかし、その非の打ちどころのないエレガントさよりも彼の心に焼きついているのは、彼女のまわりに漂う、深い悲しみを背負ったようなオーラだった。彼女の微笑みはほんのささやかな、儀礼的なものだった。横柄な感じはない。ただ、どこかよそよそしかった。

ドナルドはマルティーニを二杯、鮮やかな手つきでつぎ、一つをキールに渡し、窓辺に行った。空いたほうの手はポケットに突っこみ、なにげなく外を見る。「リアナンは」小声で切り出した。

キールは眉根を寄せ、ドナルドは少しばかり働きすぎなんじゃないかと思った。「リアナンだって?」わけがわからず、つぶやいて首を振る。「ドナルド、いったい何を言ってるんだ? 〈リアノン〉は歌だぞ。七〇年代半ばに流行ったフリートウッド・マックの歌じゃないか?」

「違う、違う」ドナルドはかぶりを振った。「リアナンは女性だ。さっき、おまえが見ていた」

「えっ?」

ドナルドは窓の外を見るのをやめ、心配そうに顔をゆがめてキールを振り返った。「おまえがあんなふうに女を見るのを、久しぶりに目にしたよ、キール。あのころ以来だ……だが、彼女はおまえがそんなふうに見るべき相手じゃない」

「ドナルド」キールはじれったくなり、マルティーニを半分ほど飲み干した。「そのごたいそうな謎かけをやめて、どういうことか話してくれないか。そもそも俺は、きれいな女に見とれただけだ。おまえの特別な相手だっていうなら、そう言えよ。俺もそれなりに女とのつきあいは重ねてきたが、横恋慕だけはしたことがないぞ」

ドナルドがあまりにもせつなそうに首を振ったので、ラジオ&レコーズの年間チャートの発表でもしようとしてるのかとキールは思った。

「俺じゃないんだ、キール。そうだったらどんなにいいか。男がどうこうって話じゃない。いや、彼女は彼女なりに、俺にもやさしくしてくれる——この仕事を楽しんでくれているんだ。——だが、真剣なつきあいはこれっぽっちも考えちゃいない。俺だって働きかけたことはあるんだ。でも彼女は取り合ってくれない……ちょっと手を出そうとすると、その手をさらりと受け止めて、あの驚くほど聡明な瞳でじっと見つめ返される。するとこっちは、こっそり酒を飲もうとして見つかった青少年みたいな気分になるんだ。俺でさえそうだったんだ、キール、彼女の過去に関係のない俺でも……」

「ドナルド、いったい何が言いたい？」

ドナルドは長いため息をつき、つらそうな顔でキールを見た。「墜落事故のことは憶えているか？」そっと訊く。

まずい言い方だったな、とドナルドは思った。キールがあの事故を忘れるわけがない。あの悲劇のとき、航空機と連絡を取っていた本人だというだけでなく、あの機にはエレンも乗っていた……。

ドナルドの目の前で、キールの口元が真一文字に結ばれた。「もちろん憶えているさ、ドナルド。なあ、いったい何が言いたい？」

「リアナンは」ドナルドは説明の仕方があまりにもお粗末だったことを痛感し、面目なさそうに言った。「彼女の夫と……二人の子どもは、地上であの事故に巻きこまれて亡くなったんだ」

「なんだって？」

ドナルドがそれまで耳にしたなかでも、最悪のかすれ声だった。

「彼女はすべてを喪ったんだよ、キール。夫も、家も、家族も。彼女は危うく……いや、とにかく、何にも心を動かされなくなってしまった。俺は彼女の兄貴とヴァージニア大学で同級だったんだが、同窓会で少し話を聞かされてね。おそらく、俺とおまえとのつながりも知っていたと思うが、とにかく、そうなったんだ。妹をものすごく心配していることや、環境を変える必要があること、それまでとまったく違うことをやる必要があることを聞かされた。

だが彼女は七年間も主婦として、家事と育児しかしたことがなく、うまいマルティーニをこしらえることと、金曜の夜のポーカーの集いでブラックジャックのディーラーを務めることくらいしかできない。だから俺は、この仕事を彼女に紹介したんだ。接客を担当してもらって、かれこれ二年になる。おまえか彼女か、どちらかに相手のことを話しておかなければとは思っていたんだが……」ドナルドは肩をすくめた。「リアナンは過去の話をしたがらなくてね。だから俺も、おまえに会ったら動揺するんじゃないかってことを考えないようにしてしまった。それに、まさかおまえが……その……くそっ、キール！　おまえとなら寝てもいいって美女が国じゅうにいるっていうのに」

「俺は彼女を襲いやしないよ」キールは歯がゆそうに言った。窓辺のソファに腰を下ろして長い脚をコーヒーテーブルに投げ出し、こめかみの上あたりをもんだ。「ドナルド、俺があの墜落事故を起こしたわけじゃない。俺は乗客を救うために、できるかぎりのことをしたんだ」

「それはわかってるよ、キール。ただ、彼女を見るおまえの目が、な。彼女を見ると、たいていの男はドキッとするもんなんだが、おまえは並大抵の男じゃない。でも、さっきのおまえは、レンガの壁にぶちあたったみたいな顔をしてた。何度も何度も彼女を見ようとしてた。彼女は、男とカクテルも飲まないような女性だ。ましてやおまえとは、なんの関係も持とうとしないのはわかりきってる。おまえは彼女の悲劇とつながってる人間なんだから」

「ドナルド」キールの声は小さくかすれていた。「俺も多少なりとも浮き名を流してきたが、女性に無理強いをしたことは一度もない」そこでしばらく黙りこむ。「それに、俺だって、痛みがどういうものかは知っている」

「わかってるよ、キール。そんなつもりで言ったんじゃない。おまえだって、エレンのことでは充分につらい思いをしただろう。だが、南部じゅうの美女とベッドをともにしたとまで言われている男だ。友だちだっていうのに、おまえの考えていることはよくわからないが、おまえとは古いつきあいだ。おまえも、おまえなりに過去と闘っている。もしおまえが女性に半分でもいいからチャンスをやれたら、いままでに好きになって別れた女のほとんどが、おまえと人生をともにしようとがんばったことだろう。しかしな、キール、彼女だけは、おまえに何ももたらすことはない。なのに、おまえは彼女を求めてる。キール。さっき、おまえの目がそう言っていた。さっきの目はなまなましかった……いや、おまえのことを知らなかったら、ぎらついていたと言ってもいい。だが彼女は、遊びで男とつきあうようなタイプじゃない、キール。どんな関係も持たない。彼女はいま傷を癒している最中なんだ。いまの彼女には、他人に与えられるものなど何もない。海の上を漂って、ただ命を長らえさせているだけ――それだけだ。〝ハートのクイーン〟は、おまえの相手じゃない」

「ハートのクイーン？」

ドナルドは頰を赤らめた。「俺たちがリアナンにつけた名前だ」そっと言う。「彼女は、その、俺たち全員のハートをとらえた。俺の心も、乗務員たちの心も――バーテンダーに始まり、船長(キャプテン)に至るまで。それだけじゃなく、エースのカードを持っているとき、ハートのクイーンをそろえる超人的な技を持ってるんだ」

「ブラックジャック、二十一の闘いか」

ドナルドは柄にもなく、また赤くなった。

キールはマルティーニを飲み干し、マホガニーのコーヒーテーブルにグラスを置いた。長い脚をサッと床に下ろし、友に軽く微笑んで立ち上がると、タキシードのポケットに両手を突っこんだ。

「ところで、ドナルド、おまえのところのカジノで勝つことはできるのかな？」

ドナルドはムッとしたように少し眉を寄せた。「もちろんだよ、キール。俺とおまえの仲じゃないか。金は賭けてるが、合法的なギャンブルだ。八百長はやってないよ」

「それなら」キールは軽い口調で言った。「俺もひと勝負やってみるか。けっこうブラックジャックはたしなむほうでね。ドナルド、せっかくのご忠告だが、俺ももう大人だ。それに議員だ、だろ？」

ふと、ドナルドは笑みを浮かべた。「そうだな。この一年の働きぶりは立派なもんだ」

キールは肩をすくめた。「有権者は俺のセックスライフに投票するんじゃない。政治的な働きだけを見てもらってる」彼は背を向け、ドアに向かった。

ドナルドがため息をつく。「カジノに戻るのか？」

「ああ。喜べ。金庫の金をふやしてやるから！」

「キール……」

「ほら、ドナルド、肩の力を抜けよ。俺とリアナンと、おまえがどちらを心配してるのかはわからないが。心配するな。カジノで俺が勝つ可能性だってあるんだぞ――〝ハートのクイーン〟を負かすことだって」

「キール――」ドナルドの言葉をさえぎるように、キールはドアを閉めた。はるか昔の、あの夜の記憶とともにかならずよみがえってくる心の痛みと、子どもを心配する親のようなドナルドに苦笑いする気持ちにとらわれながら、ふかふかの廊下に足を踏み出した。

できることなら、彼女には近づきたくない。過去に関わるどんな人間も、彼女は歓迎しないのだろう。だが、それでも放っておくことはできない。地獄に堕ちるに値するような罪を犯そうとしているのかもしれないが、キールは決然とカジノに向かう長い脚を止めることができなかった。なぜなら、レンガの壁にぶち当たったような気分だったから。いや、稲妻に打たれたと言ったほうがいいだろうか。経験したことのないような強い力に操られていた。彼女に会わずにはいられなかった――とにかく、会わずには。

こんな経験はしたことがなかった。エレンのときでさえ、ゆっくりと愛するようになった彼女からは、こんな影響は受けなかった。

もちろん、リアナンに恋したわけではない。もっと……べつの何か。「不可抗力だ」キールは皮肉っぽく冷笑しながら、おもしろがるかのように自分の行動を分析した。どうしてあの一人の女性に——彼を憎んでいるはずの女性に、これほど心を動かされているのか……それはたいした問題ではなかった。なぜなら、ドナルドの言うとおりだったから！　彼女を目にしたとき、とてつもなくすさまじい感覚に襲われた——ぎらついたものに取り憑かれた。彼女を手に入れたくてたまらなかった。理由はわからない。理屈や理論を超えたところで、彼女がほしくてたまらなかった。あのよそよそしい笑みを見せただけの彼女が、炎と氷の嵐となって彼のなかで荒れ狂った。

リアナンに対するこの思いは、感情は、かつて感じたことのないようなものだった。キールは心から人を思うことのできる人間だが、これほど強い思いを抱いたのは初めてだ。これまで生きてきて、女性のことでわれを失ったことなどなかったのに。

われを失う？　キールは自嘲した。いいや、おまえの頭ははっきりしているさ。彼女をひと目見た瞬間から、自分のほしいものはわかっていた。だが、いまは——彼女の素性を知ったいまは、それだけではない何かがある。彼女と話がしたい。謝罪したい。なぜ？　わからない。公の場に出て、すでに事情はすべて説明してある。彼女に負うものは何もない。けれど、やはり謝罪しなければならないという気がしていた。

ほんとうは自分でも納得していないことを、彼女に納得させなければならない。キールは小さなため息をついた。

すっかり考えこんでいたキールは、すれちがう客たちの顔にほとんど注意を払っていなかった。歩きながら、ただ素通りしていく映像を目に映し、挨拶してくる顔を見て取っていく。彼の記憶力は抜群だった――人の顔となると、写真を撮るかのように憶えてしまう。政治の世界では、大きな武器だ。

カジノの入口に来たところで、突然、キールは足を止めた。背筋に冷たいものが走った。大勢の人間のなかで、一つの顔が浮かび上がって見えた。最初は気にも留めなかった顔。平々凡々とした、面長でこれといった特徴もない顔。迫力に欠ける青い瞳。とってつけたような小さな笑み。ふつうなら、目に留まることなどない。ハンサムでも不細工でもなく、若くも年寄りでもない。だがキールは、その顔に見覚えがあった。ぞっとするほど、知った顔に似ていた。

キールは心のなかで首を横に振った。〝写真を撮るかのような記憶力〟が、そんなことはありえないと言っている。肩にストライプ模様のついた白い制服を着ている男を、知っているはずがない、と。

キールはゆっくりと息を吸った。あれは船医だ。見覚えがあるように思えてもおかしくない。前にもドナルド・フラハティのところで見かけたのだろう。

その顔の映像は、浮かんできたのと同じ速さで消えていった。ほかの顔が目に飛びこんできたから。飛びこんできたべつの顔。リアナンの顔。その名と同じように麗しく、繊細で魅力的な顔。象牙の彫刻のように愛らしく、清らかで完璧な顔。ウエーブのかかった黒髪に縁取られ、まばゆいエメラルド色の美しい瞳がひときわ輝いて見える。

彼女に吸いこまれてしまう。感覚が満たされる。彼女が軽く会釈をした。まったくなにげないしぐさなのに、糸がからみついてくるような感じがする。そんな感覚は初めてだった。ごまかしようのない感覚。

キールは、きらびやかに着飾ってうろついている人の群れを抜け、個室に入った。リアナンの仕切るテーブルにつき、チップ用の現金を投げ置いた。〝ハートのクイーン〟との勝負が始まる。

## 2

最初の手を配っているとき、キールはテーブルに着いていた。だからリアナンが最初に目にしたのは、彼の手だった。感じのいい手。がっしりしているというよりは、すらりと長い手。爪はきれいに切りそろえられ、すんなりとした指には力強さがある。リアナンは無意識にゲームに集中していたが、心では彼の手をしっかりと記憶にとどめた。自信を持つ男が、それなりの仕事を成し遂げてきた手。力強いのはまちがいない。けれど、その手が何かに触れるとき、やさしさも見せるのじゃないかと思わせるような……。

自分の考えていることにショックを受けたリアナンは、キールが札束をチップの両替に出したときに目が合った。デッキでぶつかったときに見たのと同じ、グレーの瞳。この瞳に彼女は心を乱され、もう何年も感じていなかった、しびれるような感覚を味わった。最初は、それがなんなのかもわからなかった。たったひと目見ただけで。ほんの少し触れられただけで。あの指がわずかにかすめただけで……。

グレンが彼を指さしたとき、最初は誰なのかわからなかった。もう二年近くもヴァージニア州を離れていたせいもある。それにもちろん、彼の顔を初めて見たのは新聞だった。最近の新聞を見たとしても、彼とはわからなかっただろう。白黒写真では、こういう男性のほんとうの姿は映し出せない。どんなカメラでも、彼のこの洗練されたやわらかな物腰や、えも言われぬオーラはとらえられない。だがグレン・トリヴィットのおかげで、彼が何者なのかわかった。

いったいどうしてこの船に乗ったりしたの？　キールと直接会ったことはなかったが、彼はリアナンの人生――彼女の過去――にとって、重すぎる存在だった。彼女はこの二年、その悲劇を忘れようとすることなく、とにかく抱えて生きてきた。

「最初は一〇〇〇ドルでお願いしよう」彼にふさわしい声だった――低くてハスキーで、ベルベットのようにソフトなのに、鋼のような鋭さも感じさせる。

よどみなく、手際よく、リアナンは彼のチップを数えながら、テーブルの外周に沿って敷かれた赤いフェルトに大きくプリントされたルールを示した。「ディーラーはかならず十六を超えるまでカードを引かなければなりません。そして十七以上になったときは、もう追加のカードを引くことはできません」

「ありがとう」穏やかな声でキールが答える。

「いえ、べつに」

それ以上のおしゃべりはなく、賭け金（ベット）が置かれた。

カードはすべて、表向き(フェースアップ)で扱われる。リアナンは、まず七、四、ジャックを引き、そして黒髪のハンサムなミスターにはエースを、そして自分自身にもエースを引いた。最初の三人のプレーヤーはたちまち二十一を超えた(バスト)。それから彼女は、彼にスペードのジャックを引き、自分にはハートのクイーンを引いた。テーブルからほかのプレーヤーのチップを流し、彼のものを残す。カードの目が同じときは、プレーヤーと店側(ハウス)の引き分けとなる。

ゲームは続いた。プレーヤーが入れ替わり立ち替わりやってきた。だが、黒髪に熱い目をした男はずっといた。カードのデッキ(シュー)がなくなった。リアナンはカードをシャッフルし、それを上品な婦人に差し出して分けてもらった。ディーラーとしてゲームにつくとき、リアナンは客が勝つと笑みを浮かべ、プレーヤーの配偶者がひそひそと応援の声をかけたりするのを、少し距離を置いた気持ちで楽しんだ。

ゲームが続くにつれ、キールが自分のカードを見るよりも熱心にリアナンを見ているのがわかってきた。もちろん、ゲームの成り行きにはちゃんと目を光らせているのだが。彼がさらにカードを引くかどうか、確認するときにリアナンは目を合わせたが、そのたびに彼が一瞬、目をそらすのをためらうような気がした。まるで、何かべつのことを考えてでもいるかのような……。

自分のカードについて考えているのでないことは、まちがいなかった。彼は最初のカードが配られた瞬間に、自分の手を読んでいる。

テーブルのまわりには、たくさんの匂いが漂っていた――パリの香水、高価な紳士物のコロン――けれどリアナンには、どれがキールの匂いか、はっきりわかっていた。軽く香るアフターシェーブローション。キールとはこんな人だろうと、リアナンが無意識のうちに思った性質にふさわしいもの。海と大地と、両方の香りがした。彼はきっと、贅沢な近代的オフィスでも緊張もせず、くつろぐのだろう。かと言って、森のなかにいても同じようにくつろぎ、小型のスループ型帆船に乗っていてもあの黒髪を風になびかせて楽しみ、目元や口元のこわばりをほどくのだろう。

突然、リアナンはカードを一枚落とした。ふだんは絶対にやらないことだ。彼女はカードの扱いにきわめて長けており、ティムからは、マジシャンになればよかったのにとからかわれたほどだ。なのに、細い指からスペードのエースが滑り落ち、長く紅い爪で必死に追いかけたのもむなしく、カーペットの上に落ちた。

キールがかわりにカードを拾い、受け取ったリアナンは顔を赤くしていた。慌ててテーブルの客に向き直り、謝罪した。そして、新しいハンドを配った。

心を乱されたのは、キールがあからさまに彼女に興味を示していたからではない。男性客からアプローチされるのは、しょっちゅうだった。船旅のあいだだけの関係を望む客もいれば、真剣なつきあいを求められることもあった。色好みの老人から、熱意むきだしの若い男性まで。ものすごいハンサムや、女を誘惑するのがお手のものの男性もいた。

それに対してリアナンは、腹が立つこともなければ、興味を引かれることもなかった。たいてい彼女は、そういった男性の努力というものを冷めた目で愉しむかのように眺め、そして同時に寂しさを感じてもいた。自分もそんな気になれたらどんなにいいだろう。ひと晩の慰めを与えてくれる男性に出会えたら、どんなにいいか。

なのにいま、キールが何か言ったわけでも、したわけでもないのに、リアナンは巧みに、しかもぐいぐいと、引きずりこまれていっていた。そして反応してしまっていた。カードを持つ手に力が入らない。のどがドクンドクンと小さく脈打っているのがわかる。彼と目を合わせるたび、妙な息苦しさが高まってくる。

彼は、この世でどうあっても近づいてはならない相手。過去の悲劇に直結した人物。あの惨劇は、もう新聞の第一面からは消えてしまったけれど、彼女の心と魂からは永遠に消え去ることはない。

ふと気がつくと、リアナンはサテン地の長袖を押し上げ、そっと腕時計を見ていた。ディーラーは、一時間ごと毎正時に替わることになっている。彼女はもう長いことプレーしつづけているような気分だった。カジノの熱気はどんどん高まって息苦しくなってくるのに、彼はまだいる。煙も、人混みも、声をひそめたおしゃべりも、大儲けをした客がときおり発する大きな叫び声も、ものともせずに。

五分。あと、たった五分。そうすればラーズがやってきて、三十分の休憩が取れる。

リアナンはキールと視線を合わせ、最初のカードを配った。またエース。イカサマをしているのでもなければ、これ以上の手はありえない。「もう一枚（ヒット）、よろしく」彼が落ち着いた声で言う。ダイヤのキングが、エースの隣りに並んだ。ブラックジャック――また二十一……。

視線を合わせただけで、わずか数秒のあいだに、最高に愚かしいメッセージを交わしてしまった……リアナンにはそう思えた。

「またあなたの勝ちよ」

「勝つために勝負してるからね」

「誰にでも負けるときはあるわ」

「自分から負けに行ったときはね」

その言葉には、警告のような、脅迫のような含みがあった。おかしなことを考えないで、とリアナンは自戒した。脅されていると思うなんて、バカげている。でも、やっぱりそうだったんだろうか？　この人は、その存在そのものが脅威だ。キールについて読んだことを、彼女は思い出そうとした。彼には結婚を約束したフィアンセがいたが、相手は亡くなった。彼女はあの飛行機に乗っていた……。

また一枚のカードが滑り落ちそうになった。リアナンは息を呑み、ゲームに集中しようとした。できなかった。あの悲劇のあと、新聞を読んだときにはほとんど頭に入らなかったことが、よみがえってくる。あの事故があって、キールはワシントンから退いたが、二期目には再選されて戻ってきた。新聞では彼の数々の熱愛も取りざたされていたが、彼は常に思慮深いながらも決然と対応していた。自分のプライベートは自分だけのものだ、と。

かつて兄のティムと話をしていたとき、ウェレン議員を責めるのは筋違いだと、やんわり諭されたことがあった。議員のことを考えたり口にすると、おまえがいやな気持ちになるのは理解できる。議員はおまえの苦しみを思い出させるものだから。だが、彼を個人攻撃するのはどうだろう……だって、事故当時、大統領執務室にいたのは、キール一人ではないのだから。彼がほかのどんな要素に対応しなければならなかったか、誰にもわからないのだから、と。でもね、とリアナンは反論した。ウェレンはリー・ホークと交渉していたのよ。そのリー・ホークが暴走したのよ。

そんな考えは筋違いなのかもしれない。リアナン自身もそう思う。でも、自分の感情には逆らえないし、キールにこの船に乗ってほしくはなかった。近くに来てほしくない。過去を思い出させて、心を乱してほしくない。

お願い、誰か、私を助けに来て。お願い、お願い。リアナンが念じていると、ラーズ・タフトサンが、スッと彼女の後ろにやってきた。ものすごくハンサムなノルウェー人だ。

「休憩だよ、リアナン」ラーズが小声で言い、リアナンの肩にやさしく腕をまわした。

「よかった！」リアナンがささやく。

リアナンはカードを配るのをやめた。めまいを感じるほどホッとして、席を立った。「ありがとう、ラーズ」

ラーズはすんなりと交替して次のハンドを配り、リアナンはカジノを出ることにした。ドアのところで思わず足を止め、きらびやかで優雅なカジノを振り返った。バカみたいにドキドキし、心がぐらつくかのようだった。ウェレン議員はもうテーブルにいなかった。席を立ち、カジノを出ていこうとしていた。

急いで走らなければ――自分にも、ほかの誰にも説明できないほどの、すさまじい衝動に駆られた。走らなければ死ぬ、というくらいのすさまじさ。リアナンは向きを変え、慌ててカジノをあとにした。

四階分のデッキを駆け下り、小さな自室に向かうべきだった。そうしなかったのが、そもそものまちがいだった。彼がついてきているという恐ろしい感覚に襲われ、愚かにも身を守らなければ、ととっさに思ってしまった。自分の部屋を教えるようなことはできない。それより何より、とにかく彼から逃れたかった。どうしてなのかは、またあとで考えればいい。

〈シーファイヤー〉号には豪華なラウンジが四つあり、やむことなくショーが繰り広げられていた。〈マンハッタン〉ラウンジはカジノと同じデッキにあり、照明もほの暗い。穏やかなカクテルミュージックを演奏する、ジェイソンとメアリーの兄妹デュオが出演するはずだ。そのラウンジにさっさと入って奥のテーブルにつき、このいまいましい動悸を静めて、あとの仕事に向かうことにしよう、とリアナンは思った。

ダンスフロアもラウンジ同様、いっぱいだった。けれど奥には空いたテーブルがいくつかあり、壁のなかに消えてしまえるかのような場所はリアナンにとって好都合だった。テーブルのあいだを縫うように気をつけて進み、腰を下ろすと、やわらかなふかふかのブース席にもたれ、目を閉じて深く息を吸った。

「相席してもかまわないかな？」

リアナンがパッと目を開けると、キールがそびえるように立っていた。両手をポケットに突っこみ、上着の前が大きく開いている。こんなにさりげなく颯爽（さっそう）とベストを着こなしている人は見たことがないわ、とリアナンはなぜか考えた。そして、これほどくすぶったかのように暗くなった、チャコールグレーの瞳も。

「よければ、きみに一杯ごちそうしたいんだけど」

「いえ、あの、ごめんなさい。まだ仕事が終わったわけじゃないので。ディナータイムまでブラックジャックのディーラーを務めるように、ドナルドに言われているの」

キールは腰を下ろし、ブース席の角まですべりこんだ。それなりに距離は取ったものの、彼のひざが当たっただけで、リアナンは肌が焦げたような気がした。愕然とするほど心地いい感覚だった。

「それは無理もないな！　ギャンブルのときに酔っぱらってるほうがいいのは、客だけだ!」キールは低い声で笑った。その声はリアナンを包みこむかのようだった。「前言撤回しよう。サイダーでもどうかな?」

遅まきながら、リアナンは自分のやり方がまずかったことを知った。さっきのように言えば、彼を追い払えると思っていた。けれど彼は腰を下ろした。休憩するつもりだから、一人になりたいと言えばよかった。

「あの――」リアナンは言いかけたが、キールはすでにウェイターを呼んでいた。

「コーラ二つ、お願いするよ」ちらりとリアナンを見る。「それともペリエがいいかな?」

「コーラでいいわ」勝手に口が動く。

前にも、船上で男性と飲み物を飲んだことはあった。ちょうどむしゃくしゃしていて、誘いに乗ってしまったのだ。肩の力を抜いて相手の話に耳を傾け、ときどき相槌を打つこともできた。そして話がおしまいになると、なんの迷いもなく丁寧に断わりを言って、仕事や自室に戻った。なのに、今日のこのちょっとした出会いは、何が違うと言うのだろう?

キールはブース席にもたれてリアナンを眺めながら、上着の内ポケットからタバコの箱を取り出した。リアナンは、そのタバコの銘柄を見て取った。彼のような人なら、こういうタバコの広告に出ていてもおかしくない。馬にまたがり、牛追いに出ているような顔をして。きっとブルージーンズとウェスタンシャツを着ていても、ブラックフォーマルをまとっているときと同じくらい男っぽいのだろう。

キールはリアナンにタバコの箱を差し出した。リアナンは一本取り、彼が火をつけてくれるのを見ていた。いつしか彼の手に、目が吸い寄せられる。エアコンのかすかな風をさえぎるために、彼は手を丸めてマッチの火を囲んでいた。さっきも思ったとおり、彼の手はすてきだった。男性の手としては理想的。清潔感があって、飾り気のない手……。

リアナンが相席を承知したことに、キールは驚かなかった。自分がかなり強引なやり方をしたのはわかっていた。しかしこうして彼女のそばに座ってみると、そのクールな美しさにはますます魅せられた。いやみな態度を取るでもなく、慌てる様子もない。気取ったところもない。おそらく彼女は、ひと悶着起こさなければ逃げられそうもないとあきらめ、我慢して受け入れているだけなのだろう。キールは少し愉快になった。

「僕の名前はキールだ」静かな声で彼女に教えた。

「お名前は存じてますわ、議員先生」思わず知らず、リアナンはとがった声になっていた。そうよ、よく知ってるわ。そのかすかに特徴のある訛り(なま)も。ヴァージニア州の訛り。同じヴァージニア州の人間でなければ、わからないような。そうよ、知ってますとも。リアナンは叫びたかったが、なんとか衝動をこらえた。

「私はリアナン・コリンズよ」伏し目がちにうつむいてぼそぼそ言い、無理にでも穏やかで冷静な口調を装った。

「知ってるよ」

リアナンがちらりと見やると、驚いたことにキールは微笑んでいた。うっとりするような笑顔。唇をカールさせた小さな笑み。歯並びのきれいな真っ白な歯が、日に焼けた顔にハッとするほどよく映える。彼はタバコを吸い、吐き出した。

「ドナルドとは個人的な知り合いでね」と説明する。「きみの名前は彼から聞いた」

リアナンは眉をひそめた。どうしてドナルドは、キール・ウェレンに私のことを教えたりしたのだろう。私がウェレン議員とは挨拶程度の言葉すら交わしたくないことを、ドナルドなら百も承知だろうに。

リアナンが黙っているのを、キールは話が通じなかったのだと思い、言い添えた。「ドナルド・フラハティ——きみの雇い主だよ」

「ドナルドが誰かは、私も知ってるわ」リアナンはぼそりと言った。一瞬、まつげをぬぐうふりをして、敵意やいやみったらしさを出すまいとする。失礼な態度は取りたくなかった。ドナルドはすばらしい雇い主で、膨大な数の従業員にも思いやりを見せてくれる。しかし、ゲストにも同じだけの誠意を尽くす。とくに、友人に対しては。もちろん、従業員が大変な目に遭えば真っ先に守ってくれるのがドナルドだけれど、この議員に大変な目に遭わされているとは言いがたい。

しかしリアナンも男のことはよく知っている。女を引きつける動物的な魅力や、そういう自然の色気にはつきものの、なまなましい欲望を持っているかどうかくらい、見ればわかる。

もちろん、このウェレン議員が不作法な行動を取ったり、言葉でほのめかしたりしたわけではないけれど、彼女に下心を持っているのはまちがいない。彼は若いし、健康だし、それなりの噂も立てている。

相手をまちがえたわね、議員先生、とリアナンは思った。しかも愉快なのは、私はこの航海中、男性相手にひとときの慰み者になったってかまわないと思っていることだ。喜んでそうするわ――あなた以外の人なら。

二人のコーラが運ばれ、キールがウェイターに礼を言い、ふたたび笑顔でリアナンを見つめた。

リアナンは、またしても彼に食ってかかりたいという衝動に襲われた。「先生、あなたはさっき、ドナルドの個人的な友人だとおっしゃったわね。もしそうなら、私が誰なのか、ご存じなんでしょう。だったら当然、私があなたとはなんの関わりも持ちたくないということはわかっていただけるはずよ」

「どうして？」キールは丁重に言った。

さまざまな感情がないまぜになってもつれ合い、リアナンはコーラを彼の顔にぶちまけてやりたくなった。「ウェレン議員、私たちは両方とも、とてつもない悲劇に関わったのよ。あなたには忘れることができたのかもしれないけど――」

突然、キールの手がテーブルの上に伸び、リアナンの両手をぎゅっと包んだ。驚きと痛みとで、リアナンは思わず声を上げそうになったが、石のように冷たい彼のグレーの瞳に声を失った。キールが厳しい声で言う。「いいや、ミセス・コリンズ、あのことは少しも忘れていない。一言一句、一秒たりとも」

つかのま、リアナンは、彼のまなざしに釘付けにされ、彼の手の強さに言葉も失って見つめ合っていた。いまこそ冷静になるときだとわかっているのに、顔がパッと赤く熱くなってしまった。

いらついて怒ったような声を出してやりたかったが、言い返したときの声は痛々しく小さかった。「それなら、どうして私を苦しめるの？」

キールは彼女の手首を放し、視線をはずして、考えこむようにコーラを見つめた。「よくわからない」そうつぶやき、また目を合わせる。「それに、きみを〝苦しめ〟たりはしていないと思う――いまは。でも、近いうちにそうなるだろう」

「わからないの？」

「きみにもわかってないんじゃないか？」

「先生、謎かけみたいな言い方はよして。あなたとお話したくないってことは、はっきり伝えたわ。どうしてかは、誰よりもあなたがよく知っているでしょう。こんなに失礼なことをされるとは思っても――」

「僕のほうこそ、きみがどうしてそれほど自分を押しこめて、あたりまえのことを認めようとしないのか、わからないね」

「それはどういうこと？」

「僕らが惹かれ合っているってことだよ、ミセス・コリンズ」

「あら、そうなの、先生？　選挙演説のやりすぎでおかしくなってるのね」

「いいや、それはないね、リアナン」手厳しくやり返されても動じず、キールは冷静に言った。「それに、きみは政治討論をしたいわけでもないはずだ。僕は仕事面で攻撃を受ける謂われはまったくない。それはきみもわかってるだろう」

「清廉潔白な政治家さんてこと？」リアナンは疑わしげに訊いた。席を蹴って、自室に飛んで戻りたいという衝動をこらえる。

「政治家は清廉潔白なんかじゃないさ。政治家だって、ほかの人たちと変わらない人間だ。僕もそれ以外のふりをしたことはない」

リアナンはなんとか視線を合わせたまま、コーラを飲んで冷ややかな笑みを見せた。「そこで話はもとに戻るわね、先生。あなたが何をお望みなのか、よくわからないけれど、あなたのプライベートの噂はたくさん耳にしました。私に用はないはずよ。カリブ海をまわるあいだじゅう、あなたを楽しませてくれる若い美女が、少なくとも二十人はいるでしょう。私は二度とあなたの姿を目に映すこともしないわ。それでいいことにしない？」

「いいや」

たったひと言が、こうも決然と、威力を持って響くことがあるかしら。リアナンはそう思った。

「先生——」

「キールだ」

「いいでしょう、キール、あなたはまちがってる。私たちは惹かれ合ってなんかいないわ。あなたとベッドをともにしたいなんて、私は思ってないもの」

「そんなことを頼んだ覚えはないけど」

「じゃあ、何がお望みなの？」大声を上げたわけではないが、リアナンは冷静ではいられなくなった。激しく強い口調になり、怒っていることを見せてしまった。またしてもキールの顔に小さな笑みが浮かんだのを見て、リアナンは死ぬほど後悔した。

「きみに近づきたい。せっかく生まれたこの感情を、育ててみたい」

「感情なんて生まれていないわ」

「どうしてそんなふうに抗う？　怖いのかい？　僕は噂ほどひどい人間じゃないよ。気の進まない未亡人を強引に口説いて、ひと晩だけベッドに引きずりこむなんてことはしない」

リアナンは軽く声を上げて笑うことができた。「先生、話がそれてます。私だって、できることなら、ひと晩かぎりの短いおつきあいに飛びこむ気持ちになれたらと思うわ。でも、とにかくだめなの。あなたに差し上げられるものはないわ。だからむだよ」

「できるだけのことはしてみたいね」

「勝算の低い勝負よ、先生」

「そうかな。勝算は自分で計るものだよ、ミセス・コリンズ。分(ぶ)は僕にあると思うけどね。それに……勝負なら、さっきしてみたじゃないか。僕の勝ちが多かった」

リアナンは、ふいに席を立った。「こんなばかげたおしゃべり。私はあなたと関わりたくないの」

「それはむずかしいんじゃないかな?」キールがやわらかな声で訊いた。見るからに愉快そうに、笑みを浮かべたまま。「きみはドナルドお抱えの接待役(ホステス)で、僕は彼の親友だ」

「ドナルド・フラハティは私たちを無理やり引き合わせるようなことは、絶対にしないわ」

「たしかに。きみには近づくなと、早々に忠告されたよ」

「それなら――」

「長い航海になるかもしれないな、ミセス・コリンズ」キールも立ち上がり、あらためてリアナンは、彼の背の高さに気がついた。タキシード姿でもくつろいだ雰囲気。どんな状況でも肩肘張ることなく、自信満々なのだろう。彼は頭を軽くかしげて挨拶した。「またディナーのときに、ミセス・コリンズ」

キールは背を向け、人混みのなかを去っていった。途中、でっぷり太った男に呼び止められ、何かを訊かれて手早く答えていた。グレーの瞳が熱意で色を深める。

そこにべつの男性が加わると、キールの意識はサッとそちらに向けられ、会話がフランス語になるのがかすかに聞き取れた。

世界の運命が、いま決められているというわけね、とリアナンはひねくれて考えた。そしてラウンジを出ようと向きを変えたとき、またしてもシークレットサービスの人間が大勢いることに気づいた。楽しい職務をおつとめしたようね。

張りつめたワイヤーになったような気分を味わいながら、リアナンはラウンジをあとにしてブラックジャックのテーブルに戻った。手際よくカードを操っていたラーズは、彼女が戻っても顔を上げることもなかった。

「さっきミスター・フラハティが来たよ。彼の部屋まで来てほしいって」

「そう」リアナンはぼそりと答えた。「ありがとう、ラーズ」

主（あるじ）の船室は、プロムナードデッキと同じ階にある。低い階から上がっていくと、ほてった顔にひんやりとした海風が心地よかった。少し足を止め、いまや大きくはためく帆を眺める。グレンの言ったとおり、見事な光景だった。何人かの船員が立ち働き、ロープを締めたり、巨大な帆布（キャンバス）を引いて風をとらえようとしていた。

そこをたくさんのカップルが、古いけれども優雅な〈シーファイヤー〉に魅せられ、帆の下をそぞろ歩いていた。ときに船員のじゃまになり、下がってくださいと言われて、しゃきっと気をつけの姿勢で応えたり。仲間意識の漂う、いいムードだ。リアナンの唇が小さくほころんだ。これで、あの議員先生さえ乗っていなかったら、この船旅がとても楽しかったはずなのに。いえ、彼の口説きを本気にしなければ、まだ楽しめるかもしれない。

ふいに、一瞬、雷に打たれたかのように、キールの——一糸まとわぬ姿が頭にひらめいた。たぶん美しい体なのだろう。筋肉を鍛えた、引き締まってしなやかな男らしい体。肩も胴体も、ハンサムな顔と同じように日焼けし、あの性格と同じように強く揺るぎない体。そして、あのまなざし。あのチャコールグレーの瞳が熱い欲望をたぎらせ、強い意志をみなぎらせて彼女を抱き寄せる……。

「だめ！」リアナンは小さく声を上げた。

キールのかわりにポールの姿が浮かび、過去の記憶に胸を突かれてキールの姿はかき消えた。

リアナンは気を取り直し、ドナルドの部屋に続く最後の階段を上がって、ドアをしっかりとノックした。けれど彼女の心は、まだ過去をさまよっていた。ポール。ただ一人愛した人。そのポールは死んでしまった。それでもこんなふうにほかの男性のことを考えるのは……裏切りのように思えた。

リアナンは震えていた。ほかの人とベッドをともにするなんてできない。どうしても。

「ああ、神様……」

「まだ若いのに、独り言は老化の始まりだよ」

ぎょっとし、もう一度ノックしようと手を上げたが、ドアがもう開いているのを見て赤くなった。彼女が赤くなったのがさもうれしいというように、ドナルドは子どもっぽく笑っている。

「あら……ドナルド……いえ……これは……ごめんなさい」ぼそぼそと言いながらドナルドの横を通り、広々とした立派な部屋に入った。「考えてたことが口に出ちゃっただけなのよ」

「なるほど」笑うような声でドナルドが言い、ドアを閉める。「飲んでたのかな？」

「コーラだけ」

「そろそろアルコールが飲みたいんじゃあ？」

「でも」そうつぶやいたリアナンだったが、くるりと振り向いてドナルドの目を見た。「そうね。ここには何があるの？」

「なんでも」ドナルドは大きな笑みを浮かべ、リビングに作りつけの、ローズウッドを彫りこんだバーカウンターを手振りで示した。「ストックは万全だ。だから呼んだんだよ。今夜はここでプライベートディナーを開く予定だから」

「え？」リアナンは不安な気持ちで訊いた。「誰のために？　どうして？」

「サンダース上院議員が、特別子どもセンターへの個人献金をお願いしたいそうでね。だから、裕福な客をもう十人ほど招く予定だ」

「その十人というのは？」

彼女にはどうということのない九人の名前をドナルドが早口で列挙していき、ホッと安堵の息をつこうとしたとき、ドナルドが言い添えた。「ああ、それからキールだ。あいつなら、犬を説得してノミを買わせることもできるし、あいつ自身もかなりの寄付をしてくれるだろう」

カウンターの後ろでドリンクをこしらえていたリアナンは、ブラッディマリーにウォッカを入れすぎた。セロリのスティックに全神経を集中させて見つめ、尋ねた。「ウェレン議員のこと?」

ドナルドがあまりにも返事をしないので、リアナンはとうとう顔を上げて彼を見た。視線を返してきた彼は、困ったような顔をしていた。「あいつと話をしたのか?」

「ええと……そうね」

「リアナン……」

「いいえ、聞いて、ドナルド。あなたも彼と話をしたのは知ってるわ。私に近づくなって、忠告してくれたんですってね。ありがとう。うれしかった。でも心配しないで。自分でなんとかできるから。それに、友人同士のあいだに入りこむようなことはしたくないの。まして、大勢の子どもたちを救うプロジェクトと、それに力添えのできる人とのあいだには。もうこれ以上、私を守ろうとしてくれなくてもいいのよ」

ドナルドはつかのま黙っていたが、急に大笑いを始めた。リアナンは頭がおかしくなったのかしらという目で、彼を見つめた。ドナルドは踊るように近づいてきて、彼女をきゅっと短く抱きしめ、狭いカウンター越しにキスをした。

「もうこの件には、僕は首を突っこまないよ！」いたずらっぽく宣言する。「できることなら、あのオオカミの前にきみを放り投げてやりたい！」

「なんですって？」リアナンはぎょっとした。「そういう意味で言ったんじゃないのよ」

「僕は本気で言ったんだ。ディナーのときは、あいつをきみの隣りに座らせよう」

「ちょっと待って、ドナルド。私が彼を嫌ってることは、あなたも知って――」

「そうは思わないな」ドナルドは言葉を切り、一瞬、目を伏せたが、また戻した。さきほどまでのいたずらっぽさが消え、まじめな表情に変わっていた。「リアナン、きみが自分に正直になってくれたら……！　あいつのことは嫌いじゃないはずだ。きみが自分で作り上げた、あいつのイメージを嫌ってるだけさ。キールを責めるのはフェアじゃないし、筋違いだ。あいつはもう充分に、自分で罪の意識に苦しんできたよ」

「そう」リアナンは苦々しくつぶやいた。「なるほどね、あなたは彼の友人だもの。あの人の話を聞いて――」

「あいつからはなんの話も聞いちゃいないよ、リアナン。あいつは過去のことを話したがらないし、誰かのところへ行って泣きごとを言うなんて、絶対にしないだろう。公の場でも、あいつは責任を背負いこんだ。でもね、リアナン、政治も政治家も知ってる僕に言わせれば、あいつに責任はない。いや、あいつ一人の責任じゃない。それは絶対だ。あの日、執務室で権限を握っていたのはあいつだけじゃない。あいつは時限爆弾を押しつけられただけなんだ。あいつはできるかぎりのことをやった」

リアナンは心を乱して言いよどんだ。ドナルドの言うことは、兄に言われたこととよく似ている。でも、それで何かが変わるわけではなかった。キール・ウェレンは交渉に当たっていた当人なのだから。

「できるかぎりのことをしても、充分じゃなかった」リアナンは静かに言った。

「わかったよ、リアナン」ドナルドがため息をつく。「きみはあいつが嫌いというわけだ」

「ありがとう。だから、オオカミの前に私を放り投げるというのはやめにしてちょうだい」

「どうしても？」

「ドナルド！」リアナンが哀れな声を出す。

ドナルドはにこりと笑った。人なつっこい顔とまなざしがやわらぎ、せつなそうになる。

「きみはあいつが嫌いかもしれない。憎んですらいるかもしれない。でも、ものの数時間で、あいつはこの数カ月間、僕にも誰にもできなかったことをやってのけたんだな」

「へえ？」リアナンは反抗するようにあごを上げた。「それはどういうことかしら、ミスター・フラハティ？」

「あいつはきみを怒らせた。心をかき乱した。つまり、僕のかわいい〝ハートのクイーン〟

を、現実の生きた世界に引き戻したというわけだ。うん、やっぱりきみたちを隣り同士に座らせよう。火花が飛び交って、おもしろいディナータイムになるぞ!」

# 3

ドナルド・フラハティのテーブルに出された食事そのものは、見事だった。まず新鮮なフルーツが出て、続いてサーモンのムース。シーザーズサラダの味つけはよかった。そしてメインコースは、にっこり笑う子豚に形作ったパイの包み焼き。パイのふたを開けると、ほうれん草のフィリングをはさんだ輪切りの豚肉が出てきた。

料理と一緒にブルゴーニュ産の白ワインがふるまわれ、リアナンは明らかにふだんよりだいぶ飲みすぎてしまった。しかし、クビを覚悟でもしないかぎり、ドナルドがいったん決めたことに反対するのは不可能だった。真っ白なテーブルクロスのかかった長いテーブルの端で、ドナルドの向かい側、そしてウェレン議員の隣りという席にリアナンは着いていた。

ウェレン議員と仲よくおしゃべりしろと言われたわけではない。キールの左側に座ったブロンドの製紙王の令嬢が、ずっと彼との会話を受け持っていた。ビタミンやミネラルに始まって宇宙計画にいたるまで、あらゆることをおしゃべりし、二人ともたがいにとても楽しんでいるように見えた。

リアナンの右側には、チャーミングだけれど物静かなイギリス人貴族が座っていた。彼は食事のあいだじゅう、夏のバラの受粉に関する持論を展開し、リアナンはせっせとそれに答えなければならなかった。

ときおり、キール・ウェレンと目が合った。グレーの瞳のなかに青い光がきらめき、明らかにリアナンの苦境を楽しんでいるようなのがわかったが、もちろんそれは、彼女がすげなくしたせいなのだろう。

けれど、実際に食事の席で冷たい態度を取ったわけではない。リアナンは、自分のぎこちなさでドナルドのディナーを台なしにしたくはなかった。タキシードにブラックタイ、プリーツ入りのブルーのシャツという姿のキール・ウェレンは、気が遠くなるほど魅力的だったが、しつこく彼女に相手をさせるようなことはなかった。しかし、リアナンがひと味工夫したオリーブ入りのマルティーニを彼に渡してずいぶんたったころ、見られているのはわかった。あからさまな視線ではないが、周囲の人たちと心地いい知的な会話を交わしながらも、キールは彼女から視線をそらさない。そのまなざしを受けつづけるリアナンは、背筋の根っこから頬まで熱い感覚が立ちのぼり、顔を真っ赤にほてらせていた。

席に着くとき、キールはリアナンの椅子を引いてくれた。気遣わしげに、食事を楽しんでいるかとも尋ねてくれた。しかし彼女が「ええ、どうも」とぶっきらぼうに答えると、やれやれというような顔をして笑い、ブロンドと顔を見合わせた。

なぜだかわからないけれど、リアナンはとげとげしいジェラシーを感じた。ちくりと胸を刺すような痛み。もう何年も感じたことのなかったもの。彼女の結婚生活は堅実で、ポールのことは心から信頼していたから。なのにいま、もう人を愛することなどできないと確信しているいま、なんの関わりも持ちたくないと思っている異性相手にこんなにひどく取り乱しているなんて。

でもそれは、たぶん、製紙王の令嬢があまりに美しくて若かったからだろう。リアナンの三十三歳に対して、彼女は二十五歳。ジョーン・ケンドリックはおとぎ話からそのまま抜け出たような女性だった。髪の色は、おなじみの輝く金髪。瞳はブラウンというよりは蜂蜜色。ドレスはストラップレスの白で、両サイドにスリットが入り、長く形のいい脚がときおりのぞく。とにかく完璧だった。高嶺の花らしい自信と、なにげなく男を誘うような雰囲気を漂わせている。

輝かしい生き物のすぐそばで、リアナンは『アダムズ・ファミリー』の年取ったモーティシアみたいな気分だった。それもまた、大きな苦痛だった。ジェラシーなんて、もう何年も感じたことがなかったけれど、ほかの女性に負けたという感覚はさらに久しぶりのものだった。

「私はやはり赤が好きだな。そう思いませんか、ミセス・コリンズ？」

リアナンは豚肉を刺したままのフォークを置き、右に顔を向けた。「申しわけありません、ネヴィル卿。なんとおっしゃいました？」

「バラですよ！　バラ！　うちの庭師は、いま黄色が人気だと言うんですが、わたしはやはり赤が――いまもこれからも――バラの色だと思うんですよ。そう思われませんか？」

バラの色？　いまはそんなこと、どうでもいいわ！

「たしかにおっしゃるとおりですわ、ネヴィル卿。黄色や白もとてもすてきでしょうけれど、詩人もあなたの意見に賛成するでしょう。あらゆる美しい言葉を紡いで――」

「バラのような唇、とか？」

リアナンはハッとして左に向いた。キール・ウェレンが、いかにも議員らしい誠実そうなコメントを口にした。チャコールグレーの瞳にきらめく青い光だけが、たんに会話に加わっただけではないということをほのめかしていた。

「そうですとも、ええ！」ネヴィル卿は熱烈に賛成した。

「赤い服をお召しになったことはありますか、ミセス・コリンズ？」キールが丁重に質問した。

「いえ、ほとんど」リアナンが短く答える。

「もっとそうされたほうがいいですよ。でも、あなたは黒も似合いそうだ。ネヴィル卿のバラを一輪、挿して……そう、このあたりに……」ブロンズ色の手をわざとらしく上げ、そうっと彼女の胸のあたりに近づけ、それからワイングラスを取った。「……あるいは、髪に挿すのもいいな」

リアナンは控えめな笑みを無理やり作った。「議会では、さぞや弁が立っていらっしゃるんでしょうね、先生。言葉の使い方がお上手ですわ」

「その必要があるときだけですよ、ミセス・コリンズ」

ジョーン・ケンドリックがキールに何か質問し、彼は断わりを言ってそちらに向いた。ネヴィル卿は、新たにランの話を始めた。リアナンは、ドナルドがテーブルのずっと向こうからこちらを見て、ワイングラスを掲げて見せたのに気づいた。彼女もそっけなくやり返す。ネヴィル卿がまくしたてるのをぼんやりと聞いていたが、彼もまた断わりを言って、右隣りの上院議員の妻と話しはじめた。

「ほら！　ミセス・コリンズに伺ってみて、キール。彼女も同じことを言うと思うわ」

そう言ったのはジョーン・ケンドリックだった。すんなりとした優雅な腕をキールの腕にからめ、彼の向こうからリアナンに話しかけている。キールも好奇心満々の楽しそうな目で、リアナンを見ていた。

「どうかな、ミセス・コリンズ？」

リアナンはにっこり笑った。「なんのお話だったかしら？」

「重力よ！」ジョーン・ケンドリックが目を見開いて笑った。「キールってすてきな人ね。私が週に数時間はスポーツジムに行くって話したら、ものすごく驚いてくれて。でも、あいにく、重力は誰にでも等しく作用するのよって説明したの。女性は年を取るにつれて……下垂しちゃうみたいだって！　あなたは運動なさってるの、ミセス・コリンズ？」

リアナンは筋肉を総コントロールして、うっすらと貼りついたような笑みを浮かべた。

「いいえ、残念ながら、あまりしてませんわ、ミス・ケンドリック。でもドナルド・フラハティに仕えていること自体、運動のようなものですから」

わざとあてつけを言って、キールが少しでも動揺するかしら、とリアナンは思ったが、何も変わらなかった。彼の笑みは変わらず、そのままだった。

「とてもお忙しいようだね、ミセス・コリンズ。誰か友人に仲立ちしてもらって、きみにもっと自由な時間ができるようにしてもらおうか」

リアナンの笑みが揺らいだ。そんなこと、まっぴらごめんだった。

ありがたいことに、デザートとエスプレッソが出てきて、会話はようやく本題に入った。キール・ウェレンの目から楽しげな光が消えた。それに彼は、何をすればいいかという内容について、よく心得ていた。金というものは、使い方が適切であって初めて、有効に使えるものだ。キールは、もし充分な管理が行なわれると納得できれば、政治的にも金銭的にも喜んで支援する姿勢を見せた。

テーブルに着いた誰もから、キールは賛同を得た。莫大な額の寄付が集まった。ディナーとワインにドナルドが費やしたよりも、はるかに多額の寄付だということは、リアナンにも察しがついた。

テーブルが片づけられ、ブランデーとコニャックが出されたころ、リアナンはどうにか席を立つことができた。食事も目的のビジネスも完了したからには、ドナルドも彼女がいなくてもだいじょうぶだろうと、こっそり部屋を出た。

背中でドアを閉めてもたれ、新鮮な海風を深く吸いこむ。見上げると、帆がまだ風にはためき、黒いベルベットのように広がる夜空に銀色の羽を広げたようだった。帆が受ける風はすがすがしいほどに冷たかったが、リアナンにはうれしかった。風と海が、心の暗い部分をきれいにしてくれるようで、デッキに立っているのはすばらしい気分だった。

船室のドアを押すように離れ、ぶらぶらと手すりまで歩いていった。部屋のなかではあんなに息苦しかったのが、嘘のようだ。しかも、ディナーのあいだじゅう、あんなに暑かったり寒かったりして、いまは軽いめまいすら覚えるのが、さっぱりわけがわからない。ワインのせいよ、と彼女はそっけなく考えた。

けれど、海の風がめまいも吹き飛ばしてくれるようだった。夜の海風というのは、いつもこんなに心洗われるようなものなのだろうか。それとも、この船と、威風堂々とした帆柱や帆のおかげなのだろうか。

リアナンはひじを手すりに置き、底知れぬ暗い水を見つめた。船の通ったあとの海面には、白い泡が銀のように沸き上がり、銀色に輝く帆と調和し、月を見事に映し出している。まるで、無限をのぞきこんでいるようだった。じっと見つめていれば、時空の謎さえも解けてきそうな……。

「重力にご注意あれ、ミセス・コリンズ。ここはかなり危険な場所だぞ」

「えっ?」いきなりたくましい腕に抱きすくめられ、手すりから引き離されて、リアナンはぎょっとした。ハスキーな声と――この触れられた感じの主に思い当たり、ムッとして振り返る。

「身を乗り出しすぎだ」キール・ウェレンが厳しい声で言った。月明かりのもと、彼の顔はいかめしく、まなざしもきつかった。

「私はべつに――」

「まさか、自殺でもするつもりで?」

「そんな。いいから、放していただけません?」

キールはすぐさま応じ、リアナンの横を通って自分も手すりの向こうをのぞいた。「そのつもりだったんじゃないか?」

「いったい何が?」リアナンはいらいらと尋ねた。

「自殺だよ」

「それはどうも」

「いや、からかうつもりはないんだ。でも、きみには生きる気力というものが感じられないから」

キールは海を見ながら、なにげなく話した。そよ風が彼の額にかかる黒髪を浮かせ、後ろになびかせていた。月明かりのおかげで、彼の目のまわりに細かいしわがたくさんあるのが見て取れ、彼に悪感情を持っているのが、なぜか少しだけ申しわけなく思えた。深く刻まれたしわを見れば、彼の職務や生活がどれほど厳しいものか、一目瞭然だ。ハンサムなだけでなく、深い人柄をうかがわせる。私は、この人を厳しい目で見すぎているのかしら？　彼はつらい過去を思い出させる存在だから、心を乱されるのは無理もないけれど、三百もの人命が失われたむごたらしさをすべて彼に背負わせるのは、やりすぎなのかしら？

わからない。とにかくわからない。それに、自殺するつもりじゃないかとか、生きる気力がないなどと言われたりすると、申しわけなく思ったことなど、ばからしく思えた。

リアナンは手すりにもたれ、キールをしげしげと眺めた。「おっしゃることがわからないわ、先生。私は充分、充実した生活を送ってるわ。お友だちのドナルドに訊いてみて。彼のために働いていると、休む暇もないのよ」

「ああ、そうだな。〝彼女は歩くし、しゃべりもする。ときには笑うことさえある〟とか言ってたよ。そんなこと、ディズニーワールドのロボットでもするさ。そういうのは生きているとは言わない。生きるというのは、可能性を試すってことだ」

「すばらしいわ。可能性なら、ナッソーに着いたらルーレットで試すわ」

「少なくともユーモアのセンスはあるんだな」キールはぼそりと言った。「辛辣だが」

「こんなものじゃすまなくてよ。だから先生、おたがいハッピーになれるように、ドナルドの部屋に戻って、ミス・ケンドリックをご接待しましょうか。すごくチャーミングな人よね。重力のコントロールもとてもお上手なようだし」

キールはアハハと笑って体を起こし、ベストのポケットに手を入れてタバコを取り出した。リアナンにも一本勧める。彼女はためらったが、受け取って前かがみになると、キールがライターの火を手で囲ってつけてくれた。今度もリアナンは彼の手に見入った。この手が触れたらどんな感じかしらと思わずにいられず、またしても背筋を冷たいものが走って身震いした。やおら身を引き、震えるように息を吸って、手すりに寄りかかる。

「ミス・ケンドリックは、たしかに重力のコントロールがうまいようだ。でも、それを言うなら、きみもだよ」

「私は三十三よ、ウェレン議員」

「僕は三十六だ」

「最高ですこと」

「ほんとうに、きみの舌は棘付きだな、ミセス・コリンズ。ご主人も尻に敷いてたのかな？」

リアナンは頬を打たれたような顔で、ハッと息を呑んだ。いったい誰が、これほど残酷になれるというの？　「まさか！」体の力が抜けそうになるのをこらえ、吐き捨てるように言った。「どうしてあなたにそんな――」

「自分を憐れんで人生を過ごすような権利は、きみにはないからさ。ご主人のためにも、ただ悲しんで思い出を埋もれさせるだけじゃなく、大切にしなくちゃ」突然、キールはタバコを海に投げ捨て、リアナンの両肩をつかんだ。指が彼女の肩の肉に食いこむ。その表情は厳しく、くすぶる溶鉱炉のようなまなざしが、彼女の瞳に食い入るようだ。「愛する者を喪ったのは、きみだけじゃない、リアナン。僕のフィアンセも、きみのご主人と同じ日に死んだんだ」

「夫だけじゃないわ！」リアナンは金切り声を上げ、キールの手のなかで体を揺すった。われを失い、みるみるうちに涙が湧き出てくる。「子どもたちもよ……息子と……私の赤ちゃんも……あの子はまだ、たったの――」のどがつかえ、声をなくす。涙が滝のように頬を流れ落ちる。リアナンは目を閉じてキールの手から逃れようとしたが、彼は放さなかった。放すどころか、彼女の頭がガクンと後ろに倒れるほど激しく彼女を揺さぶり、リアナンは涙の流れつづける目を彼に向けるしかなくなった。

「そうだ」つぶやくキールの声には、申しわけなさそうな響きはまったくなかった。「口に出して語って、涙を流すんだ。もちろん、悔しいだろう。つらくて、不公平で、神様なんてこの世にいないって思ってしまうだろう。もしいたら、健康なかわいい子どもたちが命を奪われるなんてことはありえない。でも僕たちには、何が起きたのかも、どうして起きたのかもわからないんだ、リアナン……」

「あなたにはわかってたはずよ！　あなたはあそこにいたんだから！　わけのわからない信条のほうが、わずかな人間の命より大事だって思って、それで……」

「なんだって？」キールの顔から血の気が引いた。歯を食いしばり、いま一度、彼女を揺さぶる。今度は猛烈に。「くそっ！」そのつぶやきを聞いたリアナンは、おぼろげながらも、自分が踏みこまれたのと同じくらいに彼の心に踏みこんだのがわかった。「いったい僕がどんな気持ちだったと思うんだ？」またしてもかすれた小声で詰め寄る。「あの感覚、知らされたときの気持ち、完全な無力感、絶望……」

リアナンはキールの手から逃れようとした。つらそうな彼の目を見たくなかった。彼に共感などしたくない。とにかく彼から逃げたい、それだけだ。「お願いだから、放して」そう彼にささやいた。

キールは放さなかったが、手の力がゆるんだ。彼は大きく息を吸い、痛ましげな暗い笑みを浮かべ、怒りも感情も押し殺して口を開いた。

「僕たちは未来を前もって知ることはできない、リアナン。悲しい出来事は、自分以外の人間に起きると思うものさ。あの事件は多くの人にとって、それぞれ個人に降りかかった悲劇だったんだ、リアナン。でも、きみは死ななかった――」

の?」

「死にたかったわ!」かすれた涙声で彼の言葉をさえぎる。

「でも、きみは死ななかった。そのきみの手で、愛した人たちの存在をなかったことにするのは、彼らへの最悪の仕打ちだよ」

「存在をなかったことにする? 幼い子ども二人にそんなことができる? 教えて、先生、いったいあれはなんだったの? いったいなぜ? どうしてみんなを助けてくれなかったの?」

リアナンはキールの手をふりほどき、しゃくりあげて言葉にむせながら、彼の胸を激しくたたいた。いったいこの人はなんだっていうの? サディストに違いない。かつての苦痛がことごとくよみがえり、彼女の胸は悲しみであふれかえった。

「助けたかったさ、リアナン! あのとき失った命を一つでも救えるというのなら、悪魔に魂を売ったってよかった! どうしてあんなことになったのか、僕が真実を知ることは永遠にないだろうし、きみに説明できる人間も出てこないだろう。でも、人を愛するということは、生きることの一部だ。きみのご家族は、きみがどれほど人を深く愛せるかを教えてくれた。その愛する力をなくしちゃいけない。それはきみの力になる。いつでもきみの一部なんだ。その状態を受け入れることができたら、未来はもっともっと充実したものになる」

「充実した未来なんてないわ」リアナンはだるそうに言った。ふいに、キールに対する恨みつらみが消えた。感じるのは虚脱感だけだった。混乱と徒労感。「子どもたちは死んだのよ」

脱力した声で言う。

「きみは若い。また子どもは生める」

「いいえ！　あの子たちの身代わりなんていやしないわ！」

「身代わりじゃない――かわりなんて誰もできない。それぞれの相手に捧げる愛情は、一つ一つ、特別なものだ」

「先生、いったい私をどうしようっていうの？」リアナンは強い調子で訊き、彼を振り払って、ドレスの袖で涙をぬぐおうとした。

「壊す」きっぱりと言いきる。

「どうして？」消えそうな声。「私は……もう壊れてるわ。粉々に。あなたは生きてる人間のなかで、いちばん残酷な人よ――」

「その生きてるってことを僕は伝えたいんだ、リアナン」キールの手が彼女の肩に置かれ、リアナンが振り払おうとしても、てこでも動かなかった。

「放して！」リアナンがささやく。

「リアナン、口に出して話をするんだ。そして怒りや恐怖を感じるんだ――苦痛も、絶望も。そうすることでしか、傷は癒せない。ほんの少しずつでも」

「癒えることなんかないわ」

キールは息をグッと呑みこんだ。つらい気持ちはわかる。自分もそうだった。だからこそ、彼女の苦痛を癒してやりたい。自分よりも彼女の気持ちをわかってやれる人間が、どこにいるだろう。昼となく夜となく喪失感に襲われる、あの長い日々を、彼は忘れない。悪夢に目が覚め、あの747型機に乗っていた人びとを思った。彼の肩に命を預けていた乗客たち。そしてエレンを想って、ひと晩じゅう起きていた。彼女が死ぬ必要なんかなかった。彼のせいで死ぬなど、論外だ。時間。時間がたっても、罪の意識や苦痛や喪失感や、エレンを失った心の痛みは、完全には消えなかった。だが、やわらげてはくれた。あるがままの状況を受け入れさせてはくれた。自分を赦すことができ、自分もまたかぎりある存在だというふうに考えさせてくれた。ほんとうに、自分にできるかぎりのことはやったのだと、思わせてくれた。

「それは違う。過去は完全に忘れられるものじゃない。でも、時がたてば、どんな傷でもゆっくりと癒すことができるんだ」キールはそっと語りかけた。「深い傷跡ですら、気にならなくすることはできる。でも、時間の力を借りないと。それに、もう一度、自分をさらけ出すことを覚えないと」

リアナンはキールを押しのけ、なじるような目で彼の目を見つめた。「自分をさらけ出す？　すばらしい考えね、先生。あなたみたいなサディストには、格好の餌食になれるというわけね。さぞうれしかったでしょう。私がしっかり反応して。でも、おあいにくさま、キール・ウェレン。私はロボットでいるほうがいいわ」

「いいや、そんなことはない。僕と時間を過ごしていけば――」

「もうこれからはないわ！」

「違うね、ミセス・コリンズ。なぜなら、僕はきみを苦しめるつもりだから」

「大嫌い！」

「それでいい。立派なスタートだ。だが、治療が終わるころには、きみは僕を愛してるか、憎んでるかのどちらかだろうな。でも、少なくとも、きみは生きてるはずだ。歩き、話し――そして心で感じてるだろう」

リアナンの涙は、夜風でとうに乾いていた。あごを引き、銀色の月光を受けて緑の瞳に怒りの炎をくすぶらせ、キールに対峙した。

「自分を買いかぶっているようね、先生。私はあなたのことを、残酷で失礼で、癪にさわる人としか思えないわ。さあ、もういいでしょう、私はベッドに入るわ」

リアナンはきびすを返して去ろうとしたが、手首をつかまれ、くるりと向きを変えて捕まえられ、ぎょっとした。抗う間もなく抱きすくめられ、底の知れない激しさが渦巻くグレーの瞳にのぞきこまれていた。「僕は残酷で、失礼で、癪にさわるだけじゃないよ、ミセス・コリンズ。もっとずっと奥が深い。そのうちきみにもわかるだろう」

リアナンは口汚くののしってやろうと口を開けたが、言葉が出ることはなかった。キールの唇が降りてきて言葉を奪い、彼女を抱きすくめている状況にものを言わせた。荒っぽくはなかった。ただ決然と……そして容赦がなかった。彼の唇は締まっていて、ぐいぐいと自分の思いどおりに彼女の唇を導いていく。奥深くもぐりこんだ舌は、かすかにブランデーとタバコの味がした。ほんのかすかな香りなのに、突然、その男らしさに圧倒されるような気がした。リアナンは反応しなかった。ただ愕然と声を失っていたが、はっきりと感じているがゆえに、抗えずにいた。乱れた彼の息、心臓の鼓動を感じ、まったく肉体の感覚的な部分だけでは、心地よかった——あまりに心地よくて、陶然とさせられてしまった。この人は男だ。男らしさにあふれている。固く引き締まっていて、うっとりするほどたくましくて、なのにあたたかくて、包みこんでくれる。巧みな口づけに、激しく反応させられる。強引で力ずくなのに、頭がくらくらして、どうでもよくなってしまう。彼女には、ただ黙ってついていくことしかできなかった。彼の手にしっかりと腰を抱えられ、身動きもままならない。先に唇を離したのはキールだった。笑みを浮かべ、ささやきでリアナンの唇を愛撫するかのように、けだるそうに話す。「未来はかならずあるよ、ミセス・コリンズ」

リアナンは食い入るように見つめ、それから、この船に乗った男が聞いたら誰でも喜びそうなののしり言葉を口にした。

「〝ハートのクイーン〟も壊れて爆発することがあるんだな。僕と同じような考え方をしてくれるようになったら、さぞやエキサイティングなことになるんだが」

リアナンは、思いきり彼のふくらはぎを蹴りつけた。

痛かったに違いないが、返ってきたのはまたしても大きな笑い声だけだった。むかむかするくらい、楽しそうな笑い声。

「ちょっと、放してくれる！」リアナンがうわずった声を出す。

「お望みどおりに」キールは彼女の両手を放し、くっつけていた体も放した。「部屋に走って戻るといい、ミセス・コリンズ。逃げろ。逃げるが勝ちってこともある。ただし、自分から逃げることはできないってことは覚えておくんだな」

リアナンは怒ったように彼の横をすり抜け、階段に向かった。「私は自分から逃げたくなんかないわ、先生。逃げたいのはあなただけよ」

「どちらからも、そう長くは逃げられないだろうな、リアナン」

「そんなことは当てにしないでちょうだい、先生」彼女は帆桁(ほげた)を過ぎ、下に下りる階段の手すりを握ってから、振り向いた。「それからね、先生……」

「何？」

「……私はヴァージニア州の人間なの。私の票は、二度と手に入りませんから」

「喜んであきらめよう。部屋まで送ろうか？」

「いいえ！」

「じゃあ、ラウンジにでも？」

「いいえ！」

「残念だな。踊りたい気分なのに」

「ミス・ケンドリックをお誘いになったら」

「悪くない。そうしようかな。おやすみ、リアナン」

「やっと解放されるわ」彼女は聞こえるように言い、階段を下りはじめた。しかし追いかけてきたのは笑い声だけ。いつまでも耳について離れなかった。


リアナンは疲れていた。コンクリートミキサー車に轢かれたような気分だった。なのに、いざネグリジェに着替えて明かりを消し、ベッドにもぐりこんでみると、全然眠れなかった。あのいまいましい議員のせいだ。彼こそがコンクリートミキサー車で、彼女を轢いたのだ。彼は降り注ぐナイフの雨のように、彼女に切りこんできた。でも、彼女もまた、彼に血を流させたことを思い出した。過去の悲劇について責めたときの、あの血の気の失せた顔が忘れられない。悲劇を起こさせまいとしたと語った、あの苦渋に満ちた声も忘れられない。

あのとき大統領執務室にいたのは、キールだけではない。リアナンは小さく身震いして考えた。彼は、ほかの人間の責任もかぶったのだ。ほかの人間を救うため、自分の立場をなげうった。いえ、ほかの人間をかばうため？　わからない。今夜はなぜか、彼を許さなければならないという気持ちにさせられた。でも、彼を許したくはなかった。彼女は精一杯の努力をして、感覚を無にしてきた。でもいまは……いまは疲れ果てていた。クタクタだった。なのに、心がしっかり目を覚ましているせいで眠れない。

リアナンは横向きになって、枕を抱きしめた。なめらかなコットンの枕カバーがひんやりしている。命を持たないものの冷たさ。

かつては男性の体に腕をまわして眠っていた。あたたかみに触れ、肉体を感じながら。それに、幼い男の子や赤ちゃんを抱きしめてもいた。あの体じゅうを包みこんでくれるようなやわらかな感触は、人生最高の、きゅんとするような感覚だった。なのにいまは、枕を抱きしめている。

リアナンはぎゅっと目をつぶったが、なんにもならなかった。もう涙も枯れはてた。不安で寂しかった。男の人の感触が恋しい。触れてほしい。

ポール！　彼女は心のなかで叫んだ。ほかの男性のことを考えるのは、ひどい裏切りのように思えた。認めるのはつらいけれど、ものを抱いて寝るよりは、誰かを抱きしめて眠るほうがずっといい。最悪なのは夜だった。でも暗闇は、夢の世界を創り出してくれる。もし生身の人間を抱きしめられるのなら、目を閉じて、ほんのわずかなあいだだけでも、何もなかったかのような――世界のすべてが奪われることなどなかったようなふりをしていられるのに。

リアナンは枕をさらに強く抱きしめた。絶え間なく波に揺れる、船の動きが感じられる。ほんとうなら気がやすまるはずだった。なのに波の動きが、吹き荒れる自分の心と一緒にうねっているように思える。嵐が近づいてきているのかしら。もしそうなら、ダンスするウェレン議員がデッキから飛ばされて、闇のなかに消えてしまえばいいのに！

なんの気なしに、人さし指で唇に触れた。彼の唇は心地よかった。力強く抱きしめてくれた、あの腕も。ぎゅっと押しつけられた、あの締まった体も。彼はとにかく男らしかった。

リアナンは小さくうめき、寝返りを打った。彼に心を乱され、血のたぎるような思いをさせられたのはまちがいない。もう二度と感じないだろうと思っていたような、強い力で惹きつけられた。でも、彼は惹かれてはいけない人。

どうして？ リアナンは自問した。まだ彼を許せないから？ それとも、もし許してしまったら、自分の心がどう動くか怖いから？ 彼には、許すようなことは何もないのかもしれない。できるかぎり精一杯のことを、彼はしてくれたのかもしれない。

リアナンは深く考えたくなかった。理性を働かせたくなかった。壁を築き、あんな人は嫌いだと決めつけるほうが楽だった。

彼は、好都合な相手なのかもしれない。魅力的で、男らしくて、でも知性ある大人の男で、つかのまの情事を持つには……もう一度、現実の世界に身を置くには、ちょうどいい相手。完璧だ。操を立てる必要もなく、偽りのない愛情を要求されることもない。なにしろウェレンには、この一年半ほどで一ダースもの女性との噂があったが、そのつきあいは常に慎重できちんとした、短い期間だけのものだと言われていた。

なのに、いまの彼は、いつもとまったく正反対の行動を取っている。もっと楽しみがいのある女性がほかにいるのに、遊び慣れたプレイボーイにつきまとわれているような気分だった。

彼は私に許してほしいんだわ。ふいにリアナンは思い至った。デッキで話をしたときの彼の顔を思い出す。怒り、傷つき、われを失ったようにさえ見えた。いままで誰にも言わなかったことを、彼女には言ってしまったとでもいうように。だから彼はあれほど強固につきまとい、リアナンの心をこじ開け、自分を愛するか憎むかするようになる、と言ったのではないだろうか。

「憎むに決まってるわ、議員先生!」リアナンは吐き捨てるように声に出して言い、枕にこぶしを打ちつけた。「そんなの、航海が終わるまで待つまでもないわ」

ほんとうにそうだろうか?

自分でも、ほんとうの気持ちはわからなかった。混乱した心が、大釜で煮えたぎっているような気分だ。

どさりと仰向けになった彼女は、無意識のうちに落ち着かなげにシーツをつかみ、ふたたびきつく目を閉じた。

いまごろ彼はどこかで踊っている。たぶんジョーン・ケンドリックと。重力を操る女王と。ブロンドでスリムな若い美女と。

リアナンはまたうつぶせになり、どうして若い美女にこれほど心を悩ませなければならないんだろうと思った。彼女と踊れと言ったのは自分だし、それは本心だった。なのに、ふたりの姿がちらつく。あのくすんだグレーの瞳――ときには御影石のように見え、ときには気まぐれな太陽がぎらぎらと照りつける、くすぶった空のように見える目が――ミス・ケンドリックのまばゆいブロンドをじっと見下ろしている。ミス・ケンドリックが視線を合わせ、引き締まったあの体に、ことさら寄り添う。そして彼の両手が――大きくて経験の重みを感じさせる、けれど隅々まで清潔感のある手が、ブロンドの豊かなヒップを抱いて……。

「なんなのよ、もう!」リアナンは思わず声を張り上げ、狭いベッドの上で起き上がり、床に脚を下ろした。髪をかき上げ、目を細めてトラベル用アラームクロックの光る針を見る。午前二時をまわっている。もう三時間以上も眠ろうとがんばっているなんて。

衝動的にリアナンは立ち上がってネグリジェを脱ぎ、引き出しを探ってTシャツとジーンズを出した。エレガントに着飾った乗客に見られたら、ドナルド・フラハティの接客係らしくない服装だが、サッとラウンジに入って軽い――いえ、軽いのじゃだめ、強い――ブランデーをもらって出てくるだけだ。リラックスしなければ眠れない。それに、明日はキャット・アイランドに停泊する。つまり、彼女はブラックジャックに忙しく、ほかにも駆けずりまわって、親睦であれビジネスであれ、ドナルドが個人的に主催した会合の世話をしなければならない。つまり、午後五時に解放される見込みもなく、長い夜になるのだろう。

ひっそりとした古い船の通路を、リアナンは進んでいった。まだ船の揺れが感じられる。上のデッキでは、白い帆が風にはためいてきれいだろう。ラウンジに寄ったら、思いきって上にあがってみようか。そこで悩んだ。どのラウンジへ行こう？　乗務員には会いたくない。素早く頭を働かせた彼女は、ホッとして笑顔になった。プロムナードデッキの真下にある〈海賊の入江〉なら、もう閉まっているだろう。いちばん早く開くので、閉まるのも最初なのだ。

リアナンは歩を速め、中央階段に急いだ。誰もいない。起きている乗客もいるだろうが、カジノで運試しにいそしんでいるか、オールナイトで踊っているかだろう。大半の客は、明日は海と太陽を満喫するため、もうやすんでいるはずだ。昼勤務の乗務員は眠っているだろうし、夜勤務の乗務員は仕事をしている。運がよければ、誰にも会わずにいられる。

すぐに古いオーク材のラウンジに着いた。かつては重量検査室として使われていた部屋だ。ドアに鍵がかかっていないのがわかって小さな安堵の息をつき、そっと滑りこんだ。

昔のガラスがはまったままの窓から月明かりが差しこむラウンジは、少し薄気味悪かった。海賊の住居ふうにしつらえられ、板張りの壁には剣を斜めにクロスさせて飾ってあり、それぞれのテーブルの中央には、金紙で包んで金貨に似せたミントキャンデーが、燭台の火皿に盛ってある。リアナンはテーブルのあいだを縫ってバーカウンターに近づき、垂れ板をくぐって入った。彼女はバーテンダーのねぎらいに来ることがあったので、ちゃんとした明かりがなくても、陳列棚の様子は知っていた。ウォッカ、ジン、ラム、ウィスキー、バーボン、甘口ベルガモット、辛口ベルガモット、そしてブランデー。ブランデーだけがなかった。もう一度ボトルを探したが、いきなり部屋に声が響き渡ってぎょっとした。

「クリスチャン・ブラザーズをお探しなら、こっちにあるよ。ミセス・コリンズ。テーブルの上に」

人気（ひとけ）のないラウンジから声がしてぞっとし、悲鳴を上げそうになった。けれど、身をすくめただけでなんとかこらえた。全身に怒りと動揺が走る。この声の主はわかっていた。命絶えるそのときまで、忘れられない声。

リアナンは目を細め、暗闇に見入った。ぼんやりと彼の姿が見えた。まだタキシードのままだが、だらしないほどくつろいだ姿勢だ。椅子の背にだらりともたれ、脚は目の前のテーブルの上に伸ばしている。こちらを見返してきたその瞳に、鋼のような輝きが見て取れた。

「ここで何をしてるの？」リアナンが厳しく尋ねた。「このラウンジは閉まってるのよ」

「マネージャーに顔がきくんでね」キールは動きもせずに言った。「それに、ここへはナイトキャップをもらいに来たんだ。きみと同じように。ところで、仲たがいしている相手に言わせてもらうが、きみのボスは、きみが夜中に自分の船をさまよい、酒をくすねていることを知ってるのかな？」

リアナンは笑みを浮かべ、歯を食いしばって答えた。「議員先生、私の雇い主が私に文句を言うことは絶対にないわ。私もマネージャーには顔がきくの」

「それなら、きみのブランデーを取りにくるがいい」

リアナンは迷ったが、そのとき、微笑んだキールの白い歯がちらりと見えた。彼が怖いとは思わなかったし、なぜだか彼のほうに引き寄せられていた。

リアナンは手際よく棚からブランデーグラスを取り、バーカウンターの下をくぐった。ゆったりとした動きでテーブルのあいだを進み、部屋の奥まで行った。伏し目がちに、キールとは視線を合わせないようにする。彼はじっと彼女を見つめたまま動かない。彼女はブランデーのボトルに手を伸ばした。

キールが両脚をサッと床に下ろし、ボトルをつかんだ。リアナンがようやく彼を見る。キールは眉をクイッと上げ、立ち上がってから相当のブランデーを彼女のグラスにそそいだ。

「かけたまえ、ミセス・コリンズ」

「できれば部屋に戻りたいんですけど」

「それはさせられないな。一人で飲むのは健全じゃない」

リアナンはにっこり笑い、向かいの席に腰を下ろした。「議員先生、私がまちがっていなければ、あなたこそ一人で飲んでらしたんじゃないかしら」

「そのとおり、一人だった。だからきみが来て、独りぼっちから救ってくれてよかったよ」

「そういうつもりはなかったんだけど」

キールは肩をすくめて座り、またくつろいだ。今度は空いた椅子に両脚を載せる。

「ずっと前にベッドに入ったにしては、ずいぶんしゃっきり目が覚めているようだね」キールが鋭く指摘する。

「あなたのおかげでね、議員先――」

「やめろ！」突然キールは声を荒らげ、疲れたようにこめかみをもんだ。「その呼び方はやめてくれないか。物のような言い方をしないでくれると、ありがたいんだけどね」

「でも、それがあなたの名前でしょ。ウェレン議員先生。当選した候補者は、そう呼ばれるんじゃない？」

キールはリアナンのおふざけに反応しなかった。

「きみはいつも調子に乗るほうなのか、リアナン？」

「調子に乗る？」なんとかリアナンは、無邪気なあどけない声を崩さずにいられた――ほんの少しだけ、いやみっぽい口調だったが――けれどグラスを持つ指の震えはひどく、絶対にキールにも見られていると思った。グラスをぎゅっと握りしめる。震えているのは、怖いからではない。火遊びをしているような、そんな気がしていたからだ。彼には男が放つ危険な香りがぷんぷんしている。

「〝ハートのクイーン〟か」キールは楽しげにつぶやいた。しかし、くすぶる瞳に伏せたまつげの奥には、鋭い光がきらりと輝いているのを彼女は見て取った。「いいカードだ」そこでひと呼吸。「だが、クイーンはキングにはかなわない。それに、スペードのエースは何にも負けない」

「どうやらあなたは、自分をスペードのエースだと思っているようね……議員先生?」

またキールの脚が床に下り、手がいきなりリアナンの手首をつかんだ。淡い月明かりのなかでさえ、警告の鋭いまなざしがはっきりとわかる。

「キールだ。簡単だろう。短い名前だし。言ってみろ」

やはり押し殺したような声だったが、かすれていた。リアナンは無視しようかと思った。鋼鉄のような手も、その手が肌を焦がすような感触も。彼の忍耐を極限まで試してやろうか、一つ一つの反応を試してやろうかとも思った。彼には、彼女にああしろ、こうしろと命令する権利はない。

リアナンは手首をつかんだ手を冷ややかに見つめ、それから彼の目を見つめた。いつもなら、こうして見つめれば、誰もが引き下がる。けれどいまのキールは、口元をきつく引き締めただけだった。

「痛いわ」リアナンはそれだけ言い、口をつぐんだ。そして思わず唇をしめらせる。そんな気もないのに、うっかり口が、彼の聞きたがっている言葉を言ってしまった。「キール」

キールは手を放した。「簡単だろう?」

リアナンはグラスを取り、ブランデーをひと口含んだ。胸のなかでは心臓の鼓動が轟(とどろ)いている。いったいどうなってしまったの？　こんなくだらないおしゃべりで、この人にいやみを言ったりしたくない。この人からは離れていたいのに。この人のせいでおかしくなってしまった。もうバラバラになってしまったような気分。

「ここで何をしてたの？」リアナンはグラスを見ながら、さりげなく訊いた。「踊ってるんだと思ってたわ」

「踊りには行ったさ」

「でも早く切り上げたのね。ミス・ケンドリックはお疲れだったのかしら？」

キールは小さくククッと笑った。「いや、ジョーンとドナルドはまだ楽しんでる。僕は残念ながら、途中で音楽がつまらなくなっちゃってね」

「それはびっくり。ドナルドの演奏家たちは、すごく腕がいいのに」

「あいつの従業員が、みんなすばらしく仕事のできる人間ばかりなのはまちがいない」どういう意味かはわからなかったが、当てこすりだ――しかし、キールはよどみなく続けた。

「つまらなくなったのは、一緒にいる人間のほうだったかもしれないな」

「それもびっくりだわ。ミス・ケンドリックはすてきな人じゃない」

「ああ、まあね」

「それなら――」

「彼女には、僕が女性に望む、成熟したところが足りない。その成熟にともなう、思いやりもね」キールはまた後ろにもたれ、ゆっくりとリアナンを観察すると、またしても彼女の指に指をからめた。やさしく、しかし有無を言わさず。「それにね、リアナン、僕の支持者もみんなわかっていることだけど、僕は意志の強い人間だ」

リアナンは手を引っこめたかったが、できなかった。

「私のほうも、誰もが認めると思うけど……手の届かない人間よ」

キールはかすかに笑み、そして立ち上がって、彼女も立たせた。「じゃあ、今夜のところは引き分けということにしよう。さあ、そのブランデーを飲んで、子どものように眠るんだ。今度は部屋まで送るよ」

「船の上でそんな必要はないわ」リアナンはぼそぼそ言った。「強盗もいないでしょうし」

「そんなことはわからないさ」キールが肩をすくめる。「気をつけるに越したことはないだろう」テーブルからリアナンのグラスを取り、彼女に渡した。「飲んで」

言われたとおり、リアナンは残ったブランデーをひと口で飲み干した。のどからおなかまで、心地いい熱さが伝わっていく。そのあいだ、ずっとキールの視線を感じていた。彼は空になったグラスをリアナンの手から取り、テーブルに置くと、彼女の両肩に手をかけてドアのほうに向かせた。

「さあ、行こう。明日はきみは仕事だし、僕も中国政府の人間と朝食をとらなきゃならない。そつなくこなしたいのでね。核の話をするんだ」

リアナンは興味を引かれて彼を見上げた。「中国と？　核の分野では、中国はまだそこまで進んでいないんじゃあ？」

「進むというのが、どういう意味合いかによるね。高校の化学教師だって、適切な材料さえあれば原子爆弾がつくれる。それに、中国が動けば核も動く。朝食に同席したいかい？」

「いえ、けっこうよ」

「残念だな。ジョウ・ルーはチャーミングな男だよ」

「私はドナルドの仕事があるのよ、覚えてる？」

「ああ、そうだったね。ちゃんと覚えておくよ」

二人は無言でラウンジをあとにし、中央階段を下りはじめた。キールは腰に手をまわしてエスコートした。

最初、リアナンは身をこわばらせたが、抗いはしなかった。ドナルドでもするような、なにげない、基本的には礼儀としてのしぐさ。けれどそこには、何かもっと力強い、安心させてくれるあたたかみのようなものがあった。

リアナンは歯を嚙みしめた。またこんなふうになってしまった。それでも、キールのアフターシェーブローションのほんのりとした香りが、やはりくすぐられるように心地いい。リアナンは無性に、このまま足を止めて彼の上着に頰を寄せ、その下にある引き締まった体を感じたくなった。彼の腕に抱きすくめられて、もっともっと深いあたたかさを感じたかった。

彼女の部屋が下のデッキにあるということをキールは知っていたようで、彼女の部屋の前で止まった。

「キーはどこにある?」キールが尋ねた。

「鍵はかけなかったの」

「感心なことだ」キールは皮肉っぽくつぶやき、ドアを押し開けた。そしてなかに入ったのでリアナンは戸惑った。

慌ててあとから入ったが、狭い部屋のなかでは彼がものすごく長身でがっちりしているように見えることを、まず意識した。そのあと、彼がいきなりシャワー室のドアを開けてなかをチェックし、次はクローゼットに同じことをしたので眉をひそめた。

彼の視線が乱れたままのベッドをさまよったときには、困って赤くなった。

「何をしてるの?」リアナンは強い調子で訊いた。

「誰もいないことを確かめてる」

「どうして? 私は大人よ」

キールはいらだたしげにため息をついた。サッと視線を彼女に向けたときには、顔まで不愉快そうだった。「僕は、きみの安全のために確かめたんだ」

偽りない言葉だった。それはリアナンにもすぐにわかり、いやになるほど後悔した。「キール、船には何十人もの警備員が乗ってるのよ」

「知ってる」ぼそりと言い、サッと彼女から目をそむける。「でも頼むから、外に出るときは鍵をかけてくれ」

「わかったわ、でも――」

「いいから、そうするんだ」

キールは彼女の両肩をつかみ、リアナンが何か言う暇もなく、チュッと頬にキスした。そして長い脚でわずかふたまたぎで、ドアまで離れた。「また明日、リアナン」

「キール！」

彼が足を止めて振り返る。

「言っておいたほうがいいと思うけど、私はあなたと顔を合わさないようにするわ」小さな声でリアナンは言った。

キールは微笑み、その表情にリアナンは心動かされた。いつものいかめしい顔つきがやさしくなり、ドア口に立つ彼はそびえるように背が高く、たくましかった。

「僕も言っておいたほうがいいと思うけど、そんなことは絶対に不可能だと思うよ！」

彼の背後でドアが閉まった。

リアナンはジーンズとTシャツを脱ぎ、脱いだネグリジェをもう一度かぶった。いまさら、どうやったら眠れるというのだろう。

けれど翌朝は、目を閉じたときのことをうっすらと憶えているくらいだった。夢の断片も思い出せた。その夢のなかにはかならずグレーの瞳の男性がいて、力強く心地よい腕で、彼女をやさしく抱きすくめていた。

# 4

「中国の友人との朝食はどうだった？」ドナルド・フラハティは陽気に尋ねながら、キールのところに行った。キャット・アイランド沖での停泊中、キールはマストにゆったりともたれ、穏やかなアクア色の海を眺めていた。

キールは一瞬サングラスを上げ、ドナルドをちらりと見て大きな笑みを浮かべた。「上々だ。ジョウ・ルーは暴力を憎む、きわめて外交的な人間だ。世界がジョウ・ルーのような人間でいっぱいになったら、いい世のなかになるだろうな」

ドナルドはつかのま、黙っていた。「この旅で、何か役に立つことができるだろうか、キール？」

キールは一瞬、口をつぐんだが、肩をすくめて腕を組み、後ろにもたれてふたたび海を眺めた。「もちろん。話の通じる知的な人間を世界じゅうの国から集めてくれたんだから、何かしら役に立つことができてるさ。だが、俺は、そもそも自分は何をやろうとしているんだろうと思うことがあるよ。どんなボタンでも、それを押す算段をしているのは、各国の指導者ではないと思う。俺が怖れているのは、世界じゅうにいる狂信者どもだ」

「そのとおりだな」ドナルドがため息をついて同意する。その後、顔を輝かせた。「だが、子どもたちへの献金は、だいぶ集められたな」

「ああ」

「ところで、うちの接客係（ホステス）は元気かな？」

キールは体を起こし、ドナルドを見つめた。「元気かなって、どういう意味だ？　彼女はおまえの従業員だろう。会ってないのか？」

ドナルドが小さくクックッと笑う。「そうカッカするな。今朝はまだ会ってないが、何も問題ないのは知ってる。スチュワードが部屋をノックしても返事がなかったというんで、ドアを開けて確かめろと言ったんだ。彼女はぐっすり眠ってた。だから、そのまま寝かしておくことにしたよ。昨夜、たまたま船のなかを見まわってたら、声が聞こえてな——おまえたちの声が——ラウンジから。それでおまえに、うちの接客係は元気かなと訊いたわけさ」

キールはサングラスを戻して床板にぺたりと腰を下ろし、返事を考えているかのように脚を伸ばした。ニットのスポーツシャツとショートジーンズという格好だと、国きっての有望政治家というより、日焼けしたたくましいサーファーみたいだな、とドナルドは思った。

「待ってるあいだ、ビールか何か持ってこさせようか？」

「そうだな、いいな」

船の舳先のほうでスチュワードが、日光浴を楽しむ客にアイスクリーム入りのドリンクを出していた。ドナルドは手を挙げて彼を呼んだ。「ビールを頼むよ、ジョージ。二つ」

「かしこまりました、ミスター・フラハティ」

ジョージがササッと退くと、キールが笑った。「まるで王様だな、ドナルド。忠義な奴隷にかしずかれて」

「キール……」

「いや、ほめて言ったんだ。おまえみたいなやつは、なかなかいないよ。まったく私利私欲がないし」

「ははあ！　わがままな議員先生のために、選挙委員会に働きかけたことを言ってるのか？」

「そのとおり」

ジョージがビールを持って戻り、キールとドナルドは礼を言った。

「さてと」ドナルドがビールをぐーっと飲んで言った。「リアナンはどうする？」

「おまえ、父親みたいだな。俺がどういうつもりか、訊いてるのか？」

「そのとおり」

キールはしばらく黙った。彼女への自分の気持ち——瞬時に惹かれたあの気持ちと、それ以来、頭から消えない気持ちをじっと考えてみる。彼女に近づきたい、彼女を守りたい、彼女を抱きしめて、明るい明日が待っていると誓ってやりたい。彼女をほんとうに理解できるのは、この世に自分しかいないと感じている。そして、彼の心のあらゆる側面に触れて彼を理解できる女性は、彼女しかいないという確信もある。これからの自分の返事が滑稽に聞こえることはわかっていたが、それが本心なのだ。

「俺は彼女と結婚したい」

「えっ、おいおい、キール、まだ会ったばかりじゃないか」

「なんだ、俺がレンガの壁にぶちあたったみたいな顔をしてると言ったのは、おまえだろう」

「あれは、たんなる男の色気の話さ。おまえはバスケットボールみたいにそこをすっ飛ばしちまった」

キールはかぶりを振り、哀しげに笑った。「俺は大まじめだよ、ドナルド。彼女には何かがある……いや、彼女のすべてが特別なのかもしれない。きれいで、少しミステリアスで、あの華奢な背筋は見事にしゃんと伸びている。でも、それだけじゃないと思うんだ。偉大なことをやり遂げた人間が〝勝ち組〟だという価値観の世界に、俺たちは生きている。前に進み、頂点に立つことを目指す。それは悪いことじゃない。聡明な女性が相応の地位に就くのを見るのは、楽しいものだよ。でも、人生の本来の目標が――子どもを愛するとか、望めば誰でも手に入れられるようなシンプルなものを大切にすることとかが、あまりにも失われていると思うんだ。でもリアナンはそうじゃない。彼女は夫を愛していた。子どもを愛していた。心から。そして彼女は、迷わず、その愛情を人生でいちばん大切なものとしていた。自分が仕事を持っているか持っていないかは関係ない。俺は……エレンも同じような性質の持ち主だったと思う。たぶん俺は、あれ以来ずっと、それを探し求めていたんだろう。いま俺にわかるのは、彼女を永続するような形で、自分のものにしたいってことだけだ。それに、彼女にも俺が必要だと思う」

「おまえが必要？」ドナルドは冷ややかに訊いた。「彼女は強い女性だ。とくに、おまえへの反発心は半端じゃない」

「人間は誰かを必要とするものさ」

「キール・ウェレンでも？」

「ああ、キール・ウェレンでも」彼はしばらく口をつぐんだ。自分の内なる新発見を噛みしめてでもいるかのように。「俺には彼女が必要だ」

「彼女の意向は目に見えるようだよ」ドナルドがぼそりと言う。「キール、彼女はおまえのせいで飛行機事故が起きたと思っている」

キールは顔をゆがめた。「そうらしいな。だが、彼女にも時間が必要だろう」

「自信があるんだな？」

「政治家はそうでないと」

「じゃあ、彼女はなんであんなに疲れてる？　いったい彼女をいつまで眠らせなかったんだ？」

キールは笑った。「そう牙をむくなよ、お父さん。俺は彼女のベッドにいたわけじゃない。どちらにしろ、彼女のベッドに入るつもりはない。俺のところに連れてくるつもりだ。腹心の部下に与えるにしては、あそこは狭いんじゃないか、ドナルド？」

ドナルドが肩をすくめた。「彼女がどうしてもって言い張ったんだ。ほかの従業員と同じようにしてくれってね――そもそも自分の仕事は優遇されすぎてると言って」キールの顔が急に曇ったのを、ドナルドは見て取った。

「従業員に対して、おまえはどれくらい影響力を持ってる？」

「どうしてだ？」

「彼女に部屋の鍵をかけるよう、おまえから言ってもらいたいんだ」

ドナルドは驚き、友人の言ったことを理解するのにしばらくかかった。

「なぜだ？　この船では警備員が二十四時間、巡回してるぞ」

今度はキールが重苦しく黙りこむ番だった。「俺にもはっきりとはわからないんだ、ドナルド。虫の知らせを感じたって経験はないか？　あの飛行機事故の日も……連絡が来たときから、何かがとてつもなくおかしいって気がしてた。ひどい胸騒ぎがしていた。重要な情報を、すべて与えられていたわけではなかったとわかるときがあってね。もうだめだとおののいたあの感覚には、押しつぶされそうだったよ。恐怖のあまり、誰かの首を絞めてやろうかと思った。それはもう過去の話だが、大統領執務室に足を踏み入れた瞬間に襲われたのと同じ、妙な胸騒ぎを感じるんだ。何かがおかしい、何かが起きるんじゃないかというような……」

「この俺の船で？　大がかりな改修をしたばかりの、重鎮が何十人も乗っている美しい帆船で？　そいつはありがたいこった！」

「すまん」キールは申しわけなさそうに言った。「気のせいかもしれない。いや、何も確証はないんだ。ただ……なんとも言えない感じがして。昔のことがあるから、神経過敏になっているんだろう。でもとにかく、リアナンには鍵をかけるように言ってくれないか？」

「おい、彼女と結婚しようっていうのはおまえだろう」

「ああ。だけど、彼女にはまだそれがわかってない」そう、リアナンは彼のことをまだよく知らない。彼の気持ちがどれほど深いかも、彼女に触れずにはいられないこの気持ちも、感じる心を――人生の美を――愛する心を取り戻させてやりたいという気持ちもわかっていない。彼女を目にすると、抱きたいと思う気持ちとともに、いとおしさや、守ってやりたいという気持ちや、やさしい気持ちが心にあふれてくる。キールは肩をすくめた。「これから、だいぶ納得してもらわなきゃならないだろうな。いまはとりあえず、おまえから言われたことのほうが、彼女もありがたく受け入れられると思う」

「わかった。言っておくよ。だがな、キール、彼女にはやさしくしてくれよ。おまえは俺の友だちだが、俺にとっては彼女もすごく大切なんだ」

「俺はやさしくしようとしてるさ」キールは伸びをして立ち上がり、空になったビールの缶をドナルドの手に押しつけた。「ごちそうさま」

「どこへ行くんだ？」ドナルドが詰め寄る。

「ダイビング」

「未来の花嫁を追いかけに行かないのか？」

キールはにやりと笑った。「追いかけてるさ。獲物に正面からぶつかるにも、ぶつかりどきがあるのさ、ミスター・フラハティ。すでに口にしてしまったことを、しばらく頭で咀嚼するときってのもな」

「なるほど」

「ニュー・プロヴィデンス島に着いたら、正面攻撃するさ」

「ほんとうか？」

「ああ。バイクで島をかっとばしたくないか？」

ドナルドの顔にゆっくりと笑みが広がった。「リアナンが一緒なら行こう」

「おまえは彼女の雇い主だ」

「そう、雇い主だ。暴君じゃなく」

「おまえが誘えば、来るだろうな」

「そう思うか？」

「五ドル賭けよう」

「乗った」


その日一日、ウェレン議員がまったくかまってこなかったので、リアナンは意外だった。ホッとしていいのか、ばかにされたと怒ればいいのか、わからなかった。

ひどい寝坊をしたので、ドナルドに謝ろうと慌てて行った。口ごもる彼女に、ドナルドはいいよ、いいよ、と手を振った。「きみがいなきゃ困るんだったら、起こしにやってたさ」

その日の残りの彼女の仕事をだいたい話してから、なにげなく尋ねる。「ナッソーには行ったことがあるかい、リアナン？」

一瞬、リアナンは言いよどんだが、答えた。「ええ、一度行ったことが」

「ご主人と？」ドナルドがやさしく訊く。

「ええ」リアナンは無理に小さく笑った。「もうずっと昔、まだ子どもが生まれる前だけど。よくある週末のクルーズに参加したの。長逗留したわけじゃなく、いろんなことをやったわけでもないけど。大通り（マーケットストリート）をぶらぶらして、藁細工（わらざいく）のお土産をたくさん買ったくらい」

「またナッソーに行くのは気が進まないかな？」

「あ、いえ、そんなことは。ほかのことと変わりないわ。この航海が企画されたときから、ナッソーに寄港するのはわかってたもの、ドナルド」

「よかった、あそこではたっぷり楽しむつもりなんだ。まる一日、こういうことから逃れたいよ——会議だのビジネスだの。スクーターをレンタルして、数時間かけて島をまわる。砦を見て、もっと奥まった場所にも行く。きみも一緒に行ってほしいんだけど」

「もちろんよ」無意識にリアナンは答えた。

「スクーターに乗ったことは？」

「ないわ」

「バイクには乗れる？」

「もちろん」

「じゃあ、だいじょうぶ」

あとになって、ほかに誰が行くか訊くのを忘れたことにリアナンは気づいたが、そのときにはもう忙しかった。

乗客向けの娯楽のほとんどは航海責任者（クルーズディレクター）の二名が取り仕切っていたが、ドナルドはほかにも多くの特別な催しをしていたため、午後のリアナンは息つく暇もなく動きまわっていた。船のあらゆるところへ足を運んだが、認めたくはないけれど、いつもキール・ウェレンの姿を探していた。しかし彼が姿を現わすことはなく、ドナルドに友人が何をしているのか尋ねるつもりもなかった。

夕食後、高額勝負のブラックジャックを仕切る二時間の仕事まで、リアナンは短い空き時間があった。自分の部屋でゆっくりしようと思っていたのだが、あまりにも落ち着かないことがわかった。そこで黒の仕事用ドレス――〝モーティシアの衣装〟と自分で呼ぶようになったもの――に着替え、カジノに入るにはまだだいぶ時間があったが部屋をあとにした。二十分ほど時間があるので、〈マンハッタン〉ラウンジに行くことにした。ジェイソンとメアリーがまたステージに立っているはずで、ラウンジに近づくと、ポリスの〈見つめていたい〉の演奏が聞こえてきた。裏口から滑りこんだリアナンは、奥の隅のテーブルにつき、ウェイターににこりと笑いかけた。何も言わずともコーラを持ってきてくれ、礼を言った。しばらくすると、自分がそわそわとストローをもてあそんでいるのに気づき、リアナンはいやになった。もうしばらくしたら、爪でも嚙んでいそうだ。そしてそのうち、ラウンジなんかに来るんじゃなかったと思いはじめた。前にここにいたときのことを、否応なく思い出してしまう。キール・ウェレンが突然、現われたときのことを。彼女はもう一度彼に現われてほしくて、わざとここへ来てしまったのだろうか？

キールは一日じゅう姿を見せなかった。たぶん、もっと青々とした若い牧草を探しに行ったのだろう。ジョーン・ケンドリックとか？　けれど彼は、ジョーンには興味がないと言った。彼女には、女性に求める成熟した部分、ひいては思いやりが欠けているからと。でも、ジョーンと一緒に時間を過ごしたり、セックスしたりするのに、彼女に夢中である必要はない。

一人で座っていると、顔が赤くほてってきた。あの議員先生に対する気持ちは、わけがわからない。ほんとうに、彼とは関わり合いたくない。強引だし、激しすぎる。それに、過去を思い出してしまう。

それでも、彼がほかの女性といる姿を想像すると耐えられなかった。成熟がどうとか言ってたくせに！　あんな人、どうでもいい。なのに、ほかの誰かに近づいてほしくない。でも、私はまだ、自分の不幸をすべて彼のせいにしている……ううん、ほんとうにそうかしら？　やっと理性を働かせて、彼の話を信じられるようになったんじゃないかしら？　彼はひざまずいて許しを請うようなことこそしなかったけれど、自分にできることはすべてやったと説明してくれた。それに、どんなに私が否定しようと、彼を男性として意識したのは事実でしょう？　ほんとうのキール・ウェレンという人が全力を尽くそうとしなかったなんて、私には思えない。

リアナンは自分の気持ちを変えたくなかった。変えてしまったら、その奥から怖れているものが出てきてしまいそうで。彼を求める心が自分にあるのはまちがいないから。彼女はキールを求めていた。心から。彼に触れたい気持ちがあまりに強くて、自分でも怖い。もし彼がしゃべらなかったり、目隠しをしたりしていたら、勇気を出せるかもしれない。暗闇のなかで、相手が誰かも知らせずにいるのだったら、どうしてこれほど彼に惹かれるのか確かめられるかもしれない。ひと晩だけ自分でない自分になりきり、ふくれあがってくるばかりの孤独を慰めるひとときを噛みしめられるのに。

長いため息をつき、コーラの残りを飲み干して立とうとしたとき、リアナンは椅子のなかで凍りついた。

ジェイソンとメアリーが、新しい曲を演奏しはじめた。古い曲だが、リアナンがあまりにもよく知っている曲。スティーヴィー・ニックスの〈リアノン〉。

この二人がこの曲を演奏するのを聞くのは初めてだった。それどころか、この曲そのものも、もう何年も聴いていなかった。曲が初めてリリースされたときは、ポールにからかわれた。「ほんとうにフリートウッド・マックに知り合いはいないのかい？」よくそう訊かれたものだ。でもポールはあとで、こうも言ってくれた。きれいな曲だ、きみにぴったりの曲だ、誰かがきみだけのために書いてくれたんじゃないかな……。

美しい歌詞を聴いているうち、リアナンは全身が震えるような気分になってきた。黒い大波を、何度も何度もかぶっているような。そして、ラウンジの反対側をゆっくりと、おそるおそる振り返って見るまでもなく、そこに彼が立っているということを感じ取った。

やはり、キールがそこにいた。薄暗いラウンジのなかで、深く底知れない瞳が、じっと彼女にそそがれていた。ダークスーツの上着に、広い肩がきれいにフィットしている。奥の壁にもたれ、両手をポケットに突っこんでいる。リアナンのほうへ来ようとはしない。ただ彼女を見つめ、彼女の視線も、なぜか吸い寄せられて動かない。ほんのつかのま、二人が曲に包みこまれたとき、どうしてかはわからないけれど、リアナンはたがいに深く理解し合ったような気がした。まるでキールが彼女の内も外も、すべてを理解し、心の乱れを見透かし、哀れみではなく、誰にもできないほどの共感をしてくれたかのような。でも、そんなふうに思うなんてばかげている。彼にはひどい質問を浴びせられ、泣かされたじゃないの。でも、ひょっとしたらほんとうに、私を理解したのかもしれない。リアナンはしっかりと彼の視線を受け止めながら考えた。なぜだか幸せな気持ちが、さざ波のように寄せてくる。それは、リアナンにも彼のことがわかったから。ほかの女性では、そこまで見抜けなかっただろう。この人は倒れることを知らないファイター。敗北を喫したとしても、勝利へのさらなる意志を固めるだけ。つらいことがあれば深く心を痛めるけれど、それは内側にしまいこまれ、その痛みを糧として、さらにやさしさと、叡智と、静かなる強さを増す人だ。

曲が終わった。拍手が部屋じゅうに響き渡る。

リアナンはハッとし、われに返った。立ち上がってキールから視線を引きはがし、ラウンジをあとにした。

そして一時間半ほど仕事をしたとき、ラーズがやってきて十五分の休憩をもらった。ラウンジの近くには寄らなかったが、プロムナードデッキに駆け上がった。キャット・アイランドのヨットクラブやマリーナの明かりが見える。笑い声や音楽さえかすかに聞こえてくる。大勢の乗客やクルーが上陸したのは知っていた。

自分もその一人だったらどんなにいいか。ドレスアップして、わずらわしいことをすべて忘れ、ひと晩出かけて——波の音をBGMに、そよ風に肌を撫でられながらキャンドルをともしたディナーを楽しむ……。空はベルベットのようだった。満天の星空に、満月も顔を出している。浜辺を散歩して、新鮮な潮の香りを吸いこむにはぴったりの、美しい夜。

リアナンはぎゅっと目を閉じ、手すりをきつく握りしめた。いま初めて、ポールのものではない腕を取って浜辺を散歩する自分を想像した。キール・ウェレンを思い描いてしまった。

手すりを放し、両の手のひらでこめかみをもんだ。あんな人！　もし私を苦しめようとしているだけなら、まんまとしてやられているわ。

「どうした、リアナン？　こんなことは初めてじゃないかと思うけど、少し振りまわされてるんじゃないか？」

リアナンは慌てて振り向いた。グレン・トリヴィットが近づいてくるのを見て、顔がほころんだ。「景色を眺めていただけよ」

「ほんとうに？」グレンがからかう。

「ええ。そちらの調子はどう？　酔い止めのお世話も、少しは手が空いたのかしら？　出航のとき以来よね」

「ああ、忙しかったんだ。同年配のお仲間よりダンスの過ぎた老婦人はいるし、ガンガン飲んだくれてラウンジに入り浸ってる乗客はいるし、それに——船酔いだ！　酔い止めの薬を飲ませて、デッキに出て空気に当たれと注意したり。でも、いまは落ち着いて静かになったけどね。ひっくり返ってた胃腸も慣れてきてるらしい。今晩はずっと自由なもんだった。そうそう、きみの姿だって見かけたんだよ」

「ほんとう？」

「ああ、ラウンジで。でも、きみは議員先生を見るのに夢中だったみたいだけど」

「えっ」

「ほかの人間なんか、眼中になかっただろう」

「ちょっと困ってたのよ」

「あの曲のせいで？」

「たぶん」

「困ってたって顔じゃなかったけどな」

「グレン……」

グレンはやさしく笑った。「ごめん。僕は、がんばれよって言おうとしただけなんだ」

「何を？」

「いや、僕がきみを慕っていたことは知ってのとおりだ、リアナン。袖にされっぱなしだったけどね。でも、まだ潔い人間でいることはできる。それに、もし〃ハートのクイーン〃がついに座を退くというのなら、あの議員先生以上の候補者はいないと思うね」

「あら、グレン、私は何も退きやしないわ。あの議員先生のことなら、目の上のたんこぶってだけ」

グレンは肩をすくめて笑った。リアナンはふたたびキャット・アイランドに目をやったが、好奇心には勝てなかった。「どうしてそんなことを言ったの?」

「ウェレンのこと?」

「そう、ウェレンのこと」

「僕はあいつが好きだから——まあ、たいていの政治家よりは、だけどね」

「彼と知り合いだったなんて、知らなかった」

「えっ、違うよ。でも僕も政治のことはいろいろ読んでるから。ウェレンはかならずしもルールに沿って動くやつじゃないけど、誰もがやらないことをやったりもしない。違うのは、何も隠さないってことだ。彼にも問題はあるさ」グレンは鼻であしらうように言った。「そう、問題がね。彼もほかの政治家と同じように、ワシントンの犬であることに変わりはない。上からの命令に従う。それでも道理を説く相手を選ぶなら、やっぱり彼を選ぶだろうけど」

「ふうん」リアナンは冷ややかにつぶやいた。「彼に道理を説く、ね」

グレンが声を上げて笑った。「やっぱり振りまわされてる」

「振りまわされて、時間切れよ」リアナンはぼそりと言い、腕時計を見た。「戻らなきゃ。またね、グレン。このまま海が荒れないといいわね！」

「そう願うよ！」手すりを離れ、階段に向かうリアナンの背中に声を飛ばす。「ゆったり楽しく過ごしたいからね！」

リアナンは微笑み、階段を下りかけたが、足を止めて夜空をいま一度、見上げた。満月だから気をつけて、とグレンをからかおうとしたが、いま下りてきた数段の階段を見上げたときには、言葉が口元で消えた。

グレンはもうべつの女性と話していた――ジョーン・ケンドリックと。

船医があの金持ち娘とおしゃべりするなんて変ね、とリアナンは眉をひそめた。いえ、変でもないかしら。ジョーンは気分が悪くなり、薬をもらいにグレンのところへ来たということもありうる。

けれど、ジョーン・ケンドリックは気分が悪そうには見えなかった。声を立てて笑い、グレンに冗談を言っているようだ。彼にしなだれかかり、からかっていると言ってもいいような雰囲気だった。

リアナンはまた眉をひそめたが、肩をすくめた。ジョーンがどこで遊ぼうと、彼女の自由だ。それは彼女の問題だし、少なくともキールと一緒ではない。

もう、やめなさい！　リアナンは内心、自分を叱りつけた。思春期の子どもみたいに振る舞うのも考えるのも、やめると誓ったじゃないの！　なんの関係も持ちたくないとウェレンにも言ったのだから、彼が誰と一緒にいようと彼の自由なのよ。

しかし、キール・ウェレンと腕を組み、裸足で浜辺を散歩している自分の姿は、ラーズとすんなり交替してカードを扱いはじめてからも消えなかった。いつものように、彼女のテーブルは満席だった。こんなに大勢の人間が、これほど莫大なお金を失ってなんとも思わないなんて、とリアナンは少しいらだたしく考えた。ブラックジャックのテーブルに落とされた金だけでも、インドの半分が一週間は飢えをしのげるだろう。

さらに三十分ほどカードを扱ったとき、また指がすべりそうになった。今度は顔を上げて彼の姿を確かめるまでもなかった。彼の手はよく覚えている。長く、器用そうな指。日焼けして、ごつごつした手。指輪はない。清潔できちんと切りそろえられた爪。そして、このかすかな男らしい香り。こんなにかすかな軽い香りなのに、強い香水やコロンが充満するなかでも彼女にはわかった。

彼はテーブルの端に座っていた。リアナンの胸中は穏やかではなかったものの、指がすべることはなかった。まずキールのカードを裏返しで引き、次に自分のカード、そしてテーブルについた客に順にカードを引いていく。キールにエースを引いてしまったときには、自分かカードを蹴り上げたくなった。

彼女のカードは九だった。その下がエース。

「ディーラーは十九です」リアナンが言う。

五人のほかのプレーヤーは、もう一枚引く（ヒット）ことを望んだ。全員がバストした。

リアナンがチップを集めかけたとき、キールの手が彼女の手の上に置かれた。

「二十一だ」そっと言い、素早くいちばん下のカードをめくった。唇の両端をわずかに上げて、彼女と目を合わせる。「どうやら〝ハートのクイーン〟を引いたようだ」

穏やかな彼の言葉にいらだち、わなわなと震えるような気持ちを平気な顔でよそおい、リアナンは彼に配当を払った。

キールはもう十五分ほどテーブルに着いていて、次から次へと勝ちつづけた。ほかのプレーヤーたちは、あまりのツキのよさに冗談めかして彼に声をかけ、キールは軽く受け答えしていた。

リアナンはずっとカードばかり見ていたが、キールの力強いブロンズ色の手が年配男性の手に変わり、彼が席を立ったことを知った。ばかばかしくも、心にぽっかりと穴が開いたような気分になり、いつまでも時間が続くように思えた。

やっとラーズが姿を現わし、その日の仕事が終わった。

今夜は迷わず、まっすぐ部屋に戻ることにした。もう一度〈マンハッタン〉のラウンジに立ち寄り、カフェイン抜きのアイリッシュコーヒーを頼んでウェイターを喜ばせた。ほんとうに――キールを探していたわけではないけれど、彼の姿がないことを見て取った。これは大きな船だ。どこにいるかわからない。キャット・アイランドに上陸したとも考えられる。

船室に戻ったリアナンはシャワーを浴びてネグリジェに着替え、コーヒーを飲みながら雑誌をめくった。あるページを見つめながら熱い液体を口に運んだが、読んだことが一つも頭に入っていないのでいやになった。ベッドを転がり出て、歯についた甘い味を磨き落とし、明かりを消して枕を抱いて丸くなった。また眠れないんだろうかと思いながら。

けれど、心地よくうとうとしかけた。このままいけば、やがてぐっすりと、やすらかな眠りに入れそうだった。

彼はどこにいるんだろう？　心地よい眠りに誘われながらリアナンは考えた。どこかのラウンジ？　デッキ？　誰と一緒なの？　ベッドに入ってるの？　誰のベッドに？

疑問が心に渦巻き、なんとかそれを追い払おうとするものの、だめだった。行動や顔の表情はコントロールできるけれど、暴れまわる心はコントロールできない。彼の言ったことを考えずにはいられなかった。

あの人は私に惹かれていると言った。でも今夜の仕事中は、ほとんど言葉も交わさなかった。それに、あのラウンジで長いこと見つめ合ったときには、何か特別なものが二人のあいだに行き交っていた。あの曲をリクエストしたのは、彼にまちがいない。

特別なもの……何も特別になどしたくない。特別なものなどほしくない。未来なんかいらない。そう思っているのに、夢のなかにたゆたっていくときでさえ、彼はどこにいるんだろうと考えていた。

リアナンが知ったら驚いただろうが、キール・ウェレン議員もベッドに――しかも自分のベッドに入っていた。その日の午後、ダイビングに参加した彼は、ほどよく疲れていたのだ。そして、誰かと一緒にいたい気分ではなかった。たとえドナルドでも。この航海の成果は着々と出はじめている。合意を得られても、ただちに政策の変更を余儀なくされるような事態は起きていないし、各方面で重要な基盤もできつつある。彼はユタ州の上院議員と島に上陸し、ユーゴスラビア（現セルビア・モンテネグロ）とドイツの代表とディナーをともにした――半ダースの警護つきで――しかし交渉はすこぶるうまくいった。内密のプロジェクトも始まったし、それに……核問題についても、実のある成功を収める可能性がないとも言えない。

これ以上、なごやかで感じのいい環境はないだろう。あたたかな風、大型船でのもてなし、穏やかな太陽。これなら仕事もはかどる……。

しかし今夜は、外の世界と交わりたくなかった。一人で夜の白昼夢に浸っていたかった。リアナン……あっというまに彼女にあんな気持ちを感じたことに、キールは自分でも驚いていた。だが事実なのだ、あの信じられないほど強烈に惹かれた気持ちは。いずれにせよ、彼女に惹かれたのはまちがいないが、彼女が誰なのかを知って、心や魂がより深い次元で働くようになった気がする。彼にはリアナンが必要であり、彼女にも自分を必要としてほしかった。こんなにも彼女がいとしい。そして、そう、二人のために、彼女を愛する必要があった。

キールはネクタイを引いてほどきながら、装飾華美な広々とした部屋を歩きまわり、明かりを消した。彼の部屋の窓はデッキよりも高い位置にあるので、もし誰かが彼の部屋に立ち寄ろうと思ったときに、部屋が暗いのがわかれば、やめるだろうと思ったのだ。クリーム色のカーテンはずっしりと厚かったが、月明かりや夜の照明が生地を通して入り、濃い色の板張りの壁にほの暗い光を投げかけていた。それでもブリーフ一枚になり、クリーム色のブロケード織りの椅子の背に服をかけられるくらいの明るさはあった。

クイーンサイズのベッドに横になり、ウエストまでベッドスプレッドを引き上げた。頭の下で手を組み、リアナンを振り向かせるのにどうしてあれほど自信満々だったのか、あきれたものだと自分でも思った。

自分の掲げる目標に、あまり近づいていないような気がする。

ブラックジャックのテーブルでリアナンの腕前にあまりにも魅了されて、彼女の超然とした雰囲気に拍手喝采を送りたくなってしまった。彼女はまばたきもせず、顔にちらりとも表情を浮かべず、濃いまつげに縁取られたあの美しい瞳で彼の目を見ただけ。クールに、よそよそしく、勝負を挑んできた。

キールは額にしわを寄せた。彼は独り身が長すぎた。デートや軽いつきあいは楽しんできたが、深いつきあいをしたいと思わせる相手には出会ったことがなかった。

認めなければならない。自分もほかの男と同じくらい女が好きなくせに、朝は一人で目覚めたかったのだ。

エレンに会うまでは。彼女と出会ってからは、ゆっくりと、もっと深い関係を築きたいと思うようになった。毎朝、彼女の穏やかな笑顔を見たい。控えめなアドバイスを聞きたい。そして、ほかのものもすべて手に入れたい。生涯を誓い合う絆。子ども。彼女の頭の回転が速いところも、明るく聡明なところも、なんとも言えず女らしい感触も、大好きだった。だが結局、彼女を守ることができなかった。彼女の命が消えた瞬間、自分の無力にどれほど呆然としたか……。

キールは目をしかめて閉じた。ホークの声がよみがえる。〝英雄気取りの人間がいないに越したことはない〟と言ったあの声。キールはあのとき、大統領執務室を見まわし、同席していた男たちをなじるように見た。〝どうして話しておいてくれなかった!〟と叫びたかった。もし知ってさえいれば、取り返しのつかないほど緊張が高まってしまう前に、彼らのうちの一人を無線に出させてくれとホークに頼んでいただろう。

彼はため息をついて目を開けた。彼らを責めるなんて、どういう神経をしてるんだ。あのときはとてつもなく複雑な状況だった。大統領も重責を背負っていた。自分も、人智のかぎりを尽くした。人智。彼らだってみな人間にすぎない。けれど人間だからこそ、キールはエレンの死に関わることになったのだし、あの土壇場にあってもどうしようもなかったのだ。

あのあとキールは何日も、何カ月も思い悩んだ。もっと自分にできることがあったはずだ。命を喪った苦悩は、自分を責める苦悩へとつながった。いまなら、自分の責任ではないと思うことができる。〝あのときこうしていれば……〟と自分を責めさいなむこともなくなった。

エレンのことはいまでも考える。しかし、その痛みはベールがかかったようにぼやけたものになった。彼女と出会ったことは後悔していない。彼女はたくさんのものを与えてくれた。愛とはどんなものかを教えてくれ、彼にも人に与える力、誰かを必要とする力、心で感じることのできる力があることを教えてくれた。

リアナンのときは違っていた。いかづち、落雷――レンガの塊に打たれたようだった。しかし、彼女がもたらした感情は同じだった。ただ、もっと強かったというだけの違い。あの澄ました緑の瞳を揺るがし、ベッドに押し倒したかった。けれど同時に、彼女を抱きしめて慈しみ、彼女の残りの一生をもっとすばらしいものにするために、この世でできるかぎりのことをすべてしてやると約束したかった。

彼はまちがっているのだろうか？　実際にはないものを、感じた気になっていただけなのか？　いや、そんなことはない……。

こんなふうに人に惹かれるのは、理屈で説明できるものじゃない。でもたしかにありうることだ。なぜだかわからないが、彼には確信があった。リアナンは、ずっと探し求めていた女性だ。それは太陽が東から昇るのと同じくらい確かなことだ。問題なのは――キールは自嘲気味に考えた――自分にはすでにわかっていることを、どうやって彼女本人にわからせるかということだ。

キールは肩をすくめ、一人、暗闇のなかでにんまり笑った。自分の考えていることをプレゼンテーションするのは得意だし、実際そうするつもりだった。闘うことだって得意だ。大得意だ。一つの攻撃手法がうまくいかなくても、代替策はかならずある。アメとムチ。正攻法に搦め手。

幸い、航海は長い。作戦を実行する時間はたっぷりある。

キールはまた顔を曇らせた。いま考えたことに、どうして血の気が引くような感じがしたのだろう。

いったいなんだというんだ、と動揺する。どうしてこんな、いちばん心配のなさそうなときに、リアナンと船のことが不安になるのだろう。これほど安全な場所はない。訓練の行き届いた警備員が何人も乗っている。なのに、ずっと胸騒ぎがおさまらない。こんなことは滅多になかった。だが、虫の知らせというやつが、またやってきたのかもしれない。大統領執務室に足を踏み入れた日に、やってきたのと同じ感覚が。どんどんふくらむ腹の底からの恐怖。大惨事の予感。またなすすべもなく、動き出した運命の歯車を止められない恐怖を味わうのか……。

キールは歯ぎしりし、どうか放っておいてくれと祈った。うつぶせになって眠ろうとした。

　これはまったく実体のない、ばからしい恐怖だ。ドナルドを本気で怒らせないうちに、忘れてしまえ。むずかしくはないはずだ。四六時中、彼女のことを考えているんだから。彼女を抱きたいと思っているんだから。彼女はあそこにいる。あのベッドで。美しい髪を枕に広げて。あの黒髪を、真っ白なシーツに散らして。しっとりとなめらかな肌をさらして。

　明かりをつけて、彼女に会いにいきたかった。すごんだり、乱暴なことをするのではなく、たとえばろうそくを一本ともし、そのやわらかな光で、完璧な彼女の体のふくらみや翳(かげ)りを映し出したい。

　キールはばつの悪そうな笑みを浮かべて体を起こし、ベッドから飛び出した。勢いのいい快適なシャワーをつけておいてくれたドナルドに感謝だ。冷たいシャワーをたっぷり浴びて、自分が暴走しないでいられるところまで、妄想を洗い流してしまわなければ。

　しかしシャワーを浴びてずいぶんたっても、キールは眠れずにいた。そして、まだ彼女のことを考えていた。

　リアナン。

　風のような女性。

　太陽のような女。

　謎めいた夜のような彼女のことを。

# 5

ナッソーの港に入ったとき、リアナンはけたたましいアラームクロックの音で目が覚めた。やっとボタンを探り当てたと思ったところで、電話が鳴った。受話器を取ると、陽気な乗務員責任者の声が聞こえ、今日はミスター・フラハティと街へ行く日ですよと念押しされた。陽気な声の主に丁重な礼を言おうと思ったものの、起き抜けに耳元で明るく騒がれてたまったものではない。失礼になるよりマシだと、さっさと電話を切った。

伸びをしたリアナンは、もう一度横になって、もう少しだけ目を閉じていることにしたが、そうしたとたん、また電話が鳴った。

今度はドナルドで、彼もムッとするほど陽気だった。「起きてるかい、リアナン?」

「ええ、ドナルド」

「よし。朝食だ、僕の部屋で。十五分後に。水着持参。でもジーンズを穿いてきてくれ」

「ジーンズ?」つぶやくように訊く。

「ああ。オートバイから落ちるといけないから、念のため」

「念のため、ね」そっけなく答えた。

「十五分後だ」

耳元でカチリと電話が切れ、リアナンは目を閉じた。しかしハッとして、また目を開ける。十五分がもう十四分になってしまったじゃない。ベッドから飛び起きてバスルームに走り、顔にバシャバシャと冷たい水をかけた。

十分もかからずに用意を終えた。だからプロムナードデッキに出たとき、どうしてこんなに人が集まってるんだろうと考えるくらいの余裕はあった。最初はナッソーの港に着いたからだろう、くらいにしか思わなかった。藁細工の市場がたっているのがデッキからも見え、働き者の現地人が、すでに今日の商いの準備をしている。しかし乗客たちが見ているのは、島の方角ではなかった。みんな帆桁を見上げていた。〈シーファイヤー〉号の帆はすべて引かれて巻き上げられ、むきだしになったマストが青緑色の朝の空を背に、骨のように見えた。

最初、リアナンは、まばゆい太陽しか目に入らなかった。けれどほかのみんなと一緒に、訝しげに空を見上げていると、メアリー・ケラー――ジェイソンとデュオを組んでいるミュージシャンのメアリー――が、わくわくした顔で彼女の肩をたたいた。「すてきよね？ いつ見てもすごいわ！」

リアナンはぼんやりと微笑んだ。「すごいのはわかるけど、何が？」

メアリーが声を上げて笑う。ハシバミ色の瞳が興奮できらきらしている。「まあ、見てて！」

まばゆい日射しに手をかざしてリアナンが上を見ると、肌の黒いしなやかな体つきの若い男が、メインマストを蹴って横梁すれすれに飛び、海面へと完璧なダイブを決めた。一瞬、リアナンは息が止まった。あんなふうに飛んでデッキにぶつからなかったところなど、見たことがない。

しかし、ほかの客ともども手すりに駆け寄ったリアナンは、彼の頭が海面から出てきたのを見てホッとした。彼の瞳は、冒険に挑む気概と誇りでキラキラしていた。

「よかった！」リアナンがささやく。

メアリーが笑い、褐色の髪を手でかきあげた。「奇跡を見たように言わないで、リアナン。あの人たちは仕事でこういうことをやってるのよ。ジェイソンと私は前に〈エメラルドの海〉号で仕事をしたことがあるんだけど、あの船のデッキから飛びこむところを見せたかったわ！　あ、ほら！　次の人が出てきた！」

見事な体つきをした現地人がもう一人、帆桁のいちばん上に姿を現わし、一瞬で距離を測った。そして彼も、〈シーファイヤー〉からやすやすと、羽ばたくかのように飛んだ。

しかし彼の頭が海面から出てくるのを、リアナンは見ずにはいられなかった。メアリーの話を聞いたあとでも、やはり安堵の息をついた。

その男を見るのに夢中で、最初にダイブした男が船に上がるのは見ていなかった。さらに船の乗客二人が、裸足にスイムパンツという出で立ちで、そのバハマ人と談笑しているのも気がつかなかった。

「わあ！」メアリーがつぶやく。

「何？」慌ててリアナンが訊く。

「あの人たちもやるみたいよ」

「誰が何をやるって？」

「エリック・フリーグホルトとウェレン議員！　二人がダイブするって」

リアナンは電光石火のごとく振り向いて上を見上げたので、めまいがしたほどだった。けれどメアリーの言うとおり。若くてチャーミングなドイツ人、エリック・フリーグホルトが先に立ち、あとからキールもマストの横梁に登っていく途中だった。二人は笑い、冗談を言い合って登っていく。ときおり止まり、下の――はるか下のデッキにいるバハマ人から指示を受けている。

マストがこれほど高く見えたことはなかった――「やめて！」リアナンがささやく。

「すごいわねぇ！」感心しきったようにメアリーが言った。「二人ともすてき！　がっしりしてるのに締まってて！　あの二人なら、すぐにでもついてっちゃうわ。でもウェレン議員のほうは、もうあなたに夢中みたいだけどね。あーあ、リアナン、私が彼と船上のロマンスを楽しめるなら、どんなことでもするのに。あっ、ほら！　彼が先だわ！　でもエリックもかっこいいわぁ。態度がすごく丁寧だし、ラウンジに来たときはいつもほめてくれて……」

メアリーの口はとどまるところを知らなかったが、リアナンはもう聞いていなかった。視線はキール・ウェレンに釘付けになっていた。彼は慎重にバランスを取りながら、梁の上を進む。リアナンののどに、悲鳴がせり上がってきた。

キールもドイツ人のエリックも、たしかにすばらしい体をしていた。だが、メアリーの言った、がっしりした体というのが、リアナンには恐怖の素でしかなかった。現地のダイバーたちは針金のように細く、キールやエリックよりはるかに軽い。キールやエリックが太っているわけではない。より筋肉がつき、体格ががっちりしているだけのことだが、二人にバハマ人と同じような敏捷さがあるわけがない。

「やめて！」キールが横梁の端に立ったとき、リアナンののどから声がほとばしった。キールの頭が向きを変え、彼女がぎくりとする。遠く、黒い点のように見える目が不安げに観客を眺め、集中力がとぎれる。ふいにバランスを崩しそうになった彼は、せっかく取ったバランスを失わないうちに、素早く跳んでダイブに入った。

金色の筋のように、キールの体が宙に舞う。リアナンは、また悲鳴を上げて目をつぶった。世界が激しくまわっているように思えた。無数の黒い点が視界に現われ、デッキが見えなくなる——人びとが手すりに駆け寄ったのだ。聞こえてきたのは拍手喝采、笑い声、バハマ人ダイバーの熱烈な賞賛の歌声……。

「リアナン！」メアリーがうれしそうに目を輝かせていた。「リアナン、成功したわよ！でも私があなただったら、この場から逃げ出してたでしょうね！　誰が悲鳴を上げたか、彼にはわかったかしら。まったく、あなたの声で彼は動揺しちゃったわよ。私だったらカンカンね。逃げたほうがいいわ！」

キールは生きている。成功した。安堵がリアナンの心に押し寄せた。そして、罪悪感も。もう少しで、事故を起こさせるところだった。

けれど、怒りも湧いてきた。何よ！　だいたい彼があんなところに登るから悪いのよ！分別のない高校生みたいなことをして。命知らずの悪ふざけもいいところだわ。

「逃げも隠れもしないわ」リアナンは、罪悪感も怒りも打ち消した。「ここで彼を待って、謝るの」

リアナンは木の葉のように震えていた。キールがエリックを応援するかけ声が、ぼんやりと耳に届く。エリックが横梁の上に歩み出たらしいことがわかっても、今度は息を止めなかった。感覚をなくし、カタカタと震えていた。大きな水音がして、エリックが無事に飛びこんだことがわかった。

「二人ともすごい！」メアリーが楽しそうに言った。「二人が海から上がってくるわ！　ウェレン議員は笑ってる。どうやらあなたも無事でいられそうね。ほんと、何も起こらなくてよかった！」

「ええ、よかった」リアナンもそのままくり返した。

私は逃げたりしないわ。逃げたりしない。ちゃんと彼と向き合うの。私のせいでバランスを崩しかけ、ひょっとすると大けがをしたり命を落としたりしたかもしれないけれど、それでも逃げない。ここにしっかり立って、自分のしたことはわかっている、ほんとうにごめんなさいと、彼に謝るつもり。逃げるのは、そのあとよ。

いいえ、だめだめ。逃げるのはだめ。でも、彼とはなんの関わりも持ちたくないってことは、はっきり伝えなきゃ。

リアナンがメアリーの横で身をこわばらせ、これから言うことを頭のなかで予行演習しているあいだ、キールとエリックは喜び勇んだ若いスチュワードからタオルを受け取り、おしゃべりしていた。リアナンはキールをしげしげと見つめた。目のまわりに細かいしわがある。濡れた髪を後ろに撫でつけているので、それがふだんよりはっきりとわかる。けれど白い歯のこぼれ出るような笑みのせいで、とてもエネルギッシュで若々しく見えた。

スイムパンツのように、露出の大きい格好の彼を見るのは初めてだった。笑うと若々しく見えるいっぽう、ブロンズ色の広い胸を覆う黒い胸毛を見ると、まぎれもない男らしさを感じさせられる。

男性って、三十代が華なのね、とリアナンはぼんやり考えた。長く締まった脚は形もよく、太くはないのに筋肉がしっかりとついている。肩と腕だけが盛り上がって力強さを見せつけている。それがものすごくすてきで……。

私はいったい何をしてるんだろう。ふいにリアナンは思った。とにかく彼に謝って逃げなきゃ！　心から申しわけないと思っているけれど、こんなに怯えさせられて、首を絞めてやりたい気分だわ。それに、彼がいまにもこちらに向いて、私の全身の骨という骨を折りにくるかもしれないし。

ところが意外なことに、キールがやってくる気配はまったくなかった。彼女に一瞥をくれただけ——激しい感情のくすぶるまなざしを。その瞳の動きは速かった。ものすごく。一瞬のちには、キールはエリックに訊かれたことに笑って答えていた。

しかし、どんなに短い一瞥だったとはいえ、誰が悲鳴を上げたか——誰のせいでバランスを崩しそうになったか、ちゃんとわかっているぞというメッセージは伝わった。嵐のようなグレーの瞳に宿っていたのは、怒りと侮蔑と——それから？　彼女に飛びかかって首を絞め、海に投げこんでやりたいという激情？

リアナンはまばたきをした。キールはエリックのそばを離れ、彼女の脇をすり抜けて、自分の部屋らしいところへ入っていった。ドナルドの部屋の奥にある、広い客室。彼は首にタオルを垂らし、海水パンツのポケットから鍵を出して、古い鍵穴に差しこんだ。振り向きもしなかった。

リアナンの心は千々に乱れた。さっきの悲鳴を、ひねくれた復讐だと思われたのでは？

そう考えて、めまいを覚えた。いやよ、復讐のために彼に害をなそうとするなんて、そんな人間に思われたなんて。

「執行猶予がついたみたいね」メアリーが明るく言った。「もう行きましょう。朝食に遅れるわ」小さくウフフと笑う。「議員先生は遅れてもだいじょうぶだろうけど、ありがたくも今日の外出に雇われたお付きの者は、さっさと食べないと」

リアナンはいっきに現実に引き戻された。「なんですって?」

メアリーはリアナンのひじを取り、デッキを引っ張っていきはじめた。「ミスター・フラハティがね、私たちのことでお客様からずいぶんおほめの言葉をいただいたから、特別なご褒美をしたいとおっしゃって。ウェレン議員とエリックとジョーン・ケンドリックと、タイソン上院議員のご令嬢ジュリーがバイクをレンタルして島をまわるから、一緒に来ないかって誘ってくれたの。もうびっくり! どうしようかと思っちゃった! でも、そんな人たちと一緒だと、私の気が引けるってご存じだったんでしょうね。あなたも来るからって言ってくれて。あなたはいつでも人の気持ちを楽にしてくれるから、リアナン。彼ってすてきな人よね? ジェイソンと私を、そんなお偉方と一緒に呼んでくれるなんて。でも、ミスター・フラハティって、そういう人だもんね?」

リアナンはぎこちなく笑みを返し、必死で困惑を隠そうとした。どうしてドナルドは、キールを誘ったことを教えてくれなかったのだろう? 自分も、どうしてドナルドに訊かなかったのか？「ドナルドはすてきな人よ」メアリーに言う。

「うん、でも、あなたはそういうのに慣れてるでしょう。彼の接客係(ホステス)なんだから。あなたは特別。ジェイソンと私はただのヒラ従業員。でも彼って変わってるわ。だって、あんなにお金持ちなのに、あなたを全然、緊張させないんだもの」

「私は特別なんかじゃないわ、メアリー。私だってあなたと同じ、彼の従業員よ」

「でも、やっぱり違うわ。あなたは働く必要なんかない。社会的に彼と同じレベルの人間よ」

思わずリアナンは笑った。「メアリー、たしかに私は働かなくてもなんとか生きていけるけど、お金持ちっていうのとはほど遠いわ。ドナルド・フラハティは、たんに俗な人じゃないってだけ。お金で人は変わらないわ、メアリー。ドナルドはすごくいい人なのよ」

メアリーが声を上げて笑う。「あら、お金で人は変わるものよ。まあ、ミスター・フラハティは違うかもしれないけど、ジョーン・ケンドリックからはお金の臭いがぷんぷんしてる。いつも鼻がこーんなに高くなっちゃってて、よく鼻の穴に鳥が飛びこまないものだと思うわ」

「メアリーったら！」リアナンが笑う。

「ほんとうのことじゃない。ねえ、使うフォークをまちがえたら、たたいてね」

二人はドナルドの部屋の前に来ていた。「たたいたりしないわよ、メアリー。そんなに堅苦しい朝食じゃないだろうし、ドナルドはフォークで人を判断したりしないわ。だから安心して」

「でも、そばにいてね？」

リアナンは言葉に詰まった。今日は何か言い訳をして、やすみをもらおうと思っていたのだ。なんてばかだったんだろう。キールが私にお似合いだとドナルドが思ったことは知っていたのに。私たちをくっつけようとすることなど、わかっていたのに。

「お願いね、リアナン？　ジョーン・ケンドリックの前でヘマをしたら、恥ずかしくて死んじゃう！」

リアナンはため息をついた。もともとは外出を楽しみにしていたし、今日はバイクに乗るのだ。もしキールが先頭を走ったら、自分は最後尾につけばいい。それなら、接することもほとんどないだろう。

「これ以上遅くならないように、とにかく入りましょう」リアナンは明るくメアリーに答えた。

雇い主の部屋のカーテンは大きく引かれ、太陽がクリスタルのような輝きで差しこんでいた。リアナンの思ったとおり、肩肘張らない朝食だった。ジュース、コーヒー、卵、ベーコン、ソーセージ、バターロールにマフィンが、窓辺のテーブルに用意されていた。セルフサービスのビュッフェ形式で、ドナルドはこなれたジーンズとグレイトフル・デッドのTシャツというカジュアルな格好だった。

「遅いぞ」ドナルドは二人を迎え入れながら、明るく言った。

リアナンの視線が、素早く部屋のなかを泳ぐ。大きな茶色の瞳をした、朗らかで感じのいいジュリー・タイソンが、部屋の隅で座ってコーヒーを飲みながら、親しげに手を振ってくる。魅力的なメアリーの兄、ジェイソンは、ジョーン・ケンドリックとともにドナルドのベッドの端に腰かけている。かわいそうに、ジェイソンは、主人に喜んでもらいたくてたまらず、頭を撫でてもらっている臆病なテリアのように見えた。そのジョーンはいつものとおり、すがすがしく美しく、新たな信奉者を得たことをしっかり自覚した顔つきだった。しかし、ある意味、さきほどメアリーの言ったことはまったく的を射ていた。ジョーンが退屈そうにむっつりしているのを見れば、ジェイソンなど相手にしても時間のむだだと思っているのは明らかだった。結局、彼はただのミュージシャンにすぎないのだ。

ふいにリアナンは顔を曇らせた。そのジョーンが、グレンと親しげにうち解けて話をしていたのを思い出したからだ。あのときは暗かったが、それでもジョーンが高飛車な表情を浮かべていなかったのは見えた。だがリアナンは肩をすくめた。たぶんジョーンは、医者はミュージシャンより格が上と思っているのだろう。ジェイソンとメアリーが有名になって大金持ちになったら、目にもの見せてやれるのに。ジェイソンは二十代後半で、黒髪、焦げ茶の瞳、スレンダーという点では群を抜いたハンサムだ。いつの日か、ジョーンがジェイソンのまわりをふわふわとつきまとい、ジェイソンが丁重に、しかしつまらなさそうに彼女を袖にするところを見られるといいのだけど！

「最近は、しょっちゅう朝寝坊するのかな、リアナン？」ドナルドが訊いた。

リアナンはじっと彼の目を見返し、そっけなく微笑んだ。「寝坊じゃないわ。電話でちゃんと話したでしょう？　それに、私たちより遅い人が二人ほどいるんじゃなくて、ドナルド？　メアリーから聞いた参加者情報が正しいとすれば」

「あら、私はまちがえてないわよ！」メアリーがしれっと言う。

「キールとエリックはもうすぐ来る。二人はダイブに出てたんだ。二人とも食事はすんでるし」ドナルドがメアリーよろしく、しれっと言う。ドナルドは、リアナンをクビにしなければならないところだったことを知っているのだろうか。「何か食べたまえ、二人とも。八時には船を出たいから」

「私たち、二人のダイブを見たんですよ！」メアリーが勢いこんで言った。「すごかったわ！　それで遅れてしまったんです、ミスター・フラハティ」

ドナルドはまたリアナンに微笑みかけ、それからメアリーの腕に腕をからませた。「私がお取りしよう。何が食べたい？　卵のつけ合わせはハム？　チーズ？　両方かな？」

リアナンが二人のあとに続こうとしたとき、ドアに鋭いノックがあった。「リアナン、エリックかキールだ。誰でもいいからお通しして」

「はい」リアナンはぼそりとつぶやいた。結局、彼女はドナルドの接客係なのだ。最近はドナルド個人のつきあいの世話はあまり任せてくれていないけれど。

ドアまで行って開けようとしたとき、手のひらが汗ばんでいるのに気づいて、リアナンは動揺した。さらに、ドアを開けた先にいるのがキールよりもエリックであってほしいと願っている心に気づき、もっと動揺した。ドアノブを握ったとき、ふたたび鋭いノックがあり、慌ててドアを引いた。

キールだった。髪はまだ濡れていたが、きちんと櫛（くし）が当てられていた。穿きこんだジーンズに着替え、Tシャツはウィリアムズバーグにあるブッシュ・ガーデンの広告入り。

キールの目がリアナンの姿をとらえたが、そのまなざしから感情を読み取ることはできなかった。まるで、瞳の色を自在に操って濃くできるかのようだ。濃く暗いグレー。まるで奥がのぞけない。

「失礼」ようやくキールが口にした。「招待は受けています。入っても？」

「あの――」ばかみたいだが、リアナンの舌は口のなかにくっついてしまったかのように動かなくなった。けれど、〝ごめんなさい〟などという台詞（せりふ）は、命を落としそうになった相手に対してあまりにも滑稽じゃないかと思えたのだ。

キールは彼女の横をすり抜けようとしたが、リアナンがそれを止めた。彼のむきだしの腕に手をかけたとき、小さな電気ショックのようなものが走った。「あの……こんなこと言ってすむ問題じゃないと思うけど……ごめんなさい」

キールは自分の腕に置かれた彼女の手を見つめ、そして彼女の目に見入った。「そうだろうな」短く言い、足を踏み出した。

ぶたれるか、冷たい水を浴びせられるかしたとしても、これほど純粋に体で感じとれる反応はしなかっただろう。まぎれもない怒りがリアナンの全身を駆け抜けた。頭からつま先まで、焼けつくかと思ったほどだ。風に吹かれた木の葉のように震える指先で、ドアを閉める。きびすを返して、この向こう見ずの石頭！　と叫びたいのを必死でこらえた。

リアナンが振り返ったときには、キールはコーヒーを飲みながらメアリーと談笑していた。ジュリー・タイソンとジェイソンがおしゃべりに花を咲かせ、ジョーンはドナルドにくっついていた。

またノックがあった。エリックだとわかっていたリアナンは、魅力的な笑顔をたたえてドアを開けた。「おはよう、エリック」

「やあ、今日もきれいだね」エリックの少し訛りのある話し方だと、ただの挨拶でもほめ言葉らしく聞こえた。

「ありがとう」リアナンはぼそぼそ言った。「あなたこそ、今朝はすてきだったわ。すばらしいダイブができるのね」

「そう？　ありがとう」エリックは丁重に彼女の腕を取り、部屋のなかへと進んだ。「それでもまだ友だちのキールを超えられないんだよなあ」

「まだ、って?」

「僕たちが知り合ったのは、六八年のオリンピックさ」感じよく笑いながらエリックは答えた。「僕は銅メダル、アメリカの友人は銀メダルだった」

えっ、すごい。飛びこみのオリンピック選手だったの。キールがオリンピック選手だったことを、どうしてどこかで目にしなかったのだろう。どうして彼の名前を覚えていなかった? その当時、私はまだ高校生だったからよ、と冷ややかに考える。正直言って、いまのオリンピック優勝者が誰かも知らない。

「——彼が飛びこむ前に、誰かが悲鳴を上げてね。あれで集中力が切れてしまわなくて、ほんとうによかったよ」

エリックの最初のほうの言葉は聞いていなかったが、後半部分を聞き流すことはできなかった。

「それ、私よ、エリック」

「えっ! キールのやつ、なんて果報者なんだ。ねえ、もしあれが僕でも悲鳴を上げてくれたのかな?」

「もちろんよ」リアナンは慌てて言った。「誰でも自殺まがいのことをするなんて、恐ろしいわ!」

「よお、エリック！」ドナルドが最後のゲストに挨拶しにやってきた。「現地人と張り合ったそうで。すごいな。さて、きみが来たんで、用意は整ったってことだな。出かけようか、みんな？」

いっせいにみなが同意の声を上げた。一同がぞろぞろと部屋を出ようとするなかでリアナンは、ドアのお守りをするよりも手短に朝食を食べておけばよかったと思った。けれど、少なくともドアの近くにいるのだから、最初に部屋を出てキールとできるだけ距離を置くほうがいいだろう。

立派な風貌をしたナトソン船長が、舷門（げんもん）に立って見送ってくれた。帽子を傾け、よい一日を、と声をかけてくれた。ドナルドは少し立ち止まって船長と話をしてから、メアリーをうれしさのあまり文字どおり気絶させかけた。なんと彼女の手を取って軽やかに振りながら、大通り（マーケットストリート）に向かって藁細工市を歩いていったのだ。

大通りは楽しかった。活気に満ちていた。陽気な衣装をまとったバハマ人が、楽しげに歌いながら商品を勧める。彼らの何もかもが鮮やかで、ゆったりとした感じが心地いい。しかし麦藁帽子、バッグ、Tシャツ、彫り物などの店を通りすぎていくうち、一行が見事に二つのグループに――女四人と男四人に――なっているのに気づき、リアナンは落ち着かなくなった。ドナルドはメアリーと歩いている。つまりドナルドにかくまってもらうことはできない――いいえ、初めから彼は助けてくれやしないだろうけど、とリアナンは苦々しく考えた。

この外出は、そもそも仕組まれた罠の臭いがぷんぷんしている。

しかもリアナンは、いま、一行の先頭を歩いていた。ここで足を止めて振り返り、エリックが誰かとペアにならないうちに捕まえなくてはならない。

振り返ってみると、ジョーン・ケンドリックが早くもエリックに近づいていた。彼女は金輪際、自分が重力の餌食にならないことを、キールにアピールするのはあきらめたのだろうか？　いいえ、違う。キールがジュリー・タイソンとジェイソンのあいだを歩いているから、エリックを選んだだけだ。

お願いだからジュリーとくっついて！　お願い！　リアナンは心のなかで祈った。いまにも緊張の糸がぷつりと切れてしまいそうだった。しかも、彼女のことを沈着冷静の権化だと思っている六人の前で、爆発しそうになっている。とにかく、できるだけ早足で歩きつづけるしかないのかもしれない。

「ちょっと待って、リアナン！」ドナルドが急に呼んだ。「ジュリーとジョーンが香水を見たいって。それからエリックも、姪っ子にスコットランド人形を買ってやりたいそうだ」

リアナンは歩をゆるめ、しぶしぶ振り返ったが、みんなと一緒に店に入ることはできなかった。メアリーが不安げにリアナンを探してきょろきょろしていたので、作り物の満面の笑みを浮かべて手を振り、近くにいるわよと知らせた。

店のウィンドウからのぞいていると、ペアの組み合わせは流動的なようだった。ジュリー・タイソンがエリックの人形選びを助けている。ジョーン・ケンドリックはキールと一緒にいて、さまざまな香水のびんを指さしている。キールが香水を買った。ちくりと嫉妬の針に胸を刺され、リアナンはいっそう彼が憎らしくなったが、ほんとうに腹が立ったのは自分自身にだった。

「リアナン、きみは何もいらないのかい？」

歩道にいる彼女の横に急にドナルドが現われ、びくりとした。「ええ、ないわ、ドナルド」

「あの二人はオスカーとオピウムを買ったみたいだよ。その二つはきみも好きじゃないか。ちょっと行って買ってこようか？」

「いいえ！　いいえ、ありがとう、ドナルド。でも、あなたがクリスマスにくれたオピウムがまだ残ってるし――ほんとうよ、何もいらないわ。メアリーはどこ？」

「ここよ！」メアリーが元気よく言い、ドナルドの後ろから出てきた。キラキラ輝くメアリーの目を見て、恋をしてしまったんじゃないといいけど、とリアナンは思った。ドナルドもわざと酷なことをしたわけではないだろうが、メアリーは世間知らずで純粋すぎて、すぐに人を好きになってしまう。ドナルドは四十年近くも独身を通しているのに。

ドナルドはまたメアリーの腕をしっかり取り、店のドアから出てきている一行を振り返った。「みんなそろったかな？　よし。バイクのレンタルは、すぐそこのシェラトンの駐車場だ」

しばらくのち、ジョーン・ケンドリックが重力を寄せつけないようにする努力によって、見事な運動能力をキープしていることをリアナンも認めないわけにいかなかった。ジョーンはバイクに乗ったことがなかったが、またいだとたんにコツをつかんだ。メアリーは少し不安げな顔をしていたが、ドナルドがすかさず自分の後ろに乗ればいいと言った。メアリーは二つ返事で従った。

ジュリー・タイソンも試しに乗ってみたが、「遠慮するわ！」と笑った。ジェイソンがおそるおそる、自分と一緒に乗りませんかと誘い、やわらかな明るい笑顔が返ってきていた。あの子はいい娘さんね、とリアナンは上院議員令嬢のことを思った。けれど、それ以上、ジュリーとジェイソンのことを考える余裕はなくなった。レンタル業者の人間が、彼女のバイクを持ってきたからだ。

「運転はできますか、お嬢さん？」

「ええ」こんな小さな乗り物くらい、きっとすぐに乗れるだろうと思った。そしてリアナンはシートにまたがった。

「用意ができたら」ジョーンが言った。「行きましょう！」

リアナンがエンジンのかけ方を探り出さないうちに、ほかのみんなは駐車場を出発してしまった。

「どうしました、お嬢さん？」レンタル業者がムッとした顔で訊き、額をかきながらため息をついて、リアナンを眺めた。

「ちょっと教えてもらえると――」

「ここです」彼が言った。「ほら、これ。右のハンドルをまわせばエンジンスタート。ゆっくりやってください。ブレーキは足元のペダル。ギアは、ほら、左ハンドルについています。わかりました？」

「ええ、わかったわ」リアナンはぼそぼそ言って申しわけなさそうに彼を見上げた。「ごめんなさい。ありがとう」

「さあ、やってみてください」

リアナンはエンジンをかけたが、恐竜に乗るほうがまだ安全じゃないかと思えた。脚が震え、バイクも揺れる。

「危ない！」業者が言う。「それじゃあ、ほかの車がみんな止まっちゃいますよ！」

リアナンは駐車場を出るところで、なんとかバイクの速度を落とした。さいわい、車は来ていない。そこで通りに出た。業者の人間がまた叫んでいたが、彼女にはほとんど聞こえなかった。左がどうとか……。左のハンドル？　正しく理解したはずだけど。エンジンは右。ギアは左。おんぼろのピックアップトラックが、まっすぐ彼女に向かってくる――彼女の走っている車線を。

「えっ、ちょっと！」悲鳴を上げるあいだにも、どんどん距離は縮まってくる。トラックの運転手はまさしくパニックの表情を浮かべている。私もきっと同じだ、とリアナンは思った。重いトラックの向きをそらそうにも、運転手はもう間に合わない。

リアナンはバイクを力のかぎり横に向け、すれすれのところでトラックが走り抜けた。しかし彼女は完璧にバランスを失った。さいわい、街の大通りではなかった。バイクは土手に向かって横すべりし、彼女は土の上に投げ出された。

そのときやっと、レンタル業者がなんと言っていたか、わかった。〝左車線を走ってください〟だ。

何もかも痛かった。手も、頭も、全身が。自分の愚かさに悪態をつきながら、よろよろと立ち上がる。倒れたバイクのハンドルをつかんだが、びくっとして取り落とした。手のひらがすりむけて傷だらけだった。

手のひらを見つめていたとき、近くで何か動く気配がして、サッと顔を上げた。腕を組み、腹立たしげな表情を顔に刻んだキールが、こちらを眺めていた。

リアナンは手のひらのことを忘れてバイクに手を伸ばした。「ちょっと転んじゃって」慌てて言う。「戻ってきたりしてどうしたの？　早く行って、私もあとから行くから」

「ああ、そうだろうな」怒ったようにキールは言い、決然とした足取りで彼女のほうにやってきた。リアナンの指は突然すべりやすくなり、またバイクが倒れる。「ちょっと転んだだって？　死ぬところだったんだぞ」

「そんな心配は——」リアナンは口を開いたが、両肩をつかまれて言葉を失った。キールのまなざしが、猛烈な激しさで突き刺さってくるようだ。

「ばかを言うな。これにはもう乗っちゃいけない。ばかな女性ドライバーが反対車線を走るんだから」

「運転はうまいのよ！」

「車ならね。だが、きみがバイクに乗ったら自殺するようなものだ。さあ、奥さん、ここに座って、きみのバイクを返してくるあいだ、僕のバイクを見ててくれ」

「そんな——」

肩にかかる力が急に強くなり、リアナンはひざを折った。座りたかろうがなかろうが、彼女は座っていた。

「だめだ、口を開くな。冗談で言ってるんじゃない。僕が戻ってくるまでここにいるんだ。きみが僕と一緒に乗りたいか乗りたくないかは関係ない。いいか、少しでも動いたら、生意気な子どもみたいにお仕置きするぞ。まさかと思うだろうが、そうはいかない。きみを道路から引っぺがさなきゃならない可能性をつくるくらいなら、きみの尻をぶつくらい、なんとも思わない」

リアナンは口を閉じたが、目を細めてぎらぎらさせ、彼独自の騎士道精神をどう思うか、はっきりと伝えてやった。彼の言うとおりなのはわかっていたが、悔しくてならなかった。

それでも動くつもりはなかった。いまのところ、キールのしなやかでパワフルな筋肉と瞳にものすごく力が入っている——瞳など、黒に近い色になってしまっている——のは一目瞭然なので、ここで立ち上がろうとしようものなら、力ずくで押さえこまれることはわかっていた。

キールはいま一度、ぎろりとにらんでから、リアナンのバイクを力まかせに起こした。そのまま放り投げてしまうかと思ったほどだった。少しして、小さなモーターはうなるような音をたてて、彼の操作どおり息を吹き返し、キールはすみやかに左車線を走って飛ばしていった。

リアナンはしゅんとして、ずきずき痛む手のひらを眺めながら、外出をしたくらいでどうしてこんなに惨めな気持ちになっちゃったの、と思った。

キールが走って行ったかと思えば、すぐに戻ってくるのが見えた。しかし彼はリアナンに近寄らなかった。顔も見ず、まっすぐ道路脇に停めてある自分のバイクに行った。そしてまたがると、やっと彼女のほうを向いた。「乗れ」

「軍隊みたいな口調はやめて!」語気荒く言い返す。

「乗れ!」

その命令にぎくしゃくとでも従ったのは、心の底では自分が悪いことを知っているからにすぎないわ、とリアナンは自分に言い聞かせた。シートにまたがった彼女は、キールに腕をまわさず、後ろのほうで身を固くした。

だが、もっと利口に振る舞うべきだった。

いままで人間が出すのを聞いた音としては、いちばんクマの唸(うな)りに近いような声でキールが言った。「ちゃんとつかまって!」

リアナンは下唇を嚙み、このままではばつが悪いだけでなく、屈辱まで感じることになってしまうと思った。そして彼の体に腕をまわした。

バイクはブゥン、と唸って息を吹き返し、道路に走り出た。こうして彼の後ろに乗っているほうが、ずっと楽で、精神的にも肉体的にも負担がずっと少ないことは認めないわけにいかなかった。けれども、心臓には負担がかかって仕方がない。風をよけるために彼の背中に顔をつけなければならなかったが、そうすると彼の体温や、両手の下の鋼鉄みたいな硬いおなかを感じずにはいられない。

もちろん、バイクに乗っているあいだは、そう悪いものでもなかった。まわりで風がぴゅんぴゅん鳴り、髪をめちゃくちゃに乱していく。太陽はあたたかく、さわやかな一日に心が躍ってくる。それにキールがとてもたくましく、すっかり安心していられた。

けれど、やがては止まる。そして彼に面と向かわなければならなくなる。まわりにはほかの人たちがいるだろうし、内心では爆発寸前の状態であっても、二人とも人前で騒ぎを起こして、ほかの人にいやな思いをさせるようなタイプではない。

バイクが急ターンした。リアナンは不安げに、彼の広い背中の安全地帯から顔を上げ、何をしているのか確かめた。島の沿岸沿いの道を走っているが、海が左手に見える。いまキールは、人気のないビーチにバイクを入れたようだった。

「何をしてるの？」彼がバイクを停め、足でスタンドを立てたのでリアナンは小声で訊いた。

「きみの手はひどい状態だ」キールが短く言う。「消毒薬がないから、ちょっと海水で洗おう。おいで」

リアナンはキールのあとについて、紺碧の波がやさしく砂浜に打ちつけるところまで歩いていった。しゃがんだキールは、彼女の手首をつかんで引っ張り、彼女も座らせた。塩水が傷にしみ、リアナンは少しびくっとしたが、唇を噛んで痛みをこらえ、無表情を保とうとした。いまのキールの気分を思えば、彼の手は驚くほどやさしさにあふれ、泥や砂がすっかり洗い流されるまで、そっと彼女の手のひらを洗ってくれた。それから彼は砂の上に腰を下ろし、両手を後ろについて支えた。彼に見られていることはわかっていたが、リアナンは目を上げることができなかった。

「どうしてバイクに乗れるなんて、嘘をついた？」キールが強い調子で訊く。

「嘘ってわけじゃないわ。自転車には乗れるもの。同じだと思ったのよ」

「それもまた嘘だ。僕の後ろに乗らなくてすむように、嘘をついたんだろう」

リアナンは目を丸くして、彼と目を合わせた。「もしそうだとしても、それなりの理由のあることだわ」

「今朝のことがあるから?」

「あなたは失礼だったし、怒っていたから」

「そりゃあ、仕方ないだろう。僕は死ぬところだったんだぞ!」

「謝ろうとしたじゃないの。だから、あなたとバイクに乗らないのも仕方の——」

「子どもだな! そんなことで、あのバイクに乗ろうとしたなんて!」

「あら、あなただって、高校生の子どもみたいに帆桁に登ったじゃないの。無知で命知らずのめだちたがり屋みたい! 私とそう大きな違いは——」

「大ありだ! 僕は飛びこみをやってたんだぞ」

「もう、何よ、放っておいて。あなたにけなされるくらいなら、あのトラックに轢かれたほうがよかったわ!」

リアナンは弾かれたように立ち上がり、駐車してあるバイクに向かって歩き出した。カッカして、彼に止められるだろうということも頭になかったので、腕をつかまれて向きを変えられたときはぎょっとした。驚いて思わず声が出たが、それでも彼は放さなかった。リアナンを引き寄せ、彼女の腰に手を当てて、ぎゅっと自分の体に押しつけた。

「きみのそんなところが怖いんだ。生きるより、トラックに身を投げ出すほうを選んでしまう。いいかい、聞いてくれ。今度はしっかり聞いてくれ。悲しんだり苦しんだり——やましさに苛(さいな)まれているのは、きみ一人じゃない。そしてそれを無理にやめさせる権利のある人間は誰も——生きている人間のなかでは誰もいない。どうして自分一人だけがこうして生きて歩いて、あの人たちはみんな死んだんだと、僕だって思ったさ。僕だって、自分も死ねたらどんなにいいか、どこかの穴にもぐりこんで、何もなかったふりをしていられたらどんなにいいかと思ったさ。僕がどんな気持ちだったと思う？　あいつとじかに話していたんだぞ！　そりゃあ、自分の子どもを——二人も喪う気持ちは僕にはわからないだろう。そんな気持ちを味わうことなんかないようにと願うよ。でも、何かほんのささいなことでも、彼らの命を救える方法はなかったのか、自分の愛する女性の命を救える方法はなかったのか、何日も何カ月も悶々と悩みつづける苦悩を、きみは知らなくてすんだんだ！」

痛かった。キールの手はリアナンの腕から首に移り、ぎゅうぎゅうと締めつけられるせいで、彼女の目には涙がにじんだ。しかし、ふいに、彼女の感じる痛みは、自分のものではなくなった。彼の痛みを感じていた。これまで二人のあいだには、張りつめたものや苦々しい思いがさんざん交錯してきたが、キールが並はずれた人だということはわかっていた。肉体も精神も強いけれど、傷つきやすく、思いやりがあって、とてもとても人間らしい人だということは。彼も充分に苦しんだのだということが、やっとリアナンにも理解できた。

「でも、あれはあなたのせいじゃないわ！」いつしか、そう言っていた。「あなたにだってわかってるはずよ。でも、あなたはまだ、もしかしたらと思わずには……悩まずにはいられないのね……」

ほんとうに？　とリアナンは思った。ほんとうに自分は彼を許したのだろうか、彼のせいではないと思えるようになったのだろうか？　彼に会い、話を聞いているうちに、もう判断できなくなってしまった。彼の苦しみをやわらげてあげたいという気持ちが、どうにも抑えられなかった。

つかのま、キールは目を閉じた。やっとのことで落ち着きを取り戻して身を震わせたのを、リアナンは感じ取った。彼女の首にかかった手から力が抜け、彼女の背中も楽になった。

「僕はマゾヒストじゃない」キールが言った。「それに、毎日、自虐的に生きているわけでもない。でも、この思いを抱えて生きていくのには、それなりに苦労がいったよ」リアナンをすっかり放したあと、また軽く肩を抱いて、バイクのほうへ誘った。

「みんなが心配しないうちに追いつかなきゃ」

リアナンは黙ったまま、キールの後ろにまたがった。彼に腕をまわすのもまったく気にならず、バイクを走らせるなか、彼の広くあたたかい背中に頬を寄せているのも、不思議と心安らぎ、心地よかった。

島をぐるりと半周したあたりにある、田舎の地元のレストランにいる一行に合流した。その店は外から見ると、補修を重ねたおんぼろ小屋のようだったが、すっきりと清潔で、料理の匂いはいかにもおいしそうでそそられた。二人が入っていくと、みんなが顔を上げ、ベンチスタイルの椅子で横にずれて、座る場所をつくってくれた。

「いったいどうしたんだ、二人とも？」ドナルドが強く尋ねた。キールがテーブル越しにリアナンと目を合わせ、じっと見た。「リアナンのバイクがトラブってね。二人乗りすることにしたんだ」キールがメニューに注意を向ける。「カメのスープを僕はもらおう。ずっと試してみたかったんだ。リアナンは？」また明るいグリーンの瞳と視線を合わせる。リアナンは、やわらかに尋ねる彼の声をしっかりと受け止めた。

「カメのスープっておもしろそうね」リアナンは答えた。

「みんなも食べそうだな」リアナンの左に座っていたドナルドが陽気に言った。「それから、僕はビール。今日の太陽ときたら、地獄の暑さだ」

リアナンはまだキールを見つめていた。彼がにっこり笑って肩をすくめる。

ゆっくりとリアナンの顔に笑みが広がった。

# 6

グレート・アバコ島、エリューセラ島、グレート・イナグア島。〈シーファイヤー〉号は、予定された寄港地を巡っていった。港から港へと渡り、十日もたつと、リアナンはキールと二人でいることが多くなってきたことに気づいた。もう反発することはなくなった。二人のあいだには穏やかな空気が訪れたように思えた。トルコ石色の穏やかな海と同じような平安さが。

ニュー・プロヴィデンス島をまわったときよりも、ずっと大勢の人間と交わることが多かった。ダイビングをするグループ、貝殻集めをするグループ、島のクラブに夜の外出をするだけで徹底的におしゃれをするグループ。それに、船の上でもひっきりなしに催しがある。こぢんまりとした静かなランチから、各国の人びとが集まって盛大に議論を交わす大がかりなディナーまで。

木曜の夜、〈シーファイヤー〉号がバハマの海をあとにしてヴァージン諸島に向かったとき、核なき世界(WWON)の面々は広い〈マンハッタン〉ラウンジに集い、正式ディナーと討論に入ろうとしていた。

リアナンは出席していなかった。嵐の前ぶれを感じ、彼女はデッキに出て吹きすさぶ風を楽しんでいた。船員は帆を降ろすのに大忙しで、とくに嵐を喜ぶそぶりはない。彼らにとって、嵐は重労働と大時化(おおしけ)を意味する。けれど、暴風にはどこか気分を高揚させるところがあった。ワイルドで危険で、ワクワクするような。実際に嵐がやってくれば、客はみなデッキに出ないよう命令されることをリアナンは知っていた。〈シーファイヤー〉号の安定装置(スタビライザー)は旧式なので、客が無謀な行動を取ったりすると海に投げ出されるかもしれないのだ。

しかし、とりあえずいま彼女は、奇妙な高揚感に浸っていた。目を閉じると、風が髪を吹き抜け、頬を染めていくのが感じられた。目を開ければ、海が黒々と波打ち、凶暴な姿をさらしているのが見える。

しばらくのあいだ、リアナンは忙しそうに働いている船員を距離を置いて眺めていたが、キャンバスの帆が自然の猛威にばたついてくると、丁重に断わりを言われて追い払われた。しかし操舵(そうだ)を握っていた船長は、彼女がまだデッキに残っているのを知っていた。誰か使いをやって、天候が荒れないうちに下りるように伝えなくては。

彼女は自分の内の奥深く、意識を向けていた——と同時に、外の世界にも目を凝らしていた。自然の力をこれほど強く感じたことはない。大いなる世界の営みのなかで、これほどちっぽけな存在に——果てしなく広がる砂浜の、砂のひと粒のような気分になったことは初めてだった。海には波の力がうねり、空には強烈な風が吹いている。

なのに人間は、海や風に打ち勝つ力もまた備えている。彼らは〈シーファイヤー〉号とともに、それを成し遂げようとしている。うねりを越え、風に立ち向かい、海を操る。自然と対峙して挑むのは、危険だけれど心躍らされる。生きているという実感も、生きることの危うさをも感じさせる。

そういうことすべてのなかに、彼女の謎がある。向こうに答えがある。手が届きそうなところに。なのにいつまでたっても手が届かない。幻なのかしら、とリアナンは思った。何も問いかけていないのだから、答えもない。けれど、それでも何かを感じてはいた。この夜と、迫りくる嵐から何かを学び取れるのではという思いが。

「きゃっ！」ハッと息を呑んだ。たくましい腕がすっと伸びてきて手すりに押しつけられ、思わず声を上げてしまった。サッと振り向くと、キールの顔があった。風を受けて表情をこわばらせながらも、彼女をしっかりと支える。

「また自殺したくなったのか？」ぶっきらぼうに訊く。その瞳は、嵐の雲のように暗くかすんでいた。

「いいえ、私は嵐が好きなの。放してもだいじょうぶよ。飛びこむつもりはないから」

「僕はいつでも、女性にはやさしくありたいと思ってる」キールは怯まずに答えた。「男の言いわけだと思ってくれてもいいよ。ただ、きみがここに立ってるのを見て、風がひどくなったら風よけくらいにはなれるかと思ったのさ」

リアナンは手すりを握ったまま、興味深そうに彼の顔と目をじっと見つめていた。

「ねえ、キール、私とエレンって似ているの？」意を決してリアナンは訊いた。

キールは笑った。よく通る低い笑い声が響くのを、リアナンは背中で感じていた。「いいや、きみが言っているような意味では全然。エレンは身長一五五センチで、太陽のようなブロンドで、子猫みたいにおとなしかった。愛らしくて、思慮深く（リーズナブル）て」

リアナンは片方の眉をつり上げた。「私は愛らしくも思慮深く（リーズナブル）もないっていうの？」

「思慮なんかないに等しいし、愛らしさときたらトゲトゲした果物並みだよ。でも、そういう質問をしてくれてうれしいな。比べられるのを怖れてるってわかったから」

「私は何も怖れてなんかいないわ」リアナンは澄まして言い返した。「私はただ、どうしてあなたが過去にとらわれているのか、説得力のある（リーズナブル）理由を知りたかっただけ」

キールは小さく笑い、またしてもその声はあたたかく、力強く、心地よく響いた。リアナンは向きを変えて、また海を見つめた。自分を抱きすくめている腕に、もう抵抗はなかった。

「会合はどうなったの？」リアナンが訊いた。

「えっ？」キールは彼女の耳元まで顔を近づけて言った。風が強くて、言葉が聞き取れないのだ。

リアナンがもう一度くり返そうと振り向いたとき、その拍子に唇がキールの頬をかすめてしまった。触れた感触とアフターシェーブローションの香りにうっとりしてしまって戸惑い、慌てて身を引いた。

「会合はどうなったかって訊いたの」

キールは肩をすくめ、とっさにそばに寄った。「無事にすんだよ。いい記事を書いてもらえることになったし、集会の予定も立った。議員たちへの手紙、とかなんとかってね。大きな催しは、すべてテレビ放映されることも決まったよ」

リアナンは、しばし口を閉ざした。この風と海から得るものがあると、なぜだか感じたように、このひとときにも特別なものがあるような気がしていた。キールはからかうようなことを言っていても高圧的な態度ではないし、彼に抱きすくめられている感覚は、迫りくる嵐の風のようにすてきだった。どちらも危険だけれど、胸がときめく。自然の脅威と、彼の腕と。

彼と一緒にいることは、なんて愚かなことなんだろう。手すりを越えて、海に身を投げるのと変わらない。どちらも彼女をマッチ棒のように翻弄し、荒れ狂う嵐に身を引きちぎられるのと同じ感覚だ。

彼のことはもう恨んでいない。責めてもいない。けれど、彼と一緒にいるのは、やはりおかしいように思えた。彼は激しくて、力があって、自信たっぷりで、信念のある人。果てしない夜空やこの海のように、彼女をいとも簡単に呑みこんでしまいそうな無限の力を持っている。それでも彼女は、このひとときが終わってほしくはなかった。

「実際に、何か成果は出せると考えているの？」頭をほんの少し傾け、大声で訊いた。

キールは肩をすくめ、彼女を抱く腕に力をこめた。彼女の耳元に頭を近づける。冷たい風の当たっていたところに、あたたかな吐息がかかる。

「イエスでもあり、ノーでもある。世界の自然を失いつつあるという危険は人びとに意識してもらえるだろうが、政府を動かすことはできない――自国でも他国でも」

「でも、あなたは政府の人間でしょう！」

「ほんの小さな一部にすぎないんだ！　それに、政治は駆け引きの世界だ。僕は、アメリカだけが核の製造を止めるべきだとは思っていない。力のバランスをとらなきゃならないからだ。WWONがやろうとしているのは、世界じゅうの有識者の討論会を立ち上げることだ。核の削減は、世界同時にやらなきゃならない。みんな、それは理解しているんだ――主要国も、その狭間(はざま)にいる国々も」

「なるほどね」リアナンはつぶやいた。彼が話すのを聞いているのは心地よかった。迷いのない自信と――思慮の深さには、ばかばかしいくらい癒されるところがある。「思慮深い(リーズナブル)のね」

「なんだって？」

リアナンは声を上げて笑い、キールのほうに向いた。また髪が風に舞い、彼の顔にピシピシと当たる。キールも彼女と一緒に笑い、ようやく腕をほどいて、顔にかかった黒髪をほどいた。

「あなたは思慮深いって言ったのよ！」リアナンは声を張り上げ、彼と一緒になって自分の髪をほどき、うなじでひとまとめにした。

「いまはなかに入るのが、思慮深いってもんだ！」

「私は――」

そのとき、雨が降り出した。パラパラとした予兆の雨、というようなものではなかった。いっきに滝のような土砂降りになった。

キールがリアナンの腕をつかむ。「早く！」

強風を顔に受け、雨に濡れそぼり、リアナンはほとんど息もできなかった。けれどキールの手は力強く、前が見えなくてもしっかりと引っ張っていってくれる。彼は体で風をよけてくれていた。

キールの背中にぶつかったかと思うと、二人は彼の客室に着いていた。彼はキーをがちゃがちゃやっていたが、すぐにドアが開き、リアナンを先に押しこんで雨をよけさせた。彼がドアを閉めたとたん、船が激しく浮き上がった。まだ息を凝らしてバランスをとろうとしていたリアナンは、よろめいてベッドにぶつかり、ぶざまに倒れこんでしまった。

ドアのそばで体勢を立て直したキールは、振り向いて笑った。「どうぞ楽にして」

リアナンはベッドスプレッドに水をしたたらせているのに気づき、慌てて立ち上がった。

「ごめんなさい」ぼそりと言う。「さっきの波は急に来たから」それに、急にものすごく緊張してきちゃったわ、とひそかに思った。見まわした部屋を見ると、ドナルドのところと同じくらいの広さがあった。趣味がよく、きちんと整頓され、シンプルだけれどエレガント——そして、ベッドがひときわ存在感を放っている。

リアナンは濡れた髪を眉から払い、顔をしかめた。「ベッドを濡らしてしまったみたい」

「だいじょうぶ。かなり大きいから」

「そのようね」クモの巣にすっかり捕らえられたハエのような気分になった。「あの、雨から遠ざけてくれて感謝してるわ。でも、あの、自分の部屋に戻らないと。服が濡れてるし」

「まだ降ってるよ」キールはドア枠にもたれ、楽しげなまなざしで彼女を見た。唇の両端に力が入り、上がらないようにこらえている。「ドナルドのデラックスな船も、そこが問題なんだよな。オープンデッキを通らないと、ここから下の階へは行けなくなってる。いま出て行ったら、ずぶ濡れだ」

「でも……」

「僕が怖いのか」

「いいえ。怖くないわ。怖がる理由でも？」

キールはにやりとし、なにげないそぶりで両腕を上げた。「それはきみしだいだ」ドアを離れ、チェストの一つに歩いていって、引き出しを探った。アメフト用の大きなジャージ素材のシャツを出す。

「ほら。熱いシャワーでも浴びてこれに着替えたら。ひざ丈くらいになるだろう——着心地はいいと思うよ」

リアナンはためらった。「船が揺れてるわ」

「もう収まったよ。ほら。雨が降り出してからは風もやんだし。だいじょうぶ」

「でも……」

キールの笑みが、悔しいくらい大きくなる。「リアナン、バスルームには鍵がかかる。自由に使ってくれ」

「バスルームの鍵なら、いつでも無意識に使ってるわ。ただ——」

「居心地が悪い？」

「そうかも。あなたはどうするの？　あなただってびしょ濡れよ」

「きみが出たらサッと入るよ。僕は自分の部屋では、鍵なんか使わないけど」

リアナンの頬がパアッと赤くなる。常識で考えたら、雨のなかへ飛び出すべきだ。どうしていつも、こうして彼に反抗したくなるんだろう？　彼が怖い。野ウサギみたいに走って逃げればいい。なのに、赤くなったことが悔しいし、怖いと思っていることが腹立たしかった。彼女は大人の女だ。一人前の。大人のゲームくらいできるし、相手を誘うことも、行きすぎたら止めることもできる。彼はただ、自分の部屋に彼女を入れて、熱いシャワーと乾いたシャツをどうかと言っただけ。なのに、早くも彼女は怖くなっている。

「私が相手だったら、鍵をかける必要なんかないと思うけど」リアナンは言ったが、まだ動きもしないし、シャツを受け取りもしなかった。

キールはシャツを投げてよこし、受け取らざるをえなくなった。

「それはつまり、僕だったら鍵をかける必要があるってこと？」キールは笑いを隠そうともせずに言った。

リアナンはそっけない、冷ややかな笑みを見せた。「無理やり女をどうこうしようなんて、夢にも思ってないでしょうね？」

キールは彼女のいやみにも負けなかった。「ああ、そんなことは思ってない。それに、たしかにきみは身がまえてるけど、無理やりどうこうされるのを怖れてるわけじゃない。きみが怖れてるのは自分だ。僕じゃない。だから、こう言っておけばいいかな。僕は、相手の意にそぐわないことをしたことはない。でも誘いを断わるようなことはしない。もしきみが自分自身や、僕とここにいることでどうなるかを怖れているのなら、出て行けばいい。雨のなかでも、お送りするよ。でもそうじゃないなら、早くシャワーに入れ。じゃないと僕が入れるぞ。このままじゃあ、どっちかが肺炎になっちまう」

リアナンは腹立ちまぎれにフンッと言い、きびすを返してシャツを肩にかけ、バスルームに向かった。「お誘いの心配なんて、しなくてけっこうよ、議員先――」言葉がとぎれる。彼が急にドアの前に立ったので、ぎくりとして目をむいた。彼がドアを開けて、行く手をさえぎる。

恐怖心がむき出しになったリアナンの顔を見て、キールは笑った。とても取りつくろう暇がなかったのだ。

「何も襲おうっていうんじゃないよ、ミセス・コリンズ。きみが入る前に冷蔵庫を開けさせてもらおうと思っただけ」キールは彼女の横を抜けて、彼がシャワー室と呼ぶ場所に入り、ダブルのシンクの下にある小型冷蔵庫の前にひざをついた。「ここにシャンパンがあるはずなんだ。チーズとクラッカーはチェストに入ってるけど――あ、あった！　ペパロニ」

「バスルームでしょっちゅう宴会でもするの、議員先生？」

「そういう機会に恵まれたらね」軽い口調で答える。

自分から訊いたくせに、とリアナンは思ったが、またもや激しい嫉妬の痛みに襲われた。これまで、ジョーン・ケンドリックをここでもてなしたことがあったんだろうか？

リアナンは彼の黒い頭を見下ろした。彼は冷蔵庫からあれこれとものを出している。小さなフリーザー部分からは、製氷皿を二つ取り出す。

「私のことはお気遣いなく。おなかはすいていないから」リアナンはぼそぼそ言った。

「だめだよ、ミセス・コリンズ。シャンパンを飲むときは、何かつままなきゃ。海がこうして荒れているときはとくに」

「シャンパンもいらないわ」

「ええっ、僕のことを頭のおかしなレイプ犯か、清純な淑女をたらしこむやつだと思ってるんだな」キールが立ち上がる。ゆとりのあるバスルームが、急にせせこましく感じられた。濡れた彼の肩で、いっぱいになったように思える。

「私は清純な淑女なんかじゃないわ」

「〝ハートのクイーン〟が気を許したか！」キールがクスクス笑う。「ご注意あれ。そんなことを言うのは誘っているのと同じだよ、危ないなあ」

「そんなつもりじゃないわ。早く出て行ってもらえる？　さっき肺炎がどうのこうのと、やかましく言ってたのは誰？」

「行きますとも、マダム。愛の巣を準備しないと」

「よく言うわね」

「僕はただ、この氷をワインクーラーに出すだけだよ。シャンパンを開けるから。きみもきっと飲むと思うね」

キールは彼女の横をすり抜け、いたずらっぽく眉をクイッと上げて見せた。リアナンはまたからかわれて赤くなった——が、さいわい、彼が出て行ってドアが閉まったあとだったので、見られずにすんだ。

リアナンは唇を嚙み、腹立ちを抑えるように長く息を吸いこんだ。二人がこの船室に入ってからというもの、彼に触れられたわけでもない。ただ横をすり抜けただけ。何もされないのに身がまえたりして、なんだかばかばかしく思えた。

向きを変えてドアをロックする。キールの笑い声が聞こえやしないかと耳をそばだてたが、彼がテープレコーダーに入れたらしいやわらかな音楽が聞こえただけだった。愛の巣を準備する？　そうかもしれないけれど、いやだったら出て行けばいいと言われたのだし、彼の言葉は本心だったように思える。彼が何かを無理強いすることはないだろう。

「いやだ、何言ってるの」リアナンは一人つぶやいた。「彼は私と寝たいのよ。それに寝たくないなんて言われたら、それこそばかにされてるってことじゃない」

もどかしげに彼女はブラウスのボタンをはずし、タイルの床に投げ置いた。ジーンズを脱ぎ、ふと思い立って手を止める。彼と数メートルと離れていないところで、私は裸になろうとしている。いえ、ドアがあいだにあるじゃないの。鍵のかかったドアが。けれど、ドアは彼女の気持ちとはなんの関係もない。見も知らぬ男と、暗闇でひと晩を過ごせたら！　そのひとときだけは何もかも忘れ――なんのあと腐れもない関係……。

ダブルのシンクの上には、大きな鏡があった。そこに映る自分は、大きく目を見開き、青ざめた顔をしていた。リアナンは自分の姿から目をそむけ、ブラとパンティーを取った。自分の裸なんか見たくない。すでに〝重力〟の影響を受けてしまっているのかどうか、知りたくもない。そんなことどうでもいいじゃない、と思う。キール・ウェレンと秘密の一夜を過ごしたいとは思っているかもしれないけど、まともに考えれば、彼と関係は持ちたくない。彼はある意味、まだ敵ではあるけれど、ナッソーで出かけたあの日以来、友人にもなった。彼が身を案じてくれているのは知っているし、自分が彼に惹かれ、好意を持っていることも自覚している。でも、感情のからむ関係は持ちたくない。もう誰かに心を砕いたりしたくない。彼を許し、よしんば好意を持っていることは認めても、そこまでで終わりにしたかった。

けれどそのとき、またジョーン・ケンドリックのことが頭に浮かび、あの若いブロンドはキールのシャワーに入ったことがあるのだろうかと思ってしまった。

もう！　いったいどうしちゃったのよ！　リアナンは自分をののしった。

キールは、友人として気安く接するよりほかに、ジョーンに特別な興味を示したことはなかった。それ以上のことは、自分の想像にすぎないとリアナンは思った。彼はジョーンにいつも礼儀正しくしていたが、彼女と踊ったり腕を取ってエスコートしたときは、リアナンがそうしたらどうかと言ったときだけだ。

あの二人が熱烈な関係にあるのだとしても、私にはいい薬になるわね、とリアナンは思った。それに、そのほうが私のためにもいいのかもしれない。もういや！　こんな旅、早く終わってくれればいいのに！

リアナンは髪を後ろでまとめ、シャワーをひねった。熱いお湯、勢いのあるシャワーは気持ちよかった。どんなに体が冷えていたか、お湯のあたたかさが染みこんできて初めてわかった。

目を閉じて、お湯が流れるにまかせる。足元で船が揺れるなか、まわりが霧の世界へと変わってゆく。

今夜はシャワーがポールの記憶を呼び覚ました。二人で一緒にシャワーを浴びたときのことを。心地いい結婚生活、たがいを知り抜いた夫婦。

赤ちゃんが生まれたあと、ポールは指折り数えてその日を待っていた。ジェニーが生後五週間になった日の夜。ポールが夜にひげを剃ることはないのに、その日は剃っていたので、とてもよく覚えている。リアナンがシャワーを浴びているあいだ、ポールはひげを剃った。そのあと、哀れを誘うような表情を目に浮かべてシャワーの下に入ってきたので、リアナンは笑い、それから長いこと口づけを交わしたり、たがいに体をまさぐりあったりしているうちに、二人の体は火がついたようになった。

「早く体を拭こう」ポールは言った。「いや、拭かなくたっていい！」

ティーンエイジャーみたいにクスクス笑いながら、ベッドまで行った。ポールはバスタブでセックスするのが嫌いだったから。背が高いし、体も大きいので、やってみたこともあるのだけれど、二人とも体が痛くなって気持ちいいどころではなかった。でも、それでも大笑いして終わった。

そう、リアナンは笑っていた。ポールとなら、何も気にならなかった。心から愛してくれていることを知っていたし、彼女に欠点がたくさんあっても、やっぱり愛してくれた。出産後も、自分の体に魅力を感じてくれなくなるのでは、などと心配することもなかった。胸が多少やわらかくなっても、愛らしい赤ちゃんが生まれたのなら、そんなのはささいな代償だった。あの小さな、いまはもういない、いとしい命……。

「おい！　生きてるかい？」

リアナンはハッとし、両手で顔を覆った。どれくらいこうして立ったまま、思い出に浸っていたのだろう？　彼女はぐいっと蛇口を閉めた。バスルームは濃い霧が立ちこめたようになっていた。

「生きてるわ！」大声で返した。さりげない、明るい声を出そうとする。頬についた水はしょっぱかった。また泣いていたのだ。

ドアの向こう側のキールは、妙に静かだった。リアナンは〈シーファイヤー〉と刺繡の入った真っ白なタオルを一枚つかみ、体に巻きつけて、端の部分で顔をぬぐった。「あの――ごめんなさい。すぐに出るわ」

返事はなく、リアナンは借りたジャージを慌てて探した。頭からかぶり、ひざまで丈が来ることを確認してほっとする。

濡れたブラウスとジーンズを拾い、タオルがかかっていたラックにかける。濡れた下着がまだ床の上に落ちたままになっていることに気づき、拾い上げた。そして、ブラウスの袖にブラジャーをたくしこみ、おそろいのパンティーを穿こうと急いでしゃがんだ。

足をぐらせてみて、躊躇する。最初はそれほど濡れていなかったはずなのに、床の上に置いてしまって水がかかったために、すっかり濡れていた。

でも、何か身につけなきゃ！　そう思ったものの、脚をちゃんと閉じていればだいじょうぶかしらと思い直した。キールにはわかりっこない。雨がやんでいたら、自分の部屋に走って戻ったって平気だろう。このジャージの服はしっかりしているし。彼女はパンティーを小さく丸め、ブラと一緒にブラウスの袖にたくしこんだ。

またキールに声をかけられないうちに、リアナンは素早くドアを開けた。彼はすぐ外に立っていた。湯気が煙のように、彼女のあとから流れ出てくる。

キールは興味深げにリアナンを見つめ、そしてバスルームに目を移し、また彼女を見た。

「無理にでも、きみとシャワーを浴びればよかったな」と言う。「お湯はまだ残ってるかな？」

「ほんとうにごめんなさい。自分の部屋に戻るべきだったわ。私——」

「冗談だよ」小声でキールは言い、リアナンのあごに手を当ててそっと顔を上げさせ、問いかけるように瞳をのぞきこんだ。「この船のオーナーが誰か、忘れてるだろう。ドナルドは冷たいシャワーなんか耐えられないやつだ。外が大嵐でもね。湯のタンクが空になることはないさ」

キールは手を放してチェストに戻り、また引っかきまわした。「裁ちっぱなしの半ズボンなんか穿いたら、きみの美意識に反するかな?」彼女に背中を向けたまま、けだるげに訊く。

「いいえ。ここはあなたの部屋よ。あなたの楽なようにして」

「その言い方、きみのほうが偉そうだ」

「失礼のないようにと思っただけよ」

「そうか、そういうふうに受け取っておくよ。きみのシャンパンもついでおいた。ベッドサイドテーブルに置いてある」

リアナンはその小さなテーブルにぶらぶらと歩いていき、ベッドの端に軽く腰を下ろした。テーブルの上には真鍮(しんちゅう)のランプ、時計付きラジオ、シャンパンのグラスが二つ載った小さなトレー——グラスの一つは飲みかけ——そしてチーズとクラッカーとペパロニが芸術的に盛りつけられた皿があった。シャンパンのボトルは、ベッドサイドテーブルの横の床に置いてある。リアナンはブランドを見て取った。ドン・ペリニヨンの上を行くフランスの銘柄。そしてキールに目をやった。彼はネクタイと濡れた上着を脱ぎ、カフスボタンをチェストの上段の小引き出しに置いていた。

リアナンは口元をゆるめた。こんな質問は人を怒らせるかもしれないけれど、たぶん彼は、そういうふうには受け取らない。「あなたも大金持ちなの、キール?」

彼はアハハと笑った。「いいや、貧乏じゃないが、うなるほど金があるってわけでもない」

「ドナルドとはどこで知り合ったの？」

「信じられないかもしれないけど、同じ通りで育ったのさ。あいつのところは丘の上に大邸宅があったけど、僕たちはみんな、そのへんのクソガキさ。みんなして、あいつをめちゃくちゃからかって遊んでたよ。ほら、子どもってそういうもんだろ。でもある日ドナルドは僕の兄弟の一人を殴り倒して、僕は仕返ししなくちゃならなくなった。二人ともぼろぼろになったけど、停戦しようと言い出しもしなかった。それで結局は地面にへたりこんで、たがいににらみ合って。とうとうドナルドが、これじゃあたがいに猿芝居をやってるだけだから、これ以上青あざをつくり合うより、自分んちに行ってアイスクリームでも食わないかって言ったんだ。僕は二つ返事でオーケーした。その後、あいつは僕たちみんなを家に招いて――フラハティ家には、オリンピックサイズの豪華なプールがあったから――それで全員、友だちになったのさ」

「ドナルドらしいわね」リアナンの声には、自分の雇い主への誇りが少なからずにじんでいた。

「あいつは変わらないな」キールが言い、シャツを脱いだ。リアナンは慌ててグラスを取った。濃い胸毛の生えたたくましい胸を見て、急に恥ずかしくなったのだ。シャンパンをいっきに飲んでしまいそうになる。

「すぐに出るよ」キールがシャワーに歩いていく。ドアのすぐ外で立ち止まり、ちらりとリアナンに目を向けた。口元にうっすらと笑みを浮かべ、眉をひそめて。「シャワー催眠術にかからなければね」

リアナンはサッと目を伏せ、皿からペパロニを一枚取った。

バスルームのドアが閉まるとリアナンは立ち上がり、せわしなく部屋を歩きまわった。ふと、ドナルドの部屋——ここそっくりの——に入ったことは何度もあることを思い出した。でも、これほど空間が濃密に感じられたことはなかった。でも今夜は、この部屋をキールのものらしくしている点が、どんなにささいなことでも目についた。半開きになったクローゼットからは、ずらりと並んだスーツや上着がのぞいている。チェストの上には櫛とブラシ、カフスの箱、腕時計。そしてなにげなくネクタイが置かれた下には……小さなメモ用紙と紙幣。リアナンは遠くからそれを見つめていた。彼宛てのメモなんて、自分には関係ないじゃないのと言い聞かせながら。自分は詮索するような女じゃない。ポール宛ての手紙は、ダイレクトメールでさえ開けたことはなかった。

ペパロニをもうひと切れ口に入れる。座る。立つ。そして降参した。チェストに近づいていった。ネクタイには触れなかった。そんな必要はなかった。メモは短く、ドナルドの筆跡だった。

「五ドルの借りだな！　ずっと忘れといてくれ！　バカな賭けだったよ！　自分に不利なこ

とばかりして！　とにかく、リアナン関係ではおまえの五ドル勝ち」

頭から足のつま先まで、衝撃が走るのをリアナンは感じた。液状の炎とでも呼べそうな怒りが腹の底から沸き上がり、手足から顔まで走っていった。あまりに強すぎて、考えることなどできなかった。ただ反応を感じることしか。

リアナンはメモを取り上げ、流れるようにバスルームのドアへ向かい、格闘家のような勢いでたたいた。まだ頭は働いていなかった。カーテンを破らんばかりに開け、彼の鼻先にメモを突きつける。

「いったい何――」キールが言いかけた。

「そのとおりよ、議員先生。これはいったい何？　賭け？　私の賭け金は五ドルなの？」

湯が流れつづけるなか、キールはリアナンを見つめていた。目をすがめ、彼女の手にあるメモにさっと視線を走らせる。

「なんて人！」リアナンは声のかぎりに怒りをぶつけた。それだけでは気がすまなかった。頭が働かないまま、メモを取り落とし、彼の頬をぶとうとした。

上げた腕をキールがつかんだ。「ちょっと待てよ、リアナン――」威圧感のある声で言いかける。しかし肌が触れ合ったことで、リアナンはハッとわれに返って怒りを忘れ、ようやく頭が働きはじめた。いきなりドアを開けて入って、暴力をふるおうとしたのだ――彼がシャワーを浴びている最中に。

うっかり視線を下ろしてしまう。濡れてつやつやと光る、ブロンズ色の肢体。女にとってはこれ以上望めないほどの、引き締まった男らしい体。

リアナンは手首をふりほどいた。「あの、いいのよ。すぐ出ていくわ」きびすを返して出ようとする。半狂乱になって駆け出そうとした彼女の背中に、キールの声が響いた。

「いや、だめだ」

シャワーがザーザーと流れるなか、キールは無造作に足を踏み出し、リアナンの両肩をつかんで自分のほうに向けた。

「説明を聞いてくれるまで、どこにも行かせない」

「いやよ！　説明なんか聞かないわ！　わかりきったことでしょ！」

「いや、違うんだ――」

「裸じゃないの！」

「シャワー中なんだから仕方ない。きみだって、わかってて入ってきたんだろう」

「放して。ここから出たいの」どうしてこんなに目を合わせているのが苦しいんだろう？　どうして震えが止まらないの？

「話を聞いてくれるなら、すぐにでも放すよ」

リアナンは頭をぐっと上げ、どうにかこうにかいやみっぽい声を出してみせた。「あなたは女に無理強いするような人じゃないと思ってたけど、議員先生。無理やり引き留めてるわ」

「話を聞いてもらうあいだだけだ、ミセス・コリンズ」キールもきつい口調でやり返した。「きみもシャワーに入ってくれたら、無理やり話を聞かせることもできるけど」

リアナンはごくりと唾を呑みこみ、目を閉じた。どうしてもここから出なければ。彼のそばでは、ばかなことばかりしてしまう。彼がいると、怒ったり、むきになったり、尻込みしたり。全然、ふだんどおりに振る舞えない。

少しは機転をきかせなさい、とリアナンは自分を叱咤した。機転ならたくさん残っているはず。これまで一つも使っていないんだから。

なのに、キールに腕をつかまれたら、力が抜けてしまう。

「わかった」キールが小さく言った。「一分待ってくれたら、シャワーを止めてすぐに服を着るよ」

リアナンがうなずくと、キールは彼女の手を放し、シャワーを止めようと向きを変えた。それを見て彼女も向きを変え、ドアに突進した。

愚かな賭けだった。始める前から終わっていた。走ろうとしたまま、足が床から離れていた。小さな悲鳴が口からもれたかと思うと、ベッドに仰向けに倒れていた。もうおしまい。キールが馬乗りになり、彼女の両手首をベッドに押さえつけていた。

「こんな――」リアナンが言いかける。

「力ずくだとか乱暴だとかは言わせない——きみのほうが先にずるい手を使ったんだ」

リアナンの全身がこわばった。歯を噛みしめ、目を閉じる。ジャージの服はウエストまでめくれ上がり、自分と彼の太腿がぴたりと重なって、火がついたような熱さを感じる。動くことも、息をすることも、目を開けることも怖かった。そして、両手を上げて彼の怒った表情をなだめ、あなたを失うことには絶対にならないと約束して、と言いたい自分を認めることも。

「さあ、これで話を……」キールが冷ややかに言い放つ。

「服を着るって言ってたわよね」リアナンはきつく言い返した。

「それは、きみが諜報部員みたいな行動をする前の話だ。あんな賭け、なんの意味もなかったんだ」

「こんなの、男尊女卑の力ずくの野蛮行為の——」

「それ以上しゃべったら、ほんとうに僕の手から野蛮行為とも言えそうなことを受ける、女性第一号になるぞ。あの賭けは、僕よりドナルドのやりたがったことだ。僕はすっかり忘れていた。あいつは、もし僕もナッソーに行くことを知ったら、きみは絶対に来ないだろうって言ったんだ。僕は、そんなことはないさと言った。それだけなんだ。ほんとうに、あいつが置いていったメモを見るまで、すっかり忘れてたよ」

リアナンは目を開けた。キールの表情はこわばり、緊張感がみなぎっていた。瞳の色も濃くなり、吹きすさぶ嵐を思わせる。怒ってはいるが、傷つき、懇願するような表情も見て取れた。「なぜだ?」かすれた声でキールがささやく。

「なんのことか、わからないわ」

「いや、わかってるはずだ。きみは自分と闘いつづけている。僕と闘ってるわけじゃない。どうしてだ、リアナン? なすがままに任せておけばいいのに」

リアナンはもう一度、唾を呑みこみ、そして口を開いた。「誘惑はしないと言ったじゃない」

「無理強いはしないと言ったんだ」

「こうして押さえつけてるわ」

「話をするためだ。ほかのことは、すべてきみの考えしだいだ」

キールは彼女の視線をとらえ、釘付けにした。心が大きく揺れながらも、リアナンはなんとか目をそらした。彼の存在が、全身に響くように伝わってくる。

痛くはないけれど、しっかりと彼女をとらえる手。彼女の体をはさみこんでいる両ひざ。ジャージを通して感じられる、ちくちくとした毛。むき出しになった肌から、暴走しそうになっている力を食い止めている感じ、体が張りつめている感じ、欲望がはちきれんばかりになっている感じがにじみ出ている。彼のほうは、男の高ぶりをどうとも思っていないようだったが、リアナンはそうはいかなかった。やわらかな自分のおなかに硬いものを押しつけられて、もう一度あの悦びを味わってみたいという思いに翻弄される。以前とは違う悦び。違う相手。そうしたいという思いを隠すことはできなかった。自然の摂理から逃れることはできない。もう一度、彼の顔を見ずにはすませられない。この明るい光の下で。どういう相手か、わかっていても……。

今夜、ひと晩だけ、この欲望に身をまかせたい。こんなふうに血と肉だけの存在になってしまった今夜だけは。愛される感覚を味わいたい。その愛が、ただのずるい幻想だとしても……。

「あなたはわかってないのよ！」いきなり、リアナンは激しく責めた。「もしこのままあなたといたら……もし私たちが……私たちが……」

「セックスしたら？」厳しい声でキールが言葉を継ぐ。

「そうよ、セックスよ！」たたきつけるように言う。「もし私たちがセックスしたら……そんなのずるいわ。まちがってるわ。私はあなたをただ利用するだけになってしまう」

キールはじっとリアナンを見つめていた。緊張のひととき。声を上げて笑ったり、微笑んだりはしなかった。ただ、千々に乱れる彼女の瞳をのぞきこんでいた。葛藤と、怯えと、困惑の入り交じる瞳を。

キールはもう怒っていない。それを言うなら、なんの感情も見せてはいなかった。ゆっくりと、リアナンの手首を放す。そして、ごつごつした手で、彼女の頬からあごを包むように軽く手を当てた。

「それなら、利用してくれ、リアナン。僕はそのチャンスに賭ける。僕を利用しろ」

# 7

「幻想は、現実よりずっと立派なことが多いわ、議員先生。だから……あなたをがっかりさせたくないの」

そのとき、ようやくキールは口元をほころばせ、リアナンの隣りに体の重みを移した。片ひじをついて頭をかがめ、ゆっくり、やさしく、味わうように彼女の唇を奪う。しかし、やさしさのなかにも、怯むことのない確信があった。訴えかけるように唇を合わせ、舌先でそっと彼女の唇をなぞって開かせる。動きがさらに濃密になり、舌が唇の奥へとすべりこむ。彼女の秘密の場所を、これからすべて深く探ってゆくのだという、どぎまぎするような予感にあふれる。キールの動きはあくまでゆっくりとしていた。たっぷり時間をかけて味わい、極めつくそうと言わんばかりだった。

リアナンの高ぶりは、どんどんあおられていった。キールはもどかしげに彼女の唇を自分の唇に溶けこませ、どこまでも追い求めるように舌を突き入れてゆく。肌を触れ合わせ、味わい、心地よさを楽しむ。欲望が彼女の体の奥でじわりと生まれ、全身に広がってゆくのを感じ取る。キールの匂いはうっとりするほど心地よかった。石鹸のすがすがしい香りと、もっと深くてぴりっとした、まさに男を感じさせるかぐわしい香り。そして筋肉の締まった胸のたくましさやあたたかさ、固い毛にくすぐられる感覚、からみ合う脚の悩ましい感触……。

これで部屋さえ暗ければ……暗闇に身を隠すことさえできれば、高ぶりを解き放てるのに。この腕を伸ばし、キールの与えてくれるものをすべて受け取れるのに。迷いや怖れも、この煌々(こうこう)とした明かりが薄れてくれたら、かなぐり捨てられるかもしれない。

キールは唇を放し、濡れたリアナンの唇を人さし指でなぞった。「いつだって、幻想より現実のほうがいい」かすれた声でささやく。「どう考えたって、ずっといい」

リアナンは微笑もうとした。キールのことを心から求めているのに、急に自信がなくなってしまった。

キールがもう一度キスしようと身をかがめる。リアナンはそれを止め、すでに濡れている唇を、またしめらせた。「明かりを、キール」

動きを止めたキールは身をこわばらせたが、彼女を求める熱い思いと同じくらい強く、やさしい気持ちがふくらんできた。

リアナンの言うとおりにしようと思えば、すぐできる。立ち上がって部屋を暗くし、過去の幻と現在の現実の境目をなくしてやることは。そうすれば、きっと子猫のように甘えてきて、とめどなく激しく、彼がいつも彼女の奥に感じていた悩ましい色香で、彼の気持ちに応えてくれるだろう。彼女の目に浮かぶ不安げな心を静めてやることは簡単だ。だが、いま伝えることはできないけれど、彼はリアナンを愛している。彼女に簡単な逃げ道を与えてやるわけにはいかなかった。

キールは首を振り、哀しげに微笑んだ。「誰と愛を交わしているのか、きみにはちゃんと知っていてほしいんだ」そっと言う。

リアナンは目を大きく見開いた。「そんなことわかっているわ、でも……」美しい緑の瞳に、まつげを伏せる。「キール……久しぶりのことなの。あなたとここにこうしているだけで、ものすごく緊張してしまうの……」

リアナンの声が消え入るように小さくなり、キールはあえてクスッとやさしく笑った。「約束する、自分をどう取りつくろうかなんて、そんなことはすべて忘れさせてあげるよ」

リアナンの瞳がいっそう大きく見開かれ、反抗するかのように、きらりと光った。「自信があるのね、議員先生？」

「まあね」とキール。「いま、きみがほしいと思うこの気持ちほど強いものを、何かに感じたことはないよ。それに、きみも引き延ばしの口実はもう尽きたはずだ！」

次の口づけは、そうやさしいものではなかった。解き放たれた激しい欲望に、リアナンは包みこまれた。すっかり呑みこまれてしまった。キールの腕にしっかりと抱き寄せられ、たちまち息が乱れて頭がくらくらして——彼がもっともっとほしくなった。いままでは思いきれなかったけれど、むきだしの肌の感触が心地よかった。締まった男性の体の感触が。肌と肌がじかに触れ合っているところは火がついたようだった。けれど服を通してでも、全神経でキールを感じることができた。もうずっとなかったほど感覚が敏感になり、鋭く研ぎ澄まされて痛いほどだった。

どんな男の人でも、こんなに頰の感触がいいものだろうか？　きれいにひげをあたっているのに、彼女の胸をかすめるその感触は、まちがいなくこの人は男なのだと思い知らされる。それに、この手……彼の右手はリアナンの髪に差しこまれ、左手はいったんひざまで下りて、そこからゆっくりとヒップまで上がり、腰の丸みを包みこみ、じょじょにジャージの裾を引き上げていく。

キールに触れられて、リアナンは体が震えだした。体の内側から、彼に対して開かれていく。最後の砦も崩れたが、もうかまわなかった。いったん、彼の味わいを知ってしまったら、もう止まれない。両手を彼の背中に這わせ、熱くて固い筋肉の甘美なうねりを知ってしまったいまでは。彼女は目を閉じ、むさぼるように口づけを返した。彼の手は巧みに悩ましく動きつづけ、彼女の腰を抱き、ヒップまですべりおり、指先でじらすようにゆっくりと円を描いて、彼女の体の奥深く、秘密の芯に目の覚めるような火をつけた。なのに、それ以上は触れない。それが彼女の欲望をふくらませ、さらに高まらせ、ついにリアナンはのどの奥であえいだ。

そのとき、二人一緒に抱き合ったまま転がった。ジャージがリアナンのウエストに巻きついて固まる。キールは彼女のヒップを抱え、彼女を自分に押しつけて、弾力のある丸みと、やわらかな肌の感触を楽しんだ。

キールは唇を放し、リアナンを自分の上に持ち上げた。グレーの瞳はくすぶるように燃え、ブルーの光を放ちながら彼女の瞳をのぞきこむ。リアナンは慌ててまつげを伏せた。猛烈に反応してしまった自分が恥ずかしくなった。彼の胸に顔をうずめたかったが、彼はそうさせてくれなかった。

「服を脱いで、リアナン」キールが熱い思いをにじませて言う。

リアナンはためらった。彼のおかげで、ここまで迷いなく来られたけれど、いま彼はすべてを求めている。キールの脈動は激しいドラムのようにドクドクと打ち、神経はピアノ線のように張りつめている。彼女を求める欲望は、苦痛に近いほど激しくなった。けれどそれは、甘美な苦痛。リアナンは彼の腰の上にまたがっている。やわらかな太腿の締めつけが、もう我慢できないくらいだった。彼女を仰向けに押し倒しても、抵抗はされないだろうという不思議な感覚はあった。そうすれば、いまにも爆発しそうになっているものをなだめることはできる。だが、彼女をただ手に入れるだけではいやだ。彼女を包みこみたい。彼女にも、ただの欲望以上のもので、自分を求めてほしかった。

「リアナン」キールはささやき、指先で彼女の唇と眉に触れ、こぶしで頬を撫でた。「きみを僕にくれ」

リアナンは腕を交差させてジャージの裾をつかみ、頭から脱いだ。そして腕を抜き、服をかたわらに落とす。そして彼と目を合わせた。

キールが手を伸ばす。手のひらで、そっとリアナンの乳首に触れる。それからゆっくりと、胸のふくらみ全体を包みこむ。触れた乳房が震え、ふっくらとふくらんだ。リアナンが息を呑んで目を閉じ、体を彼に押しつける。しかしキールはゆっくり進め、目で彼女を愉しむことに悦びを見いだしていた。やさしく指を這わせながら、貪るように彼女の姿を見つめる。

「僕を見て」キールがかすれ声で言うと、リアナンの濃いまつげがパッと開いた。エメラルドグリーンの瞳に吸いこまれる。なんという魅力だろう。漆黒の髪が背中に流れ、なめらかな肌を滝のように飾っている。下から見上げる彼女は気高かった。麗しい顔、スッと伸びた優雅なのど、すんなりとした華奢な肩、鎖骨がつくっているくぼみには、男なら触れずにはいられない。そして、弾力のあるたわわな乳房は、大人の女のものだった。褐色がかったピンク色の乳首、なめらかな肋骨の上に盛り上がった三角の山、細いウエスト。

「キール……」ふいにリアナンが懇願するような声を出した。彼女の唇から自分の名前を聞いたキールはうれしくなって笑い、彼女の髪に指をからませてうなじを抱え、自分のかたわらに彼女を導いた。そして軽い羽のようなタッチで、巧みに唇を避けながら、顔、眉、頬にキスしていく。そして、のどに唇を押し当て、舌先でスーッと首筋を下になぞり、鎖骨と交わるところのくぼみにまで行き着く。さらに唇を下にすべらせると、うやうやしく胸の谷間に顔をうずめた。

それから両手を彼女のヒップの下にすべりこませて抱え、体の位置をずらしながら片方の乳首を口に含み、軽く歯を当てた。さらに乳首を深くくわえて舌で転がすと、リアナンの全身を震えがさざ波のように走っていった。彼女がびくっとし、のどの奥でうめき声を上げる。彼女の爪に背中をこすられて、キールの全身が彼女の震えに応えるように反応した。

「これがいい？」キールは彼女の左胸をもう一度、湿った舌でなぞり、かすれた声で訊いた。そして頭を上げ、ふたたび目を合わせる。彼女は目を大きく見開き、しっかりと見返してきた。

「ええ」そっと答える。

キールの視線が、ふたたび彼女の胸に下りた。「きみは完璧だ」つぶやいて身をかがめ、肋骨に口づける。

「いいえ」乱れた息でリアナンがささやく。「そんなことないわ。お願いだから、完璧なんか求めないで」

「でも、きみは僕にとっては完璧だ。希望にすべてかなってる」

キールの唇がウエストに下り、舌がおなかのやわらかな肌を味わいつくしても、リアナンは震えこそしたものの、とどめようとはしなかった。「きみは海と太陽と風みたいな味がするよ、リアナン……」

おなかの下のほう、ふくらみのあるあたりに、ほとんど見えないほどの白いラインがあった。キールの舌にそこをなぞられたとき、リアナンはびくっとした。

「完璧じゃないって言ったでしょう！」突然、声を荒らげる。

キールは、しまった、と思った。その細いラインは、妊娠線(ストレッチマーク)だった。彼女が子どもを産んだという証(あかし)。喪ってしまった子どもを思い出す、よすがなのだ。

リアナンは内にこもりかけた。キールに自分をさらけだそうとしたことを悔やみ、自分だけの世界に入りこもうとしていた。それに、彼女は怖かったのかもしれない。もっと若い女性だったら、出産した経験のない女性だったら、そんな妊娠線などないのだろうから。

しかし、キールもあとには引けなかった。二人の未来がまだまだ危うい、こんなときに。しかも溶岩のように血がたぎり、全神経が悲鳴を上げているような、こんな状態で。

「キール！」リアナンが声を上げ、彼の髪を両手でつかんだ。激しく髪を引っ張られてもキールはものともせず、彼女の腰を少し持ち上げて、ことさら妊娠線に口づけはじめた。リアナンが抗(あらが)えないうちに、彼女の太腿からひざへと手を這わせ、有無を言わさぬ流れるような素早い動きで脚を開かせた。

キールは頭をもたげて彼女を見た。そして厳しい口調でこう言った。「僕から逃げようとするな。きみのすべてが、僕にとっては美しいんだ。この妊娠線さえもね、リアナン。これはきみの一部だ。これまでに過ぎた年月やできごとと同じように。いいことも悪いこともある、リアナン。いままで僕らに起きたことが、すべていまの僕らをつくってるんだ。いまのきみじゃないなら、僕はこんなふうにきみを求めやしないよ」

リアナンは、そらすことなく彼の瞳を見据えた。けれどその目には涙がにじんできた。キールの口づけでふっくらと濡れた唇は、震えている。

「私たち、もう少し待ったほうが――」リアナンが言いかける。

「待つのはもうたくさんだ!」キールは爆発した。

いきなりキールは彼女の頭を抱え、乱暴だとも思えるような激しさで唇を重ねた。けれどそこには熱い思いがあふれていた。彼の手が、ふたたび体に下りていくのが感じられる。腰や太腿を、いつくしむように撫でていく。彼の体の感触も伝わってきた。すばらしく引き締まった体は、もう震える彼女の脚のあいだに入っていた。

キールがほしくてたまらない。そして、彼にも自分を求めていてほしい。彼女は完璧だと、信じていてほしい。

けれどリアナンは、心の底から怯えていた。いま彼女は、過去をよりどころにしてはいない。彼女はいま、現在だけを抱きしめている――現在というのは彼のこと。彼に触れられ、口づけられ、がっしりと硬く激しい体に攻められると、ほかのものはすべてぼやけてしまう。腰をぴたりと重ねられたときには、彼女の体はしなやかに、貪るように反応した。

しばらくしてようやくキールは唇を放し、たたみかけるようにリアナンの瞳に見入った。そして体をずらし、彼女の脚のあいだにまずは指を入れて花芯を探り当て、撫でさする。彼女が声を上げたところで自分自身を深く突き入れ、しっかりと沈めて、彼女を開かせた。一瞬、リアナンはパニックを起こした。これではあまりにも自分をさらけ出し、彼にすべてを握られている。たくましい体、引き締まった腰、長い脚の、なすがまま。

しかし、パニックは一瞬にして静まった。たしかにキールのなすがままだけれど、彼はリアナンを欲望と生命力で満たしてくれていた。彼は力強く、たくましい。体の奥で感じる彼は、求め、与え、ふたたび火をつけ、炎を燃え上がらせる。彼女のほしいものは、すべて与えられていた。触れてほしいところは、すべて触れられていた。その巧みな手の動きには、彼女も応えることができた。悦びに背をしならせ、さらに深く彼を迎え入れ、彼の情熱を自分の情熱で包みこむ。激情に呑みこまれて、彼女は何度も何度も彼の唇を求め、しっかりと抱きつき、ときおり手に伝わってくる彼の筋肉の緊張に、胸を高鳴らせていた。

リアナンのなかで、炎がどんどん激しく燃えさかっていく。彼の肌のあたたかさ、吐息のささやき、体のなかで熱く力強くこすれる感覚しか、もうわからない。二人の愛の営みは、それほどにもすばらしかった。耐えられないほどだった。それでもさらなる高みに昇ってゆきながら、二人で完璧に溶け合って動き、情熱の渦に巻きこまれ、たがいの唇と舌を何度も求め合った。やがてキールが動きを止め、彼女の奥深くにすべてを沈めて身震いしたかと思うと、新たな炎の種を解き放った。それを受けてリアナンもわななくような絶頂に達し、甘美な悦びと、自分という存在への誇り、女としての誇りに浸った。

驚きに満ちた悦びと甘やかな感覚に、リアナンは包まれた。ふと、船がゆったり揺れていることを感じ、外を吹く風の音に気づく。けれど彼女の身も心も、まだキールの存在に圧倒されていた。ブロンズ色の肌は、汗でつややかに光っている。彼の手は、リアナンの胸の上にけだるい感じで置かれている。彼の髪は頬をくすぐっている。そして息づかいは、彼女の呼吸とともにおさまってゆく。彼の胸の鼓動も一緒に。

これほどすばらしい気持ちになったのは初めてかもしれない。彼が自分のものになったと、すっかり思っているわけではない。ただ、リアナンはいま初めて、彼が否定しようもなく男の人なのだということ――強靭で引き締まった体の持ち主なのだということを、心の底から実感したのだ。彼の肉体はなめらかで力に満ちあふれていたが、彼の男らしさというのは肉体的なものだけではなかった。彼の考え方、人を思いやるやり方、そのほかにもいろいろな細かいことが、彼のすばらしくしっかりとした人格に重なり合っているのだった。

リアナンは目を開けるのが怖かった。すべてが過ぎ去る前に、みずから彼を手放してしまうのが――小さな感動の入り交じった甘美な脱力感を味わいながら、睦み合うこともすべてを分かち合うことも、もうこれで終わったのだというけだるい感覚を、いつまでも楽しんでいたい。

「今夜はそばにいてくれ」ふいにキールが言った。

リアナンが目を開ける。キールは彼女の隣りで枕に頭をもたせかけていた。その瞳はいつものように、計り知れない深みをたたえている。

けれど、こうして横たわっているだけでも、いままでに感じたことのない親密さを感じることができた。一つにつながっていないときは、赤の他人になってしまうのではという不安があったのに。裸で彼の隣りに横たわっているだけなのに、それが心地いい。彼も一糸まとわぬ姿だということが、不思議な力を与えてくれる。思いきって手を伸ばし、彼に触れ、彼を感じ、彼を探っていくことができそうに思える。見るからにたくましい彼なのに、リアナンに対しては敏感に反応する。リアナンが彼に対してそうであるように。

「でも――」

「逃げないで」キールはそう言いながらひじをついて体を起こし、リアナンの髪を枕の上に広げた。「いま僕から逃げないでくれ。きみを抱いて眠りたい。行かせるなんてできない。そんなことはさせられない」

リアナンは腕を伸ばしてキールの頰に触れ、人さし指の爪で、彼の眉をなぞった。彼女のまなざしと指先には、感動があふれていた。「いるわ」彼女はそっと、ささやいた。

「二週間に一度、日曜日には実家で過ごしたわ。それに二週間に一度、土曜日には父と母が子どもたちを見てくれた。私の母は、結婚したらたいてい甘いムードなんかなくなってしまうってことが、わかってる人だった。とくにいまのこんな世のなかでは、生計を立てて子どもたちを育て、そのうえで恋人気分でいるエネルギーを持ちつづけるなんてむずかしいもの。父も母も、ほんとうによくしてくれたわ」

リアナンは枕からキールを見やった。彼はシャンパンのお代わりを注ぎ、掛け布団を引っ張り上げて二人に掛け、さらにチェストから充電式のビデオプレーヤーとゲームの入ったテープをいくつか出していた。チーズをつまんでシャンパンを飲みながら、彼はリアナンにゲームをしようと持ちかけた。

その後、ゆったりと寝そべりながら、キールは彼女の過去を尋ねはじめたのだった。そして意外なことに、リアナンはそれに答えたいという気持ちになった。

胸がつぶれるほどつらいことに変わりはないけれど、それでも過去の話をしてよかったと思った。ポールの存在をもっと強く感じられたし、子どもたちのこともよみがえらせることができた。彼らを喪ったことは耐えられないほどの苦しみだったけれど、真実から目を背けて何もなかったかのようなふりをしていることは、もっとひどいことなのだと、今夜初めて気づいた。彼らは生きていた。特別でいとおしい、かけがえのない存在だった。自分自身を押し殺し、人を愛した記憶をうもらせることは、自分にとっても――彼らにとってもひどい仕打ちだったのだ。

とはいえ、いま自分は何をしているの？　リアナンはぞっとして身を震わせた。いま自分は、ほかの男性と裸でベッドに横たわっている。その男性と激しいセックスを交わしたあとで、二年前までは自分のすべてとも言える夫だった人のことや、幼い男の子や、生まれたばかりだった女の子の話をしている。

夫の話をするなんて、もってのほかだった。夫ではない男の肌の感触にまだ体をほてらせて、彼のベッドに横たわっているときなのに。彼女がそうしているあいだにも、裸身で優雅に歩くような男との情事に、ふけっている最中なのに。しかも彼は、責任があるかないかはべつにして、自分の夫と子どもたちの死に関わった相手。そんな人との関係を、こんなに自然なことのように思うなんて……。

それに、精力的な議員先生のこと、彼女の思い出話など死ぬほど退屈に違いない。これがただの情事なら、もういままでに手に入れたもので充分なはず。もう一度彼女を抱き、熱く散る火花を楽しみたいというのでもなければ。

リアナンにはもう一度体を重ねたい思いがあったし、キールのほうも同じだということはわかっていた。けれどそのときふいに、弾けるような情熱がなくても、彼がリアナンに気をゆるしてほしい、すっかり緊張を解いてほしいと思っていることも、なぜかわかった。

キールは微笑んでいた。両端の上がった唇はやさしげで、まなざしもあたたかい。退屈な顔はしていない。ゆったりとくつろいだ顔。夜におしゃべりしていたときの、ポールのような表情をしていた。

「きみのご両親は、とてもすてきな方のようだね」キールは彼女の額にかかった髪の毛をそっと払った。「寂しがっているだろうに。この前、実家に帰ったのはいつ？」

「一年ほど前かしら。そうね、寂しがっていると思うわ。私も会いたい。でも、離れているのがいちばんいいってことを、両親もわかっていると思うの」

「かもしれない」キールがつぶやく。「でも、もっと頻繁に帰ることを考えてみてもいいんじゃないかな。離れていることで、状況を悪くしてしまうこともあるよ」

リアナンは探るようにキールを見た。彼にいやな思いをさせられたことは何度もあった。でもそれは、彼女に近づこうとすればこそだ。それに、彼の言葉や提案は、彼女を助け、力づけようとしたもの。なのに自分が彼にやさしい言葉をかけたのは、たった一度、あの日ナッソーで、やっと彼女が真実を納得したときだけ。

「キール」やおらリアナンは言った。「あの――こんな言い方をしていいのかどうかわからないけど、エレンのことは心からお気の毒に思うわ」

キールは彼女に目を向けなかったが、微笑んでいた。まつげを伏せ、彼女の腕の内側を指でなぞっていく。「ありがとう。哀しみが襲ってきたあと、最悪だったのは怒りだった。あんなにやさしい心を持った、若くて美しい人が、世界の犠牲になった。命がむだにされたと思ったよ。でも、ものごとには、神による偉大なはかりごとがあるんだろう。なんらかの理由があって神はそうしてるんだと思わざるをえなかった。僕は長いこと、スミソニアン研究所や国立動物園や、ほかにも彼女と一緒によく行った場所には近寄ることもできなかった。実際、ワシントンを離れたんだよ。でも」——キールはリアナンを見て笑い、肩をすくめた——「あいにく、議員っていうのはワシントンで長い時間を過ごさなきゃならない。そのうち、思い出に浸るのも好きになっていってね。彼女の言ったこと——びっくりするくらい感心するようなことや、おもしろいことを思い返した。そうして、彼女が自分の人生に関わってくれたことを喜べるようになって、笑顔を取り戻すことができた」

リアナンはつかのま黙っていた。「すてきだわ」ようやくそう言った。「でも……」

「でも？」

気づかぬうちに、彼女はそわそわとシーツを撫でていた。「あの、それからあなたには、いろいろと噂があったでしょう。また彼女を見つけ出そうとしていたの？　ほかの女性のなかに？」

「いいや。きみの言うような意味では」

「それじゃあ——」

「どうして女性を渡り歩いたっていうような噂が立ったかって？　まず、それは話にものすごく尾ひれがついてるから。そして、真剣な間柄になった相手がいなかったから。たしかに僕が女性に求めているものはあるけど、それは〝エレンのような〟女性ってことじゃない。

人は誰でも、人に求めるものがあるんじゃないかな。自分の性格にとって大事なもの。それが何か、自分でもよくわかってないんだろうけど。自分の目指す生き方や、自分が大切にするものが何かってことに関わるんだと思う。完璧な相手っていうんじゃないよ。そういうのはうまくいかない。つまらない。ただ、同じように人を愛すること、相手をどういうふうに大事にするかっていうのが同じじゃないといけないと思うんだ」そこで急に彼は笑った。「自分の言おうとしてることを、ちゃんと説明できてないな、これは。感情っていうのは漠然としたものだからね」

ふいにキールは寝返りを打ち、両ひじをついて起きあがり、人さし指でリアナンの頬のラインをなぞった。「リアナン……」とつぶやく。「いい名前だ。歌のなかにしかないと思ってたけど」

リアナンが微笑む。「何百年も前の大昔からある名前よ。ウェールズ語の古い名前」

「きみのお父さんはウェールズ出身なの？」

「母がね」

「へえ」

「でも、おっしゃるとおり、昔は男性につけられてた名前だったのよ」

「男に？」

「そう」

「もうありえないな。きみがあまりに女らしくて、そんなことは考えられないよ。それに、その名前はきみに――」

「ぴったり?」

「うん。きみは風のように美しくてとらえどころがないから。でもこれは、きみのご主人からもう言われただろうけど」

「ありがとう。ときどき言われてたわ」

「どんな人だった?」

「ポールのこと?」リアナンは、少し考えた。「やさしかったわ。背が高くて、ひょろりとしてて、おおらかで」

キールがなにげなく彼女の手を取り、手の甲と手のひらに口づけたので、リアナンはどきりとした。「ものすごく特別な人間だったんだろうな。きみを妻にしてたんだから」

しかし、気のせいだったのだろうとリアナンは思い直した。キールは急に動いてベッドサイドテーブルに手を伸ばし、シャンパンのお代わりを注ぐと、グラスを彼女の手に押しつけた。「さあ、起きてこれを飲んで。退廃的な悦びに耽(ふけ)る一夜を過ごそうと思ってたのに、きみを少しも酔わせることすらできてない」

リアナンは体を起こし、シーツを引っ張り上げて胸を隠した。グラスを受け取り、にこりとする。「どうして酔わせなきゃならないの?」

「べつに酔わせなくてもいいけど、眠られると困るから。キスしてるのに寝てしまった女性と愛を交わすのは、どうもね。男のプライドがずたずたになる」

リアナンはキールの顔のしわをしげしげと眺めた。軽いもの、くっきりと刻まれたもの――渋くてかっこいいけれど、表情を厳しくもする。けれど笑うと、その厳しさがかならずやわらぐ。

シーツや枕と、キールの体との対比もすてきだった。彼の肌はこんがりと日焼けし、胸は引き締まっていて広い。髪は乱れ、またしてもリアナンは、彼と一緒にいるだけで自分が女なのだということを実感した。彼が何人もの女性と関係を持ってきたことはわかっている。これほどの男性なら、経験を重ねずにはいられないだろう。けれど、過去は気にならなかった。それはたぶん、彼と未来をともにすることはできないと感じているからだろう。このひとときだけで充分だった。彼女は、ほかの女性が手にできなかった経験をした。彼とベッドをともにし、こんな親密さを味わい、それを前触れにもっと濃密なひとときをこれから過ごそうとしている。

リアナンは微笑んだ。「あなたにキスされながら眠ってしまった女性なんて、いるとは思えないわ」冷ややかに言う。

キールがにやりとした。「それは秘密だ」そしてふたたび彼女越しに手を伸ばし、皿のチーズをひと切れ取って、リアナンに差し出した。彼女がチーズをかじったとき、彼の指が自分の歯をなぞるのを感じた。しびれるような感覚が小さく体に走る。軽く伏せたなまめかしい瞳が、彼のまなざしとからみ合ったときには、とくに強く。

「ドンキーコングジュニア」リアナンは慌てて言った。

「え？」キールが眉を上げ、困惑顔で訊く。

「なんのゲームがしたいか、訊かれたわよね。ドンキーコングジュニアがいいわ」

「ああ」キールは険しい顔でうなずき、自分の枕にもたれた。「わかった」脇に置いたいくつかの小さなカートリッジを指で探っていたかと思うと、ベッドからサッと下りて、小さな機械にカートリッジを一つ挿入した。リアナンはその姿を見ながら、優雅で気取りのない動きと肉体に感動していた。運動選手のような体だった――筋肉がつき、肩幅が広く、ウエストと腰は締まっている。脚は長く、よく運動しているので形もいい。お尻は丸いけれどきゅっと上がっている。そして、黒い胸毛が下に向かっていい感じに少なくなり、ウエストあたりでなまめかしく誘うように薄くなったかと思うと、さらに下でまた茂みをつくっている。

茂みをつくっているだけじゃないわ、とリアナンは頰を染めた。

「ドンキーコングジュニアだ！」キールは宣言してベッドに戻った。リアナンに黒いゲームのコントロールマシンを渡す。「これはジョイスティックっていうんだけど」

「ほんと、退廃的ね？」リアナンが笑う。

「きょうびの子どもたちはこういうことばっかり！」キールがため息をつく。

「何百年の歴史ある船のなかで、ビデオゲームをしてるなんて」

「まあ、ドナルドの船だからね」キールはにやりとした。「僕は一人で楽しめるものが必要じゃないかと思ったんだろう」

「とんでもない話だけど」

「まあまあ、僕も練習してみたんだ。けっこううまいんだよ。よし、きみがプレーヤー1。スティックを動かせば進むか戻る。その小さなボタンを押せばジャンプだ。やってみよう」

明るい画面の下のほうに、小さなサルが現われた。リアナンはジャンプボタンを押して、蔓(つる)から蔓へとサルを移動させ、小さな果物の房を取っては、追いかけてくるワニをやっつけたりした。ものの数秒で、父親のドンキーコングを解放するカギを見つけ、第二ステージに進んだ。

キールは感心しながら、リアナンの操る小さなサルが第二ステージに出てくる鳥やワニを逃れ、第三ステージ、第四ステージへと進むのを眺めていた。

一匹目のサルがやられてしまったときには、第六ステージだった。

キールが思わず、とがめるような鋭い目をリアナンに向ける。

リアナンは声を上げて笑った。「あら、私は血気盛んなアメリカ家庭で育ったのよ。このゲームは下手なほうなの。ミサイルコマンドかトロンはある？」

「これをとことんやろうよ」キールはジョイスティックをリアナンの手から取り、見事な技を披露してみせた。第一ステージをクリアして誇らしげににんまりしたが、第二ステージに上がったとたん、最初に出てきた鳥にやられてしまい、二人とも大笑いした。

リアナンの番になった。今度は青と金の小さな光がサルを追いかけてくる。カギまであと少しというところで、やられてしまった。

「あの金色のやつには気をつけなくちゃ」キールが心配そうな顔をして注意する。「食べられちゃうぞ」

「議員先生ったら！」リアナンが抗議する。「言葉に気をつけて！」

キールは彼女を見て、哀しげに舌打ちをした。「おやおや、ミセス・コリンズ、べつに下心があって言ったわけじゃないのに。そんなことを考えるきみの頭のほうがいやらしいぞ」

「あら？　じゃあ、私っていやらしい？」

「ふむ、それについては考えてみないと」

「まあ、それはあとにして。あなたの番よ」

「そう？　それじゃあ……」

キールの笑みが広がったかと思うと、ジョイスティックをベッド脇に放り投げてシーツをはぎ、リアナンに飛びかかった。「まさしく、僕の番だな。最終ステージまで行くぞ」

リアナンはにっこり笑い、両腕を広げてキールを受け止め、すり寄ってくる彼の体の感触にうっとりした。キールは彼女がクスクス笑うようなことをささやき、ぞくりとするような愛撫をする。

「第一ステージ……」キールはつぶやきながら、リアナンの唇から蜜を吸い取るかのように濃厚な口づけをした。

「第二ステージ……」口づけを彼女の耳たぶ、そしてのどへと移す。

「第三ステージ……」舌先で軽く、彼女の乳首をなぶる。リアナンの胸はドクドクと脈打ち、触れてほしくてたまらなくなる。

「第四ステージ！」リアナンが声を上げ、彼の髪を引っ張らんばかりに抱き寄せた。彼を仰向けにさせ、やわらかな唇とふっくらとした舌で、彼の胸に小さなキスの雨を降らせていく。

キールは彼女の髪をぎゅっとつかみ、うなじを抱えて自分のほうに顔を向けさせた。「続けて」かすれた声で言う。「第五ステージ、第六ステージまで」

リアナンはキスを彼の腰、脚にまで続け、彼のすべてを口にした。とうとう彼は、欲望と悦びに身を震わせてうめいた。

キールの腕がリアナンを包みこみ、自分のほうへ引き寄せる。両手でしっかりと彼女をつかまえ、唇で彼女の肌を愛撫する。リアナンは高ぶりのあまり、震えはじめた。そしてまたしても、激しく求めてくる渦のような熱気にのめりこみ、キールという官能の海をたゆたい、それでいて、彼に身をゆだねることで心の底からの安心感を抱くことができていた。

いつだったか、二人は明かりを消し、すっかり夜も更けたころ、眠りについた。けれど眠っていても、リアナンは彼の隣りにいることを肌で感じ、その充足感は最高だった。満たされてまどろむなかで、ときおり目を覚まし、キールの肉体の小さなあれこれを感じ取る。からませた脚にちくちくと当たる毛。ウエストを抱えるように、だらりと力なく胸の下あたりにまわされた彼の手。リアナンは身をよじり、彼の寝顔を見た。目の周りのしわが、すっかりやわらいでいる。のど仏には脈動が目に見える。それらの小さなあれこれを、彼女は自分の心の特別な場所にしまいこんだ。

この部屋には、外からの光が強く入りこむことはない。カーテンが厚いので、朝の日射しも入らない。けれど、なぜか朝が来たことが、彼女にはわかった。

いま一度、リアナンはキールの腕のなかで身をよじり、彼の姿を目に焼きつけると、胸がちくりと痛んだ。彼のことを許したとはいえ、彼とこうしてともに時間を過ごしたなんて愚かだった。いままで、どうして自分が壁を築いてきたのか、どうして怯えていたのかを思い出した。彼女はキールを愛しはじめていた。いや、もうすでに愛してしまっていた。

キールは強いけれどやさしい。激しいけれど、思いやりもある。世界が彼の戦場だ。彼はそこに全身全霊を傾けている。彼はやさしい言葉で彼女を包みこみ、彼女がもう自分には残っていないと思っていたものまで引き出してくれる。彼女の心をやわらげ、心を満たしてくれる。でも、それを受け入れることはできない。耐えられない。もう二度と。キールは、彼女のすべてになれるような人だ。けれど彼女のすべては、かつて粉々に砕け散ってしまった。

リアナンは目を閉じ、触れ合う彼の肌のあたたかさを感じていた。眠ったまま、無意識になにげなく抱きしめてくれるような、彼の手。涙がまぶたの裏にじわりと浮かび、まつげにたまって、頰を流れ落ちた。彼女はそっと、彼の腕から身をほどいた。彼はぶつぶつと聞き取れない寝言をつぶやき、寝返りを打って向こうに向いた。

リアナンは身をかがめ、キールの背中にそっと口づけた。肩に散らばるそばかすに気づいて、小さく微笑む。そして、ベッドから立ち上がった。

服はまだ湿っていたが、とにかく身につけ、足音を忍ばせてドアに向かった。振り返らずにはいられなかった。最後にもう一度、彼の姿を五感に焼きつけずには。なぜなら、もう二度と彼には会えないから。彼女の心は——二年間かけて築いてきた強い女の仮面は、彼の前ではいとも簡単に崩れてしまう。

キールは真実の愛を差し出してくれたわけじゃない。揺るぎない約束をしてくれたわけじゃない。それに、数々の女性との噂もある。でも、真心を見せてはくれた。彼がほんとうに望んでいるものはわからないけれど、彼女を揺り動かし、感情を取り戻させたいと思ってくれたことはわかる。

彼のおかげで彼を許したことを、本人が知ることはないだろう。でもリアナンは、感情を取り戻したくはなかった。彼女の奥深くには、まだずたずたに傷ついて癒えないものがあるから、感情を取り戻すわけにはいかない。あまりにも多くのものを喪いすぎた——ポールを、子どもたちを——あれだけのものをふたたび手にして、また喪うなんてできない。キールは子どもを持ちたがるだろう——彼女には決して与えられないもの。でも、彼一人なら進んでゆける。いつか彼は、すべてを手に入れる……彼女がすでに一度手にして——喪ったものを。

リアナンには、心のなかの空洞と苦痛を変えることはできない。キールが彼女に何を望んでいるにせよ、もう一か八かの賭けはできない。

でも。リアナンはキールに目をやって思った。あなたには感謝しているわ、議員先生。心から。あなたとは、もう会えない。もうこんなにも、あなたを愛してしまったから……。

リアナンはドアをするりと出て、静かに後ろ手で閉めた。

部屋の外に立つと、オレンジ色のまばゆい日射しに目がくらみそうになった。けれど、船員が忙しく立ち働き、帆を上げて風をつかまえようとしている姿は目に入った。〈シーファイヤー〉号は何一つ変わっていない。リアナンだけが変わったのだ。

# 8

えも言われぬ魅力。それは言葉にするより心で感じるものだな、とキールは思った。久しぶりに貪った深い眠りから覚め、心地よくたゆたっている。けだるげに伸びをすると、頭がはっきりしてリアナンのことが頭に浮かんだ。

リアナンは、優雅なことこのうえない。すばらしい美人だし、上品で繊細だ。歩くときも、話すときも、動きが優美だ。たいてい控えめで、洗練されていて、気高い感じがする。なのにあの黒髪が乱れて散り、あの白い肌に映えてハッとさせられるときなど、がらりと雰囲気が変わってどぎまぎさせられる。

キールは、自分の上にいた彼女の姿をかき消すことができなかった。春の草原のような緑の瞳。夜の闇よりも黒いまつげ。まっすぐに伸びて気高い雰囲気を醸（かも）し出す、肩と背中。ふっくらと弾力があってそそられる、あの乳房……。

彼はもう一度、思う存分背伸びをし、満足げなネコのような笑みを浮かべてリアナンに手を伸ばした。たちまち笑みが消え、眉を寄せる。目を開け、ぼんやりとしたけだるい満足感が失せていくと、一瞬のうちに神経が研ぎ澄まされ——困惑した。彼女がいない。

「どういうことだ！」声に出してつぶやく。なんてザマだ、と無言で思う。彼女が出て行く用意をしていたときに、眠っていたとは。ふだんはピンが一本落ちても目が覚め、眠りも浅いのに。

リアナンにわれを忘れさせられ、大海を荒れ狂う嵐のような激情に追いこまれ、甘やかな官能の霧のなかへさまよいこんで理性を忘れた。そのあと、最高に心地よい満足感に浸され、ゆったりとあやされるようなやすらぎを与えられ……そして彼女は去ってしまった。

キールはため息をついた。もう彼女を信用してはいけないな。また彼女と官能に溺れるとしても、今度はあの華奢なウエストをしっかりつかんでおくか、眠りにつく前に、彼女をベッドの柱に縛りつけておかなくては。また彼女をこの部屋に連れこむことができたらの話だが……。彼女が出ていったのが何を意味するのかを思うと、眉間にしわが寄った。

またリアナンは逃げているのだ。まったくのおばかさんだ。キールはいますぐ飛び起きて船を駆けずりまわり、彼女を見つけて、頭がぐらぐらするほど揺さぶってやりたかった。ふいに、キールは口元をゆるめた。彼女を素っ裸にひんむいて、肩に担ぎ上げて部屋に戻ってきたら、どんな顔をするだろう。選挙で選ばれた公僕はそんな行動が取れないのが、ほんとうに残念だ。それに、彼女をそんなふうに扱うことなど、彼にはできない。

キールはいま、最初に配られたカードで勝負をしている。だが、その使い方を誤れば、すべてを失ってしまうだろう。少し距離を置く必要があるかもしれない。それほどの距離じゃない。ほんの少し、ひと息入れるほどの距離。

ああ、リアナン。急にキールの胸に、彼女を思う心がググッと迫ってきた。すでに彼女から奪ったものは返せないが、これから先、何年も、自分にできることはなんでもすると誓おう。心の痛みも、それを受け入れて自分から生きようとすることで薄らいでいくことを、彼は知っていた。

つかのま目を閉じていると、口元がほころんだ。エレンのことを考えると胸が痛まないとは決して言えない。あれほど可憐な存在が踏みにじられるという理不尽な運命に、半狂乱になりそうなときもあった。彼女の笑顔が、目の輝きが、メロディーのような笑い声が、こんなにも鮮明に思い出せる。たぶんこれから一生、キールは心のどこかで彼女を愛しつづけるだろう。けれどエレンのおかげで、彼は人を愛し、愛されるという関係なしにはいられないことを知った。

だが、エレンでさえ、リアナンのようには心を動かされなかった。リアナンには、ありったけの激情を呼び覚まされる。そして激情とともに、ありったけのやさしい思いも。彼女が同じ部屋にいるのを見るだけで体が燃えたぎるし、彼女がそばにいると感じ、彼女の話す声を聞き、流れるような身のこなしで自然と優雅に歩いている姿を見るだけで、最高に幸せな気分になれる。

キールは思わず声に出してうめき、掛け布団をはねのけた。リアナンのことを考えると、壁でも登れそうな気分になる。その彼女と、一夜をともにしたばかりなのだ。

きつい一日になるだろう。今日は、少し冷静な様子を装わなければならない。リアナンに罠を仕掛けなければ。彼女がうっかり足を踏み入れるように。願わくば、すっかりはまりこんで逃げられなくなるように。

キールは無言でバスルームに入り、シャワーを思いきりひねった。フランスの科学者、ピカード博士とランチをとる予定がある。細菌戦争の勃発の危険性について、アメリカがひそかに懸念を抱いていることに、博士は大きな関心を寄せてくれている。さぞや楽しいランチになることだろうな、とキールは冷ややかに考えた。だが、これからもっと勉強しなくてはならない重要な問題だし、ピカード博士は病気の治療に献身している誠実な人物だ。

ピカード博士と、国から資金援助を受けている博士の研究機関については、ひととおり情報を頭に入れてあるのだが、キールはひげを剃っているあいだじゅう、浮かない顔をしていて、何度もあごを傷つけた。眉を寄せたままレジャースーツに着替え、あの善良なフランス人科学者がもう少しくだけた人柄だったらな、などと考えていた。海上には微風が吹いている。〈シーファイヤー〉号はデッキより下に位置する部分はエアコンが利いていたが、船の上ならどんなときでも、半ズボンとTシャツのほうが断然、気持ちがいい。

なぜだか自室のドアの前で足を止めて振り返らずにいられない自分に、キールは驚いた。

ベッドはまるで竜巻が通りすぎたようなありさまだった。そう、リアナンはまさに竜巻だった。嵐のように激しく、風のように美しかった。

ふいにキールはクツクッと笑い、眉を崩した。いつもきちんとした議員先生に、いったい何があったんだと、スチュワードは思うだろうな。ドナルドの言葉を借りれば——レンガの壁にぶちあたった、ってところか。

頬をゆるめたまま、キールは部屋を出て、鍵をかけようとした。カギを鍵穴に差しこんだとき、かすかに背筋に冷たいものが走った。いったいなんだろう、とあたりを見まわす。太陽はぎらぎらと輝いている。帆は雲一つない空を背に、白く大きくはためいている。すっきりと晴れ渡った天気だ。日射しはキラキラと海面に反射し、光を放ち、新鮮ですがすがしい。なのに、背筋が寒くなるなんて、どうかしている。

「やあ、議員先生！　遅いね！」〈シーファイヤー〉号の若く元気な船員ビル・セイヤーが、帆桁(ほげた)から手を振って叫んだ。

キールは声を上げて笑ったが、その声は自分の耳にも嘘っぽく響いた。「寝坊したんだ、ビル」

「俺も寝坊したみたいですよ！　ゆうべの嵐のおかげで、すごい船酔いでね！」

「船乗りが船酔いか？」

「ええ、お恥ずかしいことに」

「べつにかまわないさ。俺たちみんな、多かれ少なかれ船酔いしてるんだから」

「ゆうべは乗ってる人間の半分は酔ってたでしょうね」ビルは人のいい笑顔を見せた。「船医ですら酔ってたんですから！　でも、もうよくなったみたいですね」

「へえ、そうなのか？」キールはまたもや眉を寄せた。さっきの妙な感覚が戻ってきた。ももやもやした感覚。リアナンが彼女の部屋の鍵をかけ忘れたときに感じたのと同じもの。まったくわけがわからない。船には警備員が大勢いる。乗客も厳重なチェックを受けている。過去にわずかながらでも常軌を逸するような傾向を見せたことがないか、書類チェックで洗いざらい調べている。

「ええ！」帆桁の上でビルがにやりとする。「操舵室近くで見かけましたよ。あのジョーン・ケンドリックさんとまたしゃべってました」ビルは長々と、うらやましそうにため息をついた。「彼女は船乗りなんか目もくれない。医学部に行けたらよかったのにって、生まれて初めて思っちゃいましたよ」

キールは笑ったが、またしてもその声は、自分の耳にも張りつめてぎこちなく聞こえた。ビルに手を振り、階段に向かう。しかし突然、まわれ右をし、船首の操舵室に向かった。長い脚で操舵室のそばまで来たとき、ジョーン・ケンドリックが右舷側の手すりのところで海を眺めているのが見えた。

「おはよう、ジョーン」キールは声をかけ、手すりのところまで彼女に近づいた。

振り向いたジョーンは、初めは驚いた顔をしたが、すぐに輝くような笑顔を見せた。「キール！　おはよう」彼女はキールの腕に腕をからめ、いたずらっぽく彼を見上げた。「一人でいるあなたに会えるなんて、うれしい驚きだわ」大げさで媚びるようなため息をつく。「やっとやっと、このカリブ海クルーズで、勇猛果敢なワシントンじゅうの憧れの的と一緒になれたっていうのに、ちっとも時間をつくってくれないんだから！」

キールは笑みを浮かべ、腕を放せないものかと思ったが、考え直した。そして、暗にほのめかすような笑顔を返した。「ジョーン、だってたしかきみは、この船の上で一人でいたことなんかないじゃないか。あの腕のいい医者はどうした？」

「え？」

気のせいだろうか？　一瞬、ジョーンの笑みが薄れた？

「トリヴィット先生だよ。彼と仲よくしていたんじゃないのかな？　彼はどこに？」

ジョーンはブロンドを後ろにやり、また海に視線を戻した。「いったいなんの話か、よくわからないわ。船医とはなんの関係も持ってないわよ。赤の他人も同然なのに」

「ごめん、きみとここにいるって――聞いたばかりだったから」

「私と？　ああ、それはたしかにね。さっき声をかけられて、具合はどうかって訊かれたから」

「それはまたしても、ごめん」キールはぼそぼそ言った。「きみが具合を悪くしてたなんて、知らなかった」

「べつに。いえ、たいしたことはないって意味。その、ゆうべは少し船酔いしちゃって」

おかしくはない。筋の通った話だ。なのに、どうして信じられないのだろう？　しかも、どうして腕にからみついている、このふくれっ面のブロンド女性に、邪なものを感じるのだろう？　邪とは言わないまでも、彼女はいたずら好きのお子様というところか。彼女には、ワシントンで、父親と一緒のところを何度か見かけたことがある。彼女の父親は、よく政府関係の仕事をしているから。彼女ときたら、あたしのパパはこの世にあるものならなんでも買えるのよと言わんばかりの、ちゃらちゃらした娘だった。だが、お尻の一つもぶてばすむような、かわいいものだ。金髪美女という外見に目がくらみ、きれいな殻の中身は空っぽだと気がつかない、かわいそうな青二才が痛い目を見るくらいだろう。

ジョーンが急に向きを変えてキールににじり寄り、完璧にマニキュアをした手を上げて、彼のネクタイを直した。すでにまっすぐで、直すようなところなどないことは、彼にもよくわかっていたが。

「キール・ウェレン、やっとあなたが一人のところをつかまえたんだから、船医のことなんか話していたくないわ。ほんとうにいいお天気ねえ……」ジョーンは低いハスキーな声で笑った。「一緒に時間を過ごそうって空気をつくったのは、あなたのほうよ、議員先生」

キールはにこりとし、彼女の腕が首に巻きついてきたところで、とうとう体を離した。

「会合があってね、すでに遅れてるんだ、ジョーン」

またジョーンは唇をとがらせ、片手を軽く、彼の二の腕に置いた。「会合も、一日ずっと続くわけじゃないでしょう?」一瞬、目を伏せ、それからゆっくりと開けてゆく。にっこり微笑んだ唇に負けず劣らず、キラキラ輝くまなざしでも媚びを売る。「議員先生、あなたってほんとうにすてき。私、たくましい人が好きなの……」

「たしかにそうだろうね」突き放すようにキールは言った。どうして迷う必要があるのか、とキールは思った。はっきりと、しかし丁重に、もう行かなきゃならないと言って、彼女のタコのような腕がふたたび巻きつかないうちに去ればいいではないか。

ジョーンは中身のない貝殻だが、とてもきれいな貝殻だ。ほんのひととき、表面だけのつきあいなら、楽しく過ごせるかもしれない。しかしキールはリアナンに心を奪われていた。ほかのどんなものでも、ほかの誰でも、彼女と比べると色褪せてしまう。それに、もう彼女に触れ、ベッドをともにし、そしてもう一度手に入れると心を決めている。永遠に彼女を手に入れると。

しかし、ジョーンとはなんの関係も持ちたくないのに、自分でもなぜだかわからないが、彼女が何か企んでいるような感じがしていた。そして、それがなんなのかを突き止めたかった。

「早めのディナーはどうかな?」気がつくと、そう言っていた。

「夜遅くまで？」子ネコのようにジョーンがのどを鳴らす。

「すまない、遅くにはまた会合が入ってるんだ」キールはごまかした。「でも……少なくともディナーは一緒にとれるよ」

「わかったわ。デザートはまたの機会にね」

キールは微笑み、やっとのことで逃れた。

階段に着くまで、愚かな自分のあごに、右パンチを一発お見舞いしてやりたい気分だった。ジョーン・ケンドリックとデートの約束をしてしまった。たしかに彼女は嘘をついている。だが、それがなんだと言うんだ？　一介の船医に手を出してしまったことを、知られたくないだけじゃないだろうか。

噂が正しいとすれば、ジョーン・ケンドリックは〝たくましい男〟が好きだった。一ダースほどの若い電気工や大工、何人かのフットボール選手、そして格闘家の一人二人とつきあっていたはずだ。けれど、一人として関係を認めたことはない。友人やレポーターや、聞く耳を持つ人間なら誰にでも、〝自分が育ったのと同じレベルの経済力のない人とは真剣なおつきあいはしません〟と、断言していた。

グレン・トリヴィットは、医師としてはそうとうな額を稼いでいるかもしれないが、ジョーンが慣れ親しんでいるような何百万ドルという世界ではない。キールは苦笑した。自分だって何百万ドルと稼いでいるわけじゃない。彼女はきっと、自分のことを〝たくましい〟男の部類と考えているのだろう。

ばかなことをした！　キールはうめいた。そのジョーンとディナーの約束をしてしまった。だが、それもいいのかもしれない。これでリアナンと距離を置ける。リアナンには少し逃げ場を与えてやらなくては。けれど、ディナーが終われば彼女を探し出すぞ。

キールは何度も挨拶の言葉を口にしながら、気安い友人や親しい仕事仲間とすれちがっていった。〈マンハッタン〉ラウンジでピカード博士を見つけると、心からの笑顔を送った。しかし腰を下ろしてドリンクを前にしたとたん、なぜこれほど胸騒ぎがしているのかに思い当たった。ビル……ビルの言ったことだ。帆桁の高い場所にいた彼は、ジョーンがまたグレン・トリヴィットとしゃべっていたと言った。また、と。やはりジョーンは嘘をついている。まちがいない。彼女はあの医者と隠れて関係を持っている。だが、そんなのはどうでもいいことじゃないか。それでも、腑に落ちない。トリヴィットには、莫大な金も、たくましい体もない。ジョーンのタイプではないのだ。

「――あなたにとっては、非常に気になる問題でしょう、ウェレン議員」深刻な顔でピカード博士が話していた。「これは誰の責任でもなく、私たち全員の問題だ。ですが、あなたが核問題にご尽力なされているのと同様、全世界の人間が微生物や……細菌や……ウィルスと共存しているのだということを、力あるアメリカ国民に気づかせてくれたらと願ってやみません。考えてごらんなさい、ムッシュー。天然痘にだって、いまではワクチンがある。しかし、なんら対策の見いだせていない病が山ほどある。それらも培養はできるのです、議員先生。新たな、より強力な生命体が、そこから生み出せてしまう。それは取りも直さず、ミサイルに劣らぬ脅威なのです……」

差し当たっての問題に、やっとキールは身を入れることができた。ピカード博士の話に熱心に耳を傾け、アメリカでのこれからの状況を見きわめることを約束した。

「手元にある書類はすべてお送りしますよ」ランチにしようとダイニングエリアに向かっているとき、ピカード博士が言った。

「ありがとうございます」キールが答えると、そのあとはピカード博士も軽い話題に移り、パリ郊外の田園地帯にある自宅の話をした。フランスでの家族や余暇について、失礼にならないよう博士に訊いているうち、キールの心はまたリアナンのことを考えはじめた。いま彼女は何をしているだろう？　自分のことを考えてくれているだろうか？　いざとなれば、もっと強引な態度にも出られること――どうあっても彼女を手に入れてみせると決意していることが、彼女にはわからないのだろうか？

リアナンもいざとなれば鋼（はがね）の刃のように冷たくなれるのだろうが、たとえ鋼の刃でも折ることはできる。キールは彼女を愛していればこそ、彼女を折るつもりだった。キールはせつない笑みを浮かべ、彼女は何をしているのだろうと、いま一度、思いをはせた。自分のことを、二人で過ごした一夜のことを、考えていてくれるだろうか。

まさしくリアナンはそのことを考えていた。だからこそ、動いていようとした――忙しく立ち働こうとした――仕事に没頭していれば、思い悩まなくてすむ。そして仕事に身を入れたおかげで、結局はいい一日になった。

リアナンは自室に駆けこみ、急いで熱いシャワーの下に飛びこんだ。キールの感触が洗い流されてしまうことを、つとめて気にしないようにする。こうするのがいちばんいいのだ。けれど、動くたびにキールのことが思い出された。慣れないことをしたせいで、体のあちこちが痛い。熱いお湯で少しは筋肉がほぐれたけれど、記憶までは流し去ってくれないし、お湯を浴びているというのに震えも止まらなかった。

ゆうべ、リアナンはあんなにもキールを求めた。最高の夜だった。あれほど身をもって快感を味わったことはない。この世のものとは思えないほどの高ぶりを覚え、彼の姿と肌の感触と香り以外は何もかも忘れてしまった。自分は生きているんだという思いを――あれほどのいとおしさを感じたのは初めてだった。

リアナンはぞくりとした。心に黒い壁が降りてきたようだった。ポールが死んだあと、何度も同じような感覚に襲われた。恐ろしいものに呑みこまれ、さらっていかれるような感覚。すると心の動きは止まり、もう痛みを感じなくなる。なぜなら愛することは苦しみとなってしまうから。愛することは、愛する者の死によって断ち切られてしまったから。

でもキールは生きている。そしてリアナンは彼を愛している。でも、そこから先へは進めない。黒い壁が、愛する人を喪う恐怖となってしまったから。暗闇に閉じこめられて、これ以上キールを愛することはできない。この壁は突き崩せない。彼女はこの壁の後ろに潜み、隠れ、ここを安息の地にしなくてはならない。もう人を愛したくはない。ここから外へ出てはいけない。

あれほど狂おしく彼を求めたけれど、夜をともにするべきではなかった。そのせいで、これからもっと大変な状況になるだろう。キールの部屋を黙って出てきたから、もう彼と関係を持つつもりがないことは、彼にもわかっただろう。でも彼は恐ろしいくらい鼻がきく。これからも彼女に会いに来て、心を変えさせようとするだろう。そのとき彼女は、冷酷に完璧な無関心を装わなくてはならない。

どうすれば無関心になどなれるだろう？　いまではキールを見るたびに、彼の手の感触を思い出すのに。裸の広い胸を。白いシーツに映えるブロンズ色の体を。

それ以上、リアナンはキールのことを考えていられなくなった。一人きりで部屋にいるのはやめて、もう考えたり悩んだりするのをやめなくちゃ。ドナルドのところにでも行って、何か用事がないか訊こう。何かをしていなくてはいられない。

ニットシャツと短めのパンツを身につけ、デッキシューズをはいてデッキに戻った。ドナルドの部屋の向こうにあるキールの部屋は見ないようにして、ドナルドの部屋のドアをノックした。つとめて明るい笑顔を浮かべていると、ドナルドがすぐにドアを開け、サッと彼女を招き入れた。

「ああ、リアナン、来てくれてよかった！　さっき、きみの部屋に行ったんだが、返事がなかったから」

顔に血がのぼって赤くなったのを気取られませんようにと祈りながら、リアナンはぼそぼそと言った。「しばらくシャワーを浴びていたの」

「きみの部屋をもっと近くにしておけばよかったよ。いや、こうして来てくれたから、もういいんだけど。まずはお願いがあるんだ。サリー・フィッツを知っているだろう？　小柄な美人のスポーツインストラクター。昨夜、彼女がひどい船酔いをして、まだ回復しないんだ！　ゆうべは船に乗ってる半分の人間が船酔いしたよな！　すごい嵐だった！　ところで、もうコーヒーは飲んだかい？」

「え、いいえ」

「じゃあ、持ってくるよ。座って。それを飲みながら、今日の予定を聞いてくれ」

リアナンは、ベッドの向かいに置いてある、背もたれ付きの椅子に腰かけた。ドナルドは湯気の立つコーヒーマグを持ってきて、自分は彼女と向かい合うように、ベッドマットレスの端に座った。黄色いソフトなニットシャツと半ズボンという格好のドナルドは、四十歳というより二十歳に見えた。困ったような顔をしているのも、責任ある大の大人――大金持ちでときには変わり者だけど——というより、不安げな若者といった風情だ。

「どんなお願い？」リアナンが訊いた。

「ああ、さっきも言ったけど、サリーの具合がまだ悪いんだ。だから、こういうのはきみの仕事じゃないことはわかってるんだが、サリーは毎朝、女性向けにエクササイズのクラスをやっててね」

リアナンは顔をしかめた。「ドナルド、自分の仕事じゃないのはかまわないけれど、エクササイズのクラスなんてやったことがないわ」

「そんなたいしたもんじゃないんだ、リアナン。きみならうまくやれる。開脚ジャンプの一つでもしてくれれば。デッキを走って往復するとか」

「乗組員にでも頼めるんじゃないかしら」

「リアナン——」

「ごめんなさい。ただ、できるかどうか少し不安で。開脚ジャンプなんて、いつやったか忘れたわ」

ドナルドは片手をサッと振った。「だいじょうぶ。きみは充分やせてるから、きみならエクササイズをやってるものだと、みんな信じるさ」

「どうも」リアナンはつっけんどんにつぶやいた。

「たった三十分だ。それが終わったら、すぐここに戻ってほしい。船長と乗組員を迎えての恒例ランチが今日なんだよ。この横帆式の船の操縦に興味のある人たちを招いてね。最後の詰めをここでやってもらえば、シャワーと着替えに戻ってくれていい。ランチは〈海賊の入江〉でやるから、みんなの出迎えと、スムーズな進行をしてくれたら――リアナン！」ドナルドは言葉を切って身を乗り出し、探るようにリアナンを見た。「気分でも悪いのかい？」

「いえ、なんでもないわ」

「そうか、なんだか顔色が悪いから。きみの瞳の色を映したみたいな顔色をしてるよ。きみもゆうべは船酔いしたのかい？」

「いいえ」リアナンは慌てて答えた。「あの……その……ちょっと寝不足なだけだと思うわ」

リアナンは目を伏せ、またコーヒーを口に運んだ。赤くなったりして、ばれてなければいいけれど。いっそ、ドナルドにほんとうのことを言ったほうがいいのかもしれない。彼女がどこにいたのか、キールはドナルドに話しただろうか？ 男の人は、そういう話をたがいにするものなの？ いいえ、もっとひどいことに、キールのベッドに陥落するかどうか、また賭けをしていたなんてことは？

でも、どうでもいい。キールはドナルドに、なんでも好きなことを言えばいい。いえ、やっぱりそんな話はしないかも。男の人は噂話をしないと言うし。ああ、もう！ リアナンは憂鬱な気分で考えた。男の人は、女の十倍、タチが悪いかもしれないのよ！

「じゃあ、寝不足を解消しないと。いま具合が悪くなられたら困るんだ。夜になったらもういいけど——ああ、いや、だめだ、今夜は数時間、きみがブラックジャックのテーブルにつくって約束してしまった。いいかな？　いや、すまない。明日の朝はよく眠ってもらっていいから。それで回復してほしい」

「何言ってるの、ドナルド、かまわないに決まってるわ。私はあなたに雇われてるのよ、そうでしょう？　私自身、忘れそうになってたわ。この船旅が始まってから、仕事らしい仕事を何もしてないんですもの」

「とんでもない。きみがいなかったら、いままでのこの接客はできてなかったよ」

リアナンは微笑んだ。「ありがとう。あなたって嘘をつくのが上手ね、ドナルド。そのエクササイズのクラスって、何時なの？」

「十時十五分だ」

「じゃあ、もう行ったほうがいいわね」リアナンは立ち上がりかけたが、ドナルドがそれをとどめ、急にしおらしい声を出した。

「リアナン、もう一つお願いがあるんだけど」

リアナンは好奇心をそそられて、片方の眉を上げた。「ええ？」

「今夜、ここで、ちょっとしたプライベートディナーを持ちたいんだ。何を出せばいいかな？」

リアナンは困惑顔でドナルドを見つめた。ドナルド・フラハティは、彼女が知っているなかでも、いちばんそつのない男性だ。どんなことでも動揺しない。それに、この長い年月、何十人もの女性とつきあってきた――しかもリアナンが思うに、自分から手を出してきたはずだ。なのに、いまさら急に彼女にアドバイスを求めるなんて、不思議でならなかった。

「そんなことを訊かれるなんて、びっくりしたわ」リアナンは正直に言った。

「いや、相手の女性はきみの友人なんだ」

「メアリー？」リアナンは驚いた。

「ああ。スターターは、特別に取り寄せたフィンランド製のキャビアがいいかな？そのあと、鴨肉のパテにして……」

リアナンはにっこり微笑んで口をはさんだ。「メアリーにすてきな夜を演出してあげたいのなら、軽い感じでいくといいわ。いいところを見せようとか、感心させようとか思わなくていいの。彼女はもう充分、圧倒されてるわ。それに、彼女はあなたと一緒にいるのが楽しいだけであって、特別にあなたから何かもらえるから喜んでるわけじゃないの。彼女はエビが好きなのよ。美味しい白ワインと一緒に、シンプルなシーフードを出してあげたらどうかしら？」

「いいね。シェフと打ち合わせして、手配してもらえるかい？」

「もちろん。ディナーは何時がいいかしら？」

「何時でもいい。今夜は彼女はラウンジの仕事がないから。九時ごろでいいかな」

「了解。楽しい夜をね」

「ああ、そうだね」

「すてき。さてと、私はそろそろ、重たい悪魔さんたちの相手をしに行かなくちゃ」

ところが、重たい悪魔とはとても言えない人たちだった。女性のうちの四人は、アメリカの下院議員、上院議員の妻たちだった。五人目の女性は、ミセス・ジョウという優雅で美人の中国人女性だった。五人ともほっそりとして贅肉などなく、毎朝エクササイズに参加しているのは、明らかに新鮮な空気を楽しむためと、筋肉をストレッチして若さと柔軟性を保つためだろう。

開脚ジャンプですって? リアナンは思ったが、とりあえずストレッチで始めて、そのあと、その場でランニングをした。

最初は拷問に近かった。ふだんは意識もしていないような体のあちこちが痛み、またしても、動くたびにキールを思い出した。ずっと笑顔を心がけていなくてはならなかったが、そのうち爽快になってきた。とうとう私も〝重力〟に対抗するようになったというわけかしら、と哀しげに考えた。

けれど、そんなことはどうでもいいことじゃないだろうか? おそらく、リアナンが体を許せるのはキール・ウェレンただ一人だろうし、もう二度と彼を近寄らせないつもりなのだから。いまとなっては、黒い壁が二人のあいだに築かれてしまった。彼のことを考えるだけでもすさまじい恐怖に襲われて、めまいがしてしまう。

リアナンは歯を食いしばり、脚のストレッチにいっそう身を入れた。実際、驚くほど激しく、力のかぎりに体を動かした。

エクサイズが終わったときには、参加した女性たちはリアナンのすばらしい運動能力をほめちぎっていた。リアナンはクタクタに消耗していた。最近、タバコの吸いすぎだわ、と思いながら、なんとか笑顔を浮かべ、息切れしているのを悟られないうちに姿を消した。

そしてドナルドの部屋に向かったが、彼にも息切れしているところは見られたくないと思い直した。帆を張っていた何人かの船員から声をかけられ、お返しに手を振った。船首へまわって操舵室を通りすぎれば、できるだけ人に会わずに行けると思い、メインマストのそばで左舷を横切り、手すり沿いに舳先へと向かった。

しかし、いくらも歩を進めないうちに、リアナンはぴたりと足を止め、手すりをつかんで息を呑んだ。キールがいた。小麦色の肌で颯爽と、明るい色のレジャースーツがかっこいい。そよ風で額にかかった髪がなびき、スーツ姿だというのに、いや、スーツ姿だからこそ、ぐっとくるような苦みばしった魅力があった。

彼はジョーン・ケンドリックと話していた。いや、話しているだけではない。あのブロンド女は彼のネクタイを直し、白いシャツの襟を撫でている。リアナンのなかで、何かものすごく強烈なものが弾け、目の前に赤い霧が見えそうなほどカッとした。二人に駆け寄ってキールをつかみ、ブロンド女の手をはらいのけたかった。いいえ、早く立ち去るのよ、早く。リアナンは吐き気すら感じながら思った。けれど足が動かない。ジョーン・ケンドリックがキールに触れているのが許せない。彼と一夜をともにした記憶がまだあまりにも生々しい。彼の頰に触れ、ひんやりとした襟を感じ、彼のネクタイを直し、じっと見つめ合うはずの相手は、私なのよ。

でも、嫉妬なんかするのはおかしいじゃない、とリアナンは自分に言い聞かせた。だって、私は彼がほしいなんて思っていない。それに、手に入れることなどできない。もう二度と、誰かを愛して喪うなんてことは、したくない。

手すりを握りしめるあまり、リアナンのこぶしは真っ白になっていたが、気づいていなかった。キールがジョーンから体を放したのを見たときは、うれしかったが、そのあとジョーンが彼の腕に手をかけたときも、キールはずっと笑みを浮かべたままだった。

どうしてそんなに早く忘れてしまえるの？　リアナンの心は、胸のなかで悲鳴を上げていた。ついさっきまで、二人の脚はからみ合っていた。彼女はキールの体温や鼓動を感じていた。彼の腕に抱かれていた。指の長い、少し硬くなった手のひらが、彼女のむきだしのウエストに心地よく置かれていた。憤りがふつふつと沸き上がってくるのを感じながら、リアナンは思った。彼とはもう二度とあんなふうにはなれないと、まだはっきりと告げてもいないというのに……。

やっとキールはジョーンから逃れたが、振り返ってまた笑みを浮かべて何か言った。そして操舵室をまわって右舷側へと歩き去った。

二人が一緒にいたのはせいぜい数分だったが、ジョーン・ケンドリックの顔に満足げな表情が浮かぶのが、リアナンには見えた。ジョーンは、何か望みのものを手に入れたのだ。その望みのものというのは、キール・ウェレン？

「だめ！」リアナンは弱々しい声でつぶやいた。目を閉じ、硬直しそうになる体を揺すった。だめ？　どうして？　もう自分は、二度と彼に会わないと告げなければならないのよ。ジョーンが幸せになるのなら、喜ばしいことじゃないの。

キールとジョーンを見たときの自分の反応に腹立たしさを覚えながら、リアナンは心を決めて向きを変え、船長や船員たちとのパーティのために着替えようと、ふたたび自分の部屋に向かった。けれど憤りは午後のあいだじゅう消えず、ぐつぐつと煮えたぎっていた。シャンパンをグラスに注ぐたび、このシャンパンのボトルでキールの日焼けしたこめかみを殴ってやれたらいいのに、と思っていた。

# 9

その夜、カジノは閑散としていた。おそらく、常連たちはもう有り金をすってしまったのだろうとリアナンは思った。しかし暇なのも困る。時間がだらだらと長く感じられてしまう。しかもリアナンの機嫌は、いっそう悪くなっていた。メインのダイニングルームで、またしてもキールとジョーン・ケンドリックに出くわしてしまったからだ。彼はジョーン・ケンドリックをディナーに誘ったのだ！　やるにこと欠いて、なんて人なの！

その日、昼のあいだにキールが自分に会いに来るものとリアナンは思っていた。彼に言うことを一ダースものいろいろな言い方で考えて用意していたのに、まったく会いに来なかった。触先であの二人を見てからは、午後のあいだずっとカッカして過ごしながら、こうなるのがいちばんいいのよと自分を納得させようとしていた。

なのに何時間もたったあとでも、二人の姿を見ると怒りでめまいがしそうだった。ジョーン・ケンドリックは巨大イカの触手を持っているかのような風情で、キールと向かい合ってディナーテーブルについていた。それほど頭に血がのぼっていなかったら、キールが丁重ながらもよそよそしくしていることを、リアナンはしぶしぶながら認められたかもしれない。

リアナンはあらんかぎりの意志の力を働かせ、偉業といってもいいことをやってのけた。二人を目にしたあとも口を閉ざしたまま、冷静な表情を取り戻し、すみやかに向きを変えて、入ってきたのと同じ方向へ——キッチンを通って——二人のどちらにも見られず、部屋を出たのだ。

たとえジョーンがリアナンを見ていたとしても、気づきもしなかっただろう。彼女の瞳は、彼女の両手と同じで、キールに釘付けだった。キールは今夜も黒のタキシード。そのタキシードの生地でさえも、彼の広い肩にまとわれていると、なぜかことさら男っぽく見える。白いシャツは清潔そのもので、思わず手を伸ばしそうになる。ネクタイは完璧にまっすぐだったが、朝ジョーンがしていたように、リアナンもネクタイを指でなぞり、彼の胸を彩る少しざっくりとした生地に頬ずりしたくてたまらなかった。もちろん、まずは彼の頭にスープの皿の中身をぶちまけてからだけど。まったく、なんて人なの？

何か投げるか壊すかしなければ気がおさまらないわ、とリアナンは思いながら、誰もいないブラックジャックのテーブルで、ぼんやりとカードを切っていた。爆発寸前の、樽いっぱいのダイナマイトみたいな気分で。

まったく、なんて人なの？　一夜をともにしたあとで、どうしてあのブロンド女を口説くことができるの？　なんという侮辱。屈辱。とても耐えられない！

ジョーン・ケンドリックにはキールに触れる資格なんてないのに。いえ……そんなことはないわね、とリアナンはわびしく考えた。だって私は彼のところに行って、もう船の添乗員でなければならないとき以外、あなたと会うつもりはないと言わなければならないのだから。リアナンは腕時計を見た。あと三十分。そうすれば、今夜はもうラーズが代わってくれる。そしたら部屋に走って戻り、枕をあちこちに投げてぶつけよう。へとへとになって、疲れて眠ってしまうまで。

すっかりだまされたんだわ。リアナンは思った。手慣れたプレイボーイに、すっかりしてやられた。彼の言葉一つ一つを鵜呑みにして、心を奪われることや彼の決然とした態度が怖くなって、パニックにまで陥った。

「カジノはまだやっているかな？」

「え？　ええ。ごめんなさい、ミスター・レッジス……」

テーブルについたやせ形の中年男性は、無骨な感じだったが物腰のやわらかな好人物だった。ブラックジャックが大好きで、ゲームに貢献してくれていた。たいてい負けているからだ。レッジスは大金をテーブルに置き、リアナンはそれをチップに替えた。

「今夜は寂しいものだね」ミスター・レッジスが言った。

「ええ、そうですね、静かな夜ですわ」リアナンがつぶやく。ふたたびカードを切り、デッキを分けてもらうためにミスター・レッジスの前に置いた。ふだんなら、ディーラーは私語を慎むものとされ、プレーヤーたちもたいてい黙りこんでいる。けれど今夜は彼ら二人しかいないので、それほど厳密にルールを守るのもばからしい気がした。

リアナンは伏せておくカードを配った。「船旅はいかがですか、ミスター・レッジス？」

彼はくすくす笑った。「すばらしいよ。こんなにたくさんの慈善事業をしているなんて！私もいくつか、すばらしい税金対策に出合えて、まったくいい気分だ！　それに、いつも太陽を浴びられる。ドナルドが毎年こんなふうな企画をやってくれるといいんだが。かならず参加するよ」

「それはよかったですわ、ミスター・レッジス」

「きみはどうなのかな、お若い方？」

「え？」

リアナンは彼に七のカードを出した。彼女のカードは九。その下にあるのはジャック。彼女は手を止めてミスター・レッジスの質問に彼の目をのぞきこみ、コール（手札を引く要求）を待った。

「きみは船旅を楽しんでいるのかな？」

楽しむ？　ええ、ゆうべだけ。あのひとときは、最高に楽しい時間だったわ。でも、楽しいことや夢のようなことは、かならずいつでも、あとで苦しみを運んでくる運命にあるように思えるの。

「え、ええ、とても、ミスター・レッジス」

彼は手札を見てじっと考えこんだ。「カードを引いてくれ（ヒット・ミー）」

リアナンはカードを渡した。

「あーあ――バストだ！ どうして私は、こんなばかなゲームがこれほど好きなのかね？」

リアナンは笑いながら彼のチップとカードを集め、またカードを切りはじめた。「どうしてでしょうね、ミスター・レッジス。でも、こう言ってはなんですけれど、私もスロットマシンには目がないんですよ」

リアナンはふたたびゲームを進めようとした。目の端に、男性が一人入ってきたのが映った。そちらを見るまでもなかった。彼の体、背の高さ、動き、かすかなアフターシェーブローションの匂いはよく知っている。

知らず知らずのうちに、カードが手に貼りつくような気がする。

「これは内輪のゲームなのかな」キールが軽い調子で言った。「参加はできるんだろうか？」

「やあ、議員先生。もちろん、参加してくれよ。きみなら、この若いご婦人にも何度か勝てるんじゃないかな」

キールはベルベットの敷かれたテーブルに、自分の金を置いた。「おや、何度かじゃすませないつもりですよ」

リアナンはキールの視線を感じ、さりげない口調の奥に潜むものを敏感に聞き取った。彼はおもしろがっている。そして怒っている。

何よ！　何を怒ることがあるわけ？

「申しわけありません、ウェレン議員」リアナンは、なんとか悪態をつくのをこらえた。「いま、ゲームの最中なんです」

「待ちますよ」またしても含みのある声。

ミスター・レッジスは自分の下になっているカードをまじまじと見つめた。リアナンがキールと目を合わせる。地獄が凍ってしまうまで待っているといいわ、議員先生。

「もう一枚（ヒット・ミー）」ミスター・レッジスが言った。

彼の二枚目のカードは九だった。

「またバストだ！　ああ、キール、もうきみのチップをもらってくれ」ミスター・レッジスが早々に言った。

「ディーラーを待ってるんですよ」キールがのほほんと答える。

ムッとして、リアナンは彼の現金をチップに替えた。

「黒のドレスの美女にはご注意あれ、ミスター・レッジス」キールがにっこり笑って年配の男に警告した。

ミスター・レッジスは声を上げて笑った。「喪服の未亡人はみんな、ね」そう言って賛同する。

リアナンは〝営業スマイル〟を保つのが苦しくなってきた。「用意はよろしいかしら、おのおの方？」

ミスター・レッジスが気合いの声を出す。キールは無言だった。リアナンはキールを無視し、ゲームに入った。

三巡した。ミスター・レッジスは負けつづけた。キールは勝ちつづけた。

「いったいどうやってるんだね、キール？」リアナンが四巡めのカードを出そうとしたとき、ミスター・レッジスが訊いた。

キールは笑った。「ちょっとした秘密をお教えしますよ、ミスター・レッジス。最初の二巡めくらいまでは運です。そのあとは、カードを数えるんですよ」

「カードを数える？」

「ええ。どこででもできるわけじゃないですけどね。ラスベガスでは、ほとんどのカジノが一度に一デッキ以上のカードを使いますから。でもドナルドは、もっと客が有利になるようにしてるんです。出されたカードを覚えておけば、確率の法則にのっとって数えられます」

「しかし、どうやって覚えるんだね？」

キールは肩をすくめた。「僕は記憶力がいいので」

「写真的記憶というやつかね？」

「そんなものです」

「もう一枚カードを引かれますか、ウェレン議員?」リアナンはいらだたしげに訊いた。先ほどのカードはエースだった。

キールは伏せたカードをちらりと見下ろし、リアナンを見つめた。「いや」

リアナンは五と九だったので、もう一枚引かなければならない。引いたのは六だった。キールにっこり微笑む。「ディーラーは二十です」

キールは微笑み返し、伏せたカードをめくった。「ハートのクイーン。二十一だ」

リアナンは、彼の勝ち分を投げつけ、これでなんでもおやりになれば、と言ってやりたくなった。

ミスター・レッジスは愉快そうにクスクス笑った。「議員先生、きみはほんとうにこのゲームの才覚があるねえ! だが、私はもうチップがなくなってしまった。今夜はこのへんにして、きみたち二人に戦いをあずけるとしようか」

「おやすみなさい、ミスター・レッジス」リアナンはつぶやいた。

「おやすみなさい、ミスター・レッジス」キールが静かに言い添える。

ミスター・レッジスが部屋を出て行くと、リアナンは緊張した。残り少なくなったカードのデッキを、気もそぞろにふたたび切りはじめる。

突然、キールの手が彼女の手首をつかんだ。「いったい、きみはどうしたっていうんだ?」

鋭い口調で詰問する。

「どうもしていません」ぴしゃりと言い返し、キールの瞳を冷ややかなまなざしで見据えた。「手を放してくださるかしら、議員先生？　仕事中なんです。そのお席に着いてらっしゃるのなら、カードを出すことになっています」

キールの手に力がこもり、リアナンは痛みに息を呑んだ。目を細めて彼女を見つめるまなざしが、鋼鉄の槍のように射抜くかと思えた。

「他人行儀な態度はやめたらどうなんだ、ミセス・コリンズ。誰と話しているのか思い出したまえ。僕だ。一夜をともにした相手だ」

リアナンは語気を荒らげた。「放してください、議員先生」

「ちゃんと話ができるまでは放さない。それに、その声の調子でもう一回、僕を議員先生と呼んだら、きみをここから引きずり出して、後悔させてやるぞ」

冗談だとは思えなかった。いつも彼のまわりに漂っている緊張感やエネルギーが、爆発寸前のレベルに高まっているように感じた。

「何も話すことはないわ。今朝、私が部屋を出て行ったことで、あれがすべて過ちだったと私が思っているのは充分わかったでしょう」

キールの手がわずかにゆるんだ。「今朝、きみは逃げてるってことがわかったよ。まったくの臆病者だってことが。両手で幸せをつかむチャンスがあるのに、きみは自分からそれを――」

「一夜かぎりの関係から、ずいぶんな期待をなさっているようね、議員――キール」手首をつかんだ手にまた力がこもるのを感じて息を呑み、リアナンは言い直した。もうすぐ骨が折れちゃうんじゃないかしら、とぼんやり考える。

キールはかぶりを振った。「一夜かぎりじゃない。きみとは結婚するつもりだ」

自分でも驚いたことに、リアナンは声を上げて笑い出した。「私と結婚する？ 戯れの恋に興じる議員先生が、もうほしいものを手に入れたのに、結婚までするというの？ なんておやさしいのかしら！ でも、寛大なお申し出を断わる余地も残しておいてくださいね。私は二度と結婚しないわ、議員先生。絶対に」

「じゃあ、きみは僕のことをなんとも思ってないと？」

「ええ」

「でも、断わる理由もないんじゃないかな？ 僕は一夜かぎりの関係以上のものを望んでいる。接客をしてくれる女性も必要だ。もちろん、ドナルドのような給料は出せないが。たがいに利害が一致するだろう」

「利害の一致？ そんな申し出を受け入れて、いったい私になんの得があるっていうの？」

「安定した生活。ベッドをともにしてもかまわないと思う相手。家。子ども……」

「やめて！」いっきに怒りが湧いてきて、彼の手を振り払った。「やめて！ わからないの？ その鈍い頭には、何も入っていかないの？ 写真的記憶はどうしたのよ、ウェレン？

これだけは憶えておいて。私は、あなたから何も受け取りたくないの！　家も、結婚も、そして絶対に――絶対に！――子どもも！」

キールは冷ややかに片方の眉を上げて見せた。どうやら少しもこたえておらず、彼女の怒りがわからないようだ。「きみは仕事中じゃなかったのか、ミセス・コリンズ。僕のチップがテーブルに置いてあるよ。カードを出して」

リアナンは歯を食いしばり、カードを切り直した。そんな言葉が返ってくるとは思いもしていなかった。散りかけた防護壁をもう一度固め直すには、カードだけが頼りだ。

二枚を伏せ、二枚は表を上にして出す。

「もう一枚引きますか？」キールの表を向いたカードは、またエースだった。なんて運の強い！　彼が負けるところを見てやりたいのに！

ラーズはどこ？　もう私は上がっている時間なのよ。

「いや」

リアナンは自分の伏せたカードをめくった。七。表を向いたカードは八。彼女は自分にもう一枚カードをめくった。五。

「ディーラーは二十です」

キールが自分のカードをめくる。ハートのクイーン。「二十一だ」冷たい声で言う。

リアナンは無言でチップを彼のほうに寄せ、煮えくり返る思いで、そのまま意固地に突っ立っていた。

「賭け金は出した。勝負だ」

「ブラックジャックのテーブルについているより、もっとほかにすることがあるんじゃないんですか、議員先生」

「いま勝ってるんだよ、ミセス・コリンズ。勝負を続けるよ」

「勝ってるわけじゃないわ、ウェレン。空恐ろしいほどのツキが続いてるだけよ」

「いいから、勝負だ」

もうこれ以上続けていられそうにない。リアナンはぶち切れ、カードをそこらじゅうにばら撒きそうになっていた。

「ところで、ミセス・コリンズ、昨夜のようなことは、よくやってるのかな?」

ああ、もう、殴ってやりたい! この傲慢な口調をどうにかしてやりたい。「そんなことは、あなたに関係ないでしょう、議員先生。夜に私がどうしようと、私の自由よ」

そこでキールが動くとは、リアナンはまったく思っていなかった。急にキールは立ち上がり、カーペットの上にスツールが転がった。両手でリアナンの肩をつかむ。

「訊いたことに答えて!」ぴしゃりとキールは言った。

「でも、私には答える必要なんか――」

キールの指が両肩に食いこみ、リアナンはびくりとして言葉を切った。

「必要あるとも。いますぐに答えて」

悲鳴を上げることもできた。誰かが来てくれるだろう。もちろん、そのころには、首を折られるか、体をまっぷたつに裂かれているかもしれないけれど。それほど彼は怒っているように見えた。

「いいえ、議員先生、昨夜のようなことは、めったにしないわ」

キールが手を放し、スツールを元に戻し、ふたたび腰を下ろした。

リアナンはつかのま目を閉じ、深く息を吸った。「キール、こんなのばかげてる。私は手荒い扱いを受けるために働いてるんじゃないわ」

「それはいいことを聞いた。勝負だ」

いったいラーズはどうしたの？

「いいえ、いまのあなたは迷惑よ。そんな人の相手を――」

またしてもキールは立ち上がり、リアナンのあごに手をかけた。警告するように見下ろして微笑む。

「いいや、しなくちゃならない。人生と僕とに向き合わなきゃ。いまのところ、きみについて言えば、その二つは同じものだ。どうする、カードをするか、それとも少し散歩でも？」

「仕事中よ」

「それなら、カードで勝負だ」

リアナンはカードの束をテーブルにドン、と置いた。

二人は無言で一ラウンドの勝負をした。店側が勝って、これほど気分がよかったことはなかった。

キールがふたたびチップを置く。リアナンがカードを出す。

次にキールが口を開いたときには、落ち着いた冷静な声だった。「知りたいんだけど」ぼそりと言いながら、下のカードをめくって見る。「男としょっちゅう関係を持たない女性が、どうしてピルを飲んでいるんだろう？」

「ピルなんか飲んで――」リアナンの言葉がのどで凍りついた。こんな質問に答えようとしたなんて！「先ほども言いましたけど、議員先生、私がすることもしないことも、あなたには関係ないことですわ」

「その口調で、二度と議員先生と呼ぶなと言ったはずだけど」

「私はあなたの命令は聞きません」

キールの視線がふたたびリアナンに飛ぶ。恐ろしげな輝きを放っている。「きみはじつに、男の神経を逆なでする人だね。でも、ピルを飲んでないのなら、ゆうべはどんな方法を使ったんだ？」

「方法？」

「避妊方法だよ。きみが絶対に持ちたくないと言った、子どもをつくらない方法」

リアナンはパチパチとまばたきをして素早く頭を働かせ、急に動揺したことを悟られまいとして、じっと彼を見つめた。冷静になるのよ！　と自分を戒める。彼女はカードを一枚めくった。「ウェレン議員、私が気にしていないようなことを、どうしてあなたが気にするのかしら？」

「心配だからだ」

リアナンは腹立たしげに、不愉快そうなため息をついた。「そのことについては心配なさらないで、議員先生。言っておきますけど、たちまち妊娠だなんて、メロドラマのなかだけでしか起こらないわ」

「ほんとうかな？　そうじゃない話をきみに聞かせてくれる未婚の母たちを、何十人も紹介してもいいよ、ミセス・コリンズ。関係を持つ回数なんか関係ない。科学的に説明しようか？　一度で充分なんだ。そのとき女性の体がどういう時期にあるかで決まる」

「科学的な説明なんかいりません！」

「だが、夫は必要になるかもしれない」

「電話帳ででも探すわ」

「なるほどね」

リアナンはもう一枚カードをたたきつけ、負けじと目を細めて彼の熱いまなざしを跳ね返した。「それで？　あなたはどうするおつもりなの？　〝科学的に〟関係を持った女性全員と結婚するの？　重婚は犯罪よ、議員先生」

「いったい何を言ってるんだ？」

「いえ、あなたにはまちがいなく、子どもをつくる力があるようだから。でも、そんなふうな考え方でも問題はなさそうね。船長を呼んでくれれば問題解決よ。あなたと私を結婚させ、そのあとジョーン・ケンドリックとも結婚させてくれるわ」

一瞬、キールは相手を殺しかねないような形相をしていた――緊張が張り詰め、リアナンがたじろぐほどだった。しかし、いきなり笑い出したので、彼女は呆気にとられた。「なんだ、そういうことだったのか。僕がジョーン・ケンドリックと食事したから」

「そういうことも何もないわ。あなたが誰と食事しようとかまいません」

「かまってるじゃないか。でも、ジョーン・ケンドリックのことなら心配無用だ。彼女が妊娠してないことは保証する。僕相手ではありえない」

「あら？」リアナンは、ありったけのいやみを利かせたつもりだった。必死で口を閉じておこうとしているのに、愚かなことに、どうしてもできない。「ピルを飲んでるかどうか、先にジョーンに訊いたの？」

「見事な切り返しだな」キールはぶっきらぼうに言い返した。「ジョーンがピルを飲んでるかどうかなんて知らないよ。僕にわかるのは、彼女が絶対に妊娠していないってことだけだ――とにかく、僕相手ではありえない。たかが食事をしただけで、大騒ぎしすぎじゃないか？」

「あなただって、一夜かぎりの関係に大騒ぎしすぎよ」

「そうかもしれない。でも、僕は可能性をすべて考えてるだけだよ」

「可能性なんかないわ。わからないの？」

「ああ、わからないね。僕から逃げておいて、ほかの女性と食事をしたからって怒りをぶちまけられるんじゃあね」

「ひどい！」リアナンはうめいた。「キール、もう行ってくれない？　一日じゅう、ジョーンと楽しくやってたんでしょう。いまだって行けばいいじゃない！　そうすれば、私に怒りをぶちまけられる心配もないわ。とにかく、私を一人にしてちょうだい」

「それはできない。僕たちは二人とも、ゆうべのことが単なるいっときの遊びじゃないことをわかってる」

「それならなおさら、あきれるわ、議員先生。そのベッドから、いきなり彼女の腕のなかに飛んで行くなんて」

「そんなことはしてない。一緒に食事をしただけだ」

「どうして？」

キールが困惑の表情を見せて肩をすくめたので、リアナンはびっくりした。それが偽りではないとわかったからだ。

「よくわからないんだ」キールが言う。「ただ、なんとなく。うまく説明できないけど。最近は、説明できないことがたくさんあるな」彼女に言うというよりは自分に向かって、ぽつりとつぶやく。

そして、ふたたびリアナンに視線を据えた。「仕事はあとどれくらいで引ける？」

「十五分前には終わってるはずなんだけど。でも、ここを出たら、まっすぐ自分の部屋に戻りますから。一人で」

「誓って言うが、ジョーンとは食事をしただけで、しかもほんとうは気が進まなかったんだ。ねえ、リアナン、わからないことを言わないでくれ。僕がジョーン・ケンドリックになんの興味もないってことはわかってるだろう」

彼の言葉が信じられて、涙がリアナンの目頭を熱くしはじめた。けれど彼女はもう、黒い壁のこちら側にいる。なにものをも通すわけにはいかなかった。

「もういや！」リアナンは思いの丈を爆発させ、とうとうカードが指から散った。突然の雪のように、そこらじゅうに舞い散る。「どうか一人にしておいて！」

キールはまた立ち上がり、ベルベット地のテーブル越しに彼女の両肩をつかみ、彼女を揺さぶった。

「きみこそいい加減にしたらどうだ、リアナン・コリンズ！　どうしてそんなに臆病なんだ！　でも、絶対に逃げさせない！　僕に嘘もつかせない。僕はきみと一夜を過ごしたんだぞ！　きみが内に熱いものを秘めた、赤い血の流れる情熱的な女性だってことはわかってる。そして、きみには愛される必要があるってことも。その黒のドレスと氷のような純潔の奥にしまいこまれたものが、僕にはわかってる。きみはもっと、ベッドの上で激しい扱いを受ける必要があるな」

「あなたから、ってこと？」

「そう、僕からだ。亡霊ではなく！」

鬱屈した怒り、嫉妬、憤懣、苦しみに、リアナンは爆発した。キールの手を振りほどき、瞬く間に彼の頬をぴしゃりと平手打ちしたので、キールも避けようがなかった。頬を打つ音が、ときおり音をたてる遠くのスロットマシンの音に重なった。そのあとは完全な静寂。ただ彼女の耳に聞こえるのは、彼を見つめるうちにしてきた小さな耳鳴りだけだった。ほんの一瞬、容赦のない仕返しが飛んでくるんじゃないかと、おののいた。

しかしキールは彼女に触れなかった。動くこともなかったが、ひと呼吸置いてから口を開いた。「頼む……頼むから、僕に手を上げさせるようなことはしないでくれ。さっきからずっと、がまんしてるんだ――きみをつかんで頬を打って揺すって、きみの目を覚まさせたい、きみの愚かさをわからせてやりたいと思いながら」

内心、リアナンは震えていた。どうか暴力をふるわれませんようにと必死で祈る。けれど、その気持ちを彼に気取らせるわけにはいかなかった。のどがカラカラだ。唾を呑みこんでもまだ乾いていたが、あごをグッと上げた。出てきた声は、ささやきくらいにしかならなかったが、わずかに震えていただけだった。「もう充分に目を覚まさせられたわ、キール。一夜をともにもしたし、あなたの言うことを聞きもした。でも、だめなの。私がいくら望もうと、どうしてもだめなの。ジョーンに腹を立てたけど、私にはなんの権利もありはしない。あなたが気にすることは何もないの。私のエゴが傷ついただけで、たぶんあなたの言ったとおりよ。私はただ、もう会えないってあなたに言う機会がほしかっただけなの。もうどうでもいい。何もかも。私には、もう与えられるものが何も残ってないって思い知っただけ」

「なんだって与えられるさ。僕はそれをすべてもらうつもりだ」

部屋がものすごく小さく、窮屈に感じられた。キールの張り詰めた思いがひしひしと伝わってくる。二人のあいだにはテーブルがあったが、彼の体温や強固な意志がリアナンには感じられた。

二人を隔てている壁を乗り越え、キールの胸に飛びこみたかった。彼の肉体を感じ、力強い腕で抱いてほしかった。キールの強さが内からにじみ出てきて、彼女をひれ伏させようとする。二人のあいだの空気は張り詰めたまま、放電しているようにすら思えた。

「だめよ……」

「キール！　リアナン！」

一瞬で感覚が弾け、リアナンは解き放たれた。言葉を口にしないうちに、ドナルドが飛びこんできた。彼はちらりと彼女を見たものの、飛び散ったカードもチップも彼女も無視してテーブルをまわり、まっすぐキールのところに行って、彼の両肩をつかんだ。

「まったく、キール、船じゅうを探しまわったぞ！」

キールが怪訝な顔をしたのを見たリアナンは、奇妙な寒気が背筋をのぼってくるのを感じた。これほど取り乱したドナルドは見たことがないし、それはキールも同じだったようだ。

「いったいどうした？」キールが慌てて訊いた。

「話がある」

リアナンの存在をいま思い出したかのように、ドナルドは彼女のほうを見た。「ちょっと外に出てくれ」キールに言う。それからリアナンにふたたび目をやる。「今夜はラーズは来ない。もう店じまいだ。少しここで待っててくれ。僕らのうちのどちらかが部屋まで送っていくから」

そう言うとドナルドは彼女に背を向け、個室のドアまでキールを連れていった。

「ちょっと待って！」やおらリアナンはうわずった声で言った。「ドナルド、いったいどうしたの？　なんだかすごく変――」

「いいから、リアナン！」いらだたしげにドナルドが言った。彼がリアナンにそんな口をきくのは初めてだった。「待っててくれと言っただろう！　頼むから言うとおりにしてくれ！」

呆然と立ちすくむリアナンの前で、二人はドアを出て、慌てた様子で激しく何かを言い交わしていた。キールの顔に驚愕の表情が刻まれ、さらに厳しい顔つきになる。それを見たリアナンの背筋に、冷たいものが走った。何かがおかしい――おかしすぎる。

ふたたびドアが開き、二人がなかに戻ってきた。キールが険しい顔でテーブルをまわってきて、リアナンの腕を取った。「行こう。きみは僕の部屋へ連れて行く」威圧的とも言えるような、有無を言わさぬ決然とした声だった。彼女に命令するばかりで、彼女のことを考えてもいない。

「部屋に戻らなくちゃならないなら、自分の部屋に戻るわ」

「だめだ、おまえの言うとおりだよ」ドナルドがリアナンの言葉をさえぎり、キールに言った。「彼女はデッキより上の階にいなきゃ。エアコンのシステムがべつだからな。詳しくは知らないんだが、何か意味があるかもしれない」

「いったい、なんだって言うの?」リアナンは問いつめた。背筋の寒気がおののくようなパニックに変わり、また声がうわずる。

「もっと詳しいことがわかったら、すぐに説明するよ」キールが短く言った。リアナンの腕をつかむ手に力がこもる。彼はリアナンを自室に引きずっていこうとしている。そして、彼女は行かざるをえない。彼のすることを止められる人間は誰もいない。ドナルドもキールも、世界の終わりのような厳しい顔をしているし、リアナンなどここにいないかのように、彼女のことを話して決めている。

「ピカード博士に会ってくれ」ふたたびカジノのドアに向かいながら、キールがドナルドに言った。キールはリアナンの抵抗など気づきもせず、彼女を引っ張っていく。「俺は彼女を上に連れて行ってから、おまえのところに行く」

「ちょっと、二人とも！」リアナンは声を張り上げた。「キール、あなたの部屋になんか行かないわ」

やっとキールは彼女のほうを向いた。いらだちがくっきりと刻まれた顔で。「いい加減にするんだ、リアナン。何もきみを襲うわけじゃない。二度ときみに触れもしない。でも、僕の部屋に来るんだ。そうするのが、きみにとっていちばん安全なんだ」

リアナンは反論しようと口を開いたが、すぐに閉じた。いまキールは、文字どおり、二人が関係を持ったことを公言したのに、ドナルドはまばたきすらしなかった。何が起こっているにせよ、彼女が誰と寝ていようが問題にならないほど深刻な事態なのだ。

「なんなら、きみを肩に担いで行ってもいい。歩いてもらってもいいけど」

リアナンはキールをかすめて前に出た。「歩けるわ。一人で。時間をむだにしてもらわなくて、けっこうよ」やみくもに向きを変え、外のカジノに出ようとした。カジノはもう空っぽだった。ドナルドは早くも店じまいを命じたのだ。なんてこと、いったい何が起こってるの？

ドナルドは、キールからピカード博士の部屋が二〇七号室だということを聞くと、二人を

〈マンハッタン〉のあるデッキに残して去った。

背筋の寒気が何倍にもなり、リアナンの全身に広がっていく。ピカード博士。ピカード博士……誰だったかしら？ リアナンはつかのま目を閉じ、彼を思い描いた。やせ形で実直なフランス人男性。たしか科学者とか……。

二人はデッキに出た。一人も船員がいない。〈シーファイヤー〉号は繋留中で、帆もたたまれていた。

キールはキーを少しがちゃがちゃやると、ドアを開けて彼女を押しこんだ。「すぐに戻る」短く言って、またドアを出る。

「キール、待って！ ちょっと待って！ 話を――」

ドアが文字どおりリアナンの目の前で、ばたんと閉まった。またキーがまわってかかる音がする。

しばらくリアナンは眉を寄せ、何が起こったのかわからず呆然としていた。しかし、すぐに思い至った。ここに閉じこめられたのだ！ リアナンは頑丈な木のドアをこぶしでドンドンたたいた。手があざになるほど。思わず知らず、手を口元に持っていく。それからドアを開けてみた。しっかりと鍵がかかっている。

わけもわからず空恐ろしくなり、リアナンは部屋を歩きまわって、ベッドに腰を下ろした。いったい何が起きているの？ さっきのキールとドナルドみたいに、大の大人の男二人があんなふうに取り乱すなんて。

ピカード博士。ピカード博士。フランスの科学者。病気の専門家。それだわ。細菌。ウィルス。伝染病……。

ゆうべ、最高に甘いエクスタシーを感じたばかりのベッドの上で、リアナンは震えはじめた。そして祈った。何があってもキールがここへ戻ってきて、彼女を抱きしめて、何もかも心配いらないと言ってくれることを。

# 10

「ペストだって！　トリヴィットの見立てちがいじゃないのか——何かのまちがいじゃ！」

「落ち着け、ドナルド。ピカード博士ならわかる。専門家なんだから」キールが静かに言った。

いきなりドナルドが、壁板に激しく手を打ちつけた。「でもメアリーだぞ！　どうしてメアリーなんだ？　なぜ彼女がそんなひどい病気にならなきゃいけない？」

キールはドナルドが気の毒になった。女性のことでこれほど気に病む友人の姿は、見たことがない。しかし心配なのはそれだけではなかった。事態を把握したら、早急に手を打たなければ。トリヴィットはペストだと言っていた。歴史と科学についてのキールの記憶がたしかだとすると、この病は燎原の火のごとく広がるはずだ。乗客に知らせても、パニックにならないことを祈るしかない。伝染病管理局に連絡を入れたのち、まちがいなく、何週間も海上にとどまっていなければならないだろう。伝染病の発生した船舶の入港を許可してくれる政府はない。

二人はドナルドの部屋の外で、不安を抱えて待っていた。ときおり、ドナルドが少し歩く。キールは身じろぎもせず体をこわばらせて立っている。やっとドアが開き、ラウール・ピカード博士が出てきた。そのあとにグレン・トリヴィット医師が続く。

「メアリーの容態は？」ドナルドが手短に訊いた。

すぐさまピカードが答えた。「申し上げにくいが、ドクター・トリヴィットの診断は正しかったようです。腺ペストが発生したのは、まずまちがいない。しかし患者の女性は、いまのところどうにか持ちこたえておられる。手持ちの薬より、もっとこの病気に特定の処方薬が必要だが、処置しようのない病ではありません」

「いったいどうして？」ドナルドは信じられないというようにつぶやいた。「どういうことだ！　メアリーが……ペストだなんて！」

「取り乱してはいけません、ムッシュー・フラハティ」ピカード博士はなだめるように言った。「この状況ならば対応できます」

「でもペストですよ？　ペスト？　いったいどうして？」

「ドナルド」キールが静かに言い、友人の肩に手を置いた。「どこか場所を見つけて話し合おう。メアリーはきみの部屋にいるし、リアナンは僕の部屋にいる。だが、人前には出ないようにしないと」

「そうですとも、ムッシュー」ピカードが激しく同意した。「それが最優先事項です。ただちに公の該当機関に連絡し、伝染病への対応の指示を仰いで実行しないと」

ドナルドは必死に自分を律し、胸を張った。「操舵室をまわったところに事務室がある。そこへ行こう。そこには無線通信システムもあるから、本土に連絡できる」

「私は患者についています」グレンが申し出た。

「そうか、グレン、ありがとう」ドナルドはつぶやいたあと、声にはなんとか抑制をきかせられたものの、激しいまなざしで船医を見つめた。「相応の措置をすべて取り終えたら、俺が彼女のそばについている」

「ムッシュー・フラハティ」ピカード博士が言った。「これは人から人へ感染する病気なんですよ。患者と接触するのは――」

「接触ならもうしてる」

「われわれは全員、接触してますよ」グレンが言った。「この船全体が接触してる。もちろん、メアリーは隔離しなければなりませんが、菌はすでに蔓延(まんえん)してるでしょう。もう失礼して、メアリーの看護に入ります。状況の説明はピカード博士から受けてください」

しばらくのち、キールとドナルドはドナルドのデスクにつき、いかめしい顔に驚愕の表情をまだありありと残したまま、ピカード博士を見つめていた。

「もうご存じでしょうが、ペスト、つまり黒死病というのは、中世にヨーロッパを襲い、人口の四分の一以上の命を奪った伝染病です」

「その病気なら、同じ中世に消滅したと思っていたが」ドナルドがこわばった声でささやいた。

「いいえ、完全には消滅していません」ピカード博士がやせた肩をすくめた。「一八〇〇年代に何度か流行したことがありますし、今世紀に入ってすらありました。ニューヨーク……サンフランシスコ。シアトルでは二十世紀初めに出ましたね。ついこのあいだは、アリゾナでも小さな流行がありました。ですが、この発展を遂げた現代では、とくにアメリカ合衆国では、流行が非常によく抑えられています。一九〇七年にイギリスの科学者が、この病原菌はネズミやノミに寄生していることを発見しました」いま一度、ピカードは説得力たっぷりに肩をすくめた。「ネズミを制することでペストを制するのです。公衆衛生、駆除、隔離などによって、われわれの社会は比較的安全に保たれてきたのです」

「博士」キールは広い肩をすぼめて、ぼそりと言った。「あなたのご見識を疑うわけじゃないんですが、ほんとうにメアリーはペストなんでしょうか?」

ピカード博士は身を硬くした。「まちがいありません、ウェレン議員」

「お詫びします、博士。こんな状況ですから、しっかり確かめておきたくて。対策を検討する前に、政府機関に連絡したほうがいいでしょう。ドナルド、俺が話をしようか?」

ドナルドは力なく片手を振った。「電話はそこだ」消え入るような声で言う。「うちの無線技師がアメリカ本土につないでくれる。なんでも言いつけてくれ」

キールはしばらく逡巡したが、まずは政府に連絡したほうがいいと決断した。〈シーファイヤー〉号に乗っている面々を考えれば、政府にとっても最優先事項になるのは必至だ。緊急連絡として電話がアメリカ政府に入り、副大統領につながった。

「ペストだって？　まちがいないのかね？　いや、ほんとうに？ウェレン議員？」

「はい。この船には、フランスの専門家、ピカード博士が乗っておられます。それに副大統領、ほかにもどなたが乗船されておられるか、ご存じのことと思いますが」

「ああ、もちろんだ」副大統領はぼそぼそ言った。雑音を通してでも、その声が深い苦渋に満ちているのが聞き取れた。

「わかった、ミスター・ウェレン。私はここから事態の収拾に当たる。そちらはきみが取り仕切ってくれたまえ。これから、ただちに伝染病管理局に連絡する。ヘリコプターを出させて即刻、救援に向かわせよう。まったく信じがたい。ペストだと――」

「副大統領」キールは口をはさんだ。「われわれが寄港した港のどこからか、なんらかの伝染病発症の報告はありましたか？」

「私の知るかぎりでは、ない、ウェレン議員。いま現在、世界のどこからもペストの報告などないぞ！」

「それでは……」キールは言いよどんだが、続けた。「副大統領、このたびの航海の警備が万全なのは承知していますが、もう一度、乗船客名簿をつぶさに調べていただけませんか？」

「いったい何が言いたいんだね、ウェレン議員？　ペストというのは、明らかに天災だろう」

「なんと申し上げればいいのかわかりません。しかし、どうか私にかわって、調べていただきたいんです」

「ちょっと待ってくれ。アトランタの管理局のグットン博士とべつの電話で話していたんだ。乗客を隔離して、冷静になってほしいと言っていた。ワクチンはある。いまのところ、発症した患者は一人だけなんだな？」

「知りうるかぎりでは。しかし、いまは午前三時ですから」

副大統領のため息が、通信網を通したうえでも聞こえた。「そうだ、キール、こちらも午前三時だよ。しかし大統領を起こさねばならん。その船には第一級の外交官が何人も乗っているんだ。まったく、対応が間に合えばいいんだが。ピカード博士に出てもらってくれ。グットン博士が話をしたいそうだ。二、三時間後にはヘリコプターで救援に向かえるはずだが、それまでは、キール、パニックを起こさぬよう、乗客たちを隔離しておいてくれ」

「承知しました」

キールは顔をゆがめ、振り向いてピカードに受話器を渡した。会話がフランス語になったので、どうやらグットン博士もフランス語で話したようだ。

キールはドナルドを見つめた。ドナルドは椅子に沈みこみ、片手を眉に当てている。

「どうしてだ？」

キールは肩をすくめた。「ドナルド、これはおまえの責任じゃない。ネズミが——」

やおらドナルドが動き、こぶしを肘掛けに打ちつけた。「この船にはネズミなどいない！最高の調査会社に検査してもらったんだ。隅から隅まできれいなもんだった。ありえない！」

「ドナルド、これは古い船だ。最新の豪華客船にだって、ネズミが入ることはあるんだ。残念だが、海と船の関わるところでは仕方のないことだよ」

ドナルドがキールをぎらりとにらんだ。「いや、今回にかぎってそんなことはない。おまえだって言っただろう、キール、ほら、さっき。俺たちはマイアミとナッソーに寄港した。おまえがさっき訊いていたじゃないか。ほかには一例も、ペストの流行は報告されていない」

「いや、この船だって流行しているというわけじゃない、ドナルド。まだ一人しか患者は出ていないんだから」

「もっと出るさ。だから伝染病なんだろう？」ドナルドが疲れきったように言う。

「だが、対処できる」

「ああ、対処はできる。だが、どこまで？」

話を終えたピカードが受話器を戻し、ドナルドのほうに向いた。

「大変有効な処置ができましたよ、ムッシュー。流行は初期段階で抑えられたと思います。お若いメアリーも、ごくごく初期の段階ですから、グットン博士のもとによく効く抗生物質があります。約束しますよ、ムッシュー、彼女は助かります。だがお二人とも、私もこのへんで失礼して患者のもとへ行かなくては。議員先生、ほかの乗客と乗務員を隔離しておくのは、あなたにお任せしてよろしいですかな？」

「ええ……われわれも何かしないと」キールがドナルドに向く。「それぞれの客室にアナウンス放送を流すことはできるか？」

ドナルドが片手を振った。「その通話器を取ればオーケーだ。通信係が手配する。だがデッキには乗務員もいるぞ」

「彼らはデッキにいてもらったほうがいいだろう。勤務シフトを変えずに。いつもどおりの配置で」

「俺はメアリーのところへ戻る」ドナルドは決然と言った。

キールは何も言わなかった。いまさらなんの違いがあるというんだ？ドナルドはすでにメアリーと一夜をともにしているのだ。彼女が風邪を引いたらしいと最初に言ったときから、ドナルドは彼女と一緒にいた。急に高熱が出て、リンパ腺が腫れていることに気づいたのもドナルドだ。

腺ペストと言われる所以ですよ、とトリヴィットが簡単に説明してくれた。致死率が非常に高い伝染病……。

だが、初期段階で発見できた。ほんの出来心のような発症ですから、問題なく回復しますよと、トリヴィットは励ましてくれた。そのあと彼は、とにかく隔離はしておかなければなりませんと注意して、ピカードとともにドナルドの部屋に戻っていったのだ。

隔離して、どれくらい効果があるものだろうか、とキールは考えた。メアリーはシンガーだから、前の晩にラウンジでいったい何人の客と接したかわからない。キール自身、接触している——ドナルドを通じて。もう誰もが接触しているのだ。この現代にあって、中世の病の犠牲者となるかもしれないのが信じられなかった。なんという皮肉だ。皮肉にもほどがある。

ピカードが通話器を渡してくれようとしていた。「議員先生？　乗客に何か伝えなくては。少なくとも管理局の人間が到着するまでは、待機していなくてはなりません。そのあとは当局の人間が対応してくれます」

しばらくキールは通話器を握り、緊迫した声にならないように、緊張が体から抜けてくれることを祈った。だが、痛々しい様子で体を揺すった。「それよりもいい考えがあります。朝の三時にスピーカー放送なんかしたら、即パニックになるでしょう。少し横暴かもしれないが、ひと部屋ひと部屋まわって、外から鍵をかけてしまったほうがいい。できるかな、ドナルド?」

ドナルドはうなずいた。「だが、閉じこめられたことに気づいたら、どうなるだろう?」

「そのときには放送する。外で行動するのは、乗務員だけにしたい。船を浮かばせておく人員だけに。乗客の大半が目を覚ます前に救助が来ることを祈ろう」

「わかった」ドナルドはゆっくりと言い、ピカード博士も同意してうなずいた。

「船長に話をする必要がある。それに、乗務員にもデッキで話をしないと」キールが言った。

「わかった」またドナルドは賛成した。「おまえに任せたぞ、キール。俺はメアリーのところへ戻る。ピカード博士? あなたもいらっしゃいますか?」

「待ってくれ」とキール。「ほかに誰かが具合が悪くなったら、ピカード博士にはいてもらわなくちゃならない。トリヴィット医師でもメアリーの看護はできるでしょうか?」

「ええ、もちろん」ピカードは断言した。「できますとも。彼の診断には感心しました。彼だったら、これ以上熱を上げず、必要とされるスルファジアジンやストレプトマイシンが到着するまで、いま使えるかぎりの薬でなんとかもちこたえるでしょう」

キールはドナルドと一緒に立ち上がり、ピカードを見た。「ちょっと通信を見ていてもらえますか、博士。僕は船長や乗務員に話をしてから、ドナルドを部屋まで送ってきます」

船長に乗務員への警戒態勢を命じたあと、ドナルドは少しキールと話した。

「こんなことはありえないと、いまでも思うよ、キール。ピカード博士の話からすると、ペストはネズミやノミが運ぶんだろう。ノミが人間を咬んで、菌をうつす——パスツレラ・ペスティスって菌だそうだが。俺の船にはネズミなんかいない」キールに口をはさまれないうちに、ドナルドは片手を上げた。「港でネズミが乗りこんだとしても、ペストに感染済みのネズミがいったいどこから来るっていうんだ？　マイアミでもナッソーでもペストなんか流行ってなかった。俺の船に乗ったネズミだけが感染してたって？　改修の段階では清潔そのものだったこの船で？　そんなこと信じられない！」

俺も信じられないさ、とキールは思った。だが、ほかにどこからペスト菌は来る？　ネズミやノミが運んで来る。それしかない。じゃあ、なぜ自分もドナルドと同じ気分なんだ？　それに、どうしてこの船に乗ったときからずっと、このいやな感じにつきまとわれているんだろう？　いや、まさに病原菌がつきまとっているんだな。なんという皮肉だ！　もっと皮肉なのは、リアナンに部屋のドアの鍵をかけさせるよう、あれほど心配したことだ。中世の黒死病には、いくらドアを閉めようと、なんの意味もないのに……。

しっかりしろ、ウェレン。キールは自分を叱咤した。いまは二十世紀だ。こんな事態はすぐに収拾がつけられる。

「早く行って、メアリーについててやれ、ドナルド」キールは友に言った。「おまえは彼女を見てやってたほうがいい」

ドナルドはうなずき、自分の部屋に急ぎ足で向かった。キールは一瞬、リアナンのことを思った。いまだ彼の部屋に閉じこめられ、いまごろ壁を引っ掻いていることだろう。しかし彼女のもとへは行けない。いまは会えない——専門家たちが到着するまでは。この病気についてはくわしくないが、いままで彼はドナルドと一緒にいた。メアリーと接触していたドナルドと。現時点で、リアナンを菌にさらさないことができるのなら、彼からうつすような危険は少しでも避けたかった。

「しばらくは、壁を引っ掻いていてもらうしかないわけだ……」キールは塞いだ様子でつぶやいた。

それに、彼にはやることがたくさんある——ありすぎて、いまは彼女の反応を気に病んではいられない。

キールは歯を嚙みしめ、天を仰いだ。星が出ている。銀色の丸い月も。そして微風が吹いている。

すばらしい夜だった。とつじょ、キールはこぶしを天に突き上げた。「神よ、彼女にこんな災いをもたらさないでください。病に倒れさせないでください。命を奪うなど。どうかお願いです。あなたはもう彼女から充分すぎるほど奪ったではないですか!」キールは一瞬口を閉じ、ため息をついた。彼自身、リアナンからは、もう多くのものを奪っている。それに、人間は神と取引などできない。それはすでに思い知っている。

「お願いです、神よ。お願いです……彼女だけは」リアナンだけは。彼には耐えられない。

リアナンが夫や子どもを喪うことに耐えられなかったように。

「僕たちはチャンスをつかんだんです、神よ。どうかそれを奪わないでください。この苦境を乗りきる力を貸してください……」キールは声に出して祈った。

あの日、大統領執務室へ、危機回避のために呼ばれたときのことを、思い出さずにはいられなかった。あの日、彼はしくじった。あれだけの命がすべて、彼の手から砂のようにこぼれていった。

二度としくじることはできない。今度は主導権を握ってみせる。もう一度チャンスを与えられたのだ。すべての手札を与えられたのだ。今度は必要な情報をすべて手に入れる。失敗などしない――できない。彼は医者ではない。病気を治すことはできない。だがパニックと惨劇を回避し、事態を究明することはできる。

キールは目を閉じ、こぶしを握りしめた。祈るのは一人のとき。いまは乗務員に話をしなければならない。自信を持ち、落ち着きと確信を持て。怖れていることを気取られてはならない。腹の底から怖れていることを。

「議員先生」

船長がこちらに向かってきていた。厳粛な面持ちで、しかしながら、落ち着きを持って。

「夜間シフトの乗務員は一緒です。ほかのシフトの乗務員は待機を命じてあります。通信係がすべてを滞りなく処理しましたが、あなたからもひと言いただけないかと思いまして。なにせ、これから客室を施錠して、軍隊のような厳戒態勢を敷こうというのですから。ボズウィックという人物も来ています。乗船しているシークレットサービスのトップだそうです」

「それはよかった」キールはつぶやいた。シークレットサービスの存在を心から歓迎する事態になった。状況を監督するのに大きな力となってくれるだろう。

キールは深く息をして静かに足を踏み出し、乗務員たちのあいだを船首のほうへ向かった。

「諸君、ちょっとした問題が持ち上がった。諸君の勇気と協力をお願いしたい」


リアナンは無意識のうちに首のこわばりをもみほぐしながら、キールのベッド脇の目覚まし時計が六時をまわるのを眺めていた。三時、四時、五時、とまわるのを見てきて、いまや六時。キールはどこにいるの？　いったい何が起きているの？

また立ち上がり、部屋のなかをうろうろしはじめた。カーペットに穴があかないのが不思議なくらいだ。人生でも最高に長い三時間だった。これでまだ戻ってこないようなら、壁に体当たりしようかという気分だった。

カーテン！　ふいにリアナンは思い至った。やっと夜が明けたのだから、少なくともデッキで何が起こっているかは見ることができる。

そこで急に身震いがした。自分がひどく怯えていることを自覚したからだ。あの飛行機事故以来、死のうが生きようがどうでもいいと思ってきた。いつ死んでもいいと思っていた。

けれど、いまは違う――もう違う。キールを愛しているから。どんなに気づかぬふりをしても、否定しようとしても、彼女はキールを愛していた。もう死んでもいいなんて思っていない。もう違う。生きて彼に会いたい。彼に触れたい。話す彼の横顔を見ていたい。やさしい声を聴いていたい。変化するまなざしを見ていたい……。

リアナンはきつく目を閉じてから、また開き、カーテンを引き開けて目を細めた。デッキは一面、茶色いビニール袋をかぶせたような箱で埋め尽くされ、乗務員が走りまわってそれを集め、何やら手配をしている。様子を見ていると、突然、空からロープが降ってきた。いや、違う、ロープじゃない。縄梯子(なわばしご)だ。乗務員たちが走り寄ってきて、その梯子を支える。

安全ベルトをつけた一人の男性が、その梯子を降りてくる。

ふいにリアナンは、奇妙な轟音(ごうおん)が聞こえることに気づいた。しゃがんで窓の下の縁から上空をのぞくと、空にはヘリコプターがホバリングしていた。

一人の男性がデッキに降り立ち、乗務員が体を支えた。男性は全身、白ずくめだ。医師？ さらにもう一人、男性が降りてくる。やはり真っ白な白衣を着ている。

誰かが叫んだ。その男性がデッキに飛び降りると、轟音がひときわ大きくなって、ヘリコプターが離れていく。みんなが風のことで叫んでいる。

ヘリコプターがもう一度、旋回した。ＵＳＡＦ。カーキ色の機体の横腹に、大きな黒い文字が見えた。米国空軍が、〈シーファイヤー〉号に人員を送りこんでいるのだ。

マストのはるか彼方から、また船首の近くに縄梯子が降りてきて、また一人男性が降りてくる……さらに、また一人。そして女性も。全員、真っ白な白衣を着ている。キールと小柄なフランス人、ピカード博士が彼らに駆け寄るのを見て、リアナンはハッと息を呑んだ。夜明けのオレンジ色に染まる光のなかで、彼らは早口でしゃべりはじめた。

その後、梯子が引き揚げられ、ヘリコプターが空高く上昇して飛んでいくにつれ、轟音も遠ざかっていった。

白衣の人びとを、キールが船首のほうへ案内していく。操舵室へ向かっている？　いえ、違う……ドナルドの小さな事務室だわ。

乗務員は全員、持ち場に戻り、〈シーファイヤー〉号を静かに繋留させていた。

どういうこと！　いったい何が起きているの？

リアナンは部屋の中央に戻り、落ち着かない気持ちでベッドの端に腰かけた。疲れきっているはずだ。この四十八時間で、睡眠は三時間足らず。横になって眠らなくては。心配したり考えごとをするのをやめなくては。息の続くかぎり、声のかぎり、叫び出したいこの衝動を、なんとか抑えなくては。

でも、眠れるはずもなかった。絶対に。どんなに疲れていても。リアナンはまた立ち上がった。ひと晩じゅう、ものの数分もじっと座っていられなかった。キールのタバコがドレッサーの上に置いてあった。その箱を手にしたリアナンは、数本しか残っていないことに気づいて顔をしかめた。

吸い殻のあふれている灰皿を見る。この数時間で、ひと箱分ものタバコに火をつけては消してしまったのだ。ふだんなら、めったにタバコなど吸わないのに。また一本、火をつけようとしたが、指が震えていた。タバコのまんなかあたりに火をつけ、すぐに消そうとした。

急に部屋のドアが勢いよく開き、リアナンは三〇センチくらい飛び上がった。まだ黒のタキシードを着たキールがいた。目のまわりにはひどい隈ができ、くすんで落ちくぼんだように見える。唇も厳めしく、日焼けした四角いあごには、疲れからくるしわが刻まれていた。リアナンはグッと息を呑んだ。彼のもとに走って行きたいのに、怖くて行けない。しかし、やおら足を踏み出した。

「キール――」

キールは彼女の両腕をつかんで押しとどめた。彼の後ろに、さきほどの白衣の男性がいた。

「リアナン、こちらはトレントン先生だ。きみにいくつか質問をするから」彼はリアナンの腕をしっかりと、痛いほどに握っていて、まなざしも鋼鉄の刃のように彼女の瞳に見入っている。「先生の質問にはすべて、きちんとほんとうのことを答えなきゃならない。いいね？」

怒りがリアナンのなかで沸き上がった。そして恐怖も。有無を言わさないキールの高圧的な声の調子に、怒りはさらにあおられた。何も説明せず、まるで子どものような扱いだ。

「ミセス・コリンズ」医師が笑顔でリアナンに、やさしく話しかけた。「これからお尋ねすることをよく考えて、ほんとうのことを答えていただくことが、非常に重要なんです。私のために、そうしていただけますか？」

ごま塩頭で五十歳くらいの医師だった。やわらかなブルーの瞳。安心感の持てるどっしりした雰囲気が、信頼感を増す。

「あの——ええ、もちろん」

「熱っぽい感じはありますか？」

「いいえ」

「体に痛みは？」

「いいえ」

「寒気は？」

「いいえ、あの——」

「リンパ腺が腫れていたり、目に痛みがありますか？」

「いいえ。いったいこれはどういうことなのか、教えていただけますか？」とうとう、リアナンはじれったくて訊いてしまった。

しかし返事のかわりに、医師の手が彼女の額に当てられた。もどかしくて体を引いてしまうところだったが、キールにがっちりと体を押さえられた。

「だいじょうぶです」トレントン医師がキールに断言した。「彼女は新鮮なキュウリみたいにひんやりしてます。さて、ミセス・コリンズ、あとはちょっとのどを見せて……」

「待ってください！　どうしてです？」

キールが壁のように後ろに立ってリアナンをつかまえていたので、下がることはできなかった。医師の手が、彼女の首とのどに触れた。しっかりとした、プロの指が。「船で病気が発生したんです、ミセス・コリンズ。ワクチンが効果的かどうか、見きわめる必要があります」医師は明るく言った。「さあ、それでは腕を出してください」

「キール――」

リアナンは振り向こうとした。キールが彼女に手をかけ、黒いドレスの袖をまくり上げはじめた。「早く腕を出して」

「キール――」

「早く！」彼が声を大きくする。「トレントン先生はお忙しいんだ。時間を取らせちゃいけない」

「でも、ちょっと――」

腕を動かそうと思っても、動かせなかった。トレントン医師はすでに黒い鞄を出し、黙々と皮下注射針に液を満たしていた。リアナンが抗議もできないうちに、医師はアルコール綿で腕を消毒し、手首をつかんで、静脈に合わせて注射針を置く。

「少しチクッとしますよ、ミセス・コリンズ。でも、すぐに終わりますから」

チクッだなんてとんでもない。青い炎で焼かれるような痛さだった。けれどリアナンは動かなかった。キールにひじをつかまれていて、動けなかったのだ。

「ご協力ありがとうございました、ミセス・コリンズ」トレントン医師は淡々と言い、またあの陽気な笑顔を浮かべた。そして彼女の頭越しにキールを見た。「議員先生、うちの同僚が残りの準備を終えるまで、まだしばらくかかります。そのあと、またいらしてください」

キールはリアナンの後ろで重々しくうなずいた。「すぐに行きます」

医師は笑顔を絶やさなかった。「これから手順を進めていく前に、船内放送でアナウンスをしていただかなくてはなりません。早起きの乗客は、なにごとかと心配するでしょう。その人たちを安心させるには、あなたが適任なんです、議員先生。ミセス・コリンズ、お目にかかれて光栄でした」

リアナンは答えることができなかった。ただ呆然と見つめているうちに医師は出ていき、ドアがぴたりと閉まった。そのあと、彼女はサッとキールに向き直った。「いったい何がどうなってるのか、まだ話してくれないのなら、ひどいわよ！」

キールは疲れたような顔で彼女を見つめ、いったん目を閉じ、また開けた。そしてベッドまで力なく歩いていって腰を下ろし、伸びをした。「ゆうべ、メアリーがペストを発症したんだ。トレントン先生はアトランタの伝染病管理局の方だ。朝の五時からこれまでに、三人の発病が報告されている」

「なんですって?」リアナンは声にならない声であえいだ。

キールが痛々しくフッと笑う。楽しげでもなんでもない笑みだった。「ペストだよ」

「まさか、ありえないわ」

「いや、残念ながら、ありうるんだ」

「でも――」

キールはこめかみをもんだ。「現実に起きたんだから、ありうるのさ。でも、聞くほど事態は悪くない。トリヴィット先生のおかげで、非常に初期の段階で気づくことができた。それに、専門の医師や薬がすでに到着して、即座に対処できるから、発症した人間も回復すると思っていい。ここまではるばるワクチンを運んできてくれたんだ。さっき、きみが受けた注射は、最新の処方のものだ。病原菌に接触していたとしても、安全に効果を発揮してくれる。だが、医師は慎重に見きわめなければならないんだ。乗客に悪寒やほかの症状が出たら、予防ワクチンを打つよりも治療に当たらなければならないのでね」

リアナンはゾッとし、マネキンのように体がこわばって、まともに歩くことも話すこともできないような気がした。

ペスト。この船にペストが発生した。何百年も前に、ヨーロッパで人口の四分の一を奪い去ったのと同じ病が。黒死病が。

なぜだかリアナンは窓辺に行き、カーテンを引き開けた。日射しが夜明けの霧を切り裂いて、さらにまばゆく差しこんだ。デッキは平穏に見える。医師が一人だけ、箱をチェックする作業をしている。そこへ乗務員が一人、船の横腹から現われ、医師を手伝ってさらに箱を一つ運ぶ。この海に、この大量の箱が投下されたのね、とリアナンはぼんやり考えた。でも乗務員は落ち着いている。医師も落ち着いているように見える。けれど太陽が空高く昇るにつれて、乗客も目を覚ますだろう。そうしたら、やがてすさまじい混乱がやってくる……。いや、そうでもないかもしれない。白衣の医師たちが来ているのだし、全員にワクチンを打てば、すべて無事に片づくかもしれない。ただ、すでに発病している人間もいるから、どの政府も港も受け入れてくれるとは思えない。

「ああ、どうなるの」リアナンは身をひるがえして、ふたたびキールを見た。「メアリーは……具合はどうなの、キール？　ほんとうにだいじょうぶなの？」

「医者はそう言ってる」キールはぼそりと答えた。

「それにドナルドは？　ドナルドは彼女と一緒にいたんでしょう」

「ドナルドには症状はない。ワクチンを打てたよ」

「それに——」リアナンは突然、口をつぐんだ。怖くて言葉にできない。

キールが彼女を見て微笑んだ。一瞬、疲れが表情から消えた。「僕のことを訊こうとしたのか？」

リアナンがごくりと唾を呑みこむ。「ええ」

「僕もワクチンを受けたよ」

「それって……そのワクチンって……？」

「一〇〇パーセント効果があるかって？　いいや。でも九七パーセント程度はある。その点については、あまり心配しすぎないほうがいい。効果のあるワクチンでなきゃ、白衣で救助に現われた彼らも、あんなに楽しげに歩いてはいないと思うよ。問題は、病気を広がらせないようにすることだ。だからこそ、この船を厳重に扱わなくちゃならない。最低、四週間は海上にとどまり、そのあと、細心の注意を払ってべつの船に乗り換えなきゃならない。そして〈シーファイヤー〉号は徹底的な駆除が行なわれる。トレントンはノミとシラミを駆逐するための石鹸やシャンプーも運びこんでいるんだ」

「ノミとシラミ？」

「この病気はネズミを介してうつるからね。ネズミにはノミがいて、ノミが人に取りつく。そうすると、ペスト菌がうつってしまう」

「ああ」リアナンが声をもらす。

キールは髪を手でかき上げた。「僕はもう戻って、船内放送をしたほうがいいな。通信システムはこれから大変な混乱状態になる。この船に乗っている外交官や政治家が、自国に連絡を取りたがるだろうからね」

キールが考えこみ、瞳の色が濃くなるのがわかった。注意深く、理路整然と頭が働いていく音が、カチカチと聞こえそうな気がするほどだ。

もうキールは彼女のことなど見えていない。いま一度、決断と行動に向けて気を引き締めている。これから彼は彼女をあとに残し、建設的で実のある方策に持てる時間のすべてを捧げるのだろう。そして彼女は、また窓の外を眺めて心配ばかりすることになる。

あのときも、この人はこんなふうだったのかしら、とリアナンは考えた。７４７型機が墜落した、あの日も？　これほどに意を決して、気を遣って。緊張感をみなぎらせ、平穏無事を保とうと全身全霊を傾け、深い瞳で脇目もふらずに考えこんで。

「私は自分の部屋に戻り――」リアナンが言いかけた。

「だめだ！」キールが突然、声を荒らげて口をはさみ、リアナンのそばまで来ると、手加減など感じられない勢いで彼女の両肩をつかんだ。「きみはここにいるんだ、安全な場所に。ほかのことで手一杯で、きみのことまで心配している余裕はない」

「安全？」リアナンは言い返した。「私はワクチンを受けたんだから、安全じゃないの？」

「いま、あれこれ言わないでくれ。何も言うな。いま、きみと言い合うつもりはない。とにかく、ここにいるんだ」

「でも――」

「もう黙っていてくれ、リアナン。きみを襲いやしないから」キールはピリピリとしたいらだちを見せた。「いまだって疲れきってるんだ。だから、戻ってきたときはもう倒れる寸前のはずさ」

「放して、議員先生！」リアナンはカッとした。どんなにキールにだいじょうぶだと言われても、やはり恐怖が消えたとは言えなかった。メアリーのことも、ドナルドのことも、自分のことも。そして、キールのことも。でも、待っているより動いているほうが、どんなにいいか！「役に立てるのはあなた一人じゃないかもしれないわ！私もこの船の乗務員よ。私にもできることがあるかも」

「明日になったらできることがあるかもしれない。でも今日はだめだ！」キールはぴしゃりと言った。

「何かしていなきゃ、キール！そうでもしないと――」

「シャワーを浴びろ。昼寝しろ。本を読め」

「着替えがないわ」

「僕のTシャツを使えばいい――でも、心配はいらない」そう言い添えてキールはリアナンの肩を放し、ドアに向かった。

「キール――」聞こえたようには思えなかった。ドアが音をたてて閉まり、そのあと鍵のかかる音もした。明らかに、彼女がじっとしているとは思っていないのだ。

気づくと、リアナンは震えていた。わなわなと。ベッドまで戻って腰を下ろす。ふいに、腕がまだ焼けるように痛んでいることに気づいた。ペスト……キールの話では、まったく心配ないということだった。ワクチンがあるから、だいじょうぶだと。でもメアリーは……かわいそうなメアリー。彼女はほんとうによくなるのだろうか？ なんて恐ろしい。白衣の医師たちがヘリコプターでやってきて、隔離されて……。

それにキール。彼はものすごく疲れている。そのせいで体が弱っていないだろうか。

リアナンは、両手をきつく握り合わせた。どうしてドナルドの船にペストなんか？ 彼は、細心の注意を払っているはずよ。病気を持った人など乗船していないし、ペストは百年も前に撲滅されたんじゃないの？ 病気そのものよりも、病気がそもそも船に乗りこんだという事実のほうが恐ろしかった。

突然、またキールの声がして、リアナンはびくっとした。一瞬、戸惑って部屋を見まわしたが、声は室内スピーカーから流れているのだとすぐにわかった。

「ご乗船のみな様、キール・ウェレン議員でございます。交換台へのみな様のお問い合わせが多くなってまいりましたので、ここでご案内をさせていただきます。船内は平常どおりでございますので、ご安心いただきたいのですが、少し問題が発生いたしました。お早くお目覚めになられたお客様は、部屋が施錠されていることにお気づきかと思います。それは、船内で病原菌が発生したためでございます。ですが、すでに本国の伝染病管理局より救援が参っております。これから、医師が各お部屋に伺います。なにとぞ、落ち着きを保たれて、医師にご協力くださいますよう、お願いいたします。当初の予定よりは海上での生活が長くなりますが、まもなく通常の状態に戻ります。〈マンハッタン〉の階にありますボールルームが医務室となっておりますので、お加減のすぐれない方は医師にその旨をお伝えください。医師がただちに処置を行ないます。また、まだはっきりとお目覚めになられていない方には、これからコーヒーと朝食をお届けに上がります」キールの声が続く。穏やかで、慌てる様子もなく、聞く者を落ち着かせてくれる信頼感にあふれた声。

大変な局面にもきちんと対応できる人なんだわ、とリアナンは苦々しく考えた。そう、きちんと対応できる人。あの日も、ワシントンで、今日のように対応していたに違いない。

ほんとうにすばらしい人を責めていたのだと、リアナンは悲しく思った。キールには落度などなかった。どこかで判断が狂ったのだろうが、キールの判断が狂ったのではない。彼は他人に責任を負わせるような人でないことを、リアナンは心で感じ取っていた。いや、責められるべき人など、おそらく誰もいなかったのだろう。みな、それぞれに精一杯のことをして、結果的にうまくいかなかっただけのことだ。

今度はキールは負けないだろう。負けられやしない。最終的には、〝病気〟がなんなのか、公表することになるだろう。けれどそれまでには、全員が事実を受け入れられる状態になっているはずだ――死亡者でも出ないかぎりは。

ああ、怖い！　彼女は怯えおののいていた。キールに戻ってきてほしかった。船の乗客たちではなく、自分をなぐさめてほしかった。彼女を抱きしめ……愛してほしい……。

涙があふれ、リアナンは両のこぶしを口に持っていって、強く噛んだ。黒い波が、またもや襲ってくるような気がする。これほど何かを、自分の気持ちを、怖れたことはなかったと思う。

キールはリアナンを放しはしない。彼女も、キールにしがみつく衝動を抑えることはできそうにない。それでも彼に放されることになったら、いったいどうなってしまうのだろう？

暗闇が、リアナンの前で口をぱっくりと開けている。絶望と恐怖の淵が手招きしている。そこへ倒れこむしか、道はないように思えた。

# 11

午後四時ごろ、キールが足取りも重く、疲れきった様子で部屋に戻ってきた。今日この日まで、いかに〈シーファイヤー〉号に全世界の代表が乗っているか、彼でさえも把握していなかった。通信システムは一日じゅう混雑していた。さいわい、乗客のほとんどが、見事なほど冷静沈着に対応していた。しかし何度も同じ答えをくり返し、外交上の表面的な顔を保つのは、最高に退屈な仕事だった。

ドナルドはやはりメアリーのそばを離れようとしなかったので、キールが全面的に事態の収拾にあたり、妙な孤独感を味わっていた。彼一人が、乗客と陸地と有能な医師たちの橋渡しとなっていた。

もちろん、パニックを起こした乗客もいた――役人の妻や、役人本人たちで、すぐにも船を下りたいと言って聞かなかった。それは不可能なんです、とキールは説明しようとした。この船は隔離されているんです。誰も降りることはできません。そんなことは当然、簡単に理解できることでしょう。〈シーファイヤー〉号の上であれば病気に対処することもできますが、陸に──大きな港にでも上がってしまえば、大災害となる。だから、どこの港も入港を許可しません。簡単なことです、と。

ですが、一両日中には通常の状態に戻るでしょうと言って、キールは彼らを安心させようとした。そしてもちろん、この船は調査を受けて管理下に置かれます。ワクチンを打って二十四時間が経過したあとも症状の出ない方は、また船内を自由に動いてかまいません……。

なんという大変な一日だっただろう。

いまごろ、全米の新聞やテレビでニュースが流れていることだろう。午後のニュースや夜のニュースを見て、みながペストのことをすべて知るのだろう──原因、歴史、影響など。そして医療の発達に驚嘆する。なぜなら、願わくばだが、〈シーファイヤー〉号の乗客が誰も命を落とさずにすむから。

その報道については、キール自身が情報を流した。大統領は記者会見をしようと主張したが、キールはピカードとトレントンの話をすべて自分が受け止め、パニックを避けるために、ほんの少しだけ情報操作をした。ほんとうにささいな嘘だった。ワクチンは非常に安全なもので、現在入手できる治療薬は効果抜群だと聞いていたから。

自分のすべてを賭けているということを、キールは心得ていた。一歩まちがえば、悲惨なことになる。自分の政治生命もかかっている。深刻な事態が勃発したら、彼がスケープゴートにされるだろう。しかし、彼は犠牲の子羊となることに憤りを憶えているわけではなかった――かつて一度、何もわからないまま、その役回りを受けたこともあるのだし、大統領も含めて、誰もが命をかけているのだから。

そして今度は――今度こそ、彼が筋書きを描く立場にある。頼れるのは、自分の判断だけ。この事態に関係した情報は、どんなことも漏らすわけにはいかない。もししくじったら……。

「ですが、誰もなんの保障もできないでしょう、議員先生？」トレントン医師が、あきらめ顔で肩をすくめた。経験あっての言い分だ。「ふつうの風邪で人が死ぬのを見たことだってあるんですよ。はしかやインフルエンザでもね。まったく、いつも不思議なもんだなと思いますよ、議員先生。月面に人間を送れる時代ですよ。一個の爆弾で、何百万人もの命を奪うことのできる時代です。なのに、顕微鏡でしか見られない細菌や……ウィルスや……バクテリアには――触れることすらできないものがいくつもあるんです」

「で、触れることができたと思ったら――」キールは苦々しく言った。「さらに強いウィルスを生み出してしまう、ってことですか？」

「そんな質問はしないでくださいよ、議員先生。僕はそっちの専門家じゃない。メディカルスクールを出て以来、既存のペスト菌ばかり相手にしてきましたからね」

「すみません」キールはぼそりと言った。ランチの席でピカードと話した、細菌戦争の可能性についての話が頭を離れない。彼はため息をついた。「あなたのせいじゃないですよ、トレントン先生。病気も、僕の機嫌の悪さも」

「あなたには休息が必要だ。たっぷりと」

「そんなものじゃあすみそうにない。一週間ぶっつづけで眠れそうな気がしますよ」

「まあ、とにかく、ひと晩やすんでください、議員先――」

「僕の名前はキールです、先生」

「私はマイケルといいます」

キールは微笑んだ。「眠っていいのかどうか」

「何をおっしゃいます。差し当たって、できるかぎりのことをなさったんだ。船内のことも陸上のことも、すべて処置は終えられた。いまのところ、われわれの手に負えないようなことは起きないでしょう。もし起きたら、起こしに行きますから」マイケル・トレントンはにっこり笑った。「あなたのお相手みたいな女性が部屋で待っていてくれるのなら、私はほいほい部屋に戻りますがね」

キールは何時間かぶりに、くすくす笑った。「あの女性は、喜んであそこにいるわけじゃないんですよ、マイケル。まだ事態が把握できていなかったから、言わば、あそこに閉じこめたんです」

しわのあるマイケルの顔が、笑顔でくしゃくしゃになった。「あと二十四時間は、警戒を解除して船を自由に歩きまわれるようにはなりません。あなたにもしばらく時間ができる」

「時間があっても、疲れきっていて有効活用はできないでしょうね」キールがにやりとする。

「そうでもありませんよ」マイケル・トレントンはアルミ包装の包みを二つ、キールに手渡した。「一緒にノミのお風呂でも入ったらどうですか」

キールは包みをじっと見つめた。「ノミのお風呂とは、あまりロマンチックじゃないですね、マイケル」

「おやおや、命あってのものですよ」

「ああ、そうですね、先生。ほんとうに」

キールは鍵穴にキーを差しこんでから、ふと手を止め、ノックすべきかどうか迷った。しないことにした。ノックすれば、入らないでと言われるだろう。入らずにすませるつもりはなかった。

リアナンはまだ黒のドレスを着たままベッドに寝そべり、ビデオゲームをしていた。彼が入っていっても、戻ったことは当然わかっているのに、ちらりとも見ない。

キールはベッド脇の椅子にどさりと腰かけ、靴を脱いだ。

「ビデオゲームか」冷ややかに言う。「暇つぶしにはいい方法だ」

リアナンは肩をすくめ、ゲームに集中しつづけた。今度は小さなUFOが画面を飛び交っている。

「昔」ほとんど感情のこもらない声でリアナンが言った。「黒死病がヨーロッパを襲ったとき、貴族も使用人も同じように、倒れるまでお城のなかで歌って踊ったんですって。いまは二十世紀よ。ビデオゲームでもいいんじゃない？」

彼が一日じゅう、すさまじい状況のなかで、首をはねられたニワトリのように駆けずりまわっていたというのに——そっけない彼女の口調や無関心な様子に、擦りきれた神経がとうとうプツッと切れた。きつい言葉を口走り、弾かれたように椅子を立って彼女の手からコントローラーをもぎ取り、投げ捨てた。

やっと、リアナンがキールをまともに見た。緑の炎が燃えさかっているような目で。「そんなことしなくてもいいんじゃないの、議員先生。あなたが私をここに閉じこめたのよ。やれることはかぎられてたの」

リアナンは片ひじをついて彼を見つめた。キールがカッとしても、彼女は怯んでいないようだった。まなざし以外は、冬の風のように冷めている。黒テンの豪華なマントのように髪が乱れかかっている様子に、キールはどぎまぎさせられた。自分が思うより、ずっと。

「シャワーを浴びて、昼寝でもしろって言っただろう」キールはきつい口調で言った。

「シャワーなら、浴びようとしてたわよ」いまだリアナンは冷静そのもので、自分が制御不能な若者になったような気分をキールに味わわせた。「でも、白衣を着たあなたのお友だちが入ってきて。その人たちだけがマスクを付けてたわ。駆除係だって言ってたけれど。もちろん、礼儀正しかったわ。みんな、とても礼儀正しかった」

「失礼なほうがよかったって？」

「いいえ、私はただ、死刑囚みたいな気分を味わいたくなかっただけよ」

「死刑なんてとんでもない！」キールが語気を荒らげた。「頼むよ、リアナン！　事態はそんなに悪いわけじゃ――」

「そんなに悪いのでなければ、いったいどうなってるの？」

「リアナン……」キールはため息をついて、また椅子に腰を下ろし、靴下を脱いだ。「よく聞いてくれ。僕は今日一日ずっと、このことにかかずらってきたから、二度は言いたくない。ふつう、菌に感染したネズミによってペストは発生する。ネズミにはノミがいる。ノミは人を咬む。しかし、いまや現代の医療では、ペストによく効くワクチンがある。僕らが受けたワクチンは、つい最近アリゾナでペストが発生したあとで完成されたものだ。それがトップクラス――最高のワクチンなんだ。これ以上、発病者が出る可能性は非常に低い。だけど、病気の管理は非常に慎重にしなければならない。細心の注意を払って。徹底的に調べなきゃならないんだ――ネズミもノミも、一匹残らず探し出す。だから、この船を隔離しなければならない。入港を許可してペスト菌を野放しにし、ほかの船や他国に広がらせることだけはできない」

リアナンは、ただ彼を見つめていた。

「何か食べたのか？」キールはぎこちなく尋ねた。

「ええ、もちろん。あの白衣の天使さんの一人が、食事を運んできてくれたわ」

「そうつっかかるなよ。その〝白衣の天使さん〟たちは、ここまで救援に来てくれたんだぞ」

リアナンは目を伏せた。「わかってるわ」ぼそりと言い、ふたたび暗いまなざしで彼を見つめた。「メアリーはどう?」

「まだ悪い」

「悪いって、どれくらい?」

キールは少し言いよどんだ。「まだはっきりとはわからないが、とにかく最高の薬で治療を受けている。その薬は非常に効果の高いものだ」

「いつ面会できるの?」リアナンは強い調子で訊いた。

「面会はちょっとしないほうが——」

「あなたの意見はいいの。何もできない状態でここに閉じこめられるのは、もういやよ」

「ワクチンの効果が出はじめる、最低二十四時間が経過するまでは、誰も自由に出歩けない」

「ワクチンの効果が出ない可能性は、少しでもあるの?」

「髪の毛ひと筋ほどの可能性だな、リアナン。きみが死ぬようなことはないよ」

「そんなことは、べつに不安にも思ってないわ」リアナンは穏やかに言い、それをかぎりに視線をはずして目を伏せた。

なぜだかキールは、新たな激しい腹立ちに襲われた。また椅子から跳ねるように立ち、荒々しくリアナンのそばに腰を下ろし、彼女の両肩をつかんでベッドに押さえつける。「死のうが生きようが、どうでもいいってことか？　きみのひねくれたちっぽけな心には、それがお似合いなのかもな。きみは死なないと言ったら、死なない！」

「キール、やめて、お願い！」疲れきって荒々しさの燃えさかるキールの瞳を目の当たりにして、リアナンは懇願した。彼に触れられたことで、彼女の心は少しやわらいだようだった。ふたたび身近な存在になり、彼の愛するいつものリアナンに戻ったような感じだ。「私は……私だって死にたくないわ、キール。ほんとうよ。でも、メアリーのことが頭から離れないの。ペストのことは、私だって少しは知ってるわ。大学のとき、ヨーロッパの歴史の本をたくさん読んだから。キール、ペストにかかったら、たいてい四日以内に死ぬわ。もしメアリーが、いまひどい状態なら――」

「リアナン！」キールは少し体を起こし、彼女のあごを両手で抱え、ごつごつしてはいるが、やさしい手つきでそっと撫でた。「昔は、現代にあるような薬はなかった。たしかにメアリーの状態は悪い。とても悪い。それでも、回復する可能性は高いんだ。それは約束する」

「回復する」リアナンはくり返したが、彼に向けたまなざしは痛々しかった。「じゃあ、もし彼女が死んだら、それは神様の思し召しなのね。ペストが神様の思し召しなのと同じように」

彼女の言葉に妙に心を乱され、キールは彼女から手を放してベッドから転がり下り、上着を脱ごうとした。

「メアリーは死んだりしない」キールはきっぱりと言った。そこで上着のポケットにボディシャンプーの包みが入っているのを思い出し、話題を変えるには絶好のときだと思った。上着のポケットを探り、包みを取り出した。リアナンのそばにそれを投げる。

「これは何？」

「ノミ取りボディシャンプー」

「キール——」

「まじめに言ってるんだ。シャワーは先がいい、あとがいい？　いや、それより環境のことを考えようか。水の節約——友人と一緒にシャワーはどうかな？」

「あなたがそんな軽薄な人だとは知らなかったわ」

「おいおい、きみだってビデオゲームなんかしてたじゃないか」

リアナンはベッドから転がり下りて、しなやかに立ち上がった。「先にシャワーを使わせていただくわ、よろしく」

「いいとも。駆除の人間が入ってこないように、ドアをガードしておくよ」

「ありがとう」

リアナンはバスルームにすたすたと歩いて入り、ドアを閉めた。順々に服を脱いでいき、包みの裏を読もうとする。しかし、アメリカ政府発行という文字しかわからなかった。あとは、見てもよくわからない化学薬品の名前ばかり。それを読んでいるだけで、ほんとうにノミがいるかのように体がかゆくなってきた。

「ああ、もうやめなくちゃ!」彼女は一人口走り、シャワーの下に手を伸ばして蛇口をひねった。ものすごく熱い湯が出て、狭い空間にたちまち湯気が立ちこめていく。

包みを持ってシャワーの下に入り、頭に湯をかけた。想像の力って、なんてすごいんだろう! 頭全体が急に気にかかって仕方ない。

ノミなんかいないのに! リアナンはそう思いながら包みを歯で嚙み、顔をゆがめながら破った。一歩下がり、指先でつまんで、白くなめらかな液体を出す。いやな匂いでも、薬品臭くもなかった。それに、たっぷり入っていた。かゆい頭に、みるみる泡が立った。けれど、彼女の手は頭の上で、突然止まった。そう、私にはノミなどいない。それはメアリーだって同じ。この船の上で何かが起きている。以前もそれは感じていた。そしていま、はっきりと何かはわからないにしろ、何か悪意のあるものが起きていることはわかった。それがなんなのか、突き止めることさえできれば!

「おい!」

バスルームのドアが勢いよく内側に開き、キールの声がした。

「もうずっとノックしてるのに、まったく返事がないぞ」

「あ……いえ、聞こえなかったのよ。なんの用かしら？」

キールはカーテンの向こう側にいた。シルエットが見える。彼の存在が感じられる。こんなふうに、いつでも彼を近くに感じることができる。

キールはククッと笑った。「貞淑なご婦人のお怒りが目に見えるような声だな。以前、静かなシャワータイムに乱入してきたのは、きみのほうだったと思うけど。でもね、マダム、じつを言うと、あなたの貞操を奪いに来たのではなくて、お守りしに来たんですよ。着替えを何もお持ちじゃなかったのでね。ひざまで届くTシャツをお持ちしました」

「ありがとう」リアナンはぼそぼそ言った。キールが向きを変えるのが感じられ、ばかなことかもしれないと思いながらも呼び止めた。「キール？」

「なに？」

「あのね、駆除の人が来たとき、ちょっと妙だったの」

キールは動悸が速まるのを感じた。「妙って、どんな？」

「いえ、正確に言うと、妙だって言ったのは駆除の人なんだけど。彼は部屋を見まわして、薬を吹きつけたわ。ここが最後の客室だって言ってた。下の階から始めて、上へとやってきたそうなの」

「続けて」

「え？」

「続けてって言ったんだ」

リアナンは一瞬、自分がシャワーの下にいることを忘れた。キールの顔が見えず、声もシャワーの水音がうるさくてよく聞き取れないのがうっとうしかった。カーテンを引き開け、彼の顔を見た。

「キール、彼が言うには、まったく不可解だって。どんな船にも、たいていネズミはいるわ。この船のように古いものはとくに。でも、この船からは一匹も見つからなかったって言うの」

「それは、たしかに妙だな」キールはつぶやきながら、腹の奥がむしばまれるような、奇妙な感覚を覚えた。ドナルドが自分にも同じことを言ったことを、彼女に伝えるつもりはなかった。こんな不安を彼女にも味わわせたくない。だから彼は肩をすくめた。「今回のネズミは船を飛び降りでもしたんだろう。それか、どこか戸棚にでも入りこんで死んでしまったんじゃないか」

「かもしれないわ」

ふいにキールは口元をゆるめた。リアナンは胸の前でカーテンを握りしめているが、カーテンの一部分しか持てていない。ほっそりとした腰の片側は、すっかりむきだしになっている。それに彼女の髪！　ほとんどが濡れそぼり、頭上にまとめあげられている。そのせいか、目がひときわ大きく見え、いたいけな表情にそそられる。ものすごくそそられる。そして長い髪がまだひと筋ほど、触れられずに残っていた。

「洗えていないところがあるよ」キールが言った。

「どこ？」

「洗ってあげようか」

「いいえ！」

慌てて髪を直そうとして、リアナンはカーテンを持つ手を放した。

キールは声を上げて笑った。「ばかだな。言っておくけど、きみの体は隅々までじっくりと観察済みだよ」

「おもしろいこと言うわね」

キールは肩をすくめ、もう一度にやりと笑って、カフスをはずしはじめた。

リアナンはカーテンを引っ張って元に戻した。「いったい何をしてるのか、わからないんだけど」

「襲ったりはしないさ」キールは約束したが、なぜだかシャツが床に落ちる音が、シャワーの水音を通しても聞こえた。

「キール……」

「でも」リアナンがしゃべったことなどなかったかのように、キールは続けた。「ご一緒させてもらうよ。そのボディシャンプーは医薬品だ。きちんと使わないと効果がない」

しゃべり終えたときには、キールは彼女の後ろに立っていた。リアナンはつとめて前を向いていたが、彼の存在は痛いほどに感じられ、内心は一マイルも飛んでいってしまいそうな心地だった。

「シャワーをどう浴びるか、選ばせてくれてどうも、議員先生」リアナンは冷ややかに言ってみたが、実際に口から出た声は冷ややかとはとても言えなかった。少しかすれてしまい、しまったと思った。

「きみが健康を害するような愚かな行動をしているのは、見過ごせないものでね」キールが堂々と言ってのける。

彼の手がリアナンの髪にかかると、彼女は実際に飛び上がってしまった。彼はまるで美容師のように巧みにシャンプーしていく。

最初は、やさしく頭皮をいたわってくれるようなキールの指にしか意識がいかなかった。湯が二人のまわりに流れ落ち、もし目を閉じれば、なんとなく天国にいるかのような気分になっただろう。霧の世界に包まれ、あたたかなお湯と彼の指にあやされて。

いいえ、茫然自失と言ったほうがいいかもしれないわね、とリアナンは暗くなった。彼女は動けなくなっていた。なぜなら、もっとほかに意識しているものがあったから。キールがすぐ後ろにいるので、彼が腕を動かすと、胸毛が背中に当たる。それに彼の脚も当たって感じてしまう。脚の毛が……彼女のやわらかな太腿にチクチクこすれる。強靭(きょうじん)ではちきれんばかりの肉体を、硬くなった男性の証を感じてしまう。

「あの……もう流したほうがいいと思うわ」リアナンの息は乱れていた。

「待って」マッサージするキールの手が彼女のうなじに沿って動き、さらに肩へとすべった。

「これは全身用なんだ」

「全身用？　でも――」

「全身だ」重々しくキールは言った。声が彼女の耳をくすぐるように響く。「トレントン先生から注意されたんだけど、ペスト菌は体のもっとも目につかないところを探し当ててもぐりこむらしい」

「私の秘密の場所を探し当ててもぐりこむ心配のあるペスト菌は、一つしかいないと思うわ」すかさずリアナンは言い返した。

キールは思わず笑い声を上げた。かすれた声だった。「でも、そのペストは隠れようとはしないさ。さあ、じっとして！　約束するよ、いま僕の頭にあるのは、きみの健康だけだ」

彼はリアナンの肩や背中に泡を念入りにこすりつけ、それから彼女の脇腹にも両手をすべらせた。両手が胸を包みこんだときには、リアナンはハッと息を呑んで声を押し殺した。

「私の健康のため？」かすれた声で訊く。

「ああ、でも、こういうお手伝いを楽しんでやってることは認める」

「ねえ、私も同じことをお返ししないといけないの？」

キールの手がリアナンの胴体にすべったところで一瞬止まり、それから肩に動いたかと思うと、また彼女をくるりと回転させて、向き合った。彼のグレーの瞳には欲望が燃えていた。激しい欲望が。しかし同時に、戸惑うほどのやさしさと誠実さものぞいていた。

「きみがそうしたければね」

リアナンには返事ができなかったし、キールもとりあえずは答えを求めていないようだった。しばらく彼女を見つめてから、また彼女の腕にせっせと泡をつけはじめた。

「泡がなくなってしまった。もう一つ取ってくるよ」

「それはあなたの分でしょう」

「でも、僕はきみの半分も髪の毛がない。それに、きみは〝よきサマリア人〟となって、ふんだんに分け与えてくれるだろうしね」

キールがシャワーの下から出ると、リアナンは身震いした。彼がいなくなったのはほんのわずかな時間だったが、そのあいだに急に涙がわいてきた。二人に未来はない。彼女はキールを愛している――それははっきりと自覚している――なのに、自分を抑えておくことができない。

シャワーの下に戻ってきたキールは、歯でボディシャンプーの包みを破った。リアナンはただじっと立っている。彼は手のひらに少しボディシャンプーを出し、両手をこすり合わせてから彼女の腰を両手で抱え、彼女を少し手前に引っ張った。

「湯がかかりすぎてる。シャワーから少し離れなきゃ」キールが言う。

そしてリアナンの腰をマッサージしはじめた。やがて、さらに彼女を引き寄せ、締まったヒップを両手で抱えた。

二人の視線が合う。けれどリアナンは、抗（あらが）うことも寄り添うこともできなかった。キールはしばらく彼女を見つめたあと、ゆっくりとひざをついて、濡れた手をそっと彼女の太腿から腰へとふたたびすべらせた。さらにおなかへ、また太腿へ、そして脚のあいだへ。

リアナンの口から、驚きの甘い声がもれた。思わず彼の肩にしがみつく。「キール、やめて！」彼女はあえいだ。「さっき約束——」

「襲わないとは言ったし、もちろん襲ったりはしない。でも、これが終わるまではやめないよ」

リアナンは、口を開けばもう一度あえいでしまいそうで、ほかに何も言う勇気がなかった。キールの肌に爪を立てていることにも気づいていなかった。爪の下にうねる筋肉すら意識していない。指先の巧みな動きが、すべてを忘れさせるような激しい快感を生み出していることしかわからない。わずかに荒さを感じさせる、骨ばった手。迷いなくグイグイと攻めてくるけれど、やさしさも感じさせる揺るぎない力強さに、彼女はなすすべもなかった。

まっすぐ立っているのがやっとだった。霧と魔法の世界に、全身全霊で立ち向かう。ほんとうは立ち向かいたくもないというのに。けれどなんとか……どうにかこうにか、屈せずに持ちこたえていた。魔法も霧も、それに屈するということは、闇に身をゆだねることになってしまうから。

キールはふたたび下のほうへ移り、リアナンは陶酔したように深く息を吸った。気がついているのかいないのか、キールは何も反応しない。手つきも巧みに彼女のふくらはぎと足を洗い、また上に戻ってくる。

つかのま、リアナンは目を閉じてしっかり立とうとしたが、キールの存在は痛いほど近くに感じていた。胸のふくらみが彼の胸にこすれている。そのふくらみがいっそう大きくなり、ピンク色の頂きが硬くなって、もう一度触れられるのを待っていることは、ごまかそうとしてもむだだった。そんな反応に対するキール自身の反応にも、二人はいやというほど気づいていた。

とうとうリアナンが目を開けたとき、そのまなざしはキールの瞳に吸いこまれていった。けれど二人とも、もう一つの肌と肌との触れ合いも、痛いほど意識していた。キールのものが硬くそそり立ち、彼女の下腹部をくすぐるようにつついていた。

リアナンが息を呑む。「もう……もう髪をすすいでもいいかしら？」

キールはうなずいた。リアナンは向きを変え、ザーザーと流れる湯の下に頭をかがめて持っていった。けれどそのときでさえ、キールは尋ねることもなく手を貸し、彼女の髪をきれいにゆすいだ。

ふたたびリアナンが彼に向かい合うと、キールは彼女を自分の後ろに動かし、シャワーの下に入った。そして、男らしく精悍な体が濡れることでさらに魅力を増したとき、彼はつっけんどんに、こう言った。

「僕はなんの手伝いもしてもらえないのかな?」

ええ、とリアナンは言うべきだった。このままシャワーを出てタオルに身を包み、Tシャツをつかんで逃げてしまえばよかった。

「頭を下げて」リアナンは言った。「このままじゃ、届かないわ」

キールは言われるままに頭を下げ、リアナンは胸を躍らせながら彼の髪に指を通した。親しい家族しかやらないようなしぐさ。彼の髪は豊かでなめらかで、手触りがよかった。その髪を、確たる目的があって、彼女は洗っているのだ。

髪が終わっても、リアナンは続けた。広い胸にふたたび触れる口実がほしかったのかもしれない。体毛の生え方、締まった筋肉の流れや強靭な骨格を、探りたかったのかもしれない。

リアナンは彼の腕を、してもらったとおりに洗った。両手で背中が洗えるように、反対側を向いてもらった。引き締まったお尻の筋肉を見て、少しだけ躊躇したが、すぐに洗った。

「もう一度こちらを向いて」リアナンは言ったが、実際にキールが向きを変えても、目を合わせることはできなかった。彼の大切な部分で動いている自分の手を、憑かれたように見つめていた。彼女の手のなかで、命をみなぎらせているものが熱を帯びる。その脈動と男としての力強さを慈しんでいるのが、ほんの少し照れくさかった。

キールの両手が突然、リアナンの両肩に降りてきた。ハッとした彼女は、思わず視線を合わせた。彼の表情がこわばり、凶暴といってもいい顔つきになっていた。

「たしかに僕はきみに約束したよ、リアナン。でも僕は聖人君子じゃないし、きみは限界を超えてしまった。だから、もう出てくれ。手伝ってくれてありがとう。思っていた以上のことをしてくれたよ。でも、行くつもりなら、早く行ってくれ。いまなら、まだ冷たい水に変えられる」

リアナンは惨めな気分で口を開いた。どんなに彼がほしいと思っているかを説明したかったけれど、どうしても手を伸ばすことができなかった。彼がほんの少し強引になってくれたらいいのに。強引に迫ってくれたら、流されてしまえるのに。闇に引きずりこまれても、やがて闇は去る。すぐにそこから浮かび上がれるだろう。

「いいから」キールは冷たく言い放った。けれど、その声に怒りはなく、疲労の色だけがにじんでいた。「出て!」

キールはリアナンを体ごと抱え、水しぶきが飛び散るのもかまわず無造作にカーテンを開け、シャワーの外に彼女を出した。

彼がシャワーの下に戻ってカーテンをシャッと閉めるあいだ、リアナンは体がしびれたように動けなかった。ただ水を滴らせて立ち尽くしていた。わびしく拒絶されて、何か言えたら、この気持ちを説明できたらと、切に思いながら。

ぼんやりと、キールの動く音が耳に入った。引き締まった体がしなやかに機敏に動き、髪や体から泡を流す姿が想像できる。やがて、蛇口をひねって湯を止める音が聞こえた。カーテンがシャッと開く。

リアナンは手探りでタオルをつかみ、もたもたとぎこちなく体に巻きつけた。

そんなことは目に入らない様子で、キールが自分のタオルをつかむ。ろくに拭きもせず、狭苦しいバスルームから大股で出ていき、音をたててドアを閉めた。

リアナンは長いこと、その場に立っていた。またしても体がしびれるような感覚を味わいながら。しびれと、そして、すさまじい空疎感。二人のまわりでは、すべてがひどいことになっている。白衣の人間が歩きまわる。メアリーは瀕死の状態。ドナルドは彼女のそばにつきっきり。キールは緊張感と疲労感に満ちた一日を過ごし、何もかも一人で背負っている。けれど、この嵐のような騒ぎに立ち向かいながらも、二人には拠りどころとなる相手がいる。キールはすさまじく強くなれる人だ。人に多くを与えられる人。なのにリアナンは、臆病だから彼を否定し、自分自身をも否定している。なんて愚かなこと。立ち向かってみれば、闇なんて怖くないかもしれない。彼女はただキールのもとへ行き、あなたの力が必要なのと言えばいい。簡単な言葉を伝えるだけで、彼は理解してくれる。さあ、彼のもとへ行きなさい。

そうよ、早く彼のもとへ……。

Tシャツなんてどうでもよかった。錆びついた心を奮い立たせ、サッとドアに向かって勢いよく開けた。

キールは裸のまま、ベッドにうつ伏せになっていた。リアナンは駆け寄り、ベッドのそばにひざまずいた。

「キール、私……」彼の目が閉じているのを見て、リアナンの声はしぼんだ。彼はすやすやと深い息をしていた。シーツの上に広がった手からは力が抜け、リラックスしている。ぐっすり眠入っていた。

「ああ、キール」リアナンはささやいた。「ああ、キール、心からほんとうに愛しているわ」彼女は身をかがめ、彼の額にキスして立ち上がった。彼女も横になるつもりだった。

けれどキールはベッドスプレッドの上に倒れこんでいて、ブロンズ色の体はまだ濡れていた。いま風邪を引いたりしたら大変だ。リアナンはクローゼットから毛布と予備のシーツを探し出した。その両方を彼の上に掛けてから、自分も彼の隣りに潜りこんだ。

しばらくのあいだ、身をこわばらせてキールから少し離れていたが、彼のたくましさを感じたいという思いには勝てなかった。彼のそばに寄り添い、腕を彼の腰にまわして、彼の肩の下に頭をもたせかける。彼に言葉で伝え、身を捧げるチャンスは逃してしまったけれど、まだ隣りに寄り添うことはできる。裸だけれどあたたかく、清潔でみずみずしくて、つややかな彼の肌を感じ、触れ合ってホッとする。

眠り……それは簡単にやってこようとしていた。明日は彼の隣りで目覚める。朝が来たとき、二人はすでに触れ合っている……。

「この埋め合わせはしますからね、約束よ」眠りこけたキールの体に、リアナンはくぐもった声でつぶやいた。すべての重荷をその両肩に引き受け、そして最後は彼女のもとでこうして眠りにつく彼。二人の将来がどんなものかはわからないけれど、とりあえずいまは、じゃじゃ馬の相手をさせられるよりも、もっといい目を見て当然だろう。

彼に面倒をかけるのはやめて、かけられる側になろう。彼を支えよう。かつて彼が与えてくれたやすらぎの場を、自分が与えられるようにしよう。

そんな愉しい思いに浸りながら、リアナンは目を閉じた。すると夢は恐怖にあふれたものではなく、キールであふれたものになった。彼の前向きな姿勢。心強さ。この世界は残酷な場所かもしれないけれど、逃げずに自分の両手でしっかりと受け止めれば、生と死の苦しみと闘うことはできる。愛の力で。

# 12

目覚めたとき、リアナンは一人だった。寝起きでぼんやりしていて、キールがベッドにいないだけでなく、部屋のどこにもいないことがわかるのにしばらくかかった。なにげなく彼の枕を抱き、ひどい落ちこみを痛切に感じながら、自分の枕にもたれる。とても大事なものをなくしたような気分だった。未来への可能性――平安と落ち着きを手に入れ、人生の賭けに飛びこむ、またとない瞬間をなくした気分。

鍵穴のなかでキーのまわる音が聞こえ、リアナンはびくっとし、思わず掛け布団をさらにきつく巻きつけてドアを見つめた。

キールだった。褐色のパンツに紺色のニットシャツ姿の彼を見て、リアナンは目をしばたたいた。〈シーファイヤー〉に恐ろしい病気がやってきたことなど、夢か幻だったんじゃないか、まだ楽しい船旅に参加しているだけじゃないかと、一瞬、願った。

キールが部屋に入ってきた。手にリアナンの服をひと揃い持っている。しかしリアナンが口を開いて話しかけるより先に、彼のほうがしゃべった。よそよそしく、はっきりとした口調で。「今朝からは、きみがお望みだった自由が実現しそうだよ」キールは彼女の服をベッドの足元に置き、腰に両手を当てた。「急ごしらえの医務室にきみを入らせるのは気がすすまないんだが、ドナルドに倒れられても困る。それにトレントン先生から、きみはもうだいじょうぶだろうとお墨付きをもらったし——ともかく、この船のどこに行こうと、だいじょうぶだそうだ」キールは彼女に言うというよりは自分自身に言っているようで、視線がしばらく定まらなかった。

「いったいどういうこと?」リアナンは話がよくわからず、少し時間を置いてから訊いた。

「ドナルドがメアリーのそばを離れようとしないんだ。ずっとそばについてる。ピカード博士もトレントン先生も、トリヴィット先生すら信用しない。それに、僕が行っても、僕はすぐにどこかに呼ばれていなくなると知ってるし。彼が信用して睡眠を取りに行けるのは、きみしかいないんだ」

リアナンは裸なのもかまわずベッドから飛び起き、キールが持ってきたものを引っかきまわした。彼はいつもどおり有能だった。ジーンズ、シャツ、ブラジャー、ショーツを持ってきていた。そのひと揃いの服を抱え、彼女はバスルームに向かった。

「かわいそうなドナルド」雇い主への気遣いや思いやりにあふれた声でつぶやく。「彼女のお兄さんまで信用しないっていうのは驚きだわ。ジェイソンだって、さぞ心配してるでしょうに」

キールが答えないので、リアナンは足を止めて振り向き、彼を見つめた。

「ジェイソンもメアリーの隣りのベッドで寝ているよ」

「そんな」リアナンはつらそうな声で言った。

そしてバスルームのドアを閉め、急いで顔を洗って服を着ると、ものの数分でキールのところへ戻ってきた。

二人は無言で〈マンハッタン〉へ向かった。途中ですれちがうのは、新たに船にやってきた人間――つまり救急医療の人間のみ。誰もがキールに会釈し、きびきびとした足取りで歩いていく。

優雅できらびやかだったラウンジの変わりように、リアナンは驚いた。いまでは両側の壁に簡易ベッドが並び、それぞれが衝立で仕切られている。そして白衣の人間が大勢いて水差しを運んだり、薬の入った白い紙コップや、冷水の入ったボウルや、滅菌済みの白い布が載ったトレーを運んでいる。

「こっちだ」キールがひとこと言った。「メアリーはこの列の一番奥だ」

リアナンは、あんなに生き生きとしていた若くてかわいらしい歌手を見下ろし、胸をわしづかみにされる思いだった。メアリーは目を閉じていた。ひどい顔色で、白いというより灰色だ。息づかいも荒くて浅い。のどのまわり以外は、ものすごく華奢でかよわく見える。のどのまわりだけが腫れ上がり、二重あごになっていた。

横たわっているメアリーは、なぜだか美しく見えた。とても若く、脆い感じで、枕に乱れ広がっている髪がハッとさせられるような美しさを醸している。

ドナルドは彼女の上にかぶさるように頭を垂れ、彼女の手を握っていた。肌が透きとおるようなメアリーの細い腕に、黒い点が見えて、リアナンは胃がきゅっと縮まった。

後ろにキールが立ち、自分をじっと見ているのが感じられる。抱きしめて、とリアナンは祈った。少しだけでいいから抱きしめて。そうしたら、ドナルドに手を差し伸べる強さが持てるから。でも、キールが抱きしめてくれることはないだろう。彼女が一瞬ためらったために、距離をつくってしまった。二人のあいだにできた絆を、両手で放り出してしまったのだ。

リアナンは一歩前に出て、ドナルドの両肩に手をかけた。「ドナルド、リアナンよ。私がここにいるから、顔を洗って少し眠ってきてちょうだい。あなたが戻ってくるまでずっといるから」

ドナルドはゆっくりと顔を上げた。ぼんやりとした目は、焦点が合うのに少しかかったようだった。「リアナン」とつぶやき、空いたほうの手を彼女の手に伸ばした。ドナルドを見て、リアナンはずきりと胸が痛んだ。ふだんはきれいに剃っているあごに、うっすらと影ができている。年相応の四十歳――それ以上に見えた。

「ドナルド」リアナンはやさしく促した。「彼女のうえにあなたまで倒れたら、なんにもならないわ。さあ、何か食べてきて。睡眠も取って、ゆっくりシャワーを浴びてきてちょうだい」

ドナルドは力なくうなずいた。「ほんとうにずっといてくれる？」

「少しのあいだも離れやしないわ。キールが戻ってくるまで、お手洗いにも行かない。約束するわ」

もう一度ドナルドはうなずいたが、充血した目でつらそうに彼女を見た。「彼女がいちばんひどいんだ。どうしてメアリーなんだよ、リアナン？　こんなに若いのに。俺がかわってやりたい！　俺は四十で、彼女はまだ二十五なんだぞ」

リアナンは深く息を吸い、ごくりと呑みこんだ。ドナルドの気持ちはよくわかる。彼の言おうとしていることも、痛いほどよくわかる。子どもたちが奪われたとき、リアナンもまったく同じ気持ちだった。

「ドナルド、彼女は治るわ。だから立って、ぶつぶつ文句言わないの。彼女の役に立てるように、しっかりして！」

いっきにドナルドの瞳に怒りの炎が燃え、リアナンをにらみつけたが、彼はすぐに微笑んだ。「リアナン、ごめんよ。こともあろうに、俺が泣き言を言うなんて……きみの言うとおりだ。行くよ。少し眠ってから、戻ってくる」

ドナルドは立ち、彼女の額に軽くキスした。リアナンはキールの存在を忘れかけていたが、突然、彼の強い視線をまた感じた。振り向いてみると、ほんとうに彼がじっと見つめていた。表情からは何も読み取れない——いい感情も、悪い感情も。ただ消耗し、超然としているだけ。

「さあ、ドナルド……」キールは言いかけたが、二人が離れる前に看護師がやってきた。

「議員先生、通信システムにいらしてほしいそうです。最優先事項とか——ホワイトハウスからの連絡です」

「行こう、キール」ドナルドが言った。「一緒にデッキまで行くよ」

キールはドナルドにうなずいたが、もうリアナンを見ることはなかった。青いシャツに包まれた彼の広い背中が去ってゆくのを、彼女は見送った。それから、さっきまでドナルドが座ってメアリーを見ていた椅子に腰を下ろした。心がからっぽになってしまったような気分を味わいながら。

「ミセス・コリンズ?」声をかけたのは、感じのいい若い看護師だった。

「はい?」

「この布で彼女の額を冷やしていてくださると、とても助かります。点滴もしているんですが」——メアリーの右腕につながっているチューブを看護師が指さす——「彼女がお水をほしがったら、あげてください」

「いいですとも」リアナンはつぶやいた。「あの……ほかの方々の具合はどうなんですか?」

看護師はにっこりした。「悪くはありません──軽い症状ばかりです。処置が間に合いました。実際、この方のお兄さん──ジェイソンでしたっけ?」リアナンがうなずくのを待ってから続ける。「ジェイソンは、妹さんのそばについているんだと言い張って、大変でした」看護師はくすくす笑った。「ご自分のベッドで静かにしていてもらうように、鎮静剤を打たなきゃならなかったんですよ」

リアナンも笑った。「ドナルドが戻ってきたら、ジェイソンが起きていないかどうか、見てきます」

「それはありがとうございます、ミセス・コリンズ」

看護師は微笑み、ほかの仕事に向かった。リアナンは布を濡らしてメアリーの額に載せた。メアリーは動かなかった。まばたきもしない。メアリーの手にある黒い点に、ふたたびリアナンの目が行く。知らず知らずのうちに、彼女は祈りはじめていた。どうか彼女を助けてください、神様。助けてください、お願いです。

神は祈りに応えてくれるのだろうか? もう確信は持てない。神は正義など何もご存じないとしか、思えなかった。

「キール、きみに頼まれたことは念入りにやったが、いまだに理解できない。トイレの清掃員からエリート外交官まで、その船に乗っている人物は再調査したよ」

「ありがとうございます」キールは副大統領に言った。「それで……？」

「たいしたことは出てこなかった。それは断言できる。しかし、少しわかったこともある。アメリカ内外を問わず、その船に乗っているほとんどの政治家が、非暴力の抗議運動に関与したことがあるんだ。まあ、それも道理だが。乗客の四分の一がＷＷＯＮに関係しているのだからな」

キールは髪をかき上げ、いらだちのあまり、受話器を握る手に力がこもった。何もないところを疑ってしまったのだろうか？　古代の超能力者にでもなったつもりでいたのか？

いいや、胸騒ぎはたしかにあった。あの感じ……彼の写真的な記憶と一緒に働いた、あの感じ。彼はどこかで何かを見たのだ。いま心に引っかかっている何かを。しかし、それがなんなのかよくわからない。そのせいでぶっ倒れそうなほど悩んでいる。いや、ぶっ倒れるというのは表現がよくないな！

「すべて見てくださったんですか？　ほんとうにすべてを？」

押し殺したようなため息こそ聞こえなかったが、感じ取ることはできた。「キール、嘘はつかないよ、その道の専門家を使って調査しているんだ」

「ええ、そうですよね。申しわけありません。でも、ほんとうに何も？」

「キール、さっきも話したように、何も出てこないし、たいしたことは出てこなかった。じつを言うとだね、議員先生、乗客のなかで最悪の記録を持っていたのはきみだよ。あれだけ戦争反対の抗議運動をして！　最終的に軍に入ってよかったよ。でなきゃ、いまごろ、きみを疑ってるところだぞ——と言って、なんの疑いかもわからないが」

「この船からは、ネズミが一匹も発見されなかったんです」キールはつっけんどんに言った。

「ネズミなんてものは、どこにでも移動してしまうものだろうが」

「それでも腑に落ちないんです。ぜひ確認していただきたい人物が……」

「誰だね、キール？」

「グレン・トリヴィット医師です。乗客ではありません。船医として登録されています」

「トリヴィット……トリヴィット……Tだな。ああ、あった。グレン・トリヴィット。四十三歳。問題なしだ、キール。問題どころか、ジョーンズ・ホプキンス大学卒——成績優秀。米国医学協会の優良メンバー。所属団体もよし。逮捕歴なし。問題点は皆無だ。どうしてだ？　彼こそは今回の病気を特定し、迅速な対応で事態を収拾している人物だと思っていたが？」

「そのとおりです」キールはため息をついた。トリヴィットは頭脳明晰で迅速で有能で、人柄もいい。彼を疑う理由は何一つない。

「ほかに何かあるかね？」

「いえ……いえ、ないと思います」

「そちらの様子はどうだ？」

「順調です。頼りになる人物が大勢います。知識を持ち、協力的な人たちが。状況は落ち着いているようです」

「罹患したのは何名だ？」

「二十名以下です」

「二百人いて、か？　それはたいしたワクチンだな」

「すばらしい効き目ですよ」キールも同意した。「罹患した人間は全員、ワクチン接種前に症状が出た者ばかりです」

「そうか。よし。報告を続けてくれたまえ」

「わかりました」

キールは通信を終えようとして、とどまった。「副大統領？」

「なんだ？」

「私がお願いした調査も続けてください」

「もちろんだ」

メアリーが目を開けた。かすんで焦点が合っておらず、唇は乾いてひび割れている。

リアナンは椅子から飛び上がり、メアリーのほうへ身をかがめた。

「水」

リアナンは震える指でプラスチックコップの滅菌ふたを取り、清浄で透明な水を少しつぃだ。メアリーの頭を支えながら、コップを口元に持っていく。

「少しずつよ、メアリー」リアナンが注意するまでもなかった。メアリーは口元を少し湿らせたかと思うと、ふたたびリアナンに力なくもたれかかった。リアナンは彼女の頭をそっと枕に戻し、自分の椅子に座り直した。

暗い気持ちで部屋を見まわす。豪華なカーペットとカーテンだけが、元はここが笑いとダンスと音楽にあふれ、メアリーの美声が響く場所だったことを思い出させる。いまメアリーが横になっている場所から遠くないところでバンドは演奏していたのだ。

「調子はどう?」

突然の声に、リアナンは飛び上がりそうになったが、衝立の端からグレンがのぞいているのを見て、寂しげに微笑んだ。乗船しているほかの医療関係者と同じように、彼も白衣を着ていた。

「わからないわ、グレン。あなたのほうがよくわかるでしょう」

グレンはベッドをまわりこみ、リアナンに少し当たって謝りながら、メアリーの上にかがみこんだ。彼は首にかけた聴診器でメアリーの心音を聴き、まばゆいペンシルライトで彼女の瞳を調べた。それから、のどに両手を当て、口を開かせた。

「症状は出ているけど、回復するとは思うよ」

「ほんとうに、グレン？　そう思う？」リアナンが心配そうに訊く。

「ああ、思うよ。もちろん、あと二日ほどは確かなことは言えないが、もし金曜日を無事に超えたら、もうだいじょうぶだろう。これまでのところ、肺炎は起こしていないし」

「でも、もし起こしたら？」

グレンは肩をすくめた。「それはそうなったときに、また心配しようじゃないか？　とりあえず、悲観的になるほどひどい状況じゃないようだから」彼はリアナンに微笑みかけたが、すぐに眉をひそめた。「でも、そう言うきみは、ここで何をしてるんだ？」

「彼女に付き添ってるのよ」

「それはわかる。でも、きみはこんなところにいちゃいけない」

「ワクチンは受けたわ」

「でも……」

「あら、あなたはどうなの、先生？」リアナンは言い返した。「あなたこそ、症状が出ていないのは運がいいのよ！　あなたとドナルドはじかに接触しているんだから！」

グレンは声を上げて笑い、表情がゆるんで感じのいいしわが寄った。「僕は医者だよ、忘れたのかい？　僕らはしょっちゅう病気にさらされてるから、自然と免疫がついてるんだろう。それに僕もワクチンを受けてるしね」

「それならいいけど」リアナンはぼそぼそ言った。「あなたまで倒れるなんて思いたくないわ、グレン」

「ほんとうにそう思ってくれる？」

どこか、妙に物欲しそうな響きがあった。リアナンはハッとして彼と目を合わせたが、何もわからない。「もちろんよ。あなたみたいないい人がつらい目に遭うなんて、グレン」

彼のまなざしが、やはりなぜだか落ち着かない。「それにね、先生！　お手伝いをしてくれる人に文句を言いたいのなら、われらがブロンド美人を忘れないで」

「え？」

リアナンは離れたところを指さした。ジョーン・ケンドリックがベッドの一つに着き、年配男性の額を冷やす布を替えている。「リッチなお友だちが、一日じゅうずっと善意のナイチンゲール役を演じてくれているのよ。私なんか、役立たずに思えるくらい。でも、メアリーのそばを離れないってドナルドに約束したから」

「ああ、ジョーンか」グレンはそっけなく言った。

こともなげに状況を受け入れたグレンにリアナンは顔を曇らせ、グレンもそれに気がついた。「やらせておけばいいさ」と肩をすくめる。「人を踏みにじって生きてる大金持ちでも、たまには悔恨の旅に出て、慈悲深い天使に変わろうと思うこともあるさ。それはとめられない。無視しておけばいいんだ」グレンはにこりとした。「僕らも、きみのやることはどうにもできないようだけどね、リアナン。きみの目を見ればわかる。患者を収容する部屋に、こうして入ってる。そして僕の思うとおりだとすれば、ここを離れるつもりはないんだろう」

「私にも何かお手伝いはできるわ」リアナンは言いわけするように言った。

「それは否定しないよ。相当の数の医師と看護師は送りこまれているが、患者はみんな二十四時間態勢の看護が必要だ」

「じっとして心配しているよりも、お手伝いするほうがいいの」リアナンが言う。

「まあ、きみのような女性はそうだろうね」

その最後の言葉を、リアナンはほとんど聞いていなかった。病院と化している大きなラウンジのドアが開いた。白衣の人間が一人立ち上がり、入ってきた人物に注意しようとする。だが入ってきたのはキールだったので、白衣の男性はすぐに態度がやわらぎ、急ごしらえのデスクの後ろにふたたび腰を下ろした。

キールはまっすぐ彼女のほうには来なかった。三番目のベッドに――ジョーン・ケンドリックが年配患者の世話をしているところへ立ち寄った。二人の姿は衝立の向こうに隠れてしまったが、シルエットが近づくのは見えた。ジョーンの頭がキールの頭に近づき、彼女の手が彼の腕にかかる。二人は微笑み合っているのだろうか？　親しげに小声で話しているの？

そう長く思い悩んでいる時間はなかった。キールが衝立をまわって、リアナンのほうへ向かってきたからだ。キールは彼女ではなくグレンに話しかけた。「トリヴィット先生」軽く会釈する。

「議員先生」グレンが応える。

「新たな患者は出そうですか？」キールが尋ねた。

「いや、出ないことを祈ります。トレントンもピカードも僕も、今夜を無事に超えれば、ワクチンを打った全員が発病せずにすむだろうということで意見は一致してます」そこで顔を曇らせる。「だが、しんどい一夜になりそうですよ。客室をまわってきたところなんですけどね。乗客のうち何人か、ワクチンの副作用が出ています。悪寒や体のこわばりがあって、すぐに取り乱しがちだ――まあ、仕方のないことですけどね。とにかく今夜は、客を安心させるのに走りまわらなくちゃならないでしょう。外交方面はどうなってます、先生？」

「いまのところ問題ないよ。乗客が自由に歩きまわれるようになれば、ずっと状況はよくなるだろうね。そのころには危機も去ったと思ってくれるだろうから」

「たぶんそうなんでしょうね」グレンも同じ意見だった。

キールの視線があまりにも急にリアナンに移り、銀色のまなざしを受けた彼女は飛び上がりそうになった。「お昼を食べてきたら。〈海賊の入江〉がドクターたちのラウンジになってる。コーヒーとサンドイッチがあるよ」

「でも――」

「心配いらない。メアリーには僕がついてる。船が沈みかけでもしないかぎり、あと少なくとも十五分は誰も僕を呼びに来ないよ」

「行こう、リアナン」グレンが彼女に言った。「僕もコーヒーを飲みたいな」

五分後、リアナンはグレンと向き合って厚板のテーブルにつき、味気ないトーストをかじっていた。

「それだけしか食べないのかい？」グレンがとがめるように尋ねる。

「おなかがすいてないの」とリアナン。

「吐き気がする？」

「少し」

グレンが彼女の手を軽くたたいた。「心配しないで。あの注射を打ったあとでは自然な反応だ。ワクチンていうのは、病気をほんの少し体に入れるってことだからね」グレンが感心したように頭を振る。「あのトレントンって医者は天才だよ。ふつう、すでに病気に接触している場合は、ワクチンは打てないものなんだ。いやはや。小さな奇跡を神に感謝しなくちゃ」

「そうね」リアナンはぼそりと言った。小さなラウンジを見まわし、白衣の人たちが、何かおなかに入れようとやってきた、ほかの白衣の人間に食べ物や飲み物を出すのを眺めた。

「グレン、伝染病管理局から何人くらい人が来てるの？」

「そうだな。トレントンとあと医者が三人。看護師が十人。ペスト駆除の専門家が十人。どうして？」

「そこらじゅう、どこにでもいるような感じがするんだもの」

グレンはくすくす笑った。「白衣を着た人間のなかには、たとえばランチを出してる男二人もそうだけど、警備の人間もいるんだよ。初めから乗ってた人間が、〝白衣のお仕事〟に駆り出されてるのさ」

「なんだ」リアナンは言った。「それで合点がいったわ」

「だろう」

先ほどキールが医務室に入ってきたとき、リアナンがグレンから意識がそれていたのと同じように、いまのグレンも彼女を見ていなかった。彼の視線は、小さなラウンジのドアに向いていた。ちょうどジョーン・ケンドリックが入ってきたところへ。ジョーンが二人のほうをちらりと見る。

リアナンは怪訝な顔をしたが、そのとき、またグレンが自分を見ていることに気づいた。

「われらがフローレンス・ナイチンゲールだ」グレンが疑わしげな口調で言う。

「彼女はちゃんとやってたじゃないの」

「ああ、まあね」

ジョーンが自分とグレンをちらっと見たとき、どうして妙な気分になったのだろうとリアナンは思った。ラウンジにはほとんど人がいないのだから、入ってきた人間が部屋を見まわすのは当然だ。それに、ジョーン・ケンドリックとグレン・トリヴィットのあいだに何があろうと、気にするようなことではない。グレンは大人の男性だし、ジョーンのようなタイプの人間については心得ているようだ。利用されるとわかっていてそうするのなら、それは彼の自由だ。

でも、やはり納得いかない。リアナンはジョーンがキールにまとわりつくのを見ていた。ジョーンがキールを見るときの目や、キールに触れるときの手つきも見ている。ジョーンが追いかけるのはキールのような男性であって、グレンではない。

ジョーンが二人のテーブルに向かってきた。「ご一緒してもいいかしら？」

「もちろん」リアナンは思わずそう言っていた。「どうぞ、かけて」

グレンは無言で立ち上がり、ジョーンに椅子を引いてやった。ブロンド美女はそこに腰かけ、にっこり笑って、トーストとコーヒーを注文し、リアナンとグレンにまっすぐ向き直った。

「毎日、大変よね」

「そうね」リアナンが応える。

「まあ、でも、すぐによくなるわ。明日には活動もいくつか再開するってキールが言ってたもの。ラウンジを開けたり、ゲームをしたり。ダイニングではいつもの食事を出したり。ダイビングまでやるかもしれないそうだけど、こんな大変な状況じゃあ、さすがにあまり楽しめないかもね。でも、気を紛らわすにはよさそうだわ」

「たしかに、少しはましになりそうね」リアナンはそう言いながらも、視線を落としてコーヒーをひと口飲んだ。そして目を上げると、ジョーンがグレンを見つめていた。グレンはまだひと言も彼女に声をかけていない。

ジョーンのまなざしは、〝話があるの〟というような目つきだっただろうか？　それとも、ただの気のせい？　なんにしろ、リアナンは急に居心地が悪くなってきた。黒い壁に四方から迫られているような、閉所恐怖症のような気持ち。彼女はコーヒーを飲み干して慌てて立ち上がり、椅子を倒しそうになった。

「ごめんなさい。もう戻らないと。メアリーを一人にしないって、ドナルドに約束したの。キールの状況はご存じでしょう。ひっきりなしに、あちこちからお呼びがかかってるんだから」

緊張して口がもつれているのがリアナンにもわかったが、ジョーンもグレンも、病気のことを心配するあまりに態度がぎこちなくなっていると思ってくれるよう祈った。リアナンは二人に弱々しく微笑み、軽く手を振って挨拶した。

「じゃあ、またね」ジョーンがリアナンの背中に声をかける。

リアナンはドアのところで足を止め、振り返らずにはいられなかった。思ったとおり、ジョーンと、さっきまで口を閉ざしていたグレンが頭を寄せ合い、話しこんでいた。説明しようのない空恐ろしさが背筋をはいのぼってきたが、リアナンはまた向きを変え、逃げるように廊下を走って医務室に急いだ。

キールは、メアリーの点滴を替える看護師の手伝いをしていたが、リアナンが慌てた様子で戻ると目を細めた。「ちゃんと食べたのか?」人前だというのに、思ったよりもぶっきらぼうな言い方になっていた。

「ええ」リアナンは簡単に答えて椅子に座り、手順を見ていた。

「できました!」いつも明るい看護師の丸顔に、いつもと同じ笑顔が浮かんだ。「じゃあ、この管を見ていてくださいね!」

「もちろん」キールとリアナンが口をそろえた。しかし看護師が隣りの衝立の後ろに行ってしまうと、キールはあからさまにリアナンに顔をしかめて見せた。

「いったいどうしたんだ?」

「べつに!」

「顔色が真っ青だぞ」

「いいえ、ほんとうになんでもないの!」リアナンは語気を強くした。

「こんなところにいちゃいけない。あのワクチンにだいぶ反応して——」

「いいから、やめて、キール! だいじょうぶ! 私をここから出したいなら、引きずっていってちょうだい。まあ、マッチョな行為を見せるには、観客が大勢いていいでしょうけど」

そういう口の利き方はまずかった。キールの目はますます細くなり、瞳は突き刺すような銀色の点みたいになってしまった。表情はこわばって暗くなり、冷淡で厳しく見える。「怖いもの知らずだな、リアナン。少しでも顔色が悪くなるようなら、肩に担いでここから引っ張り出すぞ。〝マッチョな行為〟を誰に見られようが、どうでもいいさ」

これは引きさがったほうがいいと思い、リアナンは素早く目を伏せた。「私はだいじょうぶよ、キール。ほんとうよ。メアリーのそばにいたいのよ」

「わかった」キールははっきりと言った。

リアナンは目を上げなかったが、彼が向きを変える音が聞こえた。部屋を出て行くのに充分な時間がすぎるまで、顔は上げなかった。

けれど、キールは部屋を出ていなかった。ジョーン・ケンドリックがまた戻ってきていて、またしても彼はジョーンと話をしていたのだ。ふたたび寒気がリアナンを襲った。いったい私はどうしてしまったの？　自分でも情けない。ジョーンがキールと話をしても、グレンと話をしてもいやだなんて。自分はおかしくなりつつあるに違いない。いえ、おかしくなったような感じはしない。ただ、ひどく取り残されたように感じるだけ。キールはジョーンに、自分の予定をすべて話していた。私には何も言ってくれなかったのに。でも、彼は私と夜をともにした。気遣ってくれた。髪も体も洗ってくれた。すべてはきみしだいだと言われたのに、私は心を決めることができなかった。でも、でも、どんなにそうしたかったか！

彼の部屋に泊まっているのは、まだ私だわ。リアナンは自分を励ました。まだ時間はある……。

でも、ほんとうに？　たいてい二度目のチャンスなどないことを、日々、思い知らされているのに。

「リアナン？」

「メアリー！　ああ、メアリー！　わかるのね」

メアリーはなんとか弱々しい笑みを見せた。「ああ、リアナン、ひどい気分よ！」

「ええ、わかるわ。でも、すぐによくなるわ。もうすぐよ。お水を少しどうかしら、メアリー？」

メアリーはうなずいた。リアナンの助けを借りて、やっとのことで水を口に含んだが、すぐに疲れ果てて枕に倒れこんだ。メアリーの唇が、言葉を紡ごうとする。

「なんなの、メアリー？」リアナンはメアリーの口元に身を寄せた。

「ドナルドは？」

「もうすぐ戻ってくるわ」リアナンが約束する。

その答えに安心したのか、メアリーは目を閉じて、ふたたび眠りについた。

リアナンが彼女の手を握るうち、時は午後から夜へと移ろっていった。

夜の九時も近くなってから、ドナルドがおずおずと心配そうに、メアリーのベッド脇まで戻ってきた。十倍も見栄えがよくなったわ、とリアナンはホッとした。ひげを当たり、着心地のよさそうなズボンと軽いプルオーバーのセーターに着替えた彼は、充分に休養がとれたように見えた。

「ほんとうにすまない、リアナン！」ドナルドは強い調子でひそひそと話しながら、メアリーのベッド脇にいるリアナンの横に来て、すぐさまメアリーの手を握った。「電気が切れたみたいになっちゃってね。こんなに長く放っておくつもりじゃなかったんだ」

「あなたには休息が必要だったのよ」リアナンは言ったが、口元をゆるめずにはいられなかった。「ほんとうに彼女のことが好きなのね、ドナルド？」

「ああ」ドナルドはやさしく言った。「そうなんだと思う」少しだけひねた笑みを見せる。「僕の人生に小さな歌姫がやってきて、魂に残るメロディーを運んできたんだな。でも……」

「でも、何？　ドナルド？」

「彼女はまだ二十五だ。若すぎる」

「あなただって、よぼよぼのおじいさんじゃないわ、ドナルド。四十歳の男盛り。彼女はあなたがいいのよ」

「ほんとうに？」

「ええ」

ドナルドはベッドのそばでひざまずき、こうべをわずかに垂れた。「生きてくれたら……生きてさえくれたら……彼女にすべてをあげるよ」

うなだれた彼の頭に、リアナンはやさしくあたたかく、そっと触れた。「ドナルド、あなたはもう彼女にすべてをあげてると思うわ。彼女がほしいのは、あなたの心だけなのよ」

ドナルドはリアナンをキールの部屋に返して睡眠を取らせようとしたが、リアナンはとても安心して離れることはできなかった。ジェイソンとも話をしたかったので、彼のベッド脇に行き、メアリーはだいじょうぶだからと、自分が思っているよりもはるかに力強く、小一時間ほど彼を励ました。

そんなとき、近くのベッドから、誰かが水をほしがる声が聞こえた。それがラーズだとわかってリアナンは驚き、友人でもあり同僚でもある彼に水を飲ませたあともしばらく残り、熱い額を冷やす布を替えてあげた。

時間もよくわからなくなったころ、有無を言わさぬような厳しい声が耳元で聞こえた。脚に震えが走って鳥肌が立つような声。

「もう真夜中だよ、ミセス・コリンズ。おとなしく戻ってくれるかな？　それとも、僕が〝マッチョ〟な実演をするかどうか、賭けてみるかい？」

リアナンはキールを見上げる勇気がなかった。ラーズの額に当てている布をもう一度たたみ、背筋を伸ばした。

「そんなふうに言わなくてもいいでしょう？　時間を忘れていただけ。でも、ちゃんと感覚は残っているわ」

「それをもっと発揮してほしいものだね」

リアナンはツンとあごを上げたが、言い返すまではいかなかった。おとなしくキールに腕を取られたものの、夜番の看護師に声をかけ、離れることを告げた。

またしても二人は黙りこくったまま、キールの部屋へと戻った。部屋に入ると、キールはすぐにニットシャツを頭から脱いだ。

「失礼ですまないけど」そっけなく言う。「今夜は先にシャワーを使わせてもらうよ」

「どうぞ」リアナンはぼそりと答えた。

体は痛いし疲れているし、キールと言い争うような気力は残っていなかった。医務室を出たいま、目も開けていられない状態だったが、それでも開けていなければ。今夜は彼のそばに寄り添いたい。彼に触れたい。あなたが必要なのよと、どうにかして彼に伝えたい。

キールはまったく遠慮がなかった。ズボンも下着も脱ぎ捨てながらバスルームのドアに向かう。リアナンは疲れきってベッドにどさりと座りこんだが、ふと思ったことを知らず知らずのうちに声にしていた。「ジョーン・ケンドリックにはおかしなところがあるわ」

「そう？」キールは冷ややかに訊いた。しかし、裸でバスルームに向かう足取りが少し鈍ったように思える。

「ええ」リアナンはきっぱりと言った。「そうよ。彼女とグレン・トリヴィットのあいだには、何かあるわ」

「へえ？」キールはバスルームに足を踏み入れたところで止まったが、振り返ってリアナンを見つめ、さりげなくドア枠に寄りかかった。「そんなことどうでもいいじゃないか。未婚女性の付き添い役を任されてるわけでもあるまいし」

「そういう意味じゃないわ！」リアナンはキッとなった。「彼女はそういう意味でグレンを追いかけてるんじゃない。そういう意味では、あなたを追いかけてるの。そういう彼女に、あなたもできるかぎり応えているみたいだけど」

キールは肩をすくめた。「僕とジョーンのことを気にしてくれるのはうれしいけど、そんな筋合いはないんじゃないかな。だって、きみはもう僕を〝そういう意味で追いかけて〟ないんだろう」

「キール……」リアナンが言いかけた。

しかし、バスルームのドアはすでに閉まっていて、彼女の傷ついた弱々しい声は、キールには聞こえなかったはずだ。ひどい！　彼女はムッとし、苦々しい思いを抱いた。けれどすぐに、そんな思いはやわらいだ。疲れすぎていて、怒っていられないのだ。

そうよ、彼はひどい人。でも、バスルームから出てきたら、彼女も入ろう。シャワーを浴びれば気分もやわらぎ、いい香りがするだろう。ベッドで彼が背を向けていたら、全身で彼に寄り添い、そんな誘惑にひと晩じゅう抗えるものかどうか、見てやるんだから！

待つこともないのかもしれない。いますぐシャワーに入っていって、一緒に浴びればいいのかも。どちらもたがいのシャワーにずかずか入りこんだことがあるのだから。そうよ、そうすればいい。あと少し……この目がもう一度開いたら、すぐに……。

その夜、リアナンの目がふたたび開くことはなかった。

キールがシャワーから出てきたとき、緊張やいらだちや心配は、熱い湯気でやわらいでいた。リアナンが弱々しく反論しても、今宵はもう一度彼女を抱いてやるぞと心に決め、ベッドに向かった。ところが彼女の姿を見て、はたと足が止まった。彼女のまつげは太い三日月のように、目の下の隈の上にかぶさっていた。枕を抱き、丸くなっている。唇はかすかに開き、深い寝息を立てている。

キールは唇を嚙み、深々とあきらめのため息をついた。彼女を起こすことはできない。そんなことはできない。しかし、彼は眉をくいっと上げた。こんなふうに服を着たまま眠らせるわけにもいかないと思ったのだ。まず彼女の靴を脱がせ、パンツも脱がせた。癪なことに、全然目を覚まさない。彼が脱がせているのに、彼女の体はぐんにゃりと力が抜けている。シャツを脱がせたときでさえ、わずかにうめいて枕とベッドに対して体の位置を直しただけだった。ブラジャーをはずしたときも、ぶつぶつと何かをつぶやき、何をされているかわかって不満そうな声を出したあと、ふたたび体の位置を直した。

ほんのりと笑みを浮かべ、キールはリアナンのかたわらに横になり、彼女をそっと両腕で抱きしめた。こうして抱きしめ、なめらかな絹肌とベルベットのような髪を感じるだけで満足だ……いや、満足ではないが、これであきらめもつく。

キールはなんの気なしに、彼女の柔肌を撫でた。胸のふくらみを、ウエストのくぼみを指先で楽しむ。そのうち、眠気がやってきた。彼の不安は、もうそれほどぼんやりとしたものではなくなった。いまだに説明はつかないが、リアナンも同じものを感じ取っている。何かがおかしい。どれほど優秀な医者として通っていようと、すべてがグレン・トリヴィットに戻ってくる。そして、ジョーン・ケンドリックに。いったい、何があるというんだ？

# 13

あの人はロボットか何かなんだわ。翌朝、目覚めたリアナンは、またしてもキールの姿がないことを知って、少し苦々しく思った。彼はきっと電池で動いていて、遅くとも午前六時になると、すぐにエネルギーが充電されるのよ。ベッド脇の目覚まし時計を見ると、まだ六時をまわったばかりだった。

またひと晩が過ぎ、また一つチャンスを失った。そして二人の距離はどんどん広がっていく。

しかしベッドから足を下ろしたとき、キールが彼女の服を脱がせたことに気づいて、リアナンは微笑んだ。彼女が苦しくないように、衝動を抑えて行動してくれたのだろう。たぶん。彼女と同じように、キールも肌と肌で直接触れ合いたかったのだろうと思うことにした。

リアナンはシャワーを浴び、手早く服を着て、部屋を出た。デッキに出ている乗務員に手を振り、下の階に目をやった。きっとドナルドは昨夜もメアリーのそばで夜を明かしたのだろうから、また部屋に戻ってもらわなければならない。

けれど医務室に向かう前に自分の状態を考え、まわり道をした。先にコーヒーを飲もう。そうしたほうが、午前中ずっと、あの急ごしらえの医務室で過ごす準備ができる。

淹れたてのコーヒーの匂いが〈海賊の入江〉ラウンジのドアの向こうから香ってきて、リアナンはそちらへ急いだ。しかしドアに両手をかけたとき、言い争っているようなくぐもった声が聞こえ、驚いて手を止めた。邪魔をしてはいけないと思い、まわれ右をしようとしたが、甲高くうわずっている女性の声に聞き覚えがあった。リアナンはドアをほんの少し開けた。

「放っておいて。〝特定の男を追いかける〟ためにあたしが何を言おうと、どうでもいいでしょ!」

男性の声がぼそぼそと何か言ったが、リアナンには聞こえなかった。もう少しだけ、さらにドアを開ける。

「いい加減にしてよ! 自分のことだけ考えてて! あたしが男を絶っていられるかどうかなんて、計画には関係ない! あたしがウェレンを追いかけたいと思ったら、追いかけるの。計画にはなんの関係もないじゃない。あなたが熱を上げてる、あの浮かれた黒髪女こそどうなのよ! あの女が議員先生を引き留めておけないのは、あの女の責任でしょ」

それに答えた男性の声は低かったが、リアナンが身を震わせるような、恐ろしい響きがあった。「計画の首謀者が誰か、忘れてるようだな、ジョーン。僕が恐ろしい男だということも」

ジョーン・ケンドリックはいやらしい笑い声を上げた。「脅してるの、先生？」

「いいや、ミス・ケンドリック。確認してるんだ」

ジョーンが小さな声で何か答えた。リアナンはドアに身を寄せたが、そのとき肩に手を置かれて、その場に凍りついた。

「おはようございます、ミセス・コリンズ」

サッと振り向いた先にいたのはやさしげなトレントン医師で、リアナンは安堵の息をついた。「コーヒーを飲みに来たんですか？」トレントンが明るく尋ねる。

「え……」彼女はまだ息もできない状態だった。心臓が胸のなかで激しく跳ねている。

何、私はいったい何を聞いてしまったの？　あの二人は今回が初対面のはずなのに。リアナンは真っ青な顔でトレントン医師をじっと見つめ、何か恐ろしいことが起きているんです、と言いそうになっていた。すでに起きている恐ろしいことよりも、もっと恐ろしいことが起きようとしているんです、と。

ばかみたいだった。いったい、どう話せばいいのだろう？　トレントンはジョーンとグレンを問いつめるかもしれないが、二人はきっと、盗み聞きをしたリアナンが自分の好きなように勘違いして、仲よくおしゃべりしていただけなのに事実をねじ曲げたとでも言うだろう。

それに、リアナンが盗み聞きしたことを知られたら、何が起こるかわかったものではない。

「だいじょうぶですか、ミセス・コリンズ?」トレントン医師が急に心配そうな顔をして尋ねた。

「ええ、なんでもありません」リアナンは焦って言った——早く言いすぎた。トレントンは彼女がおかしくなったとでもいうように、まだこちらを見つめている。

「まあ、それじゃあ、コーヒーを飲みましょうか?」

リアナンは声もなくうなずいた。トレントン医師は内側にサッとドアを開け、先に入ってから彼女を通した。

グレンとジョーンは一緒に座っていたが、晴れ渡った天気のことや、今回の事態に落ち着いてきぱきと対応した〈シーファイヤー〉号の乗務員のことを、無邪気に話していた。

朝の挨拶が一巡し、グレンもジョーンもリアナンに輝かしい笑顔を振りまいた。どうにかリアナンは、変な顔をせずに笑顔を返すことができた。しかし、トレントン医師がコーヒーカップを受け取り、すぐに断わりを言って医務室に戻ってしまうと、またもやリアナンは慌てふためいた。ジョーンやグレンと同じ部屋で、三人だけになどなれない。彼女もコーヒーを取るときごちなく言いわけをし、そそくさと部屋を出た。

〝あの浮かれた黒髪女〟などと言われて、ジョーン・ケンドリックの顔にコーヒーをぶちまけてやりたい気分だった。けれど、ひどい侮辱を受けた仕返しをしたいという思いよりも、恐ろしさのほうが勝っていた。彼らはお遊びをしているわけじゃない。侮辱なんて取るに足りないことだ。

かと言って、リアナンに何がわかっている？　何もわかっていない！　船が出航してから、いやな感じがしているだけ。ジョーン・ケンドリックとグレン・トリヴィットは危険だ。あの二人は絶対に何かを企んでいる。でも、何を？　グレンはジョーンがキールに言い寄っているのを快く思っていない。どうして？　キールに熱を上げるあまり、秘密をもらしてしまうかもしれないから？　どんな秘密？　さっぱりわからない。

ああ、キール、どこにいるの？　いま、あなたにいてほしいのに、どうしてあなたはみんなから必要とされているの？

ふと気づくと、自然と足が医務室に向いていた。部屋に入り、入口のデスクにいた白衣の男性に会釈する。彼にはリアナンがわかったらしく、やさしい笑顔を浮かべて手を振った。

リアナンはメアリーのベッドに急いだ。思ったとおり、ドナルドがまだベッド脇に座っていた。閉じていた目がパッと開き、また閉じる。

「ドナルド」リアナンはそっと声をかけた。「また交代するわ」

ドナルドの目が大きく開き、眠たげな、状況をよく理解していないような笑顔を見せた。

「リアナン」

「ドナルド、キールがどこにいるか知ってる？」

彼はかぶりを振った。「今朝はまだ会ってない。でも、助かったよ、リアナン。メアリーは持ちこたえてるって言われたけど、まだ少しでも一人にしたくないんだ。容態が変わることもありうるし……」ドナルドの声がしぼみ、疲れたような長いあくびをして立ち上がり、伸びをした。

いつもなら、ドナルドにこれほど信頼されて、感激していたことだろう。でも今朝はそうではなかった。ドナルドに話してもいいかどうか、考えあぐねていたから——恐怖を感じていることを打ち明け、すぐにキールを探してほしいと言うべきだろうか。でも、そんなことはできないと思って暗くなった。ドナルドは物を考えられる状態じゃない。立つことすらままならない。無事に部屋に戻れるかどうかさえ怪しい。消耗しきって、眠りながら歩いているような彼に、こんな話をしても理解できないだろう。

「もしあいつに会ったら」ドナルドはうまく口がまわっていなかった。「きみのところへ行くように言うよ」

ドナルドはリアナンの肩を軽くたたき、足を踏み出した——いや、よろめいた。前日の睡眠くらいでは、これまでの睡眠不足を解消できていないのだ。

とにかく、ドナルドは行った。リアナンは冷静に判断して彼を引き留めることはできなかったし、メアリーを見ていると約束したのだ。メアリーのそばを離れてキールを探しに行けるだろうか？　部屋には大勢の看護師がいるし、トレントン医師はいまラーズを診察している。

けれど、そんなことをしてなんになるの、とリアナンはわびしく考えた。昨夜のことを思い出しても、キールは彼女が嫉妬しているからばかげた疑いを抱いていると思っている。ドナルドの期待を裏切ってメアリーのそばを離れ、そのあげくにキールに笑われ、盗み聞きをするような人間はものごとをきちんと判断できないと言われるの？ それに、キールに実際、どんなことを話せるというの？

メアリーが弱々しい声を上げ、リアナンは心配げに彼女を見下ろした。慌ててベッドをまわりこみ、メアリーの額に当てた布を替える。そのとき、盗み聞きした会話のことなど、吹き飛んでしまった。メアリーの口から、ひと筋の血が細く流れ出したからだ。

「トレントン先生！」リアナンは叫んだ。「トレントン先生！ 来てください！ 早く！」

午前中も午後も、メアリーは命をかけて一進一退の闘いを続けた。リアナンは医師や看護師の邪魔にならないようにしながら、ずっとそばについていたが、医師らの心配は伝わった。患者が血を吐きはじめたら、危険な状態だということを。命に関わる状態なのだ。生き延びる確率は、ゼロに近い。

必死で涙をこらえながら、リアナンはずっとメアリーのそばにいた。トレントン医師も常に近くに待機していたが、この場合は看護師よりもリアナンに任せると決めたようだった。

「冷やしつづけてください」トレントンはリアナンに言った。「冷たい布を切らさないで。熱を上がらせてはいけない」

立派な薬が開発されても、医療というのは、やはり基本的な事柄に立ち戻ってくるのだ。冷たい布でメアリーの胸を冷やしつづけること。さらにはメアリーの体を起こして、背中にも冷たい布を当てること。そうしないと、熱が下がらない——と看護師の一人が説明してくれた。

メアリーは何度か意識を取り戻し、手当に悲鳴を上げた。「すごく疲れたわ」リアナンに言う。「痛いのを我慢するのに、すごく疲れた。もうこのまま眠って、ずっと眠っていたい」

「だめよ、メアリー、だめ!」リアナンがすがりつく。「メアリー、お願いだから闘って!」

「ものすごく痛い……」

午後五時ごろ、トレントン医師がメアリーをふたたび診察してため息をついた。「化膿(かのう)した部分をつぶさなきゃならないだろう」ぼそりとつぶやく。「それしか方法はない」

リアナンは唇を噛んだ。ドナルドを呼びに行くのは気が進まなかった。メアリーと一緒に、彼までもが苦しむのは見たくなかったから。でも、やはり考え直した。

「トレントン先生、先にミスター・フラハティを呼んでもらえませんか?」

トレントンは感心したようにリアナンに目をやった。「ミセス・コリンズ、あなたはたいした人だ。彼女があきらめてしまったら、それこそ終わってしまうだろう。ミスター・フラハティなら彼女に何か言ってあげられるかもしれない……」

メアリーのベッド脇に戻ってきたドナルド・フラハティは、かつてリアナンが見たこともないほど憔悴しきっていた。彼は愛する女性を見下ろし、よろめいた。

「ドナルド」リアナンがつぶやく。「彼女に何か言ってあげて。あなたの声なら、彼女に届くわ」

ドナルドはメアリーの横にひざまずき、彼女の手を取った。「メアリー……メアリー、どうか聞いてくれ。絶対に元気になっておくれ……だって……僕はきみを愛してるんだ。ああ、メアリー、僕にはきみが必要だ。きみに会うために、これまで生きてきたんだ。ああ、メアリー、僕を置いていかないでくれ。今日……僕は船長に話をしたんだよ。この海の上で、僕らを結婚させてくれるそうだ、メアリー。ああ、メアリー、僕の声が聞こえるかい?」

リアナンは、強く願うあまりに、幻を見ているのかと思った。けれど、たしかにメアリーのまつげがかすかに動き、血の気の失せた唇が微笑んだように見えた。

トレントン医師がリアナンを見て、それからドナルドに向かってうなずいた。リアナンはドナルドのところへ行き、両肩に手を置いた。「少しのあいだ、外に出ていましょう、ドナルド。お医者様たちに彼女を助けてもらわなければ」

ドナルドはうなずき、ふらつきながら立ち上がった。リアナンは彼に付き添って、医務室から廊下へと出た。頬に涙が伝いはじめたドナルドを、リアナンが抱きしめる。いつも穏やかで、おしゃれで、やさしいドナルド。

「ああ、リアナン。彼女は死んじゃいけない。死ぬはずが……僕には耐えられない。そんなこと起きていいはずがない。彼女はあんなに若くて命にあふれてて……」

いいえ、起きるものなのよ、ドナルド。リアナンは思った。起きてしまうの。理不尽だけど、それでも起きるものなの。

彼女の考えを読んだかのように、ドナルドが彼女から離れた。つらい思いを、まだ瞳ににじませて。「リアナン」ドナルドはいまにも倒れそうだ。「すまない。ほんとうに悪かった。こんなふうに、きみにすがりつくなんて。きみこそ、あまりにも多くのものを喪っているのに。ああ、なんてことを」ドナルドがうめく。「僕のことを大嫌いになっただろう。きみの子どもたちこそ、どうして死ななきゃならなかったんだって思ったはずだ。きみは――」

「ドナルド！　いいの！　ぜひともすがりついてほしいし、メアリーも助かってほしいと思ってるわ！　ねえ、ドナルド、私はそれほど世界を呪ってもいないのよ。子どもたちを愛し、ポールのことを愛し、でも彼らを喪った。それでも、愛する心はなくしていないの、ドナルド。まだメアリーのために心から祈ることができるわ。お願いだから、私にすがって。泣いて。力になりたいの」

「ああ、リアナン」ドナルドはつぶやき、ふたたび彼女を抱き寄せた。

リアナンは震えた。ドナルドに与えられるだけの強さを持たせてくれた神様に、感謝の気持ちがわいてくる。

一時間後、ようやくキールがドナルドに会いに、ものすごい勢いで廊下をやってきた。そのまなざしにはドナルドへの深い思いやりと心痛が見て取れ、リアナンはあらためて彼が好きになった。

ドナルドはリアナンの腕を放してキールの抱擁を受けた。二人の友情の絆が、はっきりと目に見える。リアナンは静かにそばに控えていたが、しばらくしてキールとドナルドが離れると、キールが彼女を守り力づけるように腕をまわしてくれ、彼女はあたたかな感謝の気持ちでいっぱいになった。彼女が必要としていた支えと、流れ出てしまっていた強さを与えてくれたことで、二人のあいだの緊張感は忘れ去られ、きれいに洗い流されてしまった。

「医者はどれくらいメアリーの治療を続けてる？」キールが尋ねた。

「一時間以上だ」ドナルドが抑揚のない声で答える。

キールはうなずき、リアナンから離れて医務室に入った。かと思うと、すぐに出てきて、ドナルドに励ますような笑みを見せた。「もう入ってもいいそうだ」

メアリーはまだベッドに横たわっていた。長く白い包帯が首に巻かれ、さらに脇の下に布がはさみこまれている。彼女の呼吸する音は聞こえないし、胸が上下しているようにも見えない。一瞬、リアナンは、メアリーが最期のひと息をついて逝ってしまったのではないかと思って、ぞっとした。

しかしキールが安心させてくれた。「彼女は深い眠りに入って、いまはやすらかにやすんでいるんだよ」

三人はメアリーのベッドのそばに、ひと晩じゅうついていた。いつ朝が来たのかは、白衣の人間が勤務時間を交代したのでわかった。

朝が来た。なのにメアリーはまだぴくりともしないし、弱々しい声すら発していなかった。

「ドナルド？」

おずおずとしたやさしい声が小さく響き、三人ともハッとした。

メアリーの目が開いていた。ドナルドのうなだれた頭に移ったその視線は澄みきって、なんとなく困惑げではあったが、焦点は合っていた。

「メアリー！」ドナルドが声を上げた。すっかり目が覚め、また涙が頰を伝っている。キールは立ち上がり、リアナンの肩に手をかけた。「トレントン先生を呼んでくる」すかさず言った。

すぐにトレントンがやってきた。これまでに何十回としてきたようにメアリーを診察し、胸、のど、目、額の具合を診た。ゆっくりと、大きな笑みが広がる。「お嬢さん」メアリーに言う。「回復に向かっていますよ」

いったいメアリーは、自分がどれほどの状態になっていたか、自分でもほんとうにわかっていたのだろうか。メアリーは全員に気の弱い笑みを向け、それから新たな困惑顔でドナルドに目をやり、白く細い指を彼の髪にからめた。

「ドナルド?」メアリーが気圧されたような表情で訊く。「ほんとうに……ほんとうに私と結婚したいの?」

「ああ、メアリー、ほんとうだとも。心からそう思うよ。もし……もしきみが、中年男に縛られるんだと思わないのなら」

メアリーは声を上げて笑った。その声はこのうえなく愛らしくてすてきで、リアナンは全身がほんわかとあたたかくなるような気がした。

「まあ、ドナルド! あなたこそ、問題を抱えるのよ。私は決してお金のある生活になじめないと思うわ。あなたのお友だちの前であなたに恥をかかせるんじゃないかって、いつも不安でたまらないの」

「僕の二人の親友は、もうここにいるじゃないか」ドナルドは言った。「それにね、メアリー。きみが僕に恥をかかせることなんてあるわけがないよ。絶対に」

メアリーは満足して疲れ果て、目を閉じた。「私は、一生あなたのそばにいたいだけなの。一生」

キールがリアナンの肩をたたき、そして体に腕をまわした。二人一緒にそっとその場を離れ、急ぎ足で医務室を出た。

どうして急に、キールといるのがこんなにぎこちなくなるのかしら、とリアナンは思った。

もう何日も、両方が目を覚ましているときに、二人きりになれるのを待っていたのに。けれど、いざこうしてそうなってみると、落ち着かなかった。デッキに出ると、世界は美しかった。輝く太陽が、澄みわたる青い空に鮮やかに昇りつつある。

メアリーは峠を越えた。彼女が生きのびたことで、病気も収束に向かいつつあることがリアナンにはわかった。彼女の心はメアリーのことでいっぱいだった。ドナルドの幸せ。輝かしい奇跡は起こりうるということ……そして、キールが彼女を、二人で使うようになった彼の部屋に連れて行こうとしていること。

「あなたはまた徹夜だったのね」鍵穴にキーを差しこみ、先に入って彼女を導き入れるキールに、リアナンはつぶやいた。「枕に頭をつけたとたん、また誰かがやってきてあなたを起こすの？」

「いや、それはないと思う」キールは肩をすくめた。「緊急事態は終わった。危機的な段階は過ぎたよ」

キールは部屋のまんなかで足を止め、感謝と驚きに満ちた笑顔を浮かべた。「誰も命を落とさなかったんだ、リアナン。誰一人。全員が生きながらえたのさ」向きを変え、愁いを帯びた笑みを彼女に投げる。「真の英雄はトレントンだ——もちろん、ピカードもトリヴィットもだけど——それでも、僕も少しロッキーみたいな気分だ。ここがフィラデルフィアだったら、美術館の階段を駆け上がって、こぶしを振り上げたいね」

リアナンも笑みを返しかけたが、キールがグレン・トリヴィットの名前を出したことで、笑みは消えた。その日の朝、聞いてしまった会話が、まざまざとよみがえってきた。

「そうだ、キール！　忘れてた！　今日はずっとメアリーのことを心配してたから！」

「忘れてたって、何を？」キールは注意深げに訊き返した。

「キール」切羽詰まった声でリアナンは言い、彼に駆け寄って、裸の胸に激しく両手を置いた。「ジョーン・ケンドリックとトリヴィット医師はどこかおかしいって、私はずっと言いつづけてきたわよね」

「ああ」キールは訝（いぶか）るように目を細めた。「それが何か？」

「思ったとおりだったのよ。何かがあるわ。深刻なことが。今朝、二人が話をしてるのを聞いてしまったの。トリヴィットがジョーンを脅かしているみたいだった。彼女があなたに近づくのが気に入らないらしいけど、ジョーンは自分の好きなことをするって言ってたわ。自分のプライベートは〝計画〟に関係ないって。ゾッとした。恐ろしい口調で深刻に話してたの！　ジョーン・ケンドリックは何かに関わって――」

「リアナン！」

　キールに二の腕をぎゅっとつかまれて揺さぶられ、リアナンは痛みにびくりとした。「もういい！」彼が言う。「トリヴィットとジョーンのことは忘れるんだ。聞き違いだよ。ここ数日は大変だったから。病気のことで落ち着きを失ってるんだ。ありもしない状況をつくりだしてるんだ」

「違うわ！」リアナンは激しく反論した。「キール、ありもしないことをつくったりしてないし、聞き違いでもない！　あの二人には何かあるの！　何か危険なことが」

「だから、もう忘れるんだ！　あれこれ嗅ぎまわってスパイのまねごとをするんじゃない！いいから、やめろ」

「キール――」

「リアナン！」押さえつけるように言い返す。自分の口調に自分でもいやけがさしたが、たしかに何かが起きていることを、彼女に知らせるわけにはいかなかった。ひどいやり方だとは思う。彼女は聡明な女性だし、自分が何を言っているか、はっきりわかっている。だが、いまのところ、彼女にあれこれ打ち明けることはできない。彼女を巻きこみ、真相に近づけるわけにはいかない。もし核心部分に近づいたら、彼女は危険なことをやらかすかもしれない。だから、ひどい男だと思われても、こうするしかなかった。「僕らはまた徹夜したんだ。きみも僕も、眠らなくちゃ」

キールが彼女から離れ、カーテンを引いて真っ暗にし、静かにベッドに腰を下ろして靴と靴下を脱いだので、リアナンはびっくりした。彼女がまだ部屋のまんなかから動くこともできないうちに、キールはまた立ってズボンを下ろし、蹴り脱いで、掛け布団に潜った。

つかのま、ぴりぴりした緊張感で静まりかえったが、キールがかすれた声で言った。「頼

「キール、どうしてむよ、リアナン、早くベッドに入ってくれ！」

「いやよ、入らないわ！」リアナンは爆発した。

「ひどいわ、キール・ウェレン、どうして私の言うことに耳を貸して――」

キールがベッドから素早く、しなやかに飛び起きて、決然と彼女のほうへやってきたので、リアナンの言葉はとぎれた。とっさに彼女は、身を守るように両手を前に出してあとずさった。

「キール、私が埒もないことを言う人間じゃないって認めてくれるまで、あなたと一緒にそのベッドには入らないわ！」

彼はリアナンの言葉を無視し、彼女が彼をたたいて暴れるのもかまわず、足元からすくい上げるように抱き上げた。

「自分で服を脱ぐ？」キールが訊く。「それとも脱がそうか？」

「キール、ひどい、私は絶対……抱かれたり――」

「抱かれろって言ってるんじゃない。ベッドに入って、妄想にとらわれるのをやめて、少し眠ろうって言ってるんだ」

むだとはわかっていても、リアナンはとにかく抗った。しかし、彼の腕が鋼鉄のようにまったくゆるまないのであきらめ、体をこわばらせておとなしくなり、彼の厳しく頑固なまなざしをとらえた。

「議員先生、眠りたいのなら、どうぞご自由に。でも、私は自分の部屋に戻らせていただきます」

「それはできない」

「どうして？」

「きみの部屋は、伝染病管理局の人が使ってるからだ」

それだけ言うと、キールは文字どおり彼女をベッドに放り出し、彼女の片足をつかんで靴を脱がせた。

リアナンはもう片方の足でキールを蹴ろうとしたが、遅まきながら、彼が裸だということに気がついた。怒った彼女が彼をふりほどこうとしただけでなく、もっとすさまじいことを考えていたと思われたかもしれない。彼女の足は当たらなかったが、思っていたことは伝わってしまったようだ。キールは残虐と言ってもいいようなまなざしを向け、あっというまに彼女にのしかかり、体重をかけて彼女をベッドに釘付けにした。

「リアナン、いいか、もうやめろ。いまはもういい。もう何日も一緒に眠っているこのベッドで、無理やり眠らせようなんて思っちゃいないさ。怒ってもむだだ。もう一度言うぞ。トリヴィットとジョーンのことは忘れるんだ。いいから忘れろ。どうせ、きみにできることは何もない。とにかく関わるな。そして、二度と起き上がるな！　いまの僕は、もう忍耐力ゼロだ。もう一回体を起こしたら、どうなっても知らないぞ。いいな？」

リアナンは挑むようにあごを上げたが、唇を噛んで言い返すのをこらえた。見るからにキールは危険な状態だ。それがわからないほどリアナンもばかではない。彼は本気で言っている。これほどビリビリした緊張感を漂わせているキールは初めてだった――これほどに筋肉が盛り上がり、こわばっている彼は。爆発寸前のムードを漂わせ、彼女に自分が正しいと言い張るのはやめて、良識を働かせろと警告している。

キールはもうしばらく、脅すようにリアナンを見つめたあと、手をゆるめて彼女の上から転がり下りた。リアナンは天井を見つめ、怒りをくすぶらせていた。またしても命令口調の彼の声を聞くと、その怒りは二倍にも三倍にもなった。「服を脱いで、やすむ用意をするんだ!」

あなたなんか知らない、という言葉が舌の先まで出かかったが、リアナンはこらえた。また彼とつかみ合いになりたくない。裸の彼にのしかかられて、ものすごく心が乱れてしまった。どれほど腹を立てていても、すぐに息もできなくなるし、まともに考えられなくなるし、彼と目を合わせていられなくなる。

無言でリアナンは起き上がり、残っていた片方の靴を脱いだ。キールのほうをちらりと見ながら、シャツを頭から脱ぎ、床に放り投げる。でも彼はまだ背を向けたままだった。

服をすべて脱いだリアナンはベッドに入り、キールに背中を向けた。けれど、疲れがもう一枚の毛布のように広がっているのに、目が閉じられない。どうして私たちは、こんなふうに喧嘩になってしまうの？ ほんとうは何より、彼の腕のなかに入っていきたいのに。まじめに受け取ってもらえないと、どうしても喧嘩してしまう。

「リアナン？」

一瞬、やわらかなハスキーボイスは空耳だったかとリアナンは思ったが、ふたたび声がした。

「リアナン？」

「何？」息が詰まりそうになる。いつもの声ではなく、息切れしたようなかすれ声になった。

「悪かった」キールが静かに言った。

「そう」リアナンは苦々しく答えた。「でも、やっぱり私のことは信じてないのね」

「信じてないとは言ってない」

「そうね、たんなるふつうの会話を、私が妄想で発展させてると言ったのよね」

なぜだかキールは何も言わず、リアナンはどうしてかしらと思ったものの、寝返りを打つまではできなかった。やはり背中を向けたままだ。

キールが彼女のほうへ転がった。しっかりとしているけれどやさしい手が、彼女の髪を撫で、頰をかすめ、彼女の手に触れると、リアナンは震えだし、泣いちゃだめよと思った。

「リアナン、きみの言うことは信じてるさ。だから、たしかにトリヴィット医師とジョーン・ケンドリックには何かあるんだろうさ。何か計画が。でも、それに対して何ができる？

二人がプライベートでどんなことをしているか、問いただせるものじゃない。どちらも答えないだろうし。だから、もう忘れて放っておくんだ。いいね？」

いいえ、よくないわ、とリアナンは思った。キール・ウェレン、あなたが気にならなくても、私は気になるわ。だから、何がどうなっているか、調べるつもりよ。

「わかったわ」彼女はぎこちなく言った。

キールは離れがたいとでも言うように、もう少しリアナンの上で留まっていた。しかし、リアナンはやはり彼に顔を向ける気持ちになれなかった。

キールは小さくため息をついた。「いいよ。もう眠って」

彼女の上から転がり下り、完全にふれあいを絶った。二人はまた背中合わせになる。

長い長いあいだ、リアナンはじっと横たわり、心のなかで闘っていた。キールには腹が立っているけれど、それでも愛しているし、やっぱり彼がほしい。

「キール？」

「何？」

ついにリアナンは寝返りを打ち、キールのほうににじり寄って、彼の肩越しにシャープな横顔を見つめた。

「私……眠りたくない」

キールは振り返ってしばし彼女の目を見つめ、それから大きな笑みを浮かべた。「うん、

「それなら、ミセス・コリンズ、こっちにおいで！」シーツを跳ね上げ、両腕で彼女をかき抱き、ほっそりとした彼女の肢体を自分の上に載せた。

硬くそそり立つものと彼のむきだしの欲望を腿に感じ、リアナンは驚いて目を丸くした。

彼はなんとも思わずに自分の隣りで寝ていたと思っていたのに……。

キールが豊かな笑顔を見せて、彼女を見上げる。「もう一度、僕を〝利用〟してみる？」

いま……いまこそ、彼がどれほど大事な存在なのかを告げるとき。ひと言でいい。ひと言、そっとつぶやけば。

「あなたがそれでいいのなら」リアナンはぽつりと言い、慎み深く視線を落とした。

キールの指が、彼女の顔を両側からしっかりと抱え、髪にからみつく。けれど痛くはなく、歓び以外のなにものでもなかった。

「それでいい、それで」

「キール……」リアナンはやわらかな声で哀願した。

彼はリアナンの顔を引き寄せ、くっつきそうなところまで近づけて、瞳をのぞきこんだ。それから彼女の頭を抱え、さらに引き寄せて唇を触れ合わせた。最初はゆっくりと。かすめる程度。味わいと香りで、くすぐるように。

キールの舌先が小刻みに、彼女の唇に軽く触れ、それから唇のなかへ入りこみ、歯の上をなぞって力強く求めてきた。リアナンはのどの奥で小さくあえぎ、彼の口づけの激しさを受けて、自分の欲望もさらけだした。押し入ってくるベルベットのような彼の舌を、シルクのような彼女の舌が熱く受け止める。リアナンは彼に抱きつき、両手を彼の髪にからみつけた。豊かで男らしい、エネルギーを感じさせてくれる手触り。

キールの手は、やさしいけれどたしかな力強さでリアナンの肩を撫で、脇腹、そして腰へと下りてゆき、その柔肌を楽しみ、さらに先を求めて歓びを見いだしてゆく。両手が何度も何度もすべり、甘美な波を生み出してゆく。いつしか彼女は全身で、その激しい魔法の感触をせつないほどに求めていた。

ふいにキールが動いて唇を放し、彼女を仰向けにさせて、自分は横向きになった。けだるげに微笑み、軽くチュッと唇を合わせて、彼女の唇の潤いを味わった。

それから彼は自分の手を眺めながら、リアナンをゆっくりと撫でていった。鎖骨をかすめ、彼女の肌にできた影を愛でると、彼女が震える。さらに胸のふくらみを包み、物憂げに一度も乳首には触れないようにしながら、何度も丸みをなぞった。先端に触れる愉しみは舌のために残してあったとでもいうように、彼が頭を下ろす。あたたかな、湿った感触が初めて伝わったとき、リアナンは甘い声を上げてのけぞった。狂おしいほどに求めているのに、ずっとじらされ、おあずけされていた、ピンク色の頂を突き出して。

けれど、おあずけはもう終わり。キールは存分に口を使った。歯で軽く甘噛みし、さらに味わうようにそっと吸って、噛んだ刺激をやわらげる。

激情に駆られて、リアナンは彼の髪をつかんだ。どうしてこの人は、これほどいっきに私をその気にさせてしまうのかしらと、ぼんやり考える。けれど、すぐに快感で頭がぼうっとなり、何も考えられなくなった。

キールは唇と歯と舌で、魅惑的な彼女の乳首の先端を愛でながら、手を動かしつづけた。やわらかで敏感なおなかをこぶしで撫で、手のひらを腰にすべらせ、彼女を求め、その感触に陶酔する。キールは激しい悦びを感じながら考えた。男にとって、愛する女が欲望を解き放って乱れている姿ほど、そそられるものはない。彼女は美しいだけじゃない。動きもいい。流れるような優美な動き。背をしならせ、もだえる姿もすばらしいし、なめらかな腰や脚を激しくリズミカルにくねらせる姿は、耐えられないほどそそられる。

それに、彼女の味わいと香り……生涯、忘れることはないだろう。空と太陽のようにすがすがしくかぐわしくありながら、悩ましいほど女らしい。彼女のありのままの姿にただ感謝しながら、キールはつかのま、彼女の胸の下に頭を置き、自分のブロンズ色の手の甲を眺めつつ、節くれだった指先を、彼女のやわらかでなめらかな脚のあいだに差し入れた。彼女の長い脚が震えるのを見て、心が浮き立つ。

「キール……」リアナンがささやき、突然の恥じらいにひざを上げ、キールのほうに体をよじった。

「リアナン……」長い息を吐きながら、キールはかすれた声で言い、なだらかなリアナンのおなかに顔をうずめ、それから舌でおへそをくすぐった。体の位置を変え、彼女の脚をすっかり開かせ、たくましい体をそのあいだに置く。

リアナンの小さなあえぎ声が、甘く激しい欲望のメロディーになる。それを聴きながら、キールは彼女のすべてを求めることにのめりこんだ。女性ならでは、いや、彼女ならではの敏感な場所を――すべての秘密を探り出すことに。それは、最高にエロティックな拷問だった。なぜなら、彼女に触れるだけで、いてもたってもいられないギリギリのところまで竜巻に呑まれたように持って行かれるのだから。自分の血の脈動が、キールには感じられた。轟(とどろ)くような心臓の鼓動が。股間のうずきが。早く彼女のなかに突き入れ、包みこまれたい。

「ああ、お願い、キール！　もう我慢できないわ！」

「僕もだ」キールもかすれた声で答えた。彼のあたたかな吐息と汗ばんだ肌が、彼女の血にまでしみこむような快感をさらに高める。やがてリアナンは、火山になったかのように感じた。大爆発寸前の、炎を上げる溶岩。もう耐えられないほどの火照りしかわからなかったが、それでもキールの紡ぎ出す微妙な感覚はすべて感じ取っていた。

「早く、キール！」リアナンの爪が彼の肩に食いこむ。彼の髪を引っ張る。「ああ、キール、私はあなたを利用しているのよ。そうでしょう？　利用させて。私にも触れさせて……」

キールがさらに身を寄せた。かすれた声で告げられた言葉と、せがむような響きにうれしくなる。彼の唇がリアナンの唇にまた重なり、急に強烈な勢いで貪(むさぼ)った。それでも、リアナンはしっかりと応えた。息つくひまもないほど唇を動かし、しっとりとした舌先で彼の顔にキスのシャワーを降らせ、彼の耳たぶをそっと噛み、のどのくぼみをなぞる。リアナンは軽く押すようにして彼から離れ、今度は自分の激情を解放することにした。

「私の番よ……」ソフトな声で宣言し、手と唇を熱っぽくキールの胸にさまよわせる。彼のかたわらに体を動かすときは自分の体をもどかしげにこすりつけ、脚をからませて、指でじらすように、唇で貪るように、彼の胸の筋肉を味わった。

熱烈な攻めを受けたキールは、世界が深紅の色を帯びてグラリと揺れたかのように思った。一瞬、彼女の荒々しくも美しい情熱に言葉を失い、ただ身じろぎもせず、生来の淫(みだ)らさから生まれる巧みなテクニックで愛されるにまかせていた。絶妙な体の動きや触れ合いがあるごとに、キールの血は煮えたぎり、もう耐えられないところまで来た。

「リアナン……」しゃがれた声で不満を告げる。

ところが彼女は聞き入れなかった。そしてキールは熱気の大波に何度も襲われ、自分が彼女にしたのと同じように、やわらかくかすめるような湿り気のある感触に翻弄(ほんろう)されて、身を震わせた。もう高ぶりは募るいっぽうで、爆発して手に負えなくなる極限まで来てしまった。

「もうだめだ！」キールは突然、はちきれんばかりになって激した。力まかせにリアナンをかき抱き、彼女を自分のそばに引き倒した。ひざで強く押して脚を開かせる。目を合わせると、彼女の瞳が自分自身の持つ力にゾクゾクして輝き、艶(つや)を放っているのがわかった。キールは笑みを浮かべて、彼女の上にかがみこんだ。

「きみへの想いで僕をおかしくさせようって？　うまくいったよ。大成功だ……」

そう言いながら、キールは彼女のなかへ入っていった。彼女を満たす熱さと力強さには爆発しそうな勢いがあり、それだけで身を揺るがすような、狂おしい悦びをもたらす衝撃だった。

「キール……」リアナンはあえいで、彼の首に抱きついた。

キールは引き締まったなめらかなヒップを両手で抱え、もう一度、身を揺るがすようなひと突きをくり出した。リアナンは小さく声を上げ、彼の口を自分の口に引き寄せた。彼は体を沈めながら、舌で彼女の口をなぞった。

これほど女性に完璧に包みこまれ、呑みこまれたような感覚は初めてだった。彼女のなかに吸収され、彼女の一部となって、この世界から乖離してしまったような気分。律動する目のくらむような欲望に、弾ける天国へとさらに誘われて。とはいえ、彼女の存在はありありと、完璧に感じている――いや、溶けこんでいる。彼の激情は、さらにもどかしく高ぶりつづける。太古の昔から男なら誰でもやってきたように、彼女に自分の印を刻みこもうと心に決めた。彼女の魂に、彼女の記憶に。もう二度と、ほかの男と愛を交わそうなどと思わないように。二度と、絶対に。

激烈なキールの欲望は、どんどん昇りつめてゆき、リアナンに次から次へと絶頂の波を送りこんだ。キールが身震いしたとき、彼女のなかへ注ぎこんだのは、彼の心、彼の魂だった。彼女の上に倒れこみ、彼女の髪に指をからめて激しく愛撫しながら、最上の悦びと最高の苦悶をほとばしらせて彼女の名を呼んだ。「リアナン！」

二人の激しい欲望が充分に満たされると、リアナンは乱れてしまったことがなんとなく気恥ずかしくなったとでもいうように、彼の胸に顔を押しつけた。何も言わず、彼のそばに寄り添い、丸くなっていたが、キールはまだ彼女が自分を必要としてくれているのがうれしかった。いま、彼女はやすらぎを求めて彼のそばにいる。けだるい悦びの余韻に浸るための、心強いシェルターを求めて。

キールは体を動かして彼女をさらに抱き寄せ、彼女のむきだしの肩を軽く撫でた。しかししばらくすると、わびしげな笑みを浮かべた。リアナンはたちまち寝入ってしまったようだ。彼も目を閉じ、かたわらに寄り添う彼女の感触を味わう。彼女は自分のすべてをさらけだして、彼を信頼してくれた。それが、彼女への愛をいっそう深めた。ああ、僕のハートのクイーン。僕はきみのエースだ。キールが決然と考える。ゲームが終わったときには、かならずきみを僕のものにする。毎夜きみを抱き、きみを愛するために。

長いこと、キールは身も心も二人の絆の強さに感動したまま起きていた。しかしそのあと、ゆっくりと、不安の種が感動を凌駕（りょうが）して頭をもたげてきた。背筋を冷たいものが走り、彼女をさらに強く抱き寄せる。強く抱けば、彼女を守れるとでもいうように。

伝染病騒ぎはまだ終わってはいない！　キールに怒りがわいてきた。リアナンの言うことは嘘じゃない。彼女が妄想を抱いていたわけでもない。彼女はたしかに、何かを聞いたんだ。この船に乗ったときから、彼も何か妙なものを感じていた……。

超能力者でもないくせに！　キールは内心、憤った。だが、今回の航海について言えば、超能力者と言っても過言ではない。

何かがおかしいことはわかっていた。ひどくおかしい。ペストの発生だけじゃない。トリヴィット……そしてジョーン……。

キールは両脇でこぶしを固めた。どうしてこんなにわからないんだ？　どうしてこの妙な感覚に取り憑かれながら、何もはっきりさせることができない？

なぜ？　なぜ僕は、トリヴィットに何かあると確信していた……？　あの医者はなんなんだ？　どうしてジョーンと言い争っていた？

キールはつとめて深く息を吐き出した。待つんだ……そして見さだめるんだ。それしかやれることはない。そして準備を整える。未知のことに対して。彼にわかっているのは、今度は自分が見さだめる立場にあるということだけ。やっと見つけた小さな天国を守るためなら、この手で人一人引き裂いてもいい。

来るなら来い。キールは冷酷に考えた。来るなら来て、俺を捕まえろ。迎え撃ってやる。来るなら来い……。

だが、そんなことを考えても仕方がなかった。敵の姿が見えなければ、戦うことはできない。

# 14

「きみは僕と結婚したほうがいいよ」輝くような青空を見上げ、キールがあっさりと言った。「僕には接客をしてくれる人間(ホステス)が必要だし、この航海が終われば、ドナルドに接客係は必要なさそうじゃないか」

二人は触れ合っていなかったが、リアナンがそばで身をこわばらせたのがキールにはわかった。しまった！　キールは自分を蹴り上げたくなったが、ついつい皮肉っぽい言い方をしてしまった。彼女を失うことを怖れるあまり、ぶしつけになったのだ。いやみったらしい取引めいた話を持ちかけることでしか、自分の感情をうまく表現できなかった。

ペストが発生して危機的な状況に陥り、それが収束していくまでの四日間、リアナンは彼のものになったが、それも魔法のような夜のあいだだけだった。乗客が船内を自由に出歩けるようになると、二人とも常に忙しくなった。そこで、夜に暗くなってから体を重ねるだけで、ことの最中に睦言(むつごと)を交わす以外は話もしない。たぶん、二人とも、魔法を解いてしまうのが怖かったのだろう。

キールは、自分がリアナンの話をきちんと聞かなかったので、まだ彼女が怒っていることを知っていた。しかし、ほんとうに不安要因があるということを彼女に話すつもりもなかった。彼女を怯(おび)えさせたくなかったのだ。

それに日がたつにつれて、だんだんばからしく思えてきた。すべてはうまくいっている。あと二週間もすれば、入港も許される。帰港が遅れているのは、安全を期すためだ。

船内には、もう陰気な空気も流れていなかった。医務室はいまだ満杯だが、それは患者に体力をつけさせるためでしかない。最悪の事態はたしかに終わり、船内はいつものにぎわいを見せている。会合は毎日行なわれ、クルーズディレクターたちも業務に戻った。ただし、その業務内容は少しだけ変わった。催しはすべて船上で行なわなければならなくなった。とはいえ、もっと活動的に冒険したいという精神の持ち主たちは、〈シーファイヤー〉備え付けの手漕ぎボートにひと乗りしたのだが。

実際、キールは今朝、リアナンをそのボート乗りに連れ出した。二人は相当の距離を漕いで海に出ると、少しシュノーケリングをしたが、なんにもならなかった。深すぎて、海中の景色は楽しめなかった。戻ってきた二人は、メインマストの船首側の平らな広いデッキで、のろのろと体を拭いた。

リアナンが背中を伸ばしてあたりを見まわし、ひざを抱えて座ったのを、キールは気配で感じ取っていた。自分はほんとうに声を出して話しかけたのかなと訝りかけたとき、やっとリアナンが口を開いた。

「それはすごい宣言ね、議員先生」冷ややかな声。「いつかあなたが大統領になったとき、私は控え室に甥っ子や姪っ子を集めて、いかに偉大なキール・ウェレンがひざまずき、感極まってプロポーズしてくれたかを話せるわ」

リアナンは自分がやたらと辛辣な口調になっているのはわかっていたが、どうにもとめられなかった。彼の本心はいったいなんなのだろう？　さっきの口ぶりは、あまりにものんきで、からかわれているのかと思った。本気で言ったの？　もしかして、彼のほうこそ、いまだに過去にとらわれているのかもしれない。たぶん、エレンのことを決してほんとうに忘れることはできなくて、リアナンなら妻として、ほかの誰とくらべても遜色ないお飾りになると思っただけかも。

うすら寒くなってきて、また真っ暗な闇が——壁が、迫ってくるような感じがした。もしキールが本気なら、彼女はどうだろう？　彼のことは愛しているけれど、愛することはつらい。喪うかもしれないという不安に、いつもつきまとわれる。それに、彼は子どもを望んでいる……。

「僕は本気だよ、リアナン」キールがゆっくりと言うのが聞こえた。リアナンの大きく刳った水着の背中部分から出た背筋を指でなぞると、彼女がビクッとする。「前にも言ったけど、僕にはドナルドみたいな給料は払えない。でも、きっと楽しい生活が送れるよ。ワシントン

DCにはおもしろいことがたくさんあって、きっと、きみも気に入る」

リアナンが振り向くと、彼は目を細くすがめていた。銀色の瞳がキラリと光る輝きだけが、かろうじてわかるくらいだ。

「接客係と結婚して――安く使おうってわけ？」

キールが肩をすくめる。

「すてきな取引ですこと。でも前にも訊いたけれど、私にはなんの得があるわけ？」

「家と家族が持てる」

「家や家族なんてほしくないわ」

「嘘だね」

キールが太陽の下でけだるそうに見えると思ったのは、まちがいだった。デッキに敷いたタオルに寝そべってはいるけれど、いらだたしげに少し体の位置を直して筋肉が動いたとき、とくにブロンズ色の肩に力が入っているのがわかった。いまにも全力で飛びかかられそうな様子だった。

「いいえ――」

「きみは子どもがほしいし、家庭もほしいはずだ。きみは妻となり母となるために生まれてきたような人なんだから。いまはただ臆病になってるだけで」

「そうでしょうとも！」リアナンは突きつけるように言い返した。「私は臆病よ。でも、もう二度と、絶対に子どもは持ちたくないわ」

キールがいきなり体を起こした。すさまじい速さだったので、ほんのわずかでも逃げるチャンスがあったとしたら、リアナンは逃げていたことだろう。彼はリアナンの腰を抱え、銀色の鋭い瞳をくすぶるようなグレーへと色濃く変化させ、激しいキスで襲いかかった。

「ほんとうに？　幾晩も無謀な夜を過ごした女性が言う言葉とは思えない、自信ある発言だな。もう一夜かぎりの関係じゃないんだぞ。まあ、たまたま医者が、きみのために避妊具を用意して乗船したというのなら話はべつかもしれないが」

リアナンは顔から血の気が引くのを感じた。たしかに無謀なことをしていた。考えなしだった。頭がおかしいと言ってもいい。けれど立派な言いわけはできる――病気が発生したし、疲れていたし、不安だったし、つらいときには誰かが必要だった、と。

立派な言いわけだが、だからといって事実が変わるわけではない。ダチョウは危険が迫ると砂に頭を隠すと言うが、まさしくそれと同じことをしていただけだ。

リアナンは目をしばたたかせ、ありもしない落ち着きを取り戻そうとした。「いいえ、議員先生。あなたのいやみはおもしろいけれど、言うだけむだだったわね。私はなんの心配もしてないわ。体のサイクルから言って、そういう時期じゃないもの」

キールがぎこちなく微笑む。「自信があると？」

「だから言ったでしょう、私は――」

「仮定の話をしようか。もし……もし、そうなったら！」

「だから、もしもの話なんて――」

「いいや、あるさ」

「もう。言ったでしょう、子どもは二度と持たないって」

「堕ろすのか？」

リアナンはキールから視線を引きはがし、海を見つめた。口を開く勇気がなかったので、ただうなずいた。嘘をつくつもり？　いえ、それともこれが本心なの？　それとも、そんなことはあるわけがないと決めつけて、いまだに頭を砂のなかに隠しているの？　勝負は私の出方しだい。そうよね？

突然、キールの手が彼女のうなじをつかみ、凄みのある声が耳元で轟いた。「僕の子どもはだめだ。そんなことはさせない」

冷酷な手の感触に、リアナンは涙がにじんできた。彼の手の力に抗い、体をよじって、目の端で彼の姿をとらえる。

「ワシントンに戻って、法律の勉強でもしたらどう？　議員先生……」そう言いかけたが、キールの手に力がこもり、彼女の声はしぼんだ。

「今回ばかりは、法律なんてどうでもいい」警告する。

「放して。これはもしもの話でしょう。話そのものが見当ちがいだわ」

「もうそんなことは言ってられ――」

「あの……すみません、議員先生」突然、おずおずとした声が聞こえ、キールは口をつぐんだ。

船のパーサーであるトニー・ヴィントンが、二人の前に立っていた。赤い顔をして、体を横に揺すっている。パーサーがしばらくのあいだ、慎み深く、口をはさむ頃合いを見計らっていたのだとわかり、沈んでいたリアナンの顔はいっきに真っ赤になった。

「なんの用だ、トニー？」キールが冷静に訊いた。リアナンだけが、彼の口調にひそむなまなましいいらだちを感じ取った。

「これがあなた様のデスクに置かれていました」トニーが封のされた封筒を胸ポケットから出し、キールに渡した。「差出人はわかりませんが、あなたの名前が書かれてあって〝緊急〟とあったので。お手を煩わせたくはないのですが、なにぶん、状況が状況なので……」

「いいんだ、トニー。ありがとう」キールは言った。

トニーは二人ともに少しぎこちなく笑い、そしてそそくさと去った。キールは一瞬、封筒を見て眉をひそめ、それから封を切った。

リアナンもまた眉をひそめ、キールを見ていた。彼の表情がこわばり、唇が真一文字に結ばれる。

「なんなの？」緊張ぎみにリアナンが訊いた。これまでに感じた不安を凌駕するような、恐ろしい寒気に襲われる。

「え？」キールが紙面から目を離して彼女を見た。彼女がそこにいるのを忘れていたかのような反応だった。

「いったいなんなの？」彼女も引きさがらなかった。

キールは立ち上がり、手紙を折りたたんだ。「なんでもない」

リアナンは跳び上がり、彼の腕をつかんだ。「キール――」

「放してくれ、リアナン！」鋭く命令し、彼女に背を向けて、操舵室に向かいはじめる。

心底怯えたリアナンは、彼のあとを追いはじめ、また彼の腕をつかんだ。「キール、どこへ行くの？　何がどうしたのか教えて」

キールは乱暴に彼女の手をふりほどいた。「何もどうもしてない。日光浴を続けてくれ」

「日光浴なんか、もうしたくないわ」

「じゃあ、カードでもしに行けばいい。本を読むとか。仕事に戻るとか。とにかく、一人にしてくれ！」

「でも、あなたはどこへ行くの？」

そこでようやく、キールは彼女をまともに見た。冷酷な、品定めするような視線を浴びせる。「ディナーのために、もっと楽しい相手がいないかどうか、見に行くんだ」冷たい嘘をつく。

リアナンは凍りつき、声を失って彼を見つめた。傷ついたことを隠すこともできず、緑の瞳がくすんでいる。

「じゃあ、もういいかな」キールはばかにしたように言い、大げさな会釈をして見せた。

リアナンはそれ以上言葉もなく、彼の腕を放し、くるりと背を向けて、優雅な足取りでデッキを歩いていった。頭を高く上げ、やみくもに船首へと向かう。

ああ、なんてことだ！

キールは苦痛の波がどっと押し寄せてくるかのように感じた。彼女のあのまなざしは忘れられないだろう。だが、どうしても彼女から離れなければならなかった。ただの気のせいであってくれと願っていた敵が、とうとう牙を剝いた——恐ろしい計画を持って。キールがわけもわからず怖れて想像していた計画よりも、はるかに恐ろしい。

キールは決然と船首方向へと向かった。この一週間、彼のオフィスとなっている小さな事務室へ。なかへ入ると、鍵をかけた。本国への無線通信の送話器を取り、交換手を待った。

「これからどんな話を聞こうと」キールは優秀な若者に警告した。「黙っていてくれ。絶対に。わかったな？」

「はい」声がはっきりと答える。キールは彼を信じた。これまで彼は、過去のすべての通話を、見事な冷静さで処理していた。しかし、それだけ信頼を置いていても、キールは少しも心が穏やかにならなかった。

ホワイトハウスへは簡単に通じた。〈シーファイヤー〉号は、まだ外とじかに連絡を取れる状況にあるようだ。キールは緊張をみなぎらせ、国のトップたちを全員、招集してほしい旨を伝えた。あの場面が目に浮かぶようだ。あの747型機が墜落した日と、まったく同じ。ただ、彼があちらにいないだけだ。

彼はここにいる。そして主導権を握っている。これから先も。指示を出し、采配をふるうのは彼だ。そして、ああ神よ、今度こそ彼が勝つ。

「みな揃ったよ、キール」大統領の声がした。大統領の声色からして、すでに死ぬほど心配しているのはまちがいなかった。危機的な状況でなければ、キールがこんな指示を出さないことを、大統領も心得ているのだ。

キールは手紙を読み上げはじめた。

キール・ウェレン議員を通じて、各国首脳陣に告ぐ。

先般の、当該帆船におけるペスト発生騒動は、神の御心によるものではない。すべてはわれわれ、すなわち解放赤軍メンバーによって起こされたものである。

われわれの目的は死者を出すことではなく、それは現在も変わらない。ペストの発生は警告として行なわれたものであり、われわれが本気であること、また、われわれがこれから告げることを実行する力を持つことの証明である。下に記載するミサイル基地、および細菌化学戦争用の実験基地を、九十六時間以内に停止しなければ、われわれ、解放赤軍メンバーは、〈シーファイヤー〉号に新たな伝染病——諸君、きみたちがかつて遭遇したことのないようなウィルスを、解き放つ用意がある。

そのウィルスはAZ変種と呼ばれ、非常に強力だ。感染の確率は九九・五パーセント。ワクチンはない。既存の抗生物質もまったく効果はなく、治療法もない。つまりだ、諸君、この船で生き残るのは一名のみということだ。われわれの主張が全面的に正しいことが証明されるだろう。AZ変種の存在を疑うのなら、どうぞ、そちらの専門家に照会してくれたまえ。当該ウィルスは、諸君の研究所から持ち出されたものなのだから。

下記リストの基地停止に加え、われわれは、身代金二五〇〇万ドルを、本日より四日目の朝、非武装のヘリコプターで船まで搬送することを要求する。ここに記載された事項に反する動きを察知したときは、問答無用でただちにウィルスを解き放つ。

世界じゅうの政府における有力者がこの船には乗っている。対応を考慮する際には、関係国すべてに以上のことをふまえておいてもらいたい。

生気のない一本調子な声で、キールは停止要求を受けている研究所のリストを読み上げた。そして、最後の部分へと移る。

われわれへのいかなる連絡も、ウェレン議員を通して伝えるものとする。毎日、午前零時に、〈海賊の入江〉ラウンジで彼の返答を待つ。諸君、諸君に与えられたのは四日間だ。ウェレン議員がラウンジの照明をつけようとしたり、いかなる方法であれわれわれを捕らえようとしたときは、即座にウィルスが蔓延することとなる。ギャンブルは謹んでくれたまえ。

一瞬、キールは紙の最後にある署名をまじまじと見つめ、それから声に出して読んだ。

「リー・ホーク」

送話口の向こうの沈黙があまりにも長いので、キールは通信がとぎれてしまったのではないかと思いはじめた。「聞こえていますか?」張り詰めた声で訊く。

「なんてことだ!」誰かが吐き出すように言った。「やつは生きていたんだ! 赤い鷹は、飛行機の墜落を生き延びたというのか!」

「ああ、いるとも、ウェレン議員」大統領の声。「少し待ってくれたまえ……」

ぼそぼそと話す声が聞こえ、その後、ふたたび大統領の声がした。「いや、いま、伝染病管理局の主任科学者の一人に連絡を取ったところだ、キール。その……非常に言いにくいのだが、AZ変種はたしかに存在するそうだ……」

「くそっ、なんでまた!」怒りのほとばしった声は、内務長官に違いなかった。「不逞(ふてい)の輩(やから)め! こいつらは……脅しをかければわれわれがひざを折って屈すると思っているんだ。断じてノーだ！　こんな――」

　誰かが彼を静かにさせたが、すでにキールは脅迫文を読んだとたん、わしづかみにされるような恐怖を充分に実感させられていた。こんな要求は荒唐無稽だ。これだけ多くの国々をまとめることは不可能だし、必要とされる国際的合意など成立するはずもない。伝染病が文明諸国を全滅させてしまうかもしれない危険を冒すくらいなら、進取的権力が海上から〈シーファイヤー〉号を吹き飛ばす決断をする可能性のほうがはるかに高い。

「われわれは冷静になり、理性ある人間として本件に対処する必要がある」大統領が言いはじめたが、キールはふと気がつくと、自分の厳しい耳ざわりな声がこう言っていた。

「それはけっこうなことですね、大統領。あなたは冷静。あなた方は誰一人、この船に乗っていないのだから！　みなさんに、一つ申し上げておきたい。二度は言いません。私は今度は負けない！　あなた方は象牙の塔にあぐらをかいて、好きなだけ構想でも計画でも練ってください。だが、納得のいくものを考えていただきたい」

「われわれには時間が必要なんだ、キール」

「ぎりぎりのところまで、じっとしていますよ。ですが、私は無防備なカモになるつもりはない」

「キール」大統領が静かに言った。キールの背筋に恐怖が走る。「理解してもらわねばならない……われわれは……」

「AZ変種が命にかかわるウィルスだから、広がらせるわけにはいかないと？　わかっています」キールはゆっくりと息を吐いた。「わかっていますとも。あなたが何をおっしゃりたいか。だが、あなた方には時間が必要でしょう……私だって時間が必要です」

「きみには、きみなりの時間があるだろう、議員」

通信は続き、脅迫文に言及のあった諸国の代表を招集して会議を開くことを告げられると、それで終わった。

ようやくキールは腰を下ろした。たった一人、孤独に。震える両手で疲れたように顔を覆う。リー・ホークは生きていた。生きて、この船に乗っていた。エレンは死んだ。リアナンの夫も死んだ。彼女の子どもたちも。そして何百人という罪のない人びとも。なのに、リー・ホークは厚かましくも生きていた。

「四日間」キールは声に出してつぶやいた。四日が過ぎて、要求が聞き入れられなければ、リー・ホークはウィルスを解き放つ。ペスト菌の効果を実際に目で見ているキールには、ホークの脅しがはったりだと祈ろうにも祈れなかった。そして、もし現実にそうなったら――命にかかわる伝染病が燎原(りょうげん)の火のごとく船内に広まったら――政府は〈シーファイヤー〉号を消滅させざるをえなくなる。船に乗っている人間全員もろとも。だが、それは問題にはならないだろう。あの脅迫文に書かれてあることが正しければ、船を消滅させるころには全員が屍(しかばね)と化しているのだから。

「ああ、神よ」キールはうめいた。四日。考える時間は四日。死にものぐるいで方策を――解決策を考える時間は。だが、どんな？　どんな救済策があるというんだ？　キールは背をもたせかけ、病気が発生する前にピカードとランチをとったときのことを思い出した。ウィルスはさまざまな経路で広がる――食物を通して、エアコンの循環システムを通して、水を通して、人間を通して。しかも、ＡＺ変種のようなウィルスは、火花を受けた火口のように飛び火していき、男も女も子どもも呑みこんでしまう。

かたわらの通信機が鳴った。キールは不安な気持ちで受話器を取った。副大統領だった。

「キール、興味深い情報が入った。この状況に光が差すかもしれない」

「聞かせてください！」

「いや、きみがあれほど気にかかっていたトリヴィット医師なんだが。もう少し徹底的に調べてみたんだ。前に私が言ったとおり、彼の記録は完璧だ。だが問題なのは、誰も彼を覚えている人間がいないらしいということなんだ。ジョーンズ・ホプキンス大学の教授も誰一人。それに彼は一九七九年から一九八三年まで、マイアミのマーシー病院でレジデントとして登録されているが、そこでも誰も彼を覚えていない。名前は記録に残っているのに、誰も顔を覚えていないんだ」

もはやキールは副大統領の話を聞いていなかった。頭がくらくらしていた。これだったのだ。この船に乗ったときから気にかかりつづけていたもの。彼の写真的記憶力に引っかかりつづけていたものは。ゆがんだ写真の記憶。リアナンをカジノに探しに行ったあの最初の夜、彼は見覚えのある顔とすれちがった。それでもう一度よく見てみると、記憶がガタガタと引き出しから出てきた。相手は船医だった。それよりも前にデッキで会っていたから、見覚えがあって当然だと思った。だが、見覚えがあったのは、もっと前だ。ずっと前。大きく変わってはいるが、それでも骨格や……目が……おそらくリー・ホークは飛行機の墜落で大火傷を負い、ズタズタになったのだろう。しかし生き延びた。そして、修復のためにあらゆる整形手術を受け、みずからを変えた……だが、完全には変わらなかった。

横顔の感じ、あの風変わりな目、頭をかしげる癖……それらすべてが、キールの脳にある謎の場所で警鐘を鳴らした。刻みこまれた画像が、いまぼんやりと浮かび上がり、ついに、世界じゅうの新聞第一面を飾った写真と重なり合った。いま――いまになってやっと！――すべてがつながった。

「ウェレン議員、聞いているかね？」

「あ、ええ、聞いております」キールは突然、笑った。皮肉っぽく苦々しい、かすれたような笑い声で。「聞いてますよ。いまようやく、敵の姿がわかりました。トリヴィットがリー・ホークです。すぐにやつと対決することもできますが、しばらくは泳がしておきます。どこにウィルスがあるのかわからない。身につけているのか。自室に隠しているのか。この船全体のどこにでも隠せます——給水システムやエアコンシステムに混入されるよう、時限装置でもつけているかもしれないし」

「議員——」

「ご心配にはおよびません」キールは無礼を承知で疲れたようなため息をつき、相手の言葉をさえぎった。「私は少しこちらで動かせていただきます。あなた方お一人お一人に責任はない。みなさん、どうか、そちらでパニックが起こらないようにだけ、お気をつけください。いいですね？ まる四日間、この件に対処するお時間をいただけますよう」

どうかチャンスをくれ、とキールは心のなかで祈った。どうか戦うチャンスを……。

「議員」副大統領がいらだちのにじんだ声で反論した。「われわれはパニックなど起こさない！ きみに時間をやろう。われわれは、きみに全幅の信頼を置く。とにかく、乗客がパニックを起こさないようにだけ、気をつけてくれたまえ」

「誰にも公表はしません。どうしても巻きこまなければならない人間以外は。フラハティと、トレントンと、ピカードだけ」

「よし。どうかおとなしくしていてくれたまえよ。でないと、新たな厄介ごとを抱えることに……」

新たな厄介ごと？ キールに言わせれば、すでに事態は最終局面を迎えているのだ……。

キールが部屋に入っていったとき、リアナンはベッドに腰かけていた。目が険しくランランと輝く彼を、リアナンが見る。彼女をごまかす算段はあまりしていなかった。自分が何をするかわからないから、あまり彼女のそばにはいられない。すべての神経組織がピリついていた。彼女のそばに行けば、胸の内をすべてさらけだして打ち明けたくなるか、自暴自棄でおかしくなって彼女に襲いかかるかだろう。あと四日。四日しか残されていない。時間をむだにするわけにはいかない。彼女がほしい。何度も何度も彼女を愛し、魂を彼女に捧げて、忘れてしまいたい。冷たく暗い死の闇がこの船を覆い尽くしてしまう前に、熱く燃える彼女の甘美な情熱がほしい……。

「キール、もうごまかすのはやめて、何が起きてるのか教えて」リアナンは単刀直入に切り出した。

キールは冷徹な笑みを満面に浮かべて見せた。「何もごまかしてなんかいないさ、リアナン。いまのとおりさ」

「信じないわ」

キールは片方の眉をあざけるようにつり上げた。「ねえ、きみはベッドのなかではすてきだけど、いったん口を開いたら、ひと株のバラより刺がある。言い合うのはもううんざりだ」

リアナンがたじろぎ、瞳のなかに怒りが燃え上がるのがわかった。いきなり彼女が動いた。

あまりに動きが速くて、運動神経のいいキールでも彼女の平手打ちをかわすことはできなかった。頬を打つ鋭い音がはっきりと響き、二人は睨み合った。

思わずキールは手を顔に持っていき、赤くなった頬をぼんやりと撫でた。肩をすくめ、やおら彼女に背を向けた。「失礼する」背を向けたまま抑揚のない声で言い、バスルームに向かった。

遠ざかる彼の背中を、リアナンは信じられない思いで見つめた。嘘！　彼がこんなふうになるなんて！　ほんとうに何かが起きたんだわ。何か恐ろしいことが。こんな少しのあいだに嫌われてしまうなんて、おかしい……いえ、もしかしたら、ほんとうに好かれてなどいなかったのかもしれない。リアナンは苦々しく考えた。たぶん、征服欲を満たすためだけだったのだろう。落とせない相手を落とすのがおもしろくて。彼は彼女を求めた。そして手に入れた。結婚まで申しこんだ！　接客係がほしかったから。でも、そんな理由はほんとうのわけがない。あまりにばかばかしすぎる。でも、愛していなくても、女を求めることはある。彼の口から愛しているという言葉など聞いていない……。

いや！　リアナンの魂は、無言で苦悶の叫びを上げた。涙が流れだしたが、腹立ちまぎれに払いのけた。嘘よ！　信じない。彼の言ったことなど、少しだって受け入れられない。

何かがおかしい。ひどくおかしい。前よりも。これではリアナンが怖がるのも当然だった。けれど、彼女は怖がるよりも意を決した。計画を立て、動きを考え、じっと見守る。何が起こっているのかを知るために必要なことなら、なんだってする。

バスルームから、タイルを打つ激しい水音が聞こえてきた。ドアまで歩いていったリアナンは、ほんの少しためらったあと、音もなくするりとなかに入った。たちまち蒸気に包まれる。つかのま動きを止め、入る音が彼に聞こえなかったか、気配を感じ取られなかったか、様子を見る。どうやら気づいていないようだ。湯は流れつづけている。

キールは心の葛藤にはまりこむあまり、彼女が執拗な狩猟犬のようにあとをつけてくるとは、疑う余裕もないのだ。あの手紙を読む前は、彼はリアナンに怒ってはいたが、無関心ではなかった。あの手紙さえ見つければ……リアナンは、盗み読みすることを悪いとも思わなかった。彼女はただ、水音がしているうちに――キールが熱と蒸気に包まれているうちに手紙を見つけることしか、頭になかった。

手紙はあった。折りたたまれた状態でドレッサーの上に置かれ、その上に腕時計が載っていた。リアナンは腕時計の金属製のバンドが大理石にこすれないよう、そっと腕時計をどけた。音をたてずに手紙を広げると、はっきりとした活字が目の前に広がった。またしても臆病なダチョウになってしまい、その文面を理解しようと頭が働かない。しかし最後の署名を見たとたん、時間をさかのぼって別世界に連れて行かれたようになった。ポールとともに笑い、新鮮な野菜とディップのことにあれこれ気をもみ、二階に上がって子どもたちにキスし、幸せを嚙みしめていた、あのころ……。

月明かりの下、芝生を歩いていると、突然、ベルベットのように広がる緑の芝生が炎と化し、穏やかな静けさは耳をつんざくような轟音(ごうおん)に……。

リー・ホーク。彼女の家族を殺した男。彼女が愛したすべてを破壊した男。彼女の心も魂もむきだしにし、苦痛の抜け殻へと変えてしまった男。

でもキールが現われた。ふたたび彼女に愛を与えてくれた。かつてホークと戦った彼が、いままた戦いを強いられている。キール……またしても重責を背負わされて。かつて死力を尽くして戦ったキールは、なんとか心と魂をなくさずにいた。そして、静かなる勇気を持って、いまふたたび奮起している。

リアナンの指が震えた。記憶がよみがえって感じた混じりけのない苦痛に、一瞬、悲鳴を上げるかと思った。胃のあたりをつかんで体を折り曲げ、声を呑みこんだ。数秒がたった。闇に包まれた数秒。そしてゆっくりと、湯気が戻ってきた。ゆっくりと、シャワーの音にふたたび包まれ、それとともに息を呑むほどの静けさがやってきた。

リアナンは体を起こした。丁寧に手紙を折りたたみ、キールの腕時計の下に戻した。そしてまた音もなくバスルームから抜けだし、カチリという音すらたてずにドアを閉めた。

しばらくのちキールが出てきたときには、彼女はベッドに入り、背中を向けていた。彼のためらいが感じられる。彼女がここで寝ているので、当惑したのだろう。

「ちょっと出てくるよ」

ピリついた声。

背を向けているのがありがたかった。リアナンの唇はゆがんで哀しげな笑みを形づくり、目は涙があふれそうになっていたから。キールがどこに行くのか、彼女にはわかっていた。ドナルド、トレントン、そしてピカードと会うのだ。そして彼らとともに重荷を背負う。そうしなければならないから。彼らなら、力になってもらえるかもしれないから。

だが、全面的な責任は彼が負うことを、リアナンは知っていた。そして、三人以外の乗員乗客には知らせないよう、全力を尽くすことも。

そして、ドナルドたちに会ったあとは、ジョーンのところへ行くのだろう。なぜなら、キールもリアナンと同じように、グレン・トリヴィットがリー・ホークに違いないと知っているから。グレンとジョーンのあいだに何かあるとリアナンが話したとき、キールは信じてくれていたのだ。その何かがなんなのか、わかっていなかっただけ……いまのいままで。

「どうぞ」リアナンは枕で声をくぐもらせた。

ふたたびキールがためらい、驚いた気配が伝わった。「きみはここにいるのか？」

「ええ」彼女は答えた。「いるわ」そっとくり返す。「ここにいる」

リアナンは目を閉じ、キールが部屋のなかで動きまわって、チェストやクローゼットから服を出す音を聞いていた。彼がベッドに腰かけて靴下と靴をはくとき、彼の重みでベッドが揺れた。そしてまた、彼の気配がした。彼女を上から眺める気配。手を伸ばして触れたいのに触れられないというような、せつない感じ。

ドアのところまで行って、キールは少し心がぐらついたらしかった。その瞬間ほど、彼をいとしく思ったことはなかった。彼の声には、緊張がにじんでいた。張りつめてかすれて……物言いたげな声。「いてくれて、うれしいよ」

ドアが小さく、カチリと音をたてて閉まった。

リアナンはベッドのなかで寝返りを打ち、ドアを見つめた。さいわい、彼女はまだ冷静だった。冷静すぎるほど冷静で、決意を固めていた。あなたは強い人だわ、キール。流すことのできない涙と、いとしさと誇らしさで微笑みたくなる気持ちとの狭間で、リアナンは考えた。ジョーンにかまをかけることができるのは、あなただけかもしれないけれど、リー・ホーク相手となると、私のほうがうまく対処できるわ。これまでリー・ホークは、鉄拳のような心の持ち主である政府の人間と取引してきた。でも、自分がすべてを奪い取った女を相手にしたことはない……。

リアナンはほとんど身じろぎもせず、一時間ほど待った。そして四時ごろ、起きあがって服を着た。計画の全容を頭にたたきこんで。

# 15

「彼がAZ変種を手にしているのなら、なんだってできるだろう」マイケル・トレントンは憂鬱(ゆううつ)そうに肩をすくめた。「エアコンのシステムを通して流すことも可能だし、水に混ぜることも……くそ、どうとでもできる」

「でも、どうやって持ち運ぶんですか？」キールが訊いた。「いや、それを言うなら、ペスト菌もどうやって運んだんだろう？」

トレントンはまた肩をすくめた。「いくらでも方法はある。小さなバイアルに入れておいてもいい。感染したネズミをどこかで檻(おり)に入れてあるのかもしれない。まあ、それはないと思うがね。議員先生、この世にいくら高性能の電子装置があろうと、どんな探知機を使ってもウィルスを検知することは不可能なんですよ！　そんな顕微鏡でしか見えないような小さな生命体が、ゾウやトラや——人間をも倒すんです」

キールは先ほどまで座っていたデスクをまわりこみ、オーク材でできたデスクトップの端に軽く腰かけてトレントンと向き合った。ピカードとドナルドも同じ部屋にいた。しかし、新たな状況と私見をキールが長々と語るあいだ、彼らはほとんどしゃべっていなかった。ドナルドは、いまだにショックを受けている様子だった。ピカードは、むごい運命に遭遇して哀しい目をしているだけだ。

「マイケル、僕が知りたいのは」キールがトレントンに言う。「リー・ホークがどうやってそれを……そのAZ変種を持ち運んでいるかについて、あなたのご意見をうかがいたいんです」

「私の意見？」マイケルが訊く。

「マイケル、きみがさっき言ったように、医療用のバイアルに入れてるんだろうな」ピカードが確信ありげに答えた。

トレントンはピカードに向き直り、ゆっくりと賛同した。「ええ……そうですね、ピカード、そのとおりだと思います！」またキールに向き直る。「今回のウィルスに関しては、彼が前もってエアコンや給水システムに時限装置付きで仕込む、というようなことは考えにくい。このウィルスは危険すぎる。これまでの……研究結果からして」——トレントンがひと呼吸おき、言葉を選んだことにキールは気づいた——「ウィルスとその感染対象の隔離は徹底している。ひと部屋ごとに分ける、という具合に。リー・ホークにしてみれば、安全装置の錆びついた銃を扱わなければならないようなものだ。いついかなるときも安心できない。常に身につけていなければならない——肌身離さず——」

「それと――」ドナルドがあまりに突然に口をはさんだので、キールはどきっとしてデスクからすべり落ちそうになった。「――もしキールが推測するように、仲間がいるとすれば、ウィルスを身につけた状態でホークが捕まった場合の安全策というと、もう一人のテロリストも船に乗っているということだな」

「たしかに、たしかに」マイケル・トレントンが言った。

キールは深く息を吸い、極度の緊張が消えてくれることを切に願った。これは生涯に一度の大博打だ。親側はあらゆるカードを手にしている。勝てるカードをどうしても手に入れなければ。

「つまり、トレントン先生、ピカード博士、あなた方は、二人の人間が小さなバイアルをポケットか何かに入れてこの船を歩いていると、そう思うわけですね? いつでも身近にいた人間に感染させ、接触によってAZを広がらせることができるように」

「そのとおり」

「それなら、こちらにもチャンスはあります」

「そんなことがどうやって?」ドナルドがつぶやいた。冷静ではあるが、顔面蒼白だ。

キールはぞっとするような笑みを見せた。「なんとしてもチャンスをものにしなければ。一つ一つ。こちらには相手が誰かわかっているが、向こうはこちらが勘づいていることを知らない。だから、相手をだまして気をゆるませればいい」

トレントンがかぶりを振った。「しかし、わからない。AZ変種を盗み出すことなど不可能だ。厳重な警備のもとで保管されているんだぞ。管理局の人員のほとんどが、存在することさえ知らないというのに」

「つまり」キールがそっと言った。「あなた方が調べきれなかった誰かが知っていたんでしょう」

トレントンは頭を振りつづけた。ドナルドがキールを見る。「何をするつもりだ?」

「一つ一つ、だ」キールは厳めしい顔でくり返した。「まずは、いちばん攻めやすいところから」

「ジョーンか?」

「ジョーンだ」

「それで、どうするつもりなんです、ムッシュー?」ピカードが尋ねた。

「チャーミングに、甘やかすんですよ」キールは力なく答えた。「それでは、みなさん、失礼します。もう前半戦が始まる時間ですから」そう言うと、彼はオフィスを出て行った。

リアナンはキールの部屋を静かに出ると、船首方向をちらりと見やった。乗務員が何人かめだたないように待機し、大勢の乗客が手すりに沿って立っていたが、顔見知りはいなかった。彼女が階下の自分の部屋にそそくさと向かっているのを、訝しがる人間は誰もいない。

自分の部屋に入っても、見知らぬ場所のように感じられた。指が震えているので、目的のものを探し出すのにチェストを引っかきまわさなければならなかった――結婚してまもなく、ポールが買い与えてくれた拳銃。握りの部分に真珠の飾りがあり、とても小さいので手に握ってもしっくりとなじむし、ウインドブレーカーのポケットにも入る。使ったことは一度もなかった。きちんと使えるかどうかもわからない。ポールが買ってくれたとき、長距離では命中率は低いが、三メートルくらいの至近距離ならかならず当たると教えてくれた。ただし、手をしっかりと固定すること。どうして銃なんか買ってきたのと訊くと、女性一人では簡単に餌食になってしまうから、自分が留守のあいだ、彼女と子どもたちを守りたいんだと言っていた。

涙が目頭を熱くする。リアナンはそれを拭った。美しい拳銃をポケットに滑りこませ、部屋を出た。

グレンを見つけるのはむずかしくはなかった。彼はプロムナードデッキにある小さな船医用オフィスのデスクにいた。自分でも驚いたが、リアナンの震えは止まっていた。緊張すらしていなかった。まるでべつの人間が彼女の体にのりうつり、彼女の心は押し出されて、影の観察者となってしまったかのようだった。任務に向かうマタ・ハリね。彼女は皮肉っぽいユーモア混じりに考えた。

こんなことをして、いったいどうなるのかと考えることは――結果を心配することはなかった。ただ、彼を船から降ろすことさえできれば……。

そして、そのあとは？　そんなことはどうでもいい。最終的な結末は、闇に包まれている。キールのいない人生を考えたときに迫り来る、暗黒の世界と同じ。

けれど、いまはキールのことを考えてはいられない。トリヴィットを自分と一緒に連れ出すことに、集中しなければ。

「グレン、ここにいたの、よかった！」

彼女が入っていったのでグレンは顔を上げ、彼女の姿を見て驚いたようだった。しかしリアナンのあたたかで親しげな表情に、たちまち彼は安心したらしく、力を抜いてうれしそうに迎えた。「リアナン、これはうれしいな。昔の友人なんて、もうお呼びじゃないのかと思ったよ」

「まあ、そんなことあるわけないわ、グレン」リアナンはにっこり笑い、デスクの端に腰かけた。「今回は疲れる航海だったわ。大変で気が張って……」そっと言い添え、疲れたようにわざと言葉をしぼませていく。

「そうだね、でもこれからは問題のない航海が待ってるさ。だろう？」

よく言うわね、とリアナンは思った。グレンが彼女を見る目つきを受け止める。彼はリラックスして回転椅子に腰かけ、鷹（たか）のような目をしていた。獲物を探す猛禽（もうきん）……肉食動物。恐ろしい。

リアナンは彼に手をかけ、小さく引き裂いて踏みにじり、彼女の心にいつまでも残る喪失感を彼の血で洗い流してやりたい衝動に駆られた。だが彼女はにこやかに微笑んだ。「問題のない航海ね、先生」

グレンも笑った。彼女はうまくグレンを安心させたらしい。彼にしてみれば、唯一ウェレン議員だけが、この船にテロリストが乗っていることを知っていると思っている。乗船したテロリストがおまえたちを殲滅(せんめつ)するぞと脅迫し、キールでさえも、そのテロリストが誰なのかは知らないと思っている。グレン・トリヴィットは、いまだ気のおけない船医なのだ。抱きしめたくなるような人物なのだ。草むらに潜み、いまだ発見されていないヘビ。

「ウェレンはどこに？」グレンは冗談交じりの声で訊いた。「きみが僕に会いに来るくらいなら、彼はどこかに行ってるんだろう」

「グレン、なんてこと言うの！」リアナンはまた輝くように笑った。

グレンのあたたかな視線が彼女をとらえたが、リアナンはふと考えた。そこには悔恨の情が混じっていただろうか？　そうかもしれないわね、とリアナンは考えた。ほかの人間と一緒に私も殺してしまうのは残念だけど、その現実に甘んじる、という感じかしら。

「ちょっと訊いてみただけさ」グレンが笑う。

「いいえ、じつはね、グレン」リアナンは爪を見ながらぼそぼそと言い、また彼と目を合わせた。「いま、すごく頭が痛くて――」

「ははあ！　物をもらいにきたのか！　きれいな女性というのは、みんな同じだな！」彼はがっかりしたようにうなって椅子にもたれ、それからクックッと笑った。立ち上がり、彼女の手を取る。リアナンは嫌悪と恐怖と怒りで悲鳴を上げそうになった。彼女の心臓はのたうち、血は沸き立ち、どす黒く変わっていくような気がする。

けれど、手を引っこめたりはしなかった。にこやかに笑みを浮かべたまま、期待と好奇心をこめた目で彼を見つめていた。

「わかったよ、女王様！」グレンは恭しく片ひざをついた。「ハートのクイーンに、最高のアスピリンを献上しましょう」

グレンは背を向け、ガラス棚のついた汚れ一つないキャビネットのところへ行き、しばらく捜しものをしていた。

リアナンは彼の背中を見つめた。彼はほんとうにウィルスを持っているの？　それとも、彼女がとんでもない妄想を抱いているだけ？　ウィルスのことなど、何一つ知らない。それでも、まちがえるわけにはいかない。絶対に……。

冷たいものが、リアナンの背筋を這いのぼってきた。これは自殺行為かしら？　彼女はおののきながら自問した。銃は持っているが、グレンにはウィルスがある。狙いを定める前に、感染させられるだろう。私は死のうとしているの？　いいえ、違う。〈シーファイヤー〉に乗るまでは、生きたいと強く願ったことはなかった。キールと出会うまでは。キールは命そのもの――嵐のように激しく、荒くれながら、安全で穏やかな港でもある。彼は戦うことを知っている人。そして、私をもそんな一人に変えてくれた。

リアナンはリー・ホークを、つまりグレン・トリヴィットを殺すつもりではなかった。殺すつもりだと思わせられればそれでいい。でも、いざとなったらそうするのだろうか？　いまの自分の心境からすると、彼が引きまわされて処刑されるところを喜んで見物するだろう。生きたまま皮を剝がれるところでも。この男は、彼女の子どもたちを殺したのだから……。長いこと冷静ではいられそうもないから、こんなことはやめたほうがいいのかもしれない。人を殺すのはいけないことだという良心と、この男は死んで当然なんだという心の底からの思いの狭間で、おかしくなってしまいそう……。

でも、ほかに方法はない。不思議なことだが、この場合は彼女のほうがキールより強いのだ。グレン・トリヴィットを――リー・ホークをペテンにかけられるのは、世界で彼女ただ一人。これは自殺行為なんかじゃない。生きたいという強い思いの現われなのだ。ほかの選択肢はない。

「ほら、どうぞ。アスピリン二錠と水だ」

リアナンはにっこり感謝し、グレンの手からアスピリンを受け取り、素早く飲み下した。空の紙コップを戻す。「ありがとう、グレン」

彼はあまりにも近くに立っていた。リアナンはデスクから飛び下り、小さなオフィスのなかをうろうろしはじめた。

「どうしてこんなふうになったのかしら」リアナンは答えを待つでもなく、急いで続けた。「緊張が、いまごろ堪えてきたみたい。ううん、もう無事に終わったのはわかってるんだけど、ドナルドの接客係としては、いつも涼しい顔をして冷静でいなくちゃならないでしょう。それに、ほかのみんなが状況を心配しないように、楽しませてあげなきゃならないし。一時間くらい、すべてを忘れられたらと思うわ。一時間でいいから。そうしたら、ずっと気分もよくなると思うんだけど」ほうっとため息をつく。

「きみの議員先生に、手漕ぎボートでしばらく連れ出してもらえばいいじゃないか」

「私の議員先生？　ああ——キールね」リアナンはいらだちを隠そうとしているかのような声を作りながら、いらだちをはっきりと見せた。「キールは……忙しいから」苦々しく笑う。

「何に忙しいのか知らないけど」

やおら、リアナンはきびすを返してグレンと向き合った。「ねえ、グレン！　あなたはこの船に閉じこめられてうんざりしてないの？　ぜひ手漕ぎボートで外に出たいわ！　押しつけがましいのはわかってるけど、一緒に行かない？　また帆のことを教えてちょうだい。〈シーファイヤー〉の帆をすべて広げ、西へ向かって波に乗る姿を想像したいの！」

リアナンは、グレンの動きに見入っていた。一つ一つに神経質なところがあって、いやになる。彼が腕時計を見る。ほんの少しだけ。彼がズボンの左ポケットに触れる。ほんの少しだけ。

「いいとも、アナン」グレンはぼそりと言った。「一時間、僕がきみのお相手をするよ。いつ？」

「いますぐ！」アナンって呼ばないで。どす黒い怒りが、ふたたび彼女の心に広がった。兄ならアナンって呼んでもいい。ドナルドもかまわない。そしてキールも……ポールと同じように。でも、あなたはいや。

「何か持ってこなくても――」

「いいの、いいの！　ジーンズとウインドブレーカーは着てきたわ。あなたに頼んで連れ出してもらおうと思って！　早く行きましょう！　ね、グレン？」

リアナンは彼の腕に触れた。ぬるぬるしているかと思っていた。ばかな話。彼はただの人間でしかない。人間としての弱さを持った、ただの人間。そこを見つけて、利用しなければ。彼女はまた輝くような笑みを浮かべた。それがプラスチックに変わって、割れなければいいけれどと思いながら。もちろん、そんなことにはならない。彼女だって人間なのだ。

「ディナーでもどうかな、麗しいお姫様？」

キールに両腕でガードレールに押さえつけられ、ジョーン・ケンドリックは驚いて振り向いた。目を見開き、不思議そうに、疑わしげに彼を見つめる。

繊細な眉を片方、クイッとつり上げた。「またディナーなの、議員さん？　われらが黒の未亡人とはどうなったの？　あの麗しきミセス・コリンズとは？」

キールは顔をしかめたが、大げさな芝居は必要ないだろうと思った。ジョーンはストレートに、ぐいぐい迫られるほうが好みだ。「リアナンとはあまり馬が合わなくてね」

「どうして？」ジョーンが問いただす。

「そんなことがきみに関係あるのかな？」

「ええ、あると思うわ。だって、あなたの迫り方からすると、ディナーだけじゃすみそうにないもの。まあ、私はそのほうがいいけど。でも、あなたとベッドインする前に、ちゃんとほんとうのことを知っておきたいの」

キールは肩をすくめた。「たしかに、それがフェアってもんだな。リアナンと馬が合わなかった理由？　死人の代わりをさせられるのはいやだからさ。明かりを消したときの彼女ときたら、僕じゃなく死んだ男の顔を想像してるみたいでね」

ジョーンはしばらく彼を見つめていたが、考え深げにうなずいた。「それって、ちょっと重たいわよね」そして、さらに彼を見つめる。キールはその視線をしっかりと受け止めた。

「いいわ」ようやくジョーンは言った。

「いいって、何が？」

「あなたと行くわ。でも、ディナーはまだよ。まずはあなたの部屋に行きましょ」

「きみの部屋にしよう」

「でも私は——」

「よければ、少し違った環境のほうがいいんだけど。それにジョーン、筋骨たくましいのが好きなら、ちょっとは折れなきゃ」もしリアナンが本気で彼の帰りを待つと言ったのなら、いま彼の部屋にいるはずだ。

ジョーンは少し逡巡（しゅんじゅん）した。「いいわ」肩をすくめて、またそう言い、ネコのように笑った。

「私の部屋ね」

キールは彼女の腕を取り、階段のほうへ歩きはじめた。一つ下へ下りたら、やっと、真実の瞬間が訪れるのだ。


夕暮れどきだった。沈む夕日があたりをオレンジ色と深紅に染め上げ、〈シーファイヤー〉の堂々たるマストに、その名のとおり、輝くような金色が降り注いでいる。

そっと揺れる船から一キロ弱ほど離れたところで、リアナンは振り返って船を見た。とうとう、永遠に暗闇に沈みこむか、暗闇から浮かび上がるのか、最初のカードを切るときがやって来た。

「帆をすべて張り、風を受けてはためくとき、最初に空に触れるのはトゲルンマストの帆なんだ。それから——」グレンがリアナンのほうを向いたとき、急に言葉がとぎれた。

彼女の瞳にすべてが現われていたのだろう。彼女の知っていることすべてが——怖れ、苦痛、驚愕(きょうがく)、憎しみが、すべてありありと。

一瞬、グレンは声もなく彼女を見つめていたが、それから静かに尋ねた。「いつから知っていた?」

「あなたがリー・ホークだということ? わからないわ」リアナンが答える。「はっきりしたのは今日だけど」

「きみは誤解しているんだ」

「あなたは人殺しよ」

「いいや、違う。僕はほかの大半の人間より、遠くが見通せるだけだ。彼らは話し合い、時間を浪費し、脅し合い、妥協する。そういうことをしているあいだに、科学技術は人類を破滅に追いやるところまで来てしまった。それがわからないのか?」

リアナンは彼に微笑みかけた。「いいえ。ちゃんとわかるわ。でも、一人一人の人間の命が大切なものだということもわかってる。あなたは私の夫を殺したのよ、リー・ホーク。私の息子も。あんなに生命力にあふれて、元気いっぱいに世界を抱きしめられると信じていたあの子を。そして、私の赤ちゃんまで……」

ウインドブレーカーのポケットに突っこんでいる彼女の手が、震えはじめた。でも震えてなどいられない。「まだほんの赤ちゃんよ、リー・ホーク。小さくてかわいらしい、大切な命。まったく無防備で。無邪気な。私の赤ちゃん。あなたは彼らの命を奪ったの。そのほかにも、どれほどの人の命を奪ったか」

「違うんだ、リアナン。僕はきみの家族を殺してなどいない。無謀なFBI捜査官が、あの飛行機の乗客全員を死に追いやったんだ。英雄になろうと突っ走って」

「あの数分間に、そんなことが起こったの？」リアナンが問いただす。声がばからしいほどうわずっていた。

「やつは銃を抜いて、乱射しはじめた。そして飛行機をまるごと吹き飛ばしたのさ」

「でも、あなたは生き延びたじゃない」

ホークは肩をすくめた。「僕は機体の後方にいた。機体が折れて、森に墜落したから、衝撃がやわらいだ。もちろん、骨は折れたし血は流れたし、めちゃくちゃになったけど、結局はそれがよかったんだな。整形手術のおかげで、まったく違う外見を手に入れた」

「そう」リアナンは冷ややかにつぶやいた。「よかったのね」

「僕は人を殺すつもりはなかった」リー・ホークが言う。「人類を人類の手から救おうとしただけだ。それに……きみを死なせたいと思ったこともない」

「へえ？　ウィルスに、私だけよけて通れと命令するつもり？」

「いますぐ、きみを船から遠ざけることはできる」

リアナンは首を振った。

「ウェレンは悪いやつじゃない。ただのお人好しだ」

リアナンは片方の眉をつり上げた。「お人好し?」丁重に訊く。

「あいつは、状況をすべて知らされていると思っていた。だが、やつらはFBI捜査官のことをあいつに話していなかった。僕があいつに話したときには、もう遅かった。だが、話してもどうにもならなかったさ。あの生半可な英雄気取りたちに、道理を説けたかどうか。あいつ自身、生半可な英雄なんだから、荷が重すぎた。政府のやつらはできうるかぎり最良の決断をしたと、あいつは思ってたんだろうが、やつらはまちがっていた。あいつに全権を渡すべきだったんだ。ウェレンに……あいつだって政府の人間なんだから」

リアナンは無言で、つらい涙をこらえていた。いいえ、キールは他人に責任をなすりつけるようなことはしない。あれは誰のせいでもなかった。みんな完璧じゃないんだから。でも、なんてひどい！　みんな戦って、みんながんばって……。

「それに、ウェレンは僕が正しいことをわかってる。化学兵器や細菌兵器や核兵器を根絶しなければならないことを。たしかに彼もがんばっている。まともな法案を通そうとしているし。ほかのどんなやつよりも、多くの国々をまともな議論で結びつけることができるだろう。だが、それでも充分じゃない」

リアナンの口元に、哀しげでせつない笑みが浮かんだ。「まちがっているのは、あなたのほうよ、ホーク」そっと言う。「人間は恐怖では動かせない——動かないことを、キールは知ってるわ。それに、この地球上の一つ一つの命がかけがえのない貴重なものだということを知るやさしさも持ち合わせている」

ホークはしばらく何も言わなかった。そして〈シーファイヤー〉を振り返って見つめた。

「ああ、でも、あの船は気高いな。尊い時代の産物だ。人類が自然と触れ合い、自然を受け入れていた時代の。空と、太陽と、海と。もう過ぎ去りし時代だが」ふたたび彼女に向き直る。「きみを船に連れ戻すことはできない、リアナン」

彼の言葉とともに、冷たいものがのしかかってきた。痛みを伴う悪寒のように、恐怖が骨に広がってゆく。

「きみは僕の正体を知っている」哀しみがほの見えるまなざしを彼女に向けて、ホークはやさしく言った。「きみを助けたい。最後にはきみを信用できると信じたい」

「それで、私をどうするつもり？」リアナンは慎重に尋ねた。

ホークが声を上げて笑った。「命運の尽きた船に残るつもりはないよ、リアナン。要求した金が払われたら、夜のあいだに抜けるつもりだったんだ。誰も僕を止められやしないさ。僕はいつでもパンドラの箱を開けることができるんだから。つぶれそうな場所にバイアルを置いて、ウィルスを空中にばらまくのなんて簡単だ。だが、さっきも言ったとおり、ここから一〇メートルほど先でヨットを待たせてある。きみを連れていってもいい。まあ、きみは常に怖い存在になるだろうけどね。いつ背中に刃物を突き立てられるか」

「あなたは私の子どもたちを殺したのよ。何を期待しているの？」

ホークは肩をすくめた。「そういうふうに思っているのは残念だな」

ホークが動こうとした。リアナンがポケットから手際よく銃を抜く。彼は動きを止め、また後ろにもたれて微笑んだ。

「そんなもの、きみには使えない」

リアナンは笑い出した。

「ほら、しっかりかまえることすらできないじゃないか。人なんか殺せやしないさ、リアナン」

彼女は無理に笑いを止めた。「ふだんなら、そうよ。でも、わからないの、リー・ホーク？ あなたは私の家族を殺したのよ」

「それでも人殺しはできない」

リアナンは撃鉄を起こし、銃口を彼に向けた。「見ていなさい」静かにささやく。彼女の内側から、やめなさい、と声がした。神になってはいけない。裁判官や陪審員のようなまねをしてはならない。撃つのはやめなさい、彼を殺してはだめ、死んで当然の人間だとしても。彼がウィルスよりも病んだ存在だとしても……。

「リアナン……」またホークは動こうとした。

リアナンは狙いを定めて引き金を引いた。何も起こらなかった。爆音も、爆風も。拳銃は詰まっていた。あまりにも長いこと放っておいたから。

リー・ホークの口元にゆっくりと笑みが浮かぶ。リアナンは立ち上がり、小さな手漕ぎボートが危なっかしく揺れた。逃げるには、夕暮れに染まった海に決死の思いで飛びこむしかない……。

「逃げられないよ、リアナン。でも、僕はきみを愛していたんだ。やさしく夜に誘ってあげるよ」

世界がぼやけはじめた。リアナンは一瞬、凍りつき、ホークの向こうを見つめた。背筋に凄まじい恐怖が、さざ波のように走る。影と闇に包まれる。

リー・ホークは身をかがめ、揺れるボートの上を、そっと彼女に忍び寄った。彼の背後では、海までもが闇のなかでせり上がってきているように見えた。海のなかから人影が、黒い人影が、現われ出づるかのような……。

悪魔だわ、とリアナンは儚く考えた。悪魔が身を起こし、配下の人間に手を貸しているのよ……。彼女は恐怖の叫びを上げ、呪縛を振りきって海へ飛びこんだ。

ジョーンの部屋に入ると、ジョーンはキールの腕をするりとほどき、靴を蹴り脱いだ。それから、ふたたびキールに向き直り、彼の胸に自分の胸をこすりつけ、彼の唇にべったりとキスをした。そして彼から離れかける。「どうぞゆっくりして、議員先生」ハスキーな声で言う。「すぐに戻ってくるわ」

キールは彼女の腕をつかみ、勢いよく引き戻した。「だめだ……」

「服を脱がなきゃ」

「きみを見ていたいんだ」

「え……でも……あの……」

持ち運んでいる毒物を隠す必要があるんだろう。キールは素早く考えた。それはさせられない。

彼はさらにぴたりとジョーンを抱き寄せ、彼女の耳たぶを嚙んで荒い息をした。「きみを見ていたい」情熱的にたたみかける。

ジョーンは身をこわばらせたが、キールが荒々しいキスを首筋にはわせると小さくあえぎ声をもらした。心を許しつつあるだろうか？　彼が大変な問題を抱えて疲れ果て、身も心も慰められたいという思いにどっぷり浸かっていると、思いこんだだろうか？

「頼む……」キールはささやきながら、両手でジョーンの豊満な肢体と細いウエストをまさぐった。「頼む、ジョーン、僕のものになってくれ。きみが必要なんだ。きみのすべてが……」

キールは彼女のブラウスのボタンをまさぐりはじめた。またジョーンは身をこわばらせたが、抗いはしなかった。すぐにブラウスは床に落ちた。さらに彼はデニムのスカートのファスナーも下ろし、それも床に落ちるにまかせた。

ジョーンは一歩、キールから下がり、微笑みながらブラジャーをはずし、優美な動きでレースの透けたパンティーを脱いだ。

キールはいやらしい笑顔を浮かべながらも、冷めた目で彼女を見ていた。

ジョーンは美しかった。スリムだが、出るべきところはしっかりと出ている。顔だちもきれいだし、肌はしみ一つない。この世のあらゆる点で恵まれた人生を送ってきたはずだ。いったい、また、どうして？

「キール……」ジョーンがささやき、両腕を広げた。

キールは一歩、彼女のほうへ踏み出し、包みこむように彼女を抱きしめ、激情に駆られたふりをして床に彼女を押し倒した。ジョーンは完全に彼を信用したようだ。自己満足のため息をつき、むきだしの体をしならせて、まだ服をまとっている彼の体に押しつけ、スーツのざらざらした生地の感触を楽しんだ。

キールは左手をジョーンの髪に差し入れて彼女の頭を固定し、荒っぽいキスをした。ジョーンの目は閉じている。彼の目は大きく見開かれ、彼女が脱いだ服を手際よくまさぐる自分の右手に釘付けになっている。ブラウスのポケットには何もない。スカートのポケットにも。

どこだ？　どこにある？

必死で探しつづけながら、がっちりとジョーンを抱きしめる。そのとき、以前ドナルドに、おまえはレンガにぶち当たったに違いないと言われたときのことを思い出した。ジョーンは美しいのに、何も感じない。まったく、何も。彼女はリアナンじゃない。彼女にはリアナンのようにベルベットを思わせる漆黒の髪もないし、最高級の陶器のような感触の肌もない。もし彼がこれほど必死になっていなかったら、笑っていたことだろう。人を深く愛するということは、心も魂も肉体も縛るほどに甘美なものなのか……。

彼の指が、ジョーンのスカートをまさぐり続ける。そしてついに、布地が折り重なった上から、何か小さくて硬いものが当たった。キールはどんどん探っていき、やっとスリットを見つけた。人さし指を入れると、ひんやりとしたガラスに当たった。やおらキールは唇を放し、ジョーンの体に馬乗りになり、こぶしを握りしめてバイアルをジョーンの鼻先に突きつけた。

炎のように燃えるジョーンのまなざしがキールに向けられる。荒々しい息を吐き出し、彼に抗おうとしたが、むだだった。最後にはおとなしくなり、凄まじく反抗的な目で彼を見つめるのみ。

「なぜだ、ジョーン?」かすれた声でキールは訊いた。

「なぜ?」ジョーンが言い返す。

「きみはなんでも持ってるはずだ」

ジョーンは彼の下で肩をすくめた。「毎日、退屈だったのよ」きつい目をして笑う。「リー・ホークは力だわ、議員先生。力そのもの」

「力？」キールは疑わしげに言葉を返した。

「リーは政府をも足元にひざまずかせることができるのよ、議員先生。世界最強よ。世界最高のドラッグよりもハイにさせてくれるわ」

「きみはまちがってる、ジョーン。リーは政府を足元にひざまずかせやしない。テロリストは草むらのなかのヘビにしかすぎないんだ。無防備な人間を襲い、常に身を隠さなければならない。そしてかならず、最期は敗れる」

「敗れてやしないわ！」ジョーンはかすれた声でクスッと笑った。「だって、あなたは肝心なものを手に入れてないんだもの、議員先生。私とバイアルの一つを手に入れただけ。ほかにもホークが持ってるわ。議員先生、彼の持ってるものだけで、この船を全滅させられるのよ」

キールは容赦のない笑顔を返した。「でも、ほかにあるのかないのか、きみはほんとうに知ってるのか、ジョーン？」

「もちろんよ。でも、絶対に教えないわ」

「そんなことはないね」

「議員先生！　囚人に暴力をふるうのは法律違反よ！」

「そうかな？」キールはつかのま彼女の腕を放し、ウィルスのバイアルをベッドパッドの上にそっと置いた。ジョーンは彼に殴りかかったが、キールは片手で彼女の両手首をつかみ、空いたほうの手で上着のポケットに手を入れ、ジャックナイフを取り出した。

「自分の信条のためなら、喜んで死ぬわ、議員先生」ジョーンはそう言ったが、声が怖がっているのがキールには感じ取れ、そこに賭けざるをえなかった。

「本当か、ジョーン？　きみは死にたいのかもしれないな。でも、死ぬのなんか簡単だぞ」キールは愉快そうに続ける。「ほら、僕は大学時代に、あらゆる戦争反対運動に参加してただろう。そのあと軍に入った。想像できるか？　だが、結果的にはものすごく勉強になったよ。きみはきれいな顔をしてるよな、ジョーン。じつに美しい」彼はナイフの刃を彼女の頬に当てた。「この顔をペラペラに切り刻んでやろうか、ジョーン。ドロドロの血まみれにしてやってもいい。爪を一枚一枚はがしてもいいな。腕と脚を折るのもいいし。それでも生かしておいてやる」

「まさか！」ジョーンは金切り声を上げてもがいた。「あなたは立派な議員でしょ、立派な立法家でしょ、立派な……」

キールは笑ってジョーンの言葉をさえぎった。「ジョーン、これはルールに則って遊んでるゲームじゃないんだ。僕は生き延びたいし、この船にはほかにも二百人ほどの生き延びたい人間が乗っている。僕が暴力はふるわないだろうとか、いまのところ世に知られている卑劣な方法には訴えないだろうとか思うのなら、大きなまちがいだ。僕はあっというまにきみを切り刻むことができる。痛みすら感じないと思うよ」

その言葉を証明するかのように、キールはナイフの刃をぐいっと突きつけた。

「やめて！」ジョーンが半狂乱になって叫んだ。「やめて！　ホークが持っているもの以外にバイアルはないわ。ほんとうよ！　誓うわ！」

「信用できないな」

涙がジョーンの頬を流れ、ナイフを濡らした。「ほんとうよ――ねえ、誓うわ。お願いだから切らないで！　切らないでぇ！　お願い！　知りたいことはなんでも言うわ。でもなんにも変わらないわよ。まずいことが起きたら、ホークはすぐにバイアルを壊すつもりなんだから」

「かもな」キールはジョーンを放して立ち上がった。向きを変え、バイアルをポケットに入れる。

ジョーンがネコのように彼に飛びかかった。叫び声を上げ、唾を飛ばしてつかみかかる。

「あなたは死ぬのよ、議員先生、わかってる？　あなたは――」

キールはジョーンを引きずって部屋のドアまで行き、勢いよく開けた。そこにはトレントン医師と警備員が二人、待機していた。

キールは警備員の一人にジョーンを投げ渡し、トレントンにバイアルを渡した。そしてジョーンのほうに頭を傾ける。「縛って猿ぐつわをかませて、少なくとも三人で見張っててくれ。逃亡させるわけにはいかない」

警備員は有能だった。一人がすでにジョーンに上着をかぶせ、手錠をはめていた。もう一人は、いまだにばたついている脚をも縛ろうとしていた。

ジョーンが次つぎと浴びせている罵声(ばせい)をさえぎるように、キールはドアを閉めた。

「すぐにこの分析にとりかかるよ」トレントンが言った。

「分析?」キールが困惑げに片方の眉を上げた。

「ペストのおかげで、安全に分析できる器材を持ってきてるんだ。ところで議員先生、ちょっと問題が持ち上がった。ホークが船を下りてしまった。われわれが対策を練っているあいだに、リアナンがやつを誘い出し、手漕ぎボートで海に出たようだ。気づいたときには遅かった。乗務員たちには、あの二人を止める理由はなかったからね。どうする? 二人は戻ってくると思うかね?」

「なんてことだ!」キールは廊下の板張りの壁にどさりともたれかかった。錆びた剃刀(かみそり)で腹を突かれ、ゆっくりと刃を返されたかのように、息もできない。

「彼女は知っているんだ」キールは恐怖で気が遠くなった。「知っているに違いない。やつを自分がおびきだそうと決心して……」

視界がぐるぐると激しく揺らぎはじめた。溺(おぼ)れているかのように、頭のなかにわけのわからない映像が次つぎと浮かんでは消えてゆく。

ほんとうに溺れているのかもしれない。彼女に何か起こったら、彼の人生はなんの目的もないものになってしまう。恐ろしい。彼女を喪うなど、耐えられないことはわかっている。それを突きつけられて初めて、彼女がずっと抱えて生きてきた苦悩を理解した。その苦悩があったからこそ、彼女は結果や危険を顧みず、リー・ホークを自分がおびきだすことを決心したのだ。

「キール！」マイケルがぴしゃりと言った。キールの両肩をつかんで揺さぶる。

キールの目の焦点が、マイケル・トレントンに合う。それと同時に身が引き締まった。冷静になったからではない。時間と勝算が刻々と消えてゆくからだ。彼女を喪ってしまう前に、何かしなければ。

「ドナルドとほかの人間はどこに？」

「ここだ、キール。ここにいる」

ドナルドがピカードと警備員を一人引き連れて、廊下をやってきていた。

「よし」キールは即座に言った。「二人はいまどこにいる？」

「一キロと離れていない場所だ」

「色の濃いウエットスーツがいる――黒ならなおいい。それから酸素タンク。いや、待て、それはやめよう。タンクはいらない。荷物になる。マスクとシュノーケルだけでいい」

ただちにドナルドが指示を出す。

十五分後、マイケル・トレントン医師は急ごしらえの実験室にウィルスを持って入った。

そしてキールは〈シーファイヤー〉の船首から、夜の海へと飛びこんでいた。


リアナンは、目の前に広がる黒い波を見つめた。けれど、後ろにはリー・ホークの音が聞こえる。彼女はボートから飛び下り、水中に突進した。水が黒い壁のように彼女のまわりに迫ってくる。足で強く蹴ると、真っ黒な水がさらに濁った。けれど水面に近づくにつれ、濁りは消えて透明になっていった。太陽はほとんど沈んでいたが、新月が昇りはじめていた。

彼女は水面に顔を出し、酸素を求めてあえいだ。

泳ぐのよ！　リアナンは自分を叱咤した。泳ぎなさい！　あいつが追いかけてくるわ。すぐに飛びこんで水のなかに引き戻される。あの恐ろしい真っ暗なところへ……永遠の闇のなかへ……。

リアナンは泳ぎはじめた。あえいで水を呑みこみ、いつ後ろからぶつかられるかと思いながら。

けれど、誰も来ない。かわりに、声が聞こえた。

「それ以上そばに寄るな、ウェレン。バイアルを割るぞ——脅しじゃない」

ウェレン！　キールが来たんだわ。リアナンはあえぎながらも動きを止め、目を凝らして背後のボートを見た。キールがボートに上がっていた。彼女が海上から見た〝影〟はキールだったのだ。彼はひざをついた姿勢でバランスを取り、ホークに飛びかかろうとしていた。死闘を思わせる姿勢。左手に持っているナイフに、月光がひらめく。あんな彼をお人好しだなんて言ったのよ、リー・ホーク！　リアナンは胸を締めつけられるような誇りを感じた。あなたには、あの人の持っている勇気を理解することなど、とうていできないのよ……。

「ああっ！」

叫び声を聞いたリアナンは、その声が自分の声だということに気づいた。

キールが獲物に忍び寄り、飛びかかった。二人の男が、すさまじく揺れるボートの上で取っ組み合いの死闘をくり広げる。闇が迫るなか、どちらがどちらかわからなかった。一人が突然、海に投げ出された。

「キール？」リアナンはわななく声で呼びかけた。

「リアナン！　泳いで〈シーファイヤー〉に戻るんだ。全速力で泳げ」

「キール、そっちに行くわ！」

「だめだ！　来るな！」一瞬、暗闇に沈黙が流れた。「リアナン、ホークは海のどこかにいる。あとを追わなければ。それに……やつはバイアルを割ったんだ。〈シーファイヤー〉に戻れ」

「キール！」苦悶の叫びが、リアナンののどからほとばしり出た。

「戻れ！　頼む、リアナン、戻ってくれ……」

# 16

ばかな話だが、リアナンが逡巡したのは、キールに怒鳴られると思ったからだった。けれど、そのためらいも、ほんの一瞬だった。まともに考えられなくなっていた。キールのことを愛している。彼は命をかけて、彼女の命を救おうとしてくれた。自分だけ逃げるなんてできない。将来のことも、これからやってくる恐ろしい日々——いや、時間のことなど、考えられなかった。とにかく彼のもとへ行くことしか。それしか考えられない。彼のそばへ行かなくちゃ。そして、何があろうと一緒にいる。リアナンはボートのほうへ泳ぎはじめた。

キールはリアナンから顔をそむけた。鈍い痛みが胸にずしりと響く。二度と彼女を抱くことはないんだという思いが、重くのしかかった。あの甘い唇の感触を味わうことも、ふっくらとした体のいとしいあたたかさを感じることも。あのささやきを耳にすることも、緑の魔法のようにきらめくあの瞳を見ることも……。

いまはホークだ、とキールは気を引き締めた。リー・ホークが、この海のどこかにいる。

やつを捕まえ、ボートに引き戻さなくては。

バイアルはリー・ホークが船から落ちたあとに割れたから、おそらくやつは感染していない。あいつは世界にとって危険だ。これ以上の被害を――おそらく世界の最期となるような被害を起こす前に、止めなければならない。

キールは目をこらして海を見渡し、とうとう動きを目にとらえた。ホークはそれほど遠くには行っていなかった。

「助けてくれ！」

ホークから、大きな声がはっきりと聞こえた。続いて、息を詰まらせるような音が。

「ウェレン……助けてくれ。早く！　あちこち刺されて……」

「どこだ、ホーク？　見えないぞ」

「ここだ……動けない。ここで――ううっ！　痛い！　クラゲが……何か……触手が……体じゅう……」

キールは躊躇したが、オールを手にした。リー・ホークを助け上げ、それから一緒にボートで死ぬのを待つか、誰かがやってきて恐ろしい伝染病ごと焼き払われるのを待つか。

「ホーク？」

「助けてくれ！　うわ、助けて――」ゴボリという水を呑む音を最後に、言葉はとぎれた。

キールはオールを握りしめたまま、暗澹たる気持ちで座っていたが、船の縁から手が一つ現われ、小さな声が聞こえたのでぎょっとした。「キール?」

「リアナン! だめだ――」

ぐっしょりと濡れたリアナンが、力をこめて体を持ち上げ、ぎこちない動きでボートに上がった。

「アナン……だめだ!」キールは胸の詰まる思いでささやいた。涙で目が熱くなる。

リアナンがよいしょと体を起こす。

もう遅い。どうにもならない。バイアルは割れ、その中身がボートじゅうにまき散らされた。彼女もキールと同じように、この世から見捨てられ、消去される運命にあるのだ。

キールは身をかがめてやさしく手を伸ばし、リアナンをかき抱いた。

「アナン、アナン……どうして言うことを聞かなかった? どうして船に戻らなかった?」

キールが彼女の顔にキスの雨を降らせると、しょっぱい海水と彼女の涙の味がした。

「あなたを愛しているの、キール」リアナンがそっとささやく。

「ああ、僕の大事なリアナン、僕も愛してるよ」

長いあいだ、キールは彼女を抱いていた。その感触と、やわらかな心臓の鼓動と、うち捨てられる運命にある美しい愛を慈しむ。

「ここに来てほしくなかったよ」声もとぎれがちにキールは言った。「ああ、アナン、どうして――どうして船に戻らなかったんだ?」

「あなたは私の命を救いに来てくれたわ」ささやくリアナンは、キールの声ににじむ愛するがゆえの苦しみに感激していた。彼はずっと愛してくれていた。彼女のために闘ってくれた。たくさんのものを与えてくれた。

「だから、きみも自分の命を犠牲にすることにしたのか?」絶望したようにキールはつぶやき、彼女の頭に頬を当て、やさしく抱きしめた。

「キール、そうじゃないわ。私はただ、あなたのそばに来ずにはいられなかったの。あなたを置いては行けなかったのよ」

「でも――」

「わかってるわ、キール。バイアルは割れたんでしょう。これからどうなるの?」

「はっきりとはわからない」キールがぼそりと言う。「僕は……ウィルスがどう働くのか知らないから。たぶん……具合が悪くなって……」

「それから?」

リアナンは体を離し、月明かりのなかでまっすぐ彼の目を見た。

キールは深く息を吸った。答えられない。

彼女はまつげを伏せた。「危険は冒せないのね? このボートを爆破するか焼き払うしかないのね?」

「リアナン……」

「しっかり抱いて、キール。お願い」

キールは彼女を押しつぶさんばかりに抱いた。

「私、結婚してもいいと思ってたのよ、キール」リアナンが穏やかに言った。「いえ、あなたが本気だったとしての――」

「本気だったさ」やさしく念を押す。

「ワシントンDCに住むことになったのかしら?」

「ああ」キールは小声で答え、それから体を離して、二人で空の月を見上げた。夜が来るのを待ちながら、彼がやわらかな声で夢を語る。

「DCか、アレクサンドリアでもいいな。コロニアル様式の家を見つけよう。旧いもので、でもすばらしい状態のもの。二階建てか、三階建て。住み心地はいいが、威風堂々とした家。優美な長いポーチがあって、なだらかにうねる芝生も……」

「それから、プレイルームになる屋根裏部屋も」

「プレイルーム?」

「私たちの子どもたちのために」リアナンが静かに言った。「男の子と女の子。男の子二人でもいいわ。でも私……やっぱりまた女の赤ちゃんがほしかったな」

「ああ、リアナン」キールはうめき、彼女の濡れた髪に顔をうずめた。

「キール、いいのよ、気にしないで。私がほしいのは……あなたとの子どもだけ。あなたがいなくちゃだめ。あなたが私に強さをくれて、もう一度人を愛せるようになったんだもの」

キールは返事ができなかった。黙って彼女を抱きしめた。

「キール……」リアナンは言いかけたが、水音と突然のまばゆい光にさえぎられた。キールがそっと彼女を押しやって立ち上がる。ボートが大きく揺れはじめる。彼はやってきた人物に懸命に両腕を振った。

「来るな！　戻れ！　バイアルが割れたんだ！　ここから離れ――」

「キール！」

叫び声はドナルドだった。

「ドナルド、このばか、聞こえないのか？　早くここから離れろ。よく聞け！　ホークのバイアルが割れて――」

「ホークはどこだ？」

「死んだ、だがよく聞いて――」

「おまえが殺したのか？」

「いや、クラゲだ。でも、そんなことどうだっていいだろう。とにかく近づくな！　このウイルスがどれくらい届くのかわからないんだ！」

「そんなに近くないぞ、キール！」ドナルドが叫んだ。「そっちこそよく聞いてくれ。トレントンがもう一つのバイアルを分析した。水だったよ、キール。ただの水だったんだ」

「水！」リアナンがキールの後ろで息を呑んだ。

「水だ、アナン！」ドナルドが大声を張り上げる。

「ああ、キール、水ですって！　はったりだったのよ！」

キールは慎重に振り向いてリアナンを腕に抱き、彼女の目にまじまじと見入った。「いや」静かに言い、ドナルドに向き直って痛々しい声で話しだした。「ドナルド、たしかに、ジョーンのバイアルははったりだとわかった。だが……ホークのものは違ったかもしれない」

「それは……まあ……そうだが」ドナルドがつらそうに言う。

「そんな！」リアナンは両手で顔を覆った。ひどすぎる。希望が見えたと思ったら、また乱暴にもぎ取られてしまった。

キールはやさしく彼女を抱きしめ、彼女の背中を両手で撫でてやった。口を開きかけたが、ドナルドが先にしゃべった。「ああ、リアナン、泣かないでくれ！　お願いだから！　可能性はまだまだある――ほら、このウィルスについてはトレントンがよく知ってるから。朝までに症状が出なければ、ウィルスはなかったことになるって。それにな、リアナン、トレントンはいまだに、誰かがウィルスをセンターから持ち出すなんてことは不可能だったと思ってるんだ。だから……とにかく待とう」

「朝まで」リアナンがささやく。

張り詰めた沈黙が、三人のあいだに漂った。台風の目のなかで、次は風がどちらに吹くのかと立ち往生しているようなものだった。

ドナルドが咳払いをした。そんな声が聞き取れるなんて、なんだかおかしいわね、とリアナンは思った。彼は暗い海を隔てて、だいぶ離れているというのに。「水と毛布と非常用食糧が、座席下の小さな収納庫に入ってる」ドナルドが言った。「いや、念のため、少し沖のほうへ行って投錨(とうびょう)してくれとトレントンが言っていた。だが」慌てて言い添える。「まずだいじょうぶだろうと言ってたぞ」

「ありがとう、ドナルド」キールは静かに言った。「さあ、それ以上は来ないで、早く戻ってくれ」

「わかった」ドナルドは言ったが、それでも離れがたそうだった。「いや、なんて言ったらいいかわからないよ。きみたち二人とも、俺にとっては大切な存在だ。祈ってる。船全体が祈ってる」

「ドナルド、いいから、早く行ってくれ！　そんなことは全部わかってる。明日の晩には、そろってディナーが食べられるといいな」

「ああ」ドナルドが沈んだ声で答えた。「そうだな」

とうとうドナルドはボートの向きを変え、離れはじめた。キールとリアナンはそれを見送った。そのあとキールは中央の座席に腰かけ、オールを手に取った。リアナンが向かいに座ると、ボートを漕いで〈シーファイヤー〉から遠のく。

しばらくのち、キールはボートを止め、素早く舳先に登った。横腹から錨を投げ入れながら、この重さで夜のあいだも流されなければいいが、というようなことをつぶやく。それから身をかがめて収納庫を探り、水筒、毛布、セロハンに包まれた干し肉のようなものを取り出した。

キールはそれらをすべて船の中央に持ってくると、毛布で座席のあいだに小さな繭のような空間をつくった。彼は船底に腰を下ろし、中央の座席にもたれて、隣りの空間を手でたたいた。リアナンにとぼけた笑顔を見せる。「ディナーはいかがですか、ミセス・コリンズ？ろうそくの明かりもバラの花もありませんが……」

リアナンは微笑み、また涙が流れないようにと祈った。「銀色の月明かりがあるわ、議員先生。それに海の輝きも。これ以上は何もいらない」

リアナンは立って彼のそばに行った。キールは自分の腕と毛布で彼女の肩をくるみ、彼女を引き寄せて水筒を差し出した。リアナンは長いひと息で水を口に含み、水筒を彼に戻した。月明かりのなか、彼の横顔を眺める。ハンサムで、たくましくて、ブロンズ色に光輝く彫刻のようだった。これからどうなろうと、この夜のことはすてきな思い出になるだろう。

「きみが言ったことはすべて、守るつもりだよ」キールは重々しい口調で言いながら、干し肉の包みを取った。

リアナンは肉をひと口食べた。味気なかったが、とりあえず一生懸命に嚙む。「守るって、何を？」

「子ども二人。二人とも男の子だったら、もう一人女の子。コロニアル様式の家。大きなドイツシェパード。いや、ベルギーシェパードでもいいな。ネコ二匹。鳥一羽。僕はずっとオウムが飼いたかったんだ」

「ロング・ジョン・シルバーみたいに？」

「うん」

「もし生きられたらね」リアナンは消え入るような声で言った。ふいに彼から顔をそむける。乱暴なそむけ方と言ってもよかった。

「キール。今夜、私を抱いて。お願い。私――魔法にかかってすべてを忘れたいの。あなたの腕に守られて、もう一度めくるめく世界を感じたい」

キールはリアナンの瞳に見入った。緑の大きな輝く瞳。深い愛情をたたえた美しい瞳。彼は身を寄せ、没頭するようにやさしく唇を重ね、舌先でその美しさを探った。また彼女のしょっぱい涙の味がする。彼女が熱く応えてくれる。

キールはのめりこむように荒々しく、彼女をわしづかみにした。二人の心臓が合わさり、轟くような鼓動を感じて体が震える。口づけが激しくなる。甘い二双の唇に、舌をぐいぐい突き入れる。月光が二人に染みこむようだった。抱き合う二人に、恐怖はなかった。ただ求め合う心と、美しさだけ。二人一緒なら、朝まで待てる。

キールは哀しげな笑みを浮かべて唇を離した。「ウエットスーツじゃ、色気もなにもあったもんじゃない。すぐ戻るから、このまま待ってて」

そう言って慎重に立ち上がった。リアナンは、彼が黒いウエットスーツを脱ぐのを見ていた。月明かりのもと、すっくと立って流れるような筋肉と輝く素肌をさらす彼は、ブロンズ色の海神のようだった。リアナンは彼を見上げ、彼が濡れたトランクスを脱ぎ捨てて隣りに戻ってきたときには笑みを浮かべた。彼のものが、これから起こることへ立派に反応している。彼女ははばかることなく手を伸ばし、そこに触れた。あやすように撫でて快感を与えながら、彼と目を合わせる。

「淫らで奔放になってきたのかしら?」とぎれがちな声でリアナンがささやく。

「もしそうなら」低い声でキールが言い、彼女を抱いて胸に顔をうずめた。「そのままやめないで……」

しばらくのち、キールはうめいて彼女を立たせ、彼女の前の狭い空間にひざをついた。彼の指がリアナンのジーンズのファスナーをつかんで引き下ろすと、彼女の体は打ち震えた。濡れたジーンズを腰から脱がされるときには、彼の両肩につかまらなければならなかった。彼につかまってバランスを取りながら、片方ずつ脚を抜く。

「ウインドブレーカーも脱いで」キールがかすれた声でつぶやいた。

外で服を脱ぐのは不思議な感覚だった。ナイロンのウインドブレーカーを取り、その下の

Tシャツも脱ぐと、涼しい夜風がむきだしの肌を撫でる。リアナン自身、少し女神になったような気がした。ばかみたいだけれど、一夜かぎりの命を与えられた人魚のような気分。ベルベットの夜空を背景に、月明かりを受け、深い藍色の海に囲まれている。

キールは彼女の腰を両手で抱え、乾きつつある彼女の髪がそよ風に吹かれ、ふわふわとなびくのを眺めた。月の下、彼女はこんなにも気高く、こんなにも誇り高く、こんなにも麗しい最高の姿形をかたどっている。謎めいた影を落としながらも、天上からの銀色の霧に包まれている。胸はふっくらと、脚はすらりと、そしてなまめかしいほどにしなやかで均整が取れていた。

「きみほど美しい女性は見たことがない」キールは恭しく陶然と語りかけ、やわらかな彼女のおなかに唇をそっと押しつけた。

彼女の瞳に下から見入り、彼女はそんな彼を見下ろす。彼女はほんのりと笑みを浮かべ、彼の髪をどうするともなく指で梳く。

「あなたって、ほんとうに口が上手ね、議員先生」リアナンは軽やかに言った。「でも、お世辞をお返ししましょうか。あなたこそ、非の打ちどころのない、完璧な男性だわ……」彼女の声がしぼんでゆき、突然、唇を嚙んだ。「キール?」

「なんだい?」

「どうやってジョーンに近づいたの? あなたが……まずはジョーンに働きかけるってこと

はわかってたわ。彼女を……彼女を抱いたの？　仕方のないことだけど……」

キールは微笑んだ。「いや、抱いてないよ。そこまでしなくてもよかったんだ」

「でも、彼女の服を脱がせるところまではいったんでしょう？」

「ああ」キールは正直に答えた。

リアナンが哀しげに笑う。「彼女は完璧だったんでしょうね」

「いいや、完璧なのはきみだ」

「嘘つき。でも、だからあなたが好きよ」

キールは声を上げて笑った。「嘘なんかじゃ――」

「いいえ、嘘よ――たぶん、二人ともに対して。でも、そんなことはどうでもいいの――ほんとうに、キール。私はあなたを愛してるし、あなたがほしい」

涙声になっていた。キールは彼女を泣かせたくなかった。思いきって彼女の腿のあいだにいきなり手を差し入れ、わが物顔で、けれどやさしく、彼女の大事な部分に分け入った。リアナンが突然の快感にあえぎ、震えた。

「完璧なのはきみだ」キールがつぶやき、空いたほうの手で彼女のヒップをぎゅっとつかみ、腰の線をそっとついばむ。さらに、なやましいキスを浴びせる。「今度はもう口答えさせない」

口答えなどできなかった。息もできない。立ってもいられない。エクスタシーが次から次へと波のように押し寄せ、とうとう彼女は悲鳴にも似た声を上げた。あまりの快感に失神して、彼の上に倒れこんでしまいそうだ。

「キール……ねえ、もうだめ……それ以上……」

キールは注意深くリアナンの前に立って彼女を抱え、脚を震わせている彼女の重みを受け止めた。ふたたび唇を重ね、情熱的に貪り、とめようのない激しさで彼女を愛する。それから、二人一緒にそっとしゃがみ、キール自身は固い板の上に腰を下ろして、彼女の脚を自分の体に巻きつけた。彼女を支えながら導き、彼女のなかへと入ってゆく。彼女の大事なところにすんなりと包みこまれ、震えがきた。

月が織りなす銀色の世界のなかで、二人はたがいに激しく愛し合った。それでも、どこか究極のところでは、やさしさと思いやりが残っていた。時間が止まる。夜が止まる。美しいものだけが二人を包みこんでいた。夜風がやさしいメロディーを奏でる。海が二人の高ぶる欲望の熱いリズムと対照的に、ゆったりとしたテンポで揺れる。

二人は月にまで届いてしまったのかもしれない。時間の感じられない、驚異の銀色の世界に。二人の口から声がほとばしる。驚異の叫び。歓びの声。激しい最高の絶頂。愛の叫び。

そして、一度ことが終わっても、それはふたたび始まった。二人は触れ合い、ささやき合った。相手のこと、美しい月のこと、すばらしい夜のことを。

彼女のなかに入っていないとき、キールは彼女に寄り添って彼女を抱き、自分の体と毛布のあたたかさで彼女を守った。

夜空に月が高く昇ったころ、リアナンは彼のかたわらで軽く眠ったが、キールは彼女を抱いて離さなかった。彼は眠れなかった。ずっと月を見ていた。朝が来るまで、と彼は自分に言いつづけた。目を東へ向ける。夜明けを喜びとともに迎えるのか、おののきとともに迎えるのか。

気分はいい。元気だ。病気だとは思えない。

ついに月が傾きはじめた。遠く東の空に、深紅の光が差すのが見える。キールは腕を曲げ伸ばししてみた。こわばっている。のどは……痛い。心が絶望に沈む。お願いです、神よ。彼は無言で祈った。お願いです、僕たちを元気にしてください。朝が来ても、元気でいさせてください……。

深紅の光が強くなってくる。月はまだ空にかかっているが、遠く、薄らいでいる。太陽が昇りつつあるのだ。

リアナンは、まだシーツのあいだで窮屈そうに眠っている。彼の胸と、曲げた腕のなかで丸くなっている。

彼は発症しているのだろうか？　それとも、ひと晩じゅう、長い体をシーツのあいだで折りたたんでいたから、こわばって痛いだけなんだろうか？

キールはリアナンを起こしたくなかったので、注意深く水筒を取って、ぐーっと水を飲んだ。のどの感じはよくなった。熱っぽくもない。全然。何口か水を飲むと、のどはまったく平気になった。

キールはそっとリアナンの額に手を当ててみた。ひんやりしている。夜のあいだ、二人をやさしく包んでいたそよ風のように。

彼は目を閉じた。やったんだ。たぶん、だいじょうぶだ。天におわします神よ、感謝します。ああ、ありがとうございます！

「あーあ、こういう破廉恥な光景を予測しておくべきだったよなあ！」

キールはぎょっとして目を開けた。海の上から笑い声が届く。突然、まばゆい黄金色の日射しを浴びて、彼は目を細めた。

ドナルドがすぐそこまでボートで来ていた。

「このばか！」キールはハハハと笑い、慌てて毛布で二人の裸身を隠そうとした。「おまえ、何してるんだ？　俺の具合がどうかとすら訊かないんだな！　高熱にうなされてるかもしれないってのに！」

「なんともないじゃないか！」ドナルドは言い、自分のボートを二人のボートにコツンとぶつけた。

「どうしてそんなことがわかる？」

一瞬、ドナルドは真顔になった。「もしAZ変種に感染していたら、いまごろはもう死んでいるとトレントンが言ってたからだ。ゆうべはそんなことを言いたくはなかった……だって……くそっ、キール！　そんなこと言わなくてもわかるだろう！」

キールは太陽を見上げ、笑いはじめた。リアナンが身じろぎする。彼女の緑の瞳が開く。彼はリアナンの唇に、大喜びでサッとキスした。「やったぞ！　僕たちはやったんだ！」

彼女を抱いて立ち上がり、ボートが揺れるのもかまわず夢中になってジャンプした。

ドナルドが鷹揚なまなざしでにこやかに見守るなか、キールは海に飛びこみ、水の冷たさを肌で楽しんだ。

「ちょっとばかみたいだよな？」ドナルドは満面の笑みでリアナンに言った。「夜が明けたばかりの時間に、素っ裸で飛び跳ねて、泳いで」

リアナンは長いこと、困惑にくもったまなざしでドナルドを見つめていたが、やがてハッとし、まばゆい日射しのようにはっきりと理解したようだった。

「ドナルド？」彼女の声はほんの少し震えていた。

「終わったんだ、リアナン。きみはもうだいじょうぶだ。すべてでっちあげだった。最後の一手まで、じつにうまくだまされたけどね。AZ変種なんか、船にはなかったんだ」

リアナンはきつく目を閉じた。これからも生きられる。キールも生きられる。いいえ、二人一緒に生きられる。

朝が青空を連れてきていた。輝く太陽と、穏やかな海と――そして、人生も。

リアナンはこのうえない喜びをたたえた瞳で、もう一度ドナルドを見た。キールが海に潜ったり浮かんだりして、太陽のもと、クリスタルのような水を噴水のように跳ね上げてはまき散らしているところを、二人して眺める。

彼女は笑って肩をすくめた。「たしかにばかみたいよね？　まあ、でもね、ミスター・フラハティ、私たちは二人ともおばかさんなの！」

笑いの止まらぬまま、リアナンは立ち上がり、ドナルドや遠くに見える〈シーファイヤー〉号にもかまわず、毛布を振るい落として海に飛びこんだ。水は冷たかった。体がきゅっと引き締まる。でも、それも楽しかった。しょっぱいのも、目にしみるのもうれしかった。

ふいに彼女は、べつのものを感じた。ほんの少しごつごつしていて、とてもやさしいもの――キールの腕に抱かれていた。

二人は一緒に水面まで上がり、大笑いした。涙が出るほど。

「やったのね、キール！」リアナンがささやく。

「生きられるんだ」

「天寿をまっとうするまで」

「息子を二人！」

「娘も一人！」

「コロニアル様式の家も！」

「オウムも忘れないで！」

「ベルギーシェパードも！」

「二人とも、将来の計画は船に戻ってからでもできるんじゃないか？」ドナルドがぶっきらぼうに口をはさんだ。

キールは無視した。しきりに水を蹴りつづけながら、リアナンを抱きしめて長々と、しょっぱい口づけを交わす。

「わかったよ、降参だ」ドナルドがぼそりと言った。「先に戻るよ。きみたち二人が戻ってきたら、すぐにお祝いだ。そっちのボートに服の山を放りこんでおくぞ。頼むからすぐに服を着てくれよ。キール、おまえはどうでもいいが、リアナンは乗務員のあいだに騒ぎを起こしかねないぞ！」

ドナルドは少しためらってから、オールを手にした。しかし怒濤の歓喜に酔って抱き合っているリアナンとキールは、ほとんど気づいてもいなかった。

「メアリーと俺は、今日、船長の立ち会いで結婚するつもりだ。ダブルウェディングに興味があるなら、すぐに手配するぞ」

やっとキールがリアナンから離れた。水を蹴る足まで止まり、リアナンはするりと水中に沈んでしまったのでびっくりした。キールは彼女があっぷあっぷしているのもかまわず、うっかり髪の毛をつかんで引き上げた。

「結婚？　今日？　僕にはいい話だけど。リアナン？」

彼女の怒った目を見て、アハハと笑う。「どうかな？」

「ええ、もちろん私だってすてきな話だと思うわよ！　でも結婚の話をしてて、髪をつかんで引っ張られるなんて！」

キールはまた笑い、リアナンに腕をまわした。彼女を連れ、ボートに向かってしっかりと泳いでいく。

ブラックジャックね、とふいにリアナンは考えた。キールはいつでも二十一をそろえる。彼というエースが、ハートのクイーンを引いた。そしてクイーンは、喜んでその手に落ちた。二人はチップをテーブルに広げ、恐怖と最後まで闘い、はったりにも立ち向かった。

ボートに到着して水から上がろうとしている二人に、ドナルドが「じゃあ、あとで」という言葉を残して背を向けた。キールは先にボートに上がり、向き直ってリアナンに手を貸し、もう一度彼女を抱き上げた。

「ほんとうに勝ったのね」リアナンが小声で言う。

「ああ」銀色のまなざしが、やさしく彼女を見つめる。「リー・ホークあっての〝赤い鷹〟だったからね。あとはもう、あの組織も歴史に埋没していくだけさ。僕らも過去は忘れて、未来を見ていこう」

「彼には頼りになるカードがなかったのね！」リアナンはつぶやいた。あの男が永遠にいなくなったことはうれしかったが、自然のなかへ消えていったこともなんとなくうれしかった。

ふいに彼女は微笑んだ。「ロイヤルストレートフラッシュが何よりも強いことを、わかってなかったのよ」

キールが怪訝そうにリアナンを見る。

「みんな」穏やかな声でリアナンが言う。「あなたと私と……トレントンとピカードとドナルド。ロイヤルストレートフラッシュよ！」

キールは声を上げて笑い、急にまじめな顔になった。「ほんとうに結婚できる？」

「ええ」

「生涯の愛をもう一度、誓うんだよ？」

「ええ、もちろん」

「ああ、愛してる！」感無量でキールはささやき、リアナンを抱き寄せた。

抱きしめられたリアナンは、すばらしい感謝の気持ちを味わっていた。彼の腕のなかで、涙が目頭を熱くする。でも、それが最後だとわかっていた。ポールや、彼とともに生み出して愛した子どもたちのことは、決して忘れないだろう。これからもずっと彼らを思い、年を追うごとに、もし生きていたらどんなふうになっているかと思わずにはいられないだろう。

それでも、キールが彼女を暗闇から光のもとへ連れ出してくれた。朝には太陽が昇り、命を運んできてくれるのと同じように。

「戻りましょう」リアナンはそっと言った。「自分の結婚式に遅れるなんていやだわ」

キールは揺れるボートの上で、最後のキスをした。「だいじょうぶ、絶対に遅れやしないよ！」

二人は急いで服を着た。

太陽が昇りつづける。明るく、高く。そのなか、二人は、自分たちを待つ〈シーファイヤー〉号と未来へ向かってボートを漕いだ。

# エピローグ

九月二十二日　午後七時
ワシントンDC

キール・ウェレン議員は長い脚できびきびと、ホワイトハウスの大統領執務室に急いでいた。お供の者もいない。顔つきは少し険しく、いったいなんの用だろうと不安げに訝しんでいる。当然、かなりの緊張で身の引き締まる思いだった。

三年前の夜も、こうして呼び出された。あのときは……思い出したくもない。キールは恐怖に縛られそうになったが、いまはもう、やっとすべてが終わったのだ。そして、そのあいだに、彼はこのうえなく大切なものを手に入れた。

大統領は一人でデスクについていた。キールが入っていくと立ち上がり、口元に小さな笑みを浮かべて、執務の緊張感を顔からやわらげた。「議員、かけてくれたまえ」

招集を受けたことで、キールはこれまでになく当惑していたが、大統領のデスク前に置かれた椅子に腰を下ろした。

大統領はにこやかな笑顔のまま、呼び出し用のボタンを押した。「ウェレン議員が到着した。カートを運んできてもらいたい」

銀食器のセットがカートに乗って出てきたときには、キールは笑いそうになってしまった。彼は大統領の属する政党員ではないが、ささやかなお茶会に招かれたということらしい。いや、お茶だけではなさそうだ。ともにお茶を出されているあいだ、キールは大統領の様子をうかがっていた。早く二人だけになりたいようだった。

しばらくしてドアが閉まると、また二人きりになった。

「まずは、議員、心からおめでとうを言わせてもらうよ」

「ありがとうございます」

「予定日はいつだね？」

「三月の初めです」

「すばらしい、ほんとうにすばらしい」大統領は陽気に言った。「うちの細君（ファーストレディ）も私も、若い命は大歓迎だ。まあ、あっというまに大きくなってしまうんだがね」

「そうですね」キールは丁重に答えた。大統領の気遣いはありがたかったが、早く家路に着きたかった。

キールの心を読んだかのように、大統領は低い声でクスクス笑った。「ぜひともきみに知らせたいことがあるんだ、キール」

「はい？」突然、キールは神経をとがらせて気を引き締め、ティーカップを置いた。

「悪い知らせじゃないよ、議員。リー・ホークの件について、最終報告だ」一瞬、大統領は言いよどんだ。「一週間ほど前、海難救助隊が、大西洋のセント・トマス島付近から人骨を引き揚げた。さきほど身元が判明したところだ」

「リー・ホークですか？」

「そうだ」大統領は、つと自分の両手を見た。「きみも知りたいだろうと思ってね」

「はい、お心遣いありがとうございます」

大統領は間を置き、それからふたたび微笑んだ。「もう帰ってかまわないよ、議員」

大統領も意外だったが、キールが頬を赤らめた。「大統領――」

「いや、失礼な態度などは見受けられなかった。ただ、私の聞いた話からすると、自宅に飛んで帰りたいのももっともだろうと思ってね。私もきみの奥方にお目にかかるのが楽しみだ。この街は彼女の噂(うわさ)で持ちきりだから」

キールは声を上げて笑った。「だからこそ、私たちはしばらくDCを離れているんですよ、大統領」

「ああ、そうだな、新婚さんにはプライベートタイムが必要だ。まあ、議員、きみたちが公の場に顔を出せるようになったら、うちの細君も交えて、ぜひディナーをご一緒したいものだ」

「喜んで、大統領」

「おやすみ、議員」

「失礼いたします」

キールは席を立ち、ドアに向かった。

大統領が呼び止める。「ミスター・ウェレン、対抗馬として立つには、きみがまだ少し若すぎることを私がどれほど喜んでいるか、伝えておこう」

キールは笑った。「ありがとうございます、大統領。過分なおほめのお言葉と受け取っておきます」

彼はまた長い脚できびきびと、ホワイトハウスをあとにして自分の車へと急いだ。

九月二十二日　午後七時三十分

ヴァージニア州アレクサンドリア

リアナンは犬の食器を置き、裏口の網戸を開けた。

「ジャック！　ジャック・ダニエルズ！　かわいそうだから、そのウサギちゃんは放っておいて、入ってきなさい！」

なだらかに広がるベルベットのような芝生で、大きな黒いベルギーシェパードが駆け出した。いったん、急停止すると、ワンワン吠えて尾を振り、また家めがけて突進する。

「飛びかかっちゃだめ。そんなにでっかいくせに。飛びかかったら、おまえのチューイングボーンをみんな隠しちゃうわよ！」リアナンは突進してきた犬に注意した。

しかしその甲斐もなく、犬は彼女に飛びかかった。

「ジャック、おまえはもっとお行儀よくしなくちゃだめね！」リアナンが情けない声で言う。

「ジャック・ダニエルズ　ハ　ワルイコ。ジャック　ハ　ワルイコ。ワルイコ」

リアナンはサッと振り返ってオウムを見た。オールド・エイブがカラフルな羽を広げ、あらんかぎりの声を張り上げている。

「キールがどうしても鳥を飼いたいなんて言うから！」彼女は怒ったようにうなった。

「カワイイ　トリ。カワイイ　トリ」オールド・エイブが答える。

「おまえはかわいいけど、うるさいの」

ジャック・ダニエルズが、リアナンを突き飛ばす勢いでドッグフードに突進した。「わかったわ、みんな。キッチンは狭くて三人は入れないから。あ、いえ」やさしい声で訂正する。「四人は入れないから。私はもう行くわね！」

ジャックの頭を軽くたたき、アイランドキッチンのコンロをまわって、堂々たるリビングルームに入った。リアナンはしみじみと部屋を見渡してにっこりした。この家の一階部分は広々として大きく、あたたかみのあるアースカラーで飾られている。グランドピアノがフレンチドアの近くに置かれ、古き良き時代の雰囲気を醸し出している。対照的に、板張りの壁に並んだステレオシステムは、現代的な趣を添えている。すべてが整然としていた。

リアナンの笑顔がせつなそうなやさしい表情に変わり、螺旋(らせん)状の階段を見上げた。足が自然とそちらへ向かった。リアナンは片手を欄干にかけ、ゆっくりと上がっていった。主寝室を通りすぎ、薄暗い廊下を進んでゆく。ある部屋のドアノブに手をかけ、まわして足を踏み入れた。

三年前の夜も、ここと同じようにしつらえられた部屋に入った。ベビーベッドの上にかがみこみ、やわらかな肌に触れた。

ベビーベッドのそばにはロッキングチェアが置いてある。白い塗装の、古いもの。リアナンは、ベビーベッドのなかで待っているかのような風情のテディベアを手に取った。ぼんやりとロッキングチェアに腰を下ろし、テディベアを抱きしめる。一瞬、昔の哀しみが胸に迫る。激しすぎて、めまいがするほどだ。けれど、その痛みも薄らいでゆき、彼女は小さく微笑んだ。

鼻がボタンでできたテディベアを見て、首に巻いた黄色いリボンを直す。「三人のことは忘れないわ」テディベアにささやきかける。「絶対に。百歳まで生きることになっても。でもね、この赤ちゃんのことはほんとうに喜んでいるのよ、ベアちゃん。ほんとうに心から。抱っこするのが待ちきれないわ。キールと一緒にかわいがって……。過保護なママにならないようにしなきゃ。絶対ならないって誓うわ」彼女はテディベアを抱きしめ、ゆらゆらと揺れた。

「リアナン？」

揺らすのを止めてドアを見る。キールが立っていた。スリーピースのツイードの秋物スーツをぱりっと着こなし、気品あるかっこよさだ。けれど瞳は心配そうに暗く、彼女の名前もためらいがちに呼んだように聞こえた。

リアナンはロッキングチェアから跳び上がり、彼のもとへ駆け寄って抱きついた。キールがやさしく抱きとめ、心地よいざっくりとした生地の襟元に彼女が頬を寄せると、彼女の髪をそっと後ろに撫でた。

「だいじょうぶかい？」キールが小声で訊く。

リアナンは体を引き、彼と目を合わせた。

「ああ、キール！　これからもつらい思いは消えないと思うけれど……でもね、キール、いまではずいぶんよくなったのよ。あなたがいるから。私……ものすごくあなたを愛しているの。それに、生まれてくる赤ちゃんが楽しみで仕方ないの！」

キールはにこりとし、こぶしで彼女の頬を撫でた。「そんなに意気込んでどうする。まだ半年も先なんだよ」

「あら、違うわ」リアナンが不満そうに言う。「五カ月半よ」

「五カ月半か」キールはやさしく認めた。リアナンの肩を抱き、なにげなく子ども部屋の外へ誘う。

「その赤ちゃんの父親は、こんなに遅く帰ってきて、もう夕食はもらえないかな？」

「遅くなって夕食抜きなんて、ありえないわ」リアナンは約束した。彼に寄りかかり、二人でのんびりと階段を下りてゆく。彼女は首をかしげ、いたずらっぽくにんまりした。「私、完璧な奥さんだもの」

「きみが完璧だってことは、僕がずいぶん前から言ってただろう」

リアナンはつま先立ちになって彼にキスし、それから怪訝な顔をした。「どうしてこんなに遅くなったの？」

「大統領に呼ばれてね」キールがにっこり笑う。「じきじきにお祝いの言葉をいただいたんだ」

「それはすてき」

「うん。でも船の上で結婚式を挙げたりして、いまでもきみは後悔してないのかな？」

一瞬、リアナンは困惑して彼を見つめていたが、すぐに笑った。「それって、赤ちゃんがきっかり十月十日目で生まれるから？　私はちゃんと喜んでますとも。そういう話、最高のゴシップになるでしょうね！」ふいに真顔になり、目を伏せる。キールはまた心配になって彼女のあごに手をかけ、上向かせた。凛（りん）とした小さな笑みが浮かんでいたのでホッとした。

「おかしな話かもしれないけれどね、キール、この子はあの日、メアリーが峠を越えたとわかった日にできたんじゃないかと思うの。二つの命が、私たちに与えられたんじゃないかって。メアリーの命と、私たちの息子の命が」

キールは破顔し、リアナンをまた胸に抱き寄せて、彼女の額にささやいた。「僕にはちっともおかしな話じゃないよ。おかしいのは、どうしてきみが、赤ん坊は男だとそんなに確信してるのかってことさ」

リアナンは得意げな顔で彼から離れ、くるりとキッチンに向かって肩越しにこう言った。

「あら、絶対に男の子よ」

キールは両手を腰に当てて彼女のあとについていった。彼女が手際よく冷蔵庫からキャセロールを取り出してオーブンに入れるまで、一つ一つの動きを追う。

「どうしてわかる？」

「今朝、羊水検査をしたから」

「え？　何をしたって？」

「羊水検査」

「僕に内緒で？」キールはわずか二歩で彼女のところまで行き、両肩をつかんだ。幸い、キャセロールは無事にオーブンに入ったあとだった。「リアナン！　僕もついていくべきだったのに！　そんな――」

「キール、ペスト騒ぎとワクチンを受けたこともあって、少し心配だったの。あなたに黙って何かをしようとしたわけじゃないわ。とにかく安心したかったのよ」

「それで……?」これほど暗い色にくすぶるキールの瞳は見たことがなかったが、リアナンは口元をゆるめた。心配するがゆえの、灰色の嵐だとわかっていたから。

「なんの心配もなかったわ。まちがいなく男の子ですって」

キールはアハハと笑い、彼女を抱きしめた。「でかした！　小さなハートのキングだ！」

「違うわ！」キールの手が体をまさぐりはじめるのを感じ、リアナンも笑いながら反論した。

「ハートのキングは、この子のパパよ」

「いいや。僕はエースだ。少しでもおてんばな気持ちになったときは、かならずそれを思い出すように」

「もう！」リアナンが怒ったように鼻を鳴らした。

「そっちこそ。でも、いいのかい？　きみは女の子がほしいと言ってたし、ぼくも娘ができるのは大歓迎だ。でも、まずは男の子っていうのもいいと思うけどね。それにほら、またがんばるだろう?」

「その次も?」

二人はにっこり笑い合った。口元がほころび、たがいにそっくりな笑みがゆっくりと浮かぶ。低い笑い声が出てきて、そして同時に口を開いた。「ロイヤルストレートフラッシュ！」

大きな声で笑いながら、二人はまた抱き合った。キールは思いっきりリアナンを抱きしめた。けれどゆっくり手を離したとき、その瞳はまたくすんでいた。

「キャセロールはどれくらいかかる?」

「一時間くらいよ」

返事が終わるか終わらないかのうちに、キールは彼女を抱きしめ、決然とキッチンに背を向けた。

「キール――」

「一時間ならたっぷり――いたっ! ジャック・ダニエルズ! どいてくれ!」

シェパードは哀れな声を出して尾を振り、網戸のそばの冷たいタイルまでタッタッと走っていった。

キールは腹に据えかねるようなふりをして、かぶりを振った。「犬につまずくようじゃあ、甘い時間はむずかしいな」

「あら、犬を飼いたいと言ったのはあなたよ」

「鳥もね」愉快そうにキールが言う。

「あの鳥、どうにかしてよ」

「あれくらい、いいじゃないか」キールがにやりとする。「きみなんか、半ダースも子どもがほしいって言ったくせに」

「それは、そっちが言ったんでしょう。しかも、私は早くもおなかが大きいし!」

「そういう習慣はなくしたくないからね」

「あら」

「異議あり？」

リアナンがにこりと笑う。輝くような美しい緑の瞳で。彼女は両腕でしっかりと彼の首に抱きついた。キールがふたたび階段を上りはじめる。

「いいえ。一つも思いつかないわ」

# 訳者あとがき

ヘザー・グレアム“Queen of Hearts”の邦訳『カリブに浮かぶ愛』をお届けします。

原書は一九八五年の刊行ですので、八二年に作家デビューを果たしたヘザーにとっては、ごく初期の作品と言えるでしょう。もともとヒストリカルロマンスやヴァンパイアものなどのホラー系にも筆の冴えを見せているヘザーらしく、本書では年代物の豪華客船が舞台となり、ムード満点です。

物語の始まりは、テロによる航空機の墜落事故。ヒロインのリアナン・コリンズは、ヴァージニア州で夫と幼い子ども二人と暮らす、幸せな主婦でした。しかし大型旅客機が家に墜落し、大切な家族も幸せな生活も、すべてを一瞬にして喪います。悲劇と絶望に打ちのめされ、生きる屍(しかばね)となって、ただ生きながらえるだけの日々……。

そんな妹を見かねた兄が、大学時代の友人であり、大富豪でもあるドナルド・フラハティに妹を紹介します。それまでとはまったく違った環境に身を置くことで、気持ちを紛らわすことができるのではないかと考えたのです。兄の思ったとおり、リアナンは少しずつ、生きる力を取り戻していきます（ただし、他人と距離を置いた接し方しかできなくなっていますが……その〝どこか人を寄せつけない〟雰囲気もまた、彼女の魅力となります）。主婦として見事に家庭やホームパーティを切り盛りしていた彼女には、接待役（ホステス）という役割がしっくりと合い、周囲の人びとを魅了していきます。なかでも、ブラックジャックを仕切る腕は超一流のものでした。

ご存じの方も多いかと思いますが、ブラックジャックというのは、カードゲームの一種です。カジノのディーラー（親、胴元、ハウス＝店側）と客（プレイヤー）とが、手持ちのカードのポイント合計を、できるだけ二十一に近づけることで勝負します。二〜十のカードでは、その数字どおりのポイント。絵札のK（キング）、Q（クイーン）、J（ジャック）は十と数えます。A（エース）のみ、一あるいは十一のどちらかとして数えることができ、どちらの数をとるかは状況に応じてプレイヤーが選択できます。例えば、AとKの組み合わせでは、Aを十一と考え、Kの十と合わせてちょうど二十一となりますから、そこでゲームの勝者となります。

まずは参加者全員に、ディーラーによって二枚のカードが配られますが、ポイントが二十一を超えないかぎり、何度でもカードを引く（〝ヒット〟と言います）ことができ、もちろん、引かない選択もできます。ただし、ディーラーの場合は、通常、自分の手が十七以上になるまでカードを引かなければならず、十七以上になったら、その後は追加のカードを引くことはできません。カードを引いた結果、二十一を超えてしまうことを〝バスト〟と言い、超えてしまったら負けです。

以上、基本的なルールのみ記しましたが、原題の“Queen of Hearts”というのは、ハートのQのカードのことです。ブラックジャックを仕切る見事な手腕から、リアナンは〝ハートのクイーン〟と呼ばれるようになったのです。

ドナルド・フラハティの接待役となったリアナンは、ドナルドが手に入れた年代物の豪華大型帆船〈シーファイイヤー〉号の改修後、処女航海にお供することになります。そこへ乗り合わせたのが、将来を嘱望された若き下院議員、キール・ウェレン。彼こそは、航空機墜落事故のとき、機内に乗りこんだ国際テロリスト、リー・ホークとの交渉に当たっていた人物でした。そして、キール自身もまた、墜落した機に乗り合わせていた婚約者を喪ったという痛手を背負っています。言わば、彼もまたリアナンと同じ被害者……しかしリアナンは、彼に全責任を負わせることで心の平静を保ってきました。その憎き相手が、目の前に現われた。しかも、黒髪、鋭いグレーの瞳、引き締まった体軀、並はずれた知力と行動力という、どうしようもなく惹かれる魅力を持った相手として……。

同じ悲劇を味わった二人の衝撃の対面は、いったいどういう運命を辿るのでしょう。リアナンは、ほんとうの意味で、もう一度〝生きる〟ことができるのでしょうか。残酷にも、美しい大型帆船は、またしても悲劇の大波に飲みこまれようとしていました……。

ヘザー・ファンの方も、彼女の作品を読むのは本書が初めてという方も、その世界に引きこまれていくこと間違いなしです。ヘザーらしいゴージャス感あふれる世界、生命力あふれるヒーロー、大人の女でありながらかわいらしいところも持ち合わせているヒロイン、生き生きとした名脇役たち……ヘザーの持ち味が存分に生きている作品です。どうぞ、お楽しみください。

最初に記しましたとおり、本書は一九八五年に刊行された作品であるため、当時とは若干、世界情勢が変化しております。つきましては、原書で〝西ドイツ〟と記載のありました箇所は〝ドイツ〟とし、〝ユーゴスラビア〟の記載には〝セルビア・モンテネグロ〟と割注を入れております。ただし、年代や〝二十世紀〟などの表記は原文のままとしておりますので、なにとぞご了承ください。

末筆ながら、本書を手にとってくださった読者の方々、そして、訳者をあたたかく見守り、本書の完成にご尽力くださった二見書房の池田昌三氏に、この場をお借りして、厚く御礼を申し上げます。

二〇〇六年八月

山田香里

ザ・ミステリ・コレクション

# カリブに浮かぶ愛

著者　ヘザー・グレアム
訳者　山田 香里

発行所　株式会社 二見書房
東京都千代田区神田神保町1-5-10
電話　03(3219)2311［営業］
03(3219)2315［編集］
振替　00170-4-2639

印刷　株式会社 堀内印刷所
製本　株式会社 進明社


ISBN4-576-06150-X
http://www.futami.co.jp/

## 闇に潜む眼
ヘザー・グレアム
山田香里［訳］

スポーツジムを営むサマンサは、失踪した親友の行方を追ううち、かつての恋人と再会。千々に乱れる彼女の心は、狂気に満ちた視線に気づくはずもなく……

## ひそやかな微笑み
ヘザー・グレアム
山田香里［訳］

ハリウッドを震撼させた女優連続殺人事件。犯行手口はヒッチコック映画に酷似していた！ 人気TV女優ジェニファーに忍び寄る狂気の正体とは!?

## 甘い香りの誘惑
ヘザー・グレアム
高科優子［訳］

殺人罪に問われマイアミを去ったショーンと、ある秘密をかかえて町を飛び出したローリ。15年ぶりに故郷で再会した二人を待つのは、残虐な殺人者の影だった…

## 死の紅いバラ
ヘザー・グレアム
山田香里［訳］

美貌のTV女優セリーナの周辺では不審な事故が…狙われる女と命を賭して守ろうとする男。欲望渦巻くハリウッドを舞台に次々と起きる謎の連続殺人！

## イヴたちの聖都
ローレン・バーク
宮田攝子［訳］

死んだ女子大生の謎を追うため大学に潜入したレイチェルの前に現われたのは、元恋人でCIA工作員のイライジャ。二人を待ちうける〈イヴのサークル〉の謎とは？

## 愛こそすべて
リンダ・カスティロ
酒井裕美［訳］

養父母を亡くし、親探しを始めたアディソンが見つけた実母は惨殺されていた。彼女も命を狙われるが、私立探偵のランドールに助けられ、惹かれあうようになるが…

二見文庫 ザ・ミステリ・コレクション